HOE GOD VERDWEEN UIT JORWERD

Van dezelfde auteur

De engel van Amsterdam
Een kleine geschiedenis van Amsterdam
Het stadspaleis
De eeuw van mijn vader
Het ontsnapte land

GEERT MAK

Hoe God verdween uit Jorwerd

PANDORA

Hoe God verdween uit Jorwerd
verscheen eerder bij uitgeverij Atlas
Pandora Pockets maakt onderdeel uit van Contact BV

Vierendertigste druk

Omslagontwerp Annemarie van Pruyssen, Arnhem
Omslagillustratie Ids Wiersma, Zicht op Bolsward
Foto auteur Bert Nienhuis

ISBN 90 254 0738 2
NUR 311

www.boekenwereld.com

Ter nagedachtenis aan mijn moeder,
Geertje van der Molen

Voor David,

als herinnering aan

onze studie 'Unseen

Europe'. Met

veel dank voor

je grote inzet

Nico v. Ravesteyn

14-6-2004

INHOUD

Earst it wûnder fan it bouwen.
De bûthúsdoar stiet iepen; de man leit stiennen op inoar.
Hij bout in muorre. Op 'e muorre komt it stalhout.
Nêst him stiet de ridskipsbak mei it machtich ark.
Sa is wol groeid wat fan alle tiden like!
Dan bout ek de jonge sels;
Yn 'e ierde graaft er hoalen en gongen,
Yn it sân bout er kanalen en sluzen en fan stien tuorren en kastielen.

Dan it wûnder fan de foldiedigens fan de natûr.
It hôf leit bedutsen mei de grutte, reade, swietrokige fruchten,
Dy't de wyn naam fan de mânske beammen.
O de wille fan it rispjen, wrâlds rykdom lade op de romme souder!
Dan de hege weiden, dy't ta de skuorredoar ynwraggelje;
En de blanke ierdfrucht út 'e fette grûn dold!

Soe it him wat jaan dat er opwoechs yn de ôf-te-eagjen
Libbensmienskip fan it doarp?
Dat er it bûthús koe en de skuorre, de tún en de greide?
Dat er op 'e poepestâl wie en mei de ûngetiders yn it haailân?
Dat er de lucht koe fan it hout wêr't oan 'e dyk it heiblok giet,
Fan it boat by it fûkfandeljen en fan' e taan yn fiskermansefterhús?
Dat er de huzen koe mei stiennen flieren
En de lege swartberikke souders?

OBE POSTMA

Eerst het wonder van het bouwen.
De deur van de stal staat open; de man legt de stenen op elkaar.
Hij bouwt een muur. Op de muur komt het standhout.
Naast hem staat de gereedschapsbak met het machtig tuig.
Zo is toch gegroeid wat van alle tijden leek!
Dan bouwt ook de jongen zelf;
In de aarde graaft hij holen en gangen,
In het zand bouwt hij kanalen en sluizen en van steen torens en kastelen.

Dan het wonder van de overvloed der natuur.
De hof ligt bedekt met de grote, rode, zoet-geurende vruchten,
Die de wind nam van de zware bomen.
O de vreugde van het oogsten, werelds rijkdom laden op de ruime zolder!
Dan de hoge wagenvrachten, die de schuurdeur inwaggelen;
En de blanke aardvrucht uit de vette grond gedolven!

Zou hij er iets aan hebben dat hij opgroeide in de afzienbare
Levensgemeenschap van het dorp?
Dat hij de koestal kende en de schuur, de tuin en de weide?
Dat hij op het maaiersstee was en met de mannen in het hooiland?
Dat hij de geur kende van het hout waar aan de dijk het heiblok gaat,
Van de boot die langs de fuiken voer en van de taan in 't vissermansachterhuis?
Dat hij de huizen kende met stenen vloeren
En de lage zwartberookte zolders?

VERTALING JABIK VEENBAAS

I

HET WONDER VAN HET BOUWEN

Peet had nooit het dorp verlaten. Hij leefde in gesloten kringen van gezin, familie, vrienden en buren. 's Ochtends legde hij soms een bos wortels op de stoep van iemand die hij mocht, of een bloemkool, of een paar preien. Hij hield van de wolken waar het licht in stralen vanaf kon lopen, van het open veld, van de rode ochtendlucht, van het blauw van de najaarsmorgen. En als hij zich dan omdraaide zag hij altijd weer dezelfde toren, de huizen rondom de kerk gekropen, de daken wittig van de eerste nachtvorst, de meeste takken al kaal en zwart.

Het was stil geworden in het dorp. Soms reden er schoolkinderen langs de weg, gebogen, driftig trappend, in lange slierten, tassen vol huiswerk achterop. Soms zag je in de verte een boer, hollend langs een sloot. Soms was er iets met een schaap, of er zat een trekker vast. Soms kwam er rook uit een schoorsteen.

In Peets jonge jaren hoorde je altijd klompen en fietsen in de dorpsstraat. 's Ochtends, als alle knechten tegelijk van het melken kwamen en thuis gingen ontbijten. Om twaalf uur, als de klok luidde voor warm eten. 's Middags, als de school uitzwermde. 's Avonds, als alle winkels nog open waren, en de vrouwen renden om een laatste boodschap.

Peet en zijn klasgenoten hoefden hun ogen maar dicht te knijpen of ze zagen de schimmen over de straten zwerven. De oude man, die aan het eind van het dorp woonde, voordat de ruimte begon. De melkvaarder. Zijn buurman, een slager die in vee handelde en voor zichzelf ook nog wat koeien op stal had staan. De oude De Groot, met zijn kruidenierswinkel en zijn kaaspakhuis. De schipper die turf en antraciet verkocht, bruine brand en zwarte brand, en die in de zomer met mest, bietenpulp en aardappelafval voer. Zijn vrouw, die in slechte tijden van boerderij naar boerderij leurde met een juk met twee grote manden vol broden en koekjes. De scharrelaars die daarnaast woonden, kleine mensen die overleefden door klein te blijven: wat klusjes bij een boer, wat handel in petroleum. De werkman, daarnaast, die ook in de zwarte brand zat. Oude Jantsje, die een kostganger had, een verdwaasde man, dat was zo met de familie geregeld. Evert Beton, dat was zijn bijnaam, vanwege zijn stramgewerkte spieren. Daarnaast het koemelkertje dat touw, carboleum en uierzalf verkocht, en zijn vrouw, die poetste bij de dorpspommeranten.

En dan had je daar op de hoek, bij de brug, waar nu niets meer te zien is, het café van Sijmen Tijssen, waar de bruiloften en de begrafenissen werden gehouden, en waar zelfs de dominee kwam om de lijkrede uit te spreken. Het café was huiskamer, dorpshuis en theaterzaal in één. Als de jeugd zich op de winteravonden verzamelde om er het jaarlijkse toneelstuk in te studeren zat Tijssens vrouw Janke ondertussen bij de kachel sokken te stoppen. En Tijssen zelf zat aan een van de tafeltjes in hemdsmouwen de boekhouding te doen, de hele avond lang. Altijd werd het toneelstuk tweemaal opgevoerd: op zondagavond voor het jongvolk, op dinsdagavond voor de getrouwden.

Ooit, lang geleden, had Peet de wereld in gewild. In de kranten hadden verhalen gestaan over een oorlog in Spanje, over bombardementen en over doodgeschoten kinderen, en op een vroege ochtend had hij zijn fiets gepakt. Hij was beginnen te rijden, door het vlakke groene land, van kerktoren naar kerktoren. Hij reed de provincie uit, de zee in, over de lange, kale Afsluitdijk, door Noord-Holland, richting Spanje. Toen begon het donker te worden. Ergens in de buurt van Hoorn herinnerde hij zich nog een ver familielid. Hij werd er liefderijk ontvangen. Toen hij de volgende ochtend wakker werd stond zijn vader al aan zijn bed. Rond koffietijd was Peet weer terug in Jorwerd, en hij is er nooit meer weg geweest.

Peet de Groot was aan het eind van zijn leven een lange, magere man, met een wit gezicht en een donkere bril. Ik had weleens met hem zitten praten, samen met zijn vriend Folkert. Ze hadden overal gewerkt: bij boeren, bij de bakker, bij de grasdrogerij, als timmerman, tot in de nok van de toren had Folkert zitten metselen. 'We hebben een rare tijd meegemaakt, maar het was wel mooi,' zeiden ze, en dan begonnen ze te vertellen over de uitvoeringen van het dorpstoneel die altijd volle zalen trokken. En over het tippen, een spel dat al eeuwenlang op boerenerven werd gespeeld, en waarbij de spelers met een ingenieuze stokworp een balletje van een wagenwiel moesten wegslaan. Of over de keer dat de toren ingestort was en dat Folkert met zijn accordeon van dorp naar dorp was getrokken en zo wel driehonderd gulden voor een nieuwe toren bij elkaar had gescharreld – de dominee had het geld eerst niet willen aannemen. Of over het verschil tussen gier en stront. De gier waar pis doorheen zat, en nageboortes en andere verrottenis, en die stonk naar brand en zuur. En de stront, de stront van vroeger, vettig en droog, vol stro. En over de vogels en de stront, de vogels die om de stront heen fladderden als de mest werd uitgereden, alle soorten, en over de geluiden, wegebbend over het platteland zonder echo.

Maar nu lag Peet zelf in de boerenkool, dood, voorover in zijn tuin, half in een greppel, en daarna luidden de klokken de voorgeschreven slagen. Folkert had hem gevonden. 'Hij had nog prei willen plukken, de emmer had hij naast zich. Maar ja, zo gaan die dingen,' zei Folkert in het café.

Ze hadden allebei hun leven lang op het veld doorgebracht met eierzoeken, wat stropen en een paar fuiken in de vaart, en alle avonden hadden ze met hun vrienden op de brug staan beurzen en centje gooien, totdat de radio kwam, en daarna de televisie en niemand meer vanachter de thee te branden was. Als jongens hadden ze het nieuwe licht zien komen, de overgang van petroleumlamp naar elektriciteit, huis na huis, boerderij na boerderij, 's avonds opeens oplichtend in een ongekende helderheid, de één na de ander. Moeders die alles gingen verven en schoonmaken omdat het nieuwe licht zoveel meer onthulde. Alle petroleumlampen die de deur uitgingen. 'Dit zal wat worden!' hadden ze tegen elkaar gezegd.

Ze hadden de komst van de eerste melkmachines op het dorp meegemaakt, het getjoek van de ééncilindermotortjes, het schoonmaken van de bougies, altijd weer. De eerste auto's, van de smid en van de notaris.

Folkert was nu klein en gebogen, maar zijn ogen glinsterden door alles heen. In de jaren zeventig had hij de twee rijen nieuwbouwhuizen nog eigenhandig gevoegd. Peet en hij hadden de import zien komen, met hun leefkuilen en hun woeste tuinen, ze hadden de winkels zien verdwijnen, de een na de ander, ze hadden de boerenarbeiders weg zien trekken en ze waren met de nieuwe tijden meegegroeid. 'Als we dood zijn, ja, dan is het uit,' zei Folkert. 'Anders zou het ook maar een gekkenboel worden.' 'Een jonge kán sterven, een oude móét sterven,' zei Peet.

De klokken luidden op de begrafenis van Peet, net zoals ze ook op zijn sterfdag hadden geluid en op de dag dat hij geboren was.

De grote klok uit het jaar 1354 en de kleine die in 1748 was overgegoten, omdat er bij het luiden voor de geboorte van prins Willem v een scheur in was gesprongen.

In 1991 was de regeling voor het klokluiden nog eens afgedrukt in het dorpskrantje: 'Bij een sterfgeval wordt de klok om negen uur of 's middags om vier uur geluid. Bij een geboorte 's ochtends om elf uur. Voor een man wordt de grote klok geluid en dan valt de kleine in, voor een vrouw begint de kleine, waarna de grote invalt.' Zo wist je in Jorwerd altijd wie er gestorven was, want de codes waren duidelijk, en de rest hoorde je wel van de buren.

De rouwdienst werd in het dorp gehouden, en Peet werd begraven bij de oude toren van Oosterwierum, een paar kilometer verderop. Het was allemaal klein, kort en stil, zoals zijn leven was. Een week later was ik nog eens op het kerkhof gaan kijken: de toren stond eenzaam in de vlakte, de regen kletterde op de klei van het graf, twee bossen rozen en tulpen lagen op de hoop aarde te verwelken.

Folkert vertelde het verhaal hoe hij Peet gevonden had daarna nog zeker dertig keer aan zijn vrienden van het café. Hij had een aparte advertentie in de krant laten zetten, met daarboven: 'Mijn beste vriend'. Hij was – en dat herhaalde hij steeds – alleen maar geschrokken. Onwennig was hij niet.

*

Het was wreed weer, zoals ze hier zeggen, in die laatste maanden van het jaar. Het land was zo plat als je zelden in de wereld treft, en iedere wolk dreef op je af als een slagschip. De wind floot dagenlang om de natte bomen rond de kerk, maar daarna werd het stil. Het licht verscheen traag, en alles bleef in grijstinten gehuld. De vogels waren verdwenen. De schapen lagen dicht opeen in het land, in een kring tegen elkaar gedrukt, half in een greppel, de sterkste aan de buitenkant. De nevel versterkte ieder geluid en de verre, onzichtbare stad hoorden we stampen als een scheepsmachine.

Ik woonde in die maanden in het huisje waar Folkert geboren was. Na Folkert had er jarenlang een gezin met negen kinderen geleefd. Van één van de bedsteden was een keuken gemaakt, en daarachter, half onder een kast, hadden ze een kippenhok gebouwd. De ouders sliepen in de overgebleven bedstee, de rest lag op strozakken op zolder.

Nog weer later had kruidenier Kooistra er zijn bakkerijtje met voorgebakken friet, totdat de vetpannen in brand waren gevlogen en hij de frietbranche eraan had gegeven. En nu was het een soort weekendhuisje, weggestopt in een achterhoek van het dorp: kamer, keuken, trap, vliering.

Jorwerd lag in de zogenaamde Greidhoek, het vlakke weidegebied, ongeveer midden in de driehoek Harlingen, Leeuwarden en Sneek. Op een kilometer afstand lag het gehucht Funs, waar een drietal boeren in eeuwige onmin leefden. Wat verderop lagen de dorpen Weidum, Baard, Bears en Jellum. En dan was er het wat grotere Mantgum, waar een kleine supermarkt was, en een winkel met potten, pannen, ijzerwaren en plastic bloemen, en een treinhalte om er weg te komen. 'Ik zou er nog niet dood willen liggen,' zeiden de Jorwerters over Mantgum, want ze haatten hun rivaal met volle overgave.

Jorwerd zelf was ook niet helemaal niks. Het dorp had een school en een groenteboer, er waren negenentwintig verenigingen, een dorpshuis en een ijsbaan, er waren een oude en een jonge notaris, Sjoerd Gjalts van der Hem en Gjalt Sjoerd van der Hem, er waren een dominee en een onderwijzer – al werkte die officieel in een ander dorp – en er was een café dat Het Wapen van Baarderadeel heette.

Er circuleerden oude ansichtkaarten van het dorp, maar daarop kon ik mijn eigen huis met moeite terugvinden. Het stond weggestopt tussen de hoge daken van de boerderijen, de bomen van de pastorietuin en het kerkhof met de oude zadeldaktoren. De meeste dorpswoningen kliekten daaromheen, en vanaf de terp liepen ze verder af in een paar kleine buurtschappen, een honderdtal huizen in totaal, als ik de handvol nieuwbouwwoningen meetel.

In grote lijnen was het patroon van de straten, stegen en boerderijen sinds de jaren vijftig weinig veranderd. Maar als je met de oudere dorpelingen praatte en je zette alle verhalen en alle huizen achter elkaar, dan ontstond een bont gekleurde kralenketting van licht en donker, van belevenissen en beschikkingen van het lot, van feesten, liefdes, kinderen, zwoegen, stormen, doodspijnen, van mensenlevens die voor ons totaal onherkenbaar waren geworden – hoewel hun wereld nog maar amper verzonken was.

Laten we het dorp eens tekenen, zoals het er rond 1950 uitzag. We hadden het al over de melkvaarder en het huiskamercafé van Sijmen Tijssen bij de brug. Aan de andere kant van het water had de schilder zijn werkplaats. Even verderop stonden een timmerwinkel en een groentezaak. De groenteman had een karretje waar hij alles op uitstalde, hij had eigen fruitbomen en hij had ook een vrachtboot waarmee hij kaas en groenten wegbracht naar Leeuwarden. Zijn zoon nam de zaak over, maar ging later bij de post werken. Hij verkocht ijsjes door het keukenraam. Dan was er de consistorie van de kerk, waar ook de koster annex schoenmaker woonde. Daarachter de smederij. Dan een winkel in garen en band, een paar kleine boeren, een aardappelhandel, de slagerij van Lamkje, het huisje van de spoorwegwerker en de pastorie.

We komen nu bij de haven – ver het dorp in gegraven zodat het turfschip altijd in het centrum kon liggen. Daar vlakbij was opnieuw een kruidenierswinkel annex fouragehandel. Dan een boerderij, een paar arbeiderswoningen, een bakkerij en het huisje van de gemeentearbeider die het huisvuil ophaalde. Daarnaast was een snoepwinkel met koekjes en zuurtjes en drop – de winkelier liep iedere week alle boerderijen in de buurt af met een juk en twee korven vol kruidenierswaren. Dan een winkel waarin eerst een goudsmid zat en later een groentezaak. Daarnaast woonde een andere schipper – volgens de legende had hij zijn huis met hardrijden op de schaats bij elkaar verdiend. Hij voer, zijn vrouw had een klein kruidenierswinkeltje. Dan de petroleumman – tevens agent van de *Leeuwarder Courant* en later ook handelaar in potten, pannen en kopjes. Daarnaast een winkel in ondergoed, lapjes en knopen – ook deze mensen fietsten iedere week met een koffer met handelswaar langs de boerderijen. Dan de Boerenleenbank, het huis van de schoolmeester, het postkantoor, het grote café, de fietsenwinkel – de fietsenmaker was tegelijk de jager van het dorp –, nog een bakkerij, het notariskantoor, dan de school, het huis van de wijkverpleegster, daarnaast een man die stotterde en klompen maakte, dan een vrouw met kaneel, kruiden en suiker, en ten slotte een handvol armenhuisjes, bruin van de armoede waren de mensen die daar woonden. Op oude schoolfoto's zie je hun kinderen, ze leden duidelijk honger; in de jaren zestig verdwenen ze, en dat soort mensen en hun lijden is daarna volkomen vergeten.

Zo zag het dorp er dus uit toen Peet en Folkert in de kracht van hun leven waren: twee slagers, vier kruideniers, twee bakkers, vier schippers en vrachtrijders, vier brandstofhandelaars, twee cafés, een schilder, een timmerman, een groenteman, een schoenmaker, een fietsenzaak, een potten- en pannenwinkel, twee manufacturenzaken, en een smid. Er waren een paar rijken en een paar armen, en dan heb ik het niet over het normale scharrelwerk van al die bijna-armen: het gedoe met petroleum, de handeltjes in touw en in uierzalf, het leuren met de broodkorf.

Rond de eeuwwisseling woonden er ongeveer zeshonderdvijftig mensen in het dorp. In 1950 waren dat er nog vierhonderdtwintig. Rond 1995 waren er nog driehonderddertig inwoners, maar de meesten woonden eigenlijk met één been in de stad. In honderd jaar tijd was het dorp vrijwel gehalveerd.

De leesbibliotheek verdween in 1953, het postkantoor in 1956, in diezelfde tijd werd ook de haven gedempt, de schoenmaker hield het in 1959 na een halve eeuw voor gezien, de laatste bakkerij sloot in 1970, Tijssen en zijn vrouw hielden in datzelfde jaar ook op met hun huiskamercafé, in 1972 werd de buslijn opgeheven, er kwamen straatnaambordjes en de Hervormde kerkeraad fuseerde met twee naburige dorpen, in 1974 hield de laatste beurtschipper ermee op, de slager sloot rond 1975, in 1979 overleed de laatste jager van het dorp, in datzelfde jaar verdwenen ook het timmerbedrijf en de vrijwillige brandweer, in 1986 stopte de smid, in 1988 sloot de laatste kruidenier, en in 1994 werd de kerk overgedragen aan een monumentenstichting.

In het gemeentearchief lag een foto van de grote optocht die altijd gehouden werd vóór de jaarlijkse dorpswedstrijden, ergens in de jaren dertig: twee mannen met een trommel en een trekharmonica voorop, daarachter het halve dorp, vrouwen met pothoeden, mannen met petten, de jongens met korte broeken, de kinderen juichend, vlaggen, de tippers trots met hun slaghout op de schouders. Daartussen moeten ergens Peet en Folkert gestaan hebben, maar ik heb ze niet kunnen vinden.

*

Op een stille middag, niet lang na de begrafenis van Peet, zag ik voor het café een jongen met een skateboard oefenen. Hij was een jaar of vijftien, hij had een spijkerjasje en blond, opgeknipt haar en hij probeerde zichzelf een soort oversprong te leren. Hij was al een uur lang bezig, en een uur lang sprong hij ernaast. Maar hij ging door, met dezelfde rustige vastberadenheid waarmee zijn vader zich waarschijnlijk door de mulo had geploegd, en daarna misschien ook nog door de Landbouwschool, en toen verder door het leven. Het was een onstads tafereel. In een stad zie je nooit jongens oefenen, je ziet ze alleen presteren. Alleen het succes is daar openbaar, niet de lange weg die erheen leidt.

Ik zag Lamkje aan komen rijden, in haar elektrische invalidenwagen, verschrompeld en kwiek tegelijk. Tweeëntachtig jaar oud, negenenveertig jaar slagersvrouw, de ene zoon maakt nu vlees klaar in een verzorgingscentrum, de andere zoon is hoogleraar scheikunde en de dochter is met een dokter getrouwd.

Op het schoolplein liepen de kinderen op stelten. Twee jongens reden rondjes met een kar, door hun vader zelf gesmeed, met een groot rond stuur. Later was er het geluid van een bel: de melkboer, met flessen melk – geen pakken, uit principe – en koeken. De middag stierf langzaam weg. In het kantoor van de notaris ging de lamp aan.

Ik moest maar op de thee komen, had Lamkje gezegd. Naast haar huis stond de slagerij, al jaren gesloten, maar altijd schoon en aangeveegd, met op de toonbank nog de rode weegschaal en daarachter de grote snijmachine.

Lamkje liet me het oude bedrijf zien. Of, beter gezegd, ik liep rond en zij riep me vanaf haar stoel instructies toe. Aan het plafond hingen de rails waaraan de dode beesten werden opgehangen: drie koeien per twee weken, plus een varken. Met alles wat zo'n beest meebracht konden ze wel wat doen: de zwezerik werd op het brood gedaan, net als het vet, de uiers werden in de schoorsteen gerookt en zelfs het varkenshaar werd verkocht aan een opkoper die er vegers van maakte. 'Ik hoor nog die man een kwartje afdingen, of twee dubbeltjes,' riep Lamkje. 'Geld was toen nog wat waard.' 's Middags moest ze met de transportfiets in de wijde omtrek vlees rondbrengen. 'Dat was wat, hoor, als het stormde en droop van de regen.'

Ze vertelde over haar enige uitje in die jaren vlak na de oorlog, een optreden van de groep Tetman en Jarich, een gezelschap dat met allerlei liedjes en schetsen door de provincie trok. De dienstbode had gehoord dat ze in een naburig dorp zouden optreden, en stelde voor dat ze er samen heen zouden gaan. De toegang was een rijksdaalder. Dat was precies de helft van haar weekloon.

'Wij erheen, op de fiets. Het was een openbaring. Ze zongen zo prachtig. We hadden vijf jaar bezetting achter de rug, geen radio, nergens heen. Ik weet nog hoe mooi we dat vonden.

Dan is de meitijd, de meitijd in het land. Dan lacht je alles, alles toch zo an.

En ik weet nog dat er pauze was, goede koffie hadden ze niet, maar toch. Mijn man bleef liever thuis. Hij was altijd moe, hij had altijd werk.'

Hij was zeventig toen hij een hartaanval kreeg, en dat was het einde van de dorpsslagerij. Na zijn dood wilde Lamkje niets meer aan het huis, de winkel en de schuren eromheen veranderen. 'Hij had allemaal plannen om iets met schapen te beginnen, en daarom moet het nu blijven zoals het is,' zei ze tegen mij. 'Het is veel onderhoud, het kost veel geld, maar het moet toch. Het waren zijn plannen, dat met die schapen. En zo moet het blijven.'

Later was Lamkje er ook niet meer. Als een oude kat had ze zich tegen het verpleeghuis verzet, en als ze niet zo waanzinnig sterk was geweest had ze menselijkerwijs al jaren geleden moeten worden opgenomen. In de winter van 1995 moest ze capituleren.

'Wat zou ik er wat voor willen geven om in Jorwerd tussen mijn eigen mensen te zijn,' fluisterde ze tegen het bezoek. 'Buurvrouw, buurvrouw, ik zou zo graag nog een eindje willen leven!'

Ze stierf binnen een maand na de verhuizing, en daarna stonden het huis en de slagerij stil te wachten op de Hollandse kopers.

*

In de brievenbussen werd tijdens die kalme herfstmaanden iedere middag wel een folder gedeponeerd. De inwoners van Jorwerd werden verleid tot de aanschaf van panklare konijnen bij J. Hallema, tot het monteren van nieuwe banden bij autobedrijf Hoekstra en tot de koop van potten alleslijmer voor f5,90, decoratieve poezen voor f2,95, zijden plantjes voor f2 en mokkenrekken voor f2,50 bij Frits Smidstra. De gerookte uiers, de broodkorven, de wind, de regen en het roggebrood met vet leken even ver weg als de middeleeuwen, maar toch was het allemaal binnen één generatie gebeurd.

De omwenteling van het dorp was een langdurig en rustig proces geweest, maar daarom niet minder spectaculair. Ids

Meinsma, de zoon van de huisschilder, vertelde me dat zijn tien klasgenootjes op de dorpsschool tussen 1965 en 1971 zonder uitzondering nog kinderen waren van boeren, boerenarbeiders of mensen die nauw met het boerenbedrijf verbonden waren – zoals de notariszoon. Van die tien was er één in het boerenbedrijf gebleven. De anderen waren laborant geworden, of kermisexploitant, of ambtenaar bij het gerecht, zoals hijzelf. Van die hele klas was er maar één in het dorp blijven wonen.

Op de dorpsschool van 1995 zat welgeteld nog één boerenzoon. De vaders waren nu wegenbouwer, kantoormedewerker, installateur, computerprogrammeur, leraar, fotograaf, ambtenaar. En in zeker de helft van de gevallen had nu ook de moeder een betaalde baan, of ze studeerde – iets wat twintig jaar geleden ondenkbaar was.

De landbouw was de kurk geweest waarop de dorpseconomie dreef, zolang als het dorp bestond, maar sinds de jaren zeventig hadden de boeren afgedaan. Ze waren niet meer de centrale kracht waar alles om draaide, en hun status was navenant gedaald.

Neem bijvoorbeeld de Casteleins, de boerenfamilie die al decennia in het hart van het dorp woonde. In 1950 was Tjerk Sakes Castelein met zijn veertig koeien een grote boer. 's Ochtends en 's middags had hij zeker vier paar handen nodig om al dat vee te melken: hijzelf, twee vaste arbeiders en een jongen. Altijd was het druk op de boerenerven. Overal in en rondom het dorp woonden arbeiders. Geen boer kon zonder.

In het begin van de jaren vijftig kwam de melkmachine in het dorp, en opeens konden die veertig koeien best met z'n tweeën of drieën gemolken worden. Kort daarop begonnen ze overal in de buurt de paarden door tractoren te vervangen.

In heel Nederland waren er in 1950 nog geen vierduizend melkmachines. In 1960 waren het er tienmaal zoveel. Binnen drie decennia daalde het werk dat aan een gemiddelde melkkoe besteed moest worden met meer dan tachtig procent.

Eind 1995 had Tjerks zoon, Sake, zo'n zeventig koeien, en hij deed het werk voornamelijk in zijn eentje, al die zeventig koeien, met één paar handen en met dat lange, magere lijf van hem. Van zijn vroegere arbeiders werden er twee buschauffeur in Noord-Holland, een andere ging naar een scheepswerf in Alblasserdam, weer anderen trokken naar de Hoogovens in IJmuiden of ze gingen in Leeuwarden werken, op de Condens. Alleen Sake zat nog op de trekker, met een dozijn knoppen en schakelaars om zich heen, en ondertussen dromend van de Russen die hij 's avonds las: Tsjechov, Tolstoj, Paustovski.

Typerend voor de afbrokkeling van het boerenbedrijf in het dorp was de verplaatsing van het tijdstip van de jaarlijkse kermis, de 'merke'. Vanouds – er zijn al vermeldingen van deze kermis uit 1775 – was dat een typisch oogstfeest dat steevast in september plaatsvond. In de zomervakantie heeft immers geen enkele boer tijd. Elke minuut is dan nodig voor het maaien, hooien, kuilen, oogsten en wat er verder allemaal te doen valt. In 1974 werd bij uitzondering van de regel afgeweken omdat er in het traditionele septemberweekend ook een grote landbouwtentoonstelling plaatsvond. Die afwijking van de traditie beviel de meeste dorpelingen – afgezien van de boeren – veel beter. Zo werd de merke definitief verplaatst naar het laatste weekend van juni. Het werd een feest dat het begin van de schoolvakantie inluidde in plaats van het einde van een periode van zwoegen en beulen.

Boeren werd een eenzaam vak. De schaal van de bedrijven werd steeds groter, en daarmee de afhankelijkheid van machines, investeringen en bankiers. De meeste Nederlandse boeren konden het niet bolwerken: meer dan de helft verdween binnen amper twee decennia. Bij de laatste volkstelling van 1971 bleek dat nog maar een kwart van de Jorwerter bevolking in de landbouw werkte, en bijna de helft in de dienstensector. Die verschuiving zette daarna in versneld tempo door. Tegen het eind van de twintigste eeuw hield jaarlijks gemiddeld twee procent van de Nederlandse boeren ermee op. Die gestage neergang weerspiegelde zich in Jorwerd: alleen al tussen 1975 en 1990 staakte één op de drie boerderijen in de buurt de bedrijfsvoering. In de oude gebouwen kwamen leraren wonen, of rentenierende boeren, of gepensioneerden uit het westen. Dat was misschien wel de allergrootste verandering, en de meest fundamentele. Want als de landbouw verdween, eeuwenlang motor en bindmiddel tegelijk, wat zou de dorpsgemeenschap dan nog bijeenhouden?

Niet alleen de wereld van de boeren en de boerenarbeiders werd op zijn kop gezet. Lamkje herinnerde zich een Nutslezing, ergens in de jaren vijftig, over de toekomst van de middenstand, waarbij de spreker waarschuwde dat binnen afzienbare tijd vrijwel alle winkels uit het dorp zouden verdwijnen. 'Ik weet nog dat ik 's avonds uit het café kwam en het lachend aan mijn man vertelde. Wat een lariekoek!' Maar de auto verscheen, in de stad begon de supermarkt te stunten en de dorpskruideniers konden nooit het assortiment bieden van een stadswinkel, met zoveel soorten chocola en zoveel soorten brood, dat bedierf allemaal, daarvoor woonden er te weinig mensen op het dorp, en wat moesten ze trouwens met al die spullen.

Zoals overal in Nederland groeide ook Jorwerd van een gemeenschap op basis van behoeften naar een consumptie-samenleving in het klein. De klassieke kinderrijke plattelandsgezinnen hadden het meestal niet gemakkelijk, maar ze hadden altijd één voordeel ten opzichte van de gezinnen in de stad: ze hadden dikwijls eigen groente, eigen vlees, eigen melk, boter, kaas, eieren, eigen aardappels, en zo konden ze zichzelf min of meer onderhouden. De meeste families vormden op die manier een economie binnen de economie, en dat was vaak ook de enige manier waarop ze konden overleven. 'We hadden negen kinderen, maar de winkelman bracht elke week maar een klein doosje,' vertelde een van de buren ooit. 'Hij kwam alleen voor de dingen die we echt nodig hadden, zoals koffie, thee, suiker, zeep en dat soort zaken. Moet je dat nu eens zien!'

Daarbij kwam een tweede verandering: de verleiding. Tot in de jaren zestig gingen veel boeren niet vaak naar een winkel. De middenstand kwam thuis bij de mensen langs. Diezelfde buurvrouw: 'We schreven in een bestellingenboekje wat we nodig hadden, maar meer ook niet. Koffie was koffie, thee was thee, en zeep was zeep. Voor de hele week had ik met het hele gezin nooit meer dan voor een paar tientjes aan boodschappen.' De buurman: 'Bij ons is dat nog zo doorgegaan tot in het begin van de jaren zeventig. Toen werden de rollen omgedraaid en gingen wij naar de winkel, in plaats dat de winkelier bij ons kwam.' De buurvrouw: 'En we zagen dit staan en dat staan, en we hadden een folder gezien van zus en van zo, en oh ja, dat moet ik ook maar even meenemen, en dat is ook zo handig, dat zag ik op de televisie. De dozen met spullen werden steeds groter. En toen kregen we een auto en we reden naar de supermarkt, en de winkelman, met zijn twee soorten koffie en zijn ene soort afwasmiddel, die had het nakijken.'

Ook in het dorpscafé, Het Wapen van Baarderadeel, veranderden de tijden. Het was een mooie oude ruimte, met lage balken en een kleine bar en een bovenzaal waar al honderd jaar alle feesten en partijen werden gehouden. Toen Eef en Jan Dijkstra het bedrijf overnamen, in 1965, ging het café bijna nooit later dan elf uur dicht. De meeste klanten kwamen rond een uur of acht, half negen – veel dorpelingen hadden nog geen televisie – en zelfs iemand als Folkert lag om elf uur, zoals hij dat noemde, 'tussen de lappen'. De boerenarbeiders moesten om half vier op om te melken, de boeren om vier uur, en het hele ritme van het dorp was daar in zekere zin op ingesteld.

In de jaren zeventig begonnen de eerste avondklanten soms pas om een uur of half elf binnen te druppelen, en het café ging nooit voor enen dicht, en meestal bleef er daarna nog van alles hangen. Voor Jan Dijkstra was het de reden om het aannemersvak, waarin hij groot geworden was, vaarwel te zeggen. Het 'oude' café kon hij nog wel combineren met een dag die om zeven uur begon, maar in het café nieuwe stijl was dat fysiek onmogelijk geworden.

Er kwamen nieuwe dorpsbewoners. Op de foto's uit de jaren zestig en zeventig kon je de kleren zien veranderen. De eeuwige petten verdwenen uit het dorpsbeeld, de zondagse colbertjes van de arbeiders werden truien en jacks, de lange rokken van de vrouwen werden spijkerbroeken.

Ik had Peet horen klagen dat er minder gegroet werd. 'Vroeger zei je iedereen goedendag.' Folkert meende dat de import vooral de import zocht. 'Ze hebben een andere mentaliteit. Niet slechter hoor, misschien zijn het zelfs wel betere mensen dan wij.'

Het merkwaardige was dat die nieuwkomers zich toch weer vaak met alle energie in het dorpsleven stortten, Fries leerden, lid werden van de toneelclub. Toen de boeren als economisch bindmiddel wegvielen leek het alsof iedereen naar nieuwe banden begon te zoeken: de clubs, de merke, het grote openluchttoneelstuk, het tippen, het kaatsen, de taal, de tradities. Zo werden de economische banden binnen de dorpsgemeenschap gaandeweg vervangen door sportieve en culturele. 'Dat valt me wel op,' zei Peet, 'al die nieuwbouwmannen staan weer te tippen.'

Op een avond werden in het dorpshuis een paar oude films gedraaid die de notaris had gemaakt. We zagen het dorp in 1957: jongens met opgeknipt haar, vee in de weiden, het turfschip, een kampioenskoe, het huis van de schilder met de lijn vol wasgoed, de draaimolen die wordt opgezet voor het jaarlijkse dorpsfeest, hooibergen, petten, klompen. 1959: een tipwedstrijd, het kaatsen voor vrouwen, een meisje in een kort broekje dat voortdurend met de camera flirt, ze draait zich om, lacht verlegen, draait terug, lacht weer. Een jonge Folkert, achter de vrouwen. 1963: weer de draaimolen, wedstrijden, klompen zoeken in een grote stapel stro, winnende koeien, de notaris met zijn pijpje in de sneeuw, een schaatswedstrijd, en het halve zaaltje bleek in 1995 nog te weten welke wedstrijd het was. 1969: de meester, statig en grijs, een kruiwagenwedstrijd, koekhappen, een draaiorgel in het dorp, Eef komt het café uit, ze aait het paard, ze is jong en oogt als een hippie. 1973: het decor van het jaarlijkse openluchtspel, opnieuw de ijsbaan en het kruiwagenrijden, maar de hooibergen en de petten verdwijnen en er komen steeds meer andere gezichten.

Even zagen we Peet terug, in 1959, toen hij een prijs won bij het tippen en een bos bloemen kreeg, en in 1963 nog eens, met een grote pet op, en in 1973 dacht ik hem ook nog even te zien. Maar toen was het voorbij, net zoals het met de hooibergen voorbij was, en met de boerenarbeiders en de drukte 's avonds na het werk, en met de smid en de bakker en de schilder. En iedereen in het zaaltje verbaasde zich erover hoe snel en ongemerkt al deze veranderingen over het dorp gekomen waren.

*

De stille omwenteling van Jorwerd aan het einde van de twintigste eeuw had talloze grote en kleine gevolgen. Een van de belangrijkste betrof de omgang met geld. Gais Meinsma, de vrouw van de huisschilder, had me weleens verteld dat zij ermee was begonnen om voor haar man de rekeningen te innen. Dat was in het begin van de jaren vijftig, en in die tijd was betalen nog een ritueel. Haar schoonvader, de voorganger van haar man, had dat dan ook altijd zelf gedaan. Hele winteravonden besteedde hij eraan om de rekeningen persoonlijk te incasseren. 'Dan kwam hij langs, alles werd nog eens nagepraat, het hele werk. En dan beurde hij, en daarna vertrok hij met een sigaar in 't hoofd,' vertelde Gais. 'Ik deed dat heel anders. Ik reed er zo even langs, zakelijk. Mijn schoonvader vond dat vlugge maar niets. Het was een verschil in mentaliteit, en het was voor het eerst dat ik zoiets voelde.'

Geld ontvangen en uitgeven deed je niet zomaar, maar ook dat veranderde. Geld maakte ongekende krachten los. Lies Wiedijk, een van de boerinnen in de buurt, meende zelfs dat de ellende van de boeren was begonnen toen ze het melkgeld op de bank kregen, in plaats van contant in het handje. 'Toen wij hier in 1977 kwamen ging bijna alles nog contant. De melkrijder kwam op vrijdag langs met zo'n linnen zakje, en daar zat je geld in. De veehandelaar betaalde je zo op de keukentafel, met allemaal briefjes van honderd. Maar toen de mensen het geld op de bank kregen gingen ze opeens andere dingen doen.'

Bij Eef van het café was echter meer aan de hand dan aangeleerde zuinigheid. Zij wilde verder, en wat haar niet lukte, dat zou haar kinderen lukken. Haar zuinigheid was het verzamelen van krachten voor de grote sprong. Sommigen in het dorp noemden haar trots. Het was iets anders.

Eefs ouders hadden in Baard een kleine boerderij, met een dozijn koeien en wat kleinvee, en verder handelde haar vader in vee. Haar moeder liep met de 'broodmand' – iets wat Eef zelf ook nog zou doen. 'Maar ik voelde me er niet minder om,' zei ze. 'Mijn vader kwam door zijn handel in landen als Duitsland en Tsjechoslowakije, die kwam met verhalen terug, die had wat van de wereld gezien, dat hadden die andere dorpskinderen allemaal niet.'

Eefs familie had een eigen fierheid. Terwijl andere vaders dwars lagen als hun dochters door wilden leren op de mulo – 'Ik heb maar zes jaar lagere school gehad, en meer hoeven jullie ook niet' – deden de ouders van Eef alles om hun kinderen hoger op de maatschappelijke ladder te krijgen. 'Jullie hoeven niet hetzelfde paadje af te lopen als wij,' zei haar moeder altijd. 'Er is meer op de wereld.' En ze was daarvoor tot veel bereid – desnoods nam ze nog een baantje erbij om een extra cursus voor de kinderen te financieren. 'Kanniet ligt op het kerkhof,' was haar motto, 'en wilniet ligt ernaast.'

Vakanties waren er niet – eenmaal zette Eefs moeder haar twee jongste kinderen op de Alkmaarder bus en mochten ze een paar weken in het huis logeren waar haar oudste dochter diende, een wonderbaarlijke ervaring, vergelijkbaar met de logeerpartij van de kleintjes in *Afke's Tiental.* Maar dankzij de handel van de vader hield het gezin de luiken naar buiten open. Eef: 'De grens, de grens, dat was een heel begrip voor mij. "Er waren problemen aan de grens," zei mijn vader dan, dat was een soort mystieke muur. Toen ik twaalf was mocht ik een keer met hem mee, toen mocht ik de grens over. Dat was een enorme gebeurtenis.'

In alles duwden Eefs ouders hun kinderen verder. Ze herinnerde zich dat haar vader een keer in het buitenland aan een deftige tafel terechtkwam, met allerlei soorten bestek waar hij geen raad mee had geweten. Toen hij thuiskwam zei hij tegen zijn kinderen: 'Zoiets mag jullie niet gebeuren' – en sindsdien werd er in dat kleine boerderijtje keurig volgens de etiquette gegeten. Als ze zei: 'Watte?' werd dat onmiddellijk gecorrigeerd: 'Wat zegt vader?' – eenmaal liep haar vader haar daarom zelfs op het schoolplein achterna. Voor het geval er gasten kwamen leerden de kinderen netjes een hand te geven.

Van kindsbeen af moesten ze meewerken op de boerderij. Maar melken mochten ze niet leren, al wilde met name Eef dat graag. 'Ik heb vanaf mijn negende onder de koeien gezeten, jullie moeten wat anders leren,' zei haar moeder. En haar vader: 'Als je eenmaal kunt melken, dan móét je dat later ook altijd doen. Wanneer je het niet kunt, hoef je het ook niet.'

De boeren op het dorp zagen hen niet staan. Maar, zo werd haar door haar vader ingeprent, 'je bent niet minder dan zij. En ook niet meer. Je doet je best zoals iedereen.' Toen de jongens van een asociale familie aan de rand van het dorp op de zaterdagse danspartijen begonnen te komen zei haar vader, na de bekende vermaningen over 'eer' en 'fatsoen': 'Als ze je ten dans vragen moet je ja zeggen, want het zijn mensen als jij en ik, maar je hoeft niet met ze thuis te komen.'

Het juk, dat eens de manden met broden droeg, zou Eef later in het café aan de muur hangen, naast de trofeeën van de kaatsclub en het tippen.

⋆

In Jorwerd, zelfs in het moderne Jorwerd, bestond nog veel van wat de stad verloren had. Het rook er naar gras, rook, zaagsel, hooi, mest en aarde. De nachten waren er zwart, en de lucht stond nog vol sterren. Iedereen had centrale verwarming, elektronische thermostaten en dubbele beglazing, maar het weer drong nog altijd door alle kieren en gaten. Een storm was hier een avontuur, zoals je dat in een stad niet meer meemaakte.

Een paar dagen na Peets begrafenis begon de wind over de vlakte te razen, de schapen gingen plat, de kont in de wind, en op sommige plaatsen kon je bijna niet meer lopen. Wolken joegen over de hemel als rook uit een fabrieksschoorsteen. Bomen en boerderijen stonden scherp gestoken tegen de donkergrijze lucht. In het dorp ratelden de dakpannen, bomen en lantarenpalen floten, plastic biobakken rolden over de weg. De lucht was vol onrust, en toen de kinderen uit school kwamen renden ze juichend over straat, de jassen halfopen, als bladeren lieten ze zich op de vlagen voortzeilen.

De volgende ochtend was het doodstil, en alles wat in het dorp gebeurde was scherp en duidelijk hoorbaar: de klusjesman van de gemeente die een kapotte dakpan raapte en een berm maaide, het laden van een vrachtauto, een tractor in de grijze verte.

Gais Meinsma kwam de deur uit met haar hond. Hoej! Folkert kwam op de fiets voorbij. Goeie! Eef stapte in haar auto. Hoej! Daar liep Siesling, de oude schipper. Hoej!

Iedereen in het dorp groette. Vrienden zei je gedag, bij kennissen stak je de vinger op, bij dorpsgenoten knikte je, maar als er gesproken werd was het altijd: 'Hoej!' 'Goeie!' werd ook wel gebruikt, maar meestal fungeerde dat als afsluiting van een wat langer contact. 'Hoej!' was de standaardgroet, een kreuntje lucht van onderen uit de stembanden. Bij de ouderen was de toon vaak wat lager, bijna als een licht geloei.

Soms ontstond er een zwijgend gesprek, eerder een koestering in elkaars aanwezigheid dan een uitwisseling van informatie: 'Nou!' (stilte) 'Nou!' (stilte) 'Zo, zo!' (stilte) 'Dus!' (stilte)

'Nou, goeie!' Vaak werd er ook geen enkel geluid gemaakt: volstaan werd met het heffen van de gestrekte wijsvinger in de richting van een – meestal niet meer bestaande – pet.

Vreemdelingen werden meestal met een lichte aarzeling gegroet, tenminste als ze zelf het initiatief namen. Bij hen fungeerde de groet als een soort bezoekerspasje: ze mochten erbij zijn, al was het tijdelijk.

De importvrouwen hadden hun eigen manier van groeten ontwikkeld, in hun 'hoej!' zat een melodietje verscholen, van hoog naar laag: 'Hoeoi!' Hoe het ook klonk, het was altijd een klein ritueel van saamhorigheid: dat is er één van ons.

Zo werden alle gebeurtenissen binnen de dorpsgemeenschap beheerst door de wet van het kleine getal, een wet waar men in de stad nauwelijks weet van heeft. In een kleine gemeenschap telt iedere ziel zwaar. Een rijtje nieuwe woningen valt in een stadsbuurt nauwelijks op, maar in een dorp, met misschien honderd huishoudingen, hebben twintig nieuwe gezinnen een enorme invloed.

Het succes van veel uitvoeringen, wedstrijden, samenkomsten en andere projecten is dikwijls te danken aan de inzet van één of twee gangmakers, maar het omgekeerde gaat ook op. Dorpsgemeenschappen zijn broos geworden, nu er niet meer samen wordt gewerkt rond het land en het vee, en dorpsgenoten elkaar alleen nog zien in het café of bij het toneel of in het voorbijgaan op straat. En dan kan een enkeling veel kapotmaken, en voor lange tijd.

Dat gold ook voor Jorwerd. Een handvol mensen had het dorp gemaakt, de feesten en bijeenkomsten georganiseerd, de clubs bijeengehouden, de school gesteund, decennia lang. Maar er hoefde maar één keer een tijdelijk schoolhoofd aan de drank te raken – zoals in een naburig dorp was gebeurd – of de school zou verdwijnen, voorgoed. En toen er een agressieve schreeuwlelijk in de nieuwbouw kwam wonen hoefde die maar een paar weken in het café rond te zieken, of er bleven klanten weg. Goddank kraste hij snel weer op, anders zou het belangrijkste sociale centrum van het dorp serieus in de problemen zijn gekomen.

Wie hoorde erbij, en wie niet? De jongeren hanteerden ingewikkelde sleutels: er waren autochtonen, en er was import, en dan was er onderscheid tussen Friese import en niet-Friese import, en daarnaast was er ook nog eens een verschil tussen actieve en niet-actieve import. Kortom, voor de stedeling die hier wilde komen wonen was niet alles bij voorbaat verloren.

De ouderen hadden strengere normen. Toen Eef in het café in discussie raakte over de vraag wie een echte Jorwerter was, en wie niet, waren Folkert en zijn vrienden daarover zeer stellig. Hoewel Eef vanaf haar twintigste in het dorp woonde en al dertig jaar het enige café bestierde was de mening van de mannen unaniem en onherroepelijk: 'Jij bent geen echte Jorwerter, want je bent geboren in Baard.' En toen de dominee in een gesprek met een aantal kerkeraadsleden gewag maakte van de hoogbejaarde Sije Hogerhuis liet één van hen zich ontvallen: 'Ja, maar dat is geen echte Jorwerter, die is hier pas in 1927 komen wonen.'

De import, gewend aan de omgang met buitenstaanders, lachte erom. Maar de ouderen hadden op een bepaalde manier gelijk. Er zullen allerlei elementen van conformisme en vreemdelingenangst hebben meegespeeld, maar in wezen was die voorzichtigheid niets anders dan een daad van zelfbehoud.

Dorpsgemeenschappen mochten anno 1995 stabieler en welvarender lijken dan ooit, maar in wezen waren ze pseudostabiel. Met de landbouw was niet alleen de stabiliteit uit de dorpseconomie verdwenen, maar ook uit het sociale leven. Sommige dorpsgemeenschappen waren zo pseudo-stabiel, dat ze bereid waren af te zien van de gunstige impulsen van een 'goede' nieuwkomer, omdat, wanneer men een 'slechte' nieuwkomer te snel en te ver toeliet, de risico's voor de gemeenschap te groot waren.

Onbewust werd in kleine dorpen voortdurend een belangenafweging gemaakt. Was dit een doorstromer of niet? Was dit een leuke familie of waren het een stel zeurpieten? Waren ze oud, of zouden ze kinderen gaan leveren aan de school? Ging hij grond kopen, terwijl die al zo schaars was? Of ging hij, met al het geld uit de stad in zijn achterzak, veel te veel betalen voor dat vervallen bedoeninkje aan de vaart? En zouden er daarna meer vreemdelingen komen, zodat de huizenprijzen omhoogvlogen en onze eigen kinderen nergens meer in de omgeving iets konden kopen?

Zo bleef in een dorp het economische persoonlijk, en het persoonlijke was er onmiddellijk politiek. Het bestaan was er, in tegenstelling tot in de stad, niet in vakjes verdeeld. Het was er totaal.

*

De wet van het kleine getal werd voor veel dorpen actueel toen aan het eind van de jaren tachtig de bouwers en projectontwikkelaars het platteland opnieuw ontdekten. 'Wonen aan het water!' adverteerden de dagbladen in de Randstad. Aan de flank van kleine oude dorpen, naast verzande slootjes en stille watertjes, verschenen plotseling overal villa's met 'carport en eigen aanlegplaats', het ene wijkje na het andere.

In hoog tempo breidde deze witte schimmel zich uit over de provincie. Tussen de dorpen ontstonden kleine veldslagen om de gunsten van de welvarende nieuwkomers. Er werden bouwvergunningen verstrekt voor plaatsen en projecten die een decennium eerder nog ondenkbaar waren. De gemeenten, die hun inkomsten zagen teruglopen, verwachtten een nieuwe impuls van de rijke gepensioneerden uit de Randstad. De ondernemers droomden van extra werk. De kwijnende dorpsscholen hoopten op nieuwe leerlingen. Er ontstond een planologisch wild-west. Beleid zat er nauwelijks achter, het was vooral angst die de gemeenten en de dorpen voortdreef, angst voor de nieuwe tijd.

Zo was in het naburige dorp Wiewerd achter een soort geluidswal in korte tijd een koekoeksjong gegroeid dat bijna even groot was als de rest van het dorp. In de modder stonden hier en daar futuristische bouwsels met grote aluminium ramen, daarnaast waren huizen gebouwd met hoge, rechte, Belgische muren van gele bakstenen, en weer andere villa's deden denken aan Amerikaanse schuren.

In Mantgum was een soortgelijke steenpuist aan het dorp geplakt. Wonen aan het water was voor de huizenhandel een absolute noodzaak, maar omdat rondom dit dorp alleen maar weilanden lagen had de projectontwikkelaar zelf de nodige slootjes en kanaaltjes gegraven. Aan die rechte, net gegraven waterpartijen stonden overal villa's te wachten op hun nieuwe eigenaars, en in de tussentijd reden de oude dorpsbewoners er op zondagmiddagen langs. Over één van de sloten was een grachtenbruggetje getimmerd. De eerste kinderen uit de stad ploeterden met hun kleurige plastic fietsjes door de modder. In de tuinen stonden kleine coniferen tussen de zware Friese kleikluiten.

Een van de huizen was gebouwd op een soort terp, waaronder een garage was aangelegd. Een ander had brede, ruwe voegen waarmee de aannemer vermoedelijk een soort Brabantsboeren-effect had willen bereiken. Een derde villa was geheel in de vorm van een driehoek gebouwd.

Veel woningen waren voorzien van antiek-Duitse brievenbussen en automatische plastic tuinlantarens die – 'Goed voor het milieu!' – op zonnecellen werkten. Het waren snelle jongens die voor de bouw verantwoordelijk waren geweest, en de zonnige woningen vertoonden er alle sporen van: imposante portalen waren gecombineerd met de goedkoopste voordeur uit de Gamma-hal, kruiskozijnen waren tussen de dubbele beglazing geplaatst in plaats van erop en de traptreden van de terp hadden de bouwers wegens ruimtegebrek enigszins schuin naar beneden laten lopen. 'We komen hier nog eens terug als het ijzelt,' lachten de Jorwerters.

In Weidum, een paar kilometer verder, waren bouwvakkers bezig met de afwerking van een grijsgele villa die pontificaal voor het dorp was neergezet. Het huis had zich op een of andere manier weten te ontworstelen aan het nieuwbouwwijkje van het dorp en ontnam nu aan zeker drie dorpswoningen het uitzicht. De villa was vierkant van vorm, het dak leek op een klassieke stolp, precies in het midden stond een schoorsteen, en daaronder zou ongetwijfeld een futuristische open haard worden ingemetseld. Aan de kant van de landerijen, de wolken en de horizon hadden de nieuwe eigenaars een grote, halfronde glaswand laten bouwen. Een van de zijmuren was door architect Atsma uit Oenkerk gedacht in hout, met in een hoek een patrijspoortachtig raam.

Het meest opvallend was de constructie die aan de kant van het dorp was toegepast: tot ieders stomme verbazing verrees daar binnen enkele weken een forse grijze muur, zonder één enkel raam. Alleen de toegangsdeur en de ingang van de garage waren nog naar het dorp gewend. Voor de rest keken de dorpsbewoners op blinde muren, uitgevoerd in hout, zandsteen en grijze bakstenen.

Zo bleek pas, toen de bouw bijna gereed was, wat deze villa werkelijk inhield: het was een woonhuis dat zich letterlijk naar de voorste rij had gedrongen, dat zich daarna met de rug naar het dorp had gekeerd en dat in alles duidelijk maakte dat het niets met de gemeenschap te maken wilde hebben. Deze nieuwe villa verkondigde slechts één boodschap: dat de eigenaars rijk waren, dat ze vonden dat ze deze plek op de wereld verdiend hadden en dat de rest kon barsten.

Jorwerd had als door een wonder aan deze bouwgolf weten te ontsnappen. Totdat een groepje in het café wakker werd. Eef en Jan bedachten samen met wat familieleden en kennissen dat het aan de oude Jorwerter vaart prachtig wonen zou zijn. Ze lieten een bouwplan tekenen voor een stuk of zes villa's op een stuk land dat vlak voor de oude dorpskern lag. De vaart zou eventueel zelfs kunnen worden uitgegraven tot een vijver. Wonen aan het water dus – al zou er in de praktijk weinig meer dan een kano aan de 'eigen aanlegsteiger' kunnen aanmeren, omdat de vaarweg verderop overal was versperd.

Iedere deelnemer had zo zijn eigen motieven. De één woonde te klein, de ander wilde deftiger, en Eef wilde verder.

De bouw zou wel het weidse uitzicht van een tiental andere bewoners benemen, en dat was niet het enige. Ook het klassieke dorpsgezicht, met de bomen, de vaart, de terp en het zadeldaktorentje, een tafereel dat in de jaren zestig zelfs de kalender van Douwe Egberts haalde, dat gezicht zou ernstig worden verstoord.

Achter de deuren van het dorp zoemde het dan ook van de roddels en geruchten. Aanvankelijk deed niemand iets – op één man na, die het café binnenstormde en rechtstreeks tegen Eef en Jan Dijkstra begon: hoe ze het in hun hoofd haalden om aan de vaart te gaan bouwen. 'Dat is de mooiste plek van ons dorp, man. Daar kun je toch geen bungalows gaan bouwen?'

Toch vonden veel andere Jorwerters het allemaal wel best. 'We kunnen toch niet eeuwig in berenvellen blijven rondlopen!' zei een man van de gemeente, en een aanzienlijk deel van de dorpsbewoners was het grondig met hem eens.

Merkwaardig genoeg waren het vooral de ouderen en de autochtone inwoners die dit soort ingrepen in het dorp van harte toejuichten. En het waren uitgerekend de jongeren en de nieuwkomers die er grote aarzelingen bij hadden. Het was een soort omgekeerd conservatisme, en voor een gedeelte viel dat te verklaren uit het feit dat de nieuwkomers minder argeloos waren en uit hun vorige leven in de stad wisten waar dit soort bouwdrift op uit kon lopen. De antibouwers wezen erop dat nog maar kort geleden na eindeloos palaveren een bestemmingsplan was aangenomen, en dat iedereen wel kon roepen dat het een mooi plekje was aan de vaart, maar dat we zo niet getrouwd waren.

Dat was niet de enige reden van hun verzet: ook hun beleving van het dorp was anders. Voor de jongeren en de nieuwkomers woog de intieme sfeer en de esthetische kant van het dorp zwaar – het was vaak de belangrijkste reden waarom ze gebleven of gekomen waren. De ouderen beleefden daarentegen het dorp nog steeds als een economische eenheid – al was die in werkelijkheid vrijwel verdwenen. Ieder nieuw gezin was voor hen nog altijd een klant erbij, een nieuw gezicht in het café, een kind op school misschien. De wet van het kleine getal speelde hun voortdurend door het hoofd, zeker toen dat getal alsmaar kleiner werd.

Toch reageerden beide groepen aanvankelijk gelaten op de bouwplannen. Dat had alles te maken met de verstrengeling van belangen die onvermijdelijk in een kleine gemeenschap optreedt. Ook dat is een zaak die stadsmensen stelselmatig onderschatten. Het vergt heel wat meer moed om in een dorp de nek uit te steken dan in de betrekkelijk anonieme wereld van de stad.

Ik was toevallig aanwezig bij de kleine huiselijke vergadering waarin de opponenten van het plan voor het eerst de koppen bij elkaar staken. Een van de vrouwen, die bij de gemeente informatie had ingewonnen, uitte haar ongerustheid: als de anderen daarna niets deden, zou zij dan niet als enige door het dorp gaan als onruststookster? De voorzitter van de dorpsvereniging durfde men niet al te hard aan te vallen, omdat hij tegelijk de directeur van de bank was en bijna iedereen daar wel een lening had lopen. Een van de boeren was fel tegen, maar omdat hij net midden in een ruilverkavelingsprocedure zat kon hij zich niet al te veel problemen met de gemeente permitteren. Een andere boer hield zich in, omdat men hem het leven zuur kon maken door voor zijn boerderij een hinderwetvergunning te eisen – zijn boerenplaats rook al meer dan tweehonderd jaar naar mest, maar al die nieuwe regels en eisen maakten hem uiterst chantabel. Een overbuurman was tegen, maar had tegelijk een oogje op de garage die zou vrijkomen als een van de plannenmakers inderdaad naar een villa aan de vaart zou verhuizen. Een buurvrouw zag haar uitzicht bedorven, maar was tegelijk goed bevriend met een van de gegadigden. En op hun beurt beseften de plannenmakers dat er diepe wonden geslagen zouden worden als ze hun zin koste wat kost zouden doordrukken.

De wet van het kleine getal verlamde, kortom, beide partijen: men moest immers nog langer met elkaar door het leven.

Rust, dat was nog altijd het eerste en het grootste ongeschreven gebod van het dorp.

Op een vrijdagavond werd er gevochten in het café. De schreeuwlelijk van de nieuwbouw, ook een van de plannenmakers, had de vriendin van Willem Osinga, een van de antibouwers, toegevoegd dat ze een 'stomme trut' was. Toen Willem weer bij zijn positieven kwam zat hij boven op de man, terwijl de andere cafébezoekers bezig waren hem ervan af te trekken. Willem zelf was er nog het meest ontdaan over. 'Ik heb het in de zestig jaar dat ik op deze wereld rondloop tot nu toe altijd met de mond kunnen redden,' zei hij voortdurend. 'Zoiets heb ik nog nooit meegemaakt.' Maar een van de boeren, waar Willem anders niet zo goed mee was, liep naar hem toe en gaf hem een hand.

Een week of wat later werden in Het Wapen van Baarderadeel alle tafels neergezet in de vorm van een grote magneet. Aan het einde van de linkerpoot van deze U-vorm zat de import, aan het begin zaten de vrouwen en rond de rechterpoot verzamelden zich de boeren en de oudere mannen. Om half acht dacht iedereen nog dat er misschien tien, vijftien mensen op deze speciale vergadering van de dorpsvereniging zouden komen, maar om vijf over acht zat het stampvol.

De bankdirecteur-voorzitter begon met een verklaring: dat burgemeester en wethouders nog niets over het bouwplan beslist hadden en dat er dus geen reden was voor een tegenactie van het dorp. Hij vreesde echter, zo zei hij, dat deze avond vooral belegd was uit ongenoegen met het bestuur van de dorpsvereniging. 'Dat mag allemaal, maar het is verspilde moeite, en we verpesten alleen maar ons weekend, want er is niets om over te praten nu.'

In het daaropvolgende halfuur bleef hij zijn best doen om het nieuwbouwplan van de agenda te drukken. Gaandeweg ontstond er deining in de zaal. En toen de voorzitter ook nog het aantal sprekers wilde beperken beende Willem Osinga driftig de zaal uit: 'Als er geen discussie mogelijk is, heb ik hier niets te zoeken.'

Iemand stond op: 'Ik wil nu weleens iets horen over die plannen, maar ik hoor alleen maar een dorpsbestuur dat zich staat te verdedigen. Ik wil de leden van deze vereniging horen.' De bankdirecteur: 'Maar er is nog niets beslist.' Een boer zei dat daar niets van klopte, dat de gemeente allang bij hem geweest was om land te kopen voor het plan, en dat er zelfs al groen licht was gegeven door de provincie. Een van de jongeren: 'Laten we gewoon over het plan praten, want ik weet wel hoe het anders loopt, dan wordt het gewoon ruzie.' De bankdirecteur: 'Ik wil die ruimte wel geven, maar ik sta er wel schouderophalend bij, want ik heb er nauwelijks informatie over. Bovendien moeten we het ook nog hebben over de nieuwe brug.'

Er weerklonk nu een algemeen gemor aan de tafels. Jan, de cafébaas, begon te wijzen op een stapel papieren op de rand van de bar. 'De voorzitter zegt dat er niets concreets is, maar dit zijn de plannen, tot in de details. En we hebben de dorpsvereniging al maanden geleden ingelicht.' De bankdirecteur probeerde opnieuw de kwestie van de agenda te krijgen, maar nu had hij de hele zaal eensgezind tegen zich. Dapper en met verve nam hij de rol van zondebok op zich, en zo voltrok zich een klein wonder: binnen een uur wist hij te bereiken dat bouwers en antibouwers, echte Jorwerters en nieuwkomers, ouderen en jongeren, boeren en import, kortom, dat alle fracties binnen het dorp zich verenigd hadden in één front. Tegen hem.

Het werd pauze, en een bizarre eensgezindheid golfde door het café. Jan vertelde iedereen met smaak over de plannen. Eef zat lachend te praten met een van de grootste antibouwers. Gais beende vrolijk van de een naar de ander. Folkert liet zijn hoek van de tafel schateren. Ik stelde me de Jorwerter hemel voor, en ik besefte dat die er ongeveer net zo uitzag: vrede, eensgezindheid in de bovenzaal van Het Wapen van Baarderadeel, en iedereen erbij: Gais, Folkert, Peet, Lamkje, Sake, de notaris, de onderwijzer, de bankdirecteur, Gijs, Armande, Marieke, de huisschilder, iedereen.

'Particulier initiatief is hartstikke mooi,' riep een van de mannen. 'Maar je krijgt wel polarisatie in het dorp. We moeten met z'n allen blijven praten. Wij Jorwerters zijn de baas in het dorp, en niet allerlei projectenmakers.' Een vrouw: 'Ik liet het wat in me omgaan, en ik dacht: misschien krijgen we wel een mooie skyline!' Een van de oudere mannen: 'Er moet gebouwd worden, anders komt de school leeg. Voor boodschappen moet je nu ook al naar Mantgum.' Gais: 'Maar het uitzicht uit de bejaardenwoningen verdwijnt, en dat nog wel in het Jaar van de Ouderen.' Een ander: 'De mensen die er nu willen bouwen hebben hier al jaren gewoond. Daar heb ik niets op tegen. Maar ik begrijp dat er misschien ook wel Amsterdammers kunnen komen, en dan zijn er problemen.'

En toen stond een oude, gebogen boer op: 'Ik wil wel wat zeggen,' zei hij. 'Ze willen mijn grond kopen. Maar dat gezeur aan mijn kop, van dit en van dat, daardoor laat ik me niet opjagen. Dus het gaat wat mij betreft niet door. En dan kun je me wel kwaad aankijken, maar zo is het.'

En zo bevroor het plan voor de nieuwbouw in Jorwerd. Het werd niet afgeblazen, er ontstond geen rel, er werd geen discussie gevoerd, het stolde langzaam totdat er geen beweging meer in zat. Het hing voortaan ergens in de dorpsgeschiedenis, tussen de herinneringen, de beelden, de dromen en de vage angsten voor straks.

De volgende dag was alles weer bij het oude. Over het land hing een grijze nevel, die langzaam overvloeide in de avondschemer. Even buiten het dorp stond de man met de leesmappen voor een oprit, met zijn auto vol oude Viva's en Aktuelen. Achter de ramen van het notariskantoor scheen het licht, geel en warm. Ik zag Boonstra, de klerk, door het lokaal met de aktes en de folianten schuiven, zoals hij al veertig jaar deed.

In het dorp waren de straatlantarens nog niet aangestoken. Tussen de huizen weerklonk het gekraak van een fietszadel. Folkert. Zijn dynamo slipte een beetje, zijn koplamp zocht aarzelend van links naar rechts, maar stug fietste hij verder door de verlaten dorpsstraat. De kerk stond in al zijn omvang midden in het dorp, eeuwig, onveranderd, als een blok in de tijd. Het lege gebouw leek groter en indrukwekkender dan ooit, en alles eromheen werd klein en nietig terwijl de schemer viel.

In de verte droeg de lucht het geraas mee van de weg naar Wommels, de weg naar Grouw, de stad, de spoorlijn naar Sneek, en het was alsof we leefden in een vierkant van geluid.

II

DE OVERLEVERS

De belangrijkste gebeurtenis in de jeugd van Fedde was de uitvinding van het perpetuum mobile. Dat was een motor die helemaal zonder brandstof werkte. Een vrijgezel onder Wolvega had hem uitgevonden en op de jaarmarkt in Gorredijk had iemand hem zien draaien. Iedereen praatte erover. Binnenkort zou al het zware handwerk door die nieuwe machines gedaan kunnen worden. Nooit meer sjouwen met melkbussen, maaien, hooi opsteken, mest kruien, spitten en slaven. Nog even, en dan zou alles anders worden, maar het kwam er nooit van.

Later ging het verhaal rond dat grote oliemaatschappijen het eeuwige zwijgen van de uitvinder hadden gekocht, voor een miljoen gulden, zeiden ze. Vandaar dus.

Fedde was de eerste boer die ik leerde kennen. Hij woonde zo'n dertig kilometer van Jorwerd, wat meer in de zandstreek, achter Heerenveen. In het begin van de jaren zeventig werd ik zijn meest nabije buurman, en al gauw was het elke zondag koffiedrinken en praten, samen met zijn broers Pieter en Goitsen.

'Het was een tijd van werken en doodgaan,' zei Pieter. Zijn vader was al weg voordat hij geboren was, en van weduwenpensioenen en uitkeringen had toen nog niemand gehoord. Als de boeren aardappels kookten voor de varkens had het gezin ook een goede dag, daar aten alle kinderen van mee. 'Melk en armoe, daar leefden we van,' zei Goitsen.

Sietske van der Spoel heette hun moeder, en ze had tien kinderen toen ze weduwe werd: Lipkje, Fedde, Hendrik, Harm, Catrinus, Trijntje – die later in de war is geraakt – Goitsen, Hylke, Klaas en Pieter. Twee hebben die jaren niet overleefd: Hendrik kreeg op zijn achttiende de Spaanse griep en Catrinus stierf op zijn dertiende aan een onduidelijke koorts – maar die was toch al nooit sterk geweest.

De anderen moesten zo snel mogelijk hun eigen eten thuisbrengen. Pieter begon op zijn veertiende bij de kruidenier, boodschappen bezorgen, twaalf uur 's nachts kwam hij thuis, om zeven uur 's ochtends weer op pad. Goitsen was al vanaf zijn twaalfde bij een boer. Fedde ook, die begon later voor zichzelf, met een handvol koeien en een handeltje in kalveren: vier beesten in een karretje achter zijn transportfiets en nog eens twee in een enorme korf voorop, daarmee zeulde hij door de modderige paden van boerderij naar boerderij. 'Je wist ook niet beter,' zei Pieter.

In de jaren dertig waren de meeste kinderen uitgevlogen. Alleen Fedde en Pieter bleven bij hun moeder Sietske achter. Ze woonden achter de Meibos, in een boerderijtje met een schuur, een erf en een mesthoop, midden in de ruimte, ver van de wereld. Vlakbij stond nog zo'n bedoeninkje, daar woonden Minne en zijn moeder. Daaromheen was enkel land – hoewel, in de striemende regens van de herfst en de winter was het meestal niet meer dan begroeide modder, zover het oog strekte.

Ook voor Minne was het ploeteren. Hij had een paar koeien, en verder verhuurde hij zich als melkknecht bij andere boeren. Alleen zijn broer Lammert leek zich aan de modder te willen ontworstelen, met alle macht en woede die in hem was. Hij zag toekomst in dat nieuwe vervoermiddel, de autobus, en hij begon een eigen bedrijfje op te bouwen. Op een dag verzeilde de bus in de vaart, en daarna was er weer het oude leven.

Een enkele keer was er feest. Fedde vertelde weleens over die ene bruiloft waarop hij verschrikkelijk dronken was geworden, en dan was er iets vaags over een meisje en een molen. De herinnering was ongerept gebleven, niet overspoeld door veel latere gebeurtenissen, en Fedde sprak er dan ook over alsof het vorige maand gebeurd was in plaats van vijftig jaar geleden.

Als ze in de zomer aan het hooien waren zagen ze een enkele keer weleens mensen langsfietsen, op vakantie. Pieter zei: 'Vakantie, we wisten niet eens wat dat was. Met vakantie fietsen, dat was een andere wereld.'

Dat er oorlog was, dat wisten ze direct. Pieter: 'Het was in mei 1940. Fedde was al om vijf uur met zijn kalveren naar de markt gegaan. Ik stond me bij de regenbak te wassen, maar opeens stond Fedde weer naast me. Hij zei: "De markt is gesloten, want de oorlog is uitgebroken." En ik was drieëntwintig jaar.'

De dag daarop zagen ze de eerste Duitsers al, paardenvolk dat op weg was naar de Afsluitdijk. 'Ze reden allemaal op paarden, overal waren paarden – ja, het was schandalig, maar we keken vooral naar die paarden. Wat een prachtige dieren waren dat.'

Het land veranderde alleen als de schaduw van de wolken erover gleed. Fedde was begonnen om schillen en afval langs de huizen op te halen en daardoor kon hij er een paar koeien bij nemen, zonder dat hij extra grond hoefde te huren. Pas in september hoorden ze dat Rotterdam was gebombardeerd. Anderhalf jaar later verscheen de slager in Gorredijk achter zijn toonbank met een gele ster. Na een paar maanden was hij verdwenen, en niemand zou hem ooit terugzien.

De buren hadden in hun armoede alle hoop gevestigd op de Nieuwe Orde. Minne en zijn moeder werden enthousiast lid van de nationaal-socialisten en Lammert had zich zelfs aangesloten bij de zwarthemden. Hij ging zo tekeer dat hij 'de schrik van Wolvega' werd genoemd.

Bij Sietske, Fedde en Pieter kwam op een dag de veearts langs. Of Sietske een paar joodse onderduikers wilde nemen. Ze zaten nogal omhoog. Sietske veegde haar handen aan haar schort af en knikte: 'Nou ja, breng ze maar, het is anders ook zo sneu voor die mensen.'

Het werden de eersten van een lange reeks. Fedde plantte de rand van het erf vol met wilgen en vlierstruiken, tegen de inkijk. Alle avonden zaten ze met de onderduikers te kaarten, en als er vreemd bezoek kwam vlogen ze onder de bedstee. Pieter: 'Het kon niet altijd koek en ei zijn, maar waar is waar: we hebben veel plezier beleefd.'

Na anderhalf jaar ging het mis. De oude buurvrouw, de moeder van Minne en Lammert, kwam onverwacht langs voor een schep suiker. De onderduikers konden niet snel genoeg onder de bedstee glippen, en toen de buurvrouw de kamer binnenstapte staken nog een paar benen uit het luik. De volgende dag werden ze direct naar een ander adres gebracht. Een inval is er nooit gekomen.

Na de oorlog waren er medailles voor Sietske, Fedde en Pieter, en bomen in een Israëlisch heldenbos. Lammert werd ter dood veroordeeld, later kreeg hij gratie. Zijn moeder overleed kort daarna. Sietske werd in oktober 1951 ziek. Ze had alles overleefd, maar leverkanker niet. Ze stierf thuis, onder veel pijn. Na de begrafenis was er thee met een krakeling.

De beide bedoeninkjes op het land bleven. In het ene leefde nu alleen nog Fedde, in het andere zat Minne. Minne stortte zich op motoren en bromfietsen. Hij was gefascineerd door machines, en in en rondom zijn huis lag het vol wielen, tandraderen en oude cilinders. Fedde hield vijf koeien en een oude stier – 'een boer zonder stier is geen boer' –, een bok, een ezel, twee katten – waarvan één met een manke poot –, veertien kippen en achttien hanen. Afgezien van de koeien liep alles vrij rond. Hij fietste nog steeds met kalveren en schillen.

Ze werden allebei grijs, en hun lichamen waren taai, gerimpeld en vereelt. Minne hield zijn felle kop. Op een dag zag hij in de *Leeuwarder Courant* dat een oude jeugdliefde na veertig jaar weduwe geworden was. Hij knipte de rouwadvertentie uit. Een paar weken later startte hij op een zondagmiddag zijn motorfiets. 'Ik moest er maar eens langs om te zien,' zei hij tegen Fedde. Hij had haar sinds zijn achttiende niet meer gesproken. Twee uur later was hij alweer terug. 'Ze was vet geworden.'

Fedde veranderde met de loop der jaren in een soort Dr Doolittle, een zachtmoedige man die altijd dezelfde pet droeg en hetzelfde buisje van corduroy, en die met het licht opstond en met het donker naar bed ging. Hij beheerde de voorraad Beerenburg die hij samen met Minne op de kop had getikt toen een naburig café ermee ophield – ze hadden eerst de enorme mandfles in een melkbus leeggegoten en toen hadden ze hun buit samen op de motorfiets naar huis gesleept, Minne voorop, dan de melkbus, dan Fedde. Ze dronken altijd bij Fedde, onder de petroleumlamp. Zo nu en dan gingen ze allebei naar buiten om te pissen en naar de sterren te kijken.

's Avonds laat strompelde Minne door het land naar huis en klauterde de ladder op naar het hooizoldertje waar hij sliep omdat de bedsteden vol lagen met kettingkasten, spatborden en zuigerstangen. Daar lag hij met wijd open ogen, want, zei hij, het spookte in zijn huis sinds de oorlog.

In hun gesprekken sloegen ze die jaren meestal over. 'Ach ja,' zei Fedde, als je hem naar die vreemde periode vroeg, 'je moet toch samen de tijd doorkomen, nietwaar?' Eén keer hadden ze onenigheid, over een mistige kwestie die verder niemand duidelijk was. Ze hebben toen een jaar niet met elkaar gepraat. Daarna zat Minne weer iedere zondagochtend bij zijn buurman op de koffie en sneed Fedde met zijn grote handen stukken reepkoek voor hem af – met cellofaan en al, 'want dat is hygiënischer'.

In 1972 werd Fedde ziek. Een slok petroleum – sinds zijn jeugd hét middel tegen alle kwalen – hielp ditmaal niet. Ze haalden een stuk uit zijn maag, maar de wond werd niet meer goed. Toen hij in het ziekenhuis lag zorgde Minne voor zijn beesten, en zodra hij weer thuis was begon hij van voren af aan met koeien en kippen. Met de ziekte in zijn lijf zeulde hij de transportfiets met melkbussen door het modderpad van de Meibos naar de weg, twee keer per dag, weer of geen weer.

Minne had ondertussen zijn boerenbedrijf eraan gegeven. Hij had een nieuw huis laten bouwen even verderop aan de weg, met water en gas, en elektriciteit, en televisie. De eerste weken ging hij er alleen 's avonds heen om de lampen te laten branden en naar *Peyton Place* te kijken. Pas later verhuisde hij.

Die zomer zat Fedde vaak stilletjes vanuit de hooischuur naar de avond te kijken, omringd door zijn dieren. De manke kat op schoot, de ezel en de bok naast hem, de kippen als dikke proppen op de hanenbalken.

Toen werd het najaar, en alles ging mis. Een koe stierf. Er kwam een man van de melkfabriek vertellen dat iedereen moest overstappen op koeltanks, en dat het binnenkort afgelopen zou zijn met de melkrijderij en de ouderwetse melkbussen. Op een stormnacht waaide de dikste boom om, versperde het hele erf en verpletterde bijna het huis. Een paar weken later lag de ezel dood voor de deur. Fedde zelf was zo verzwakt dat hij kort daarop de stier weg moest doen.

Veertien dagen later was het gebeurd. Op een natte, winderige decemberdag raakte hij met zijn transportfiets vast in de modder. Hij kon hem er niet meer uittrekken. Een paar weken later was hij dood.

Zo is het gegaan. Sietske is dood. Fedde is dood. Lammert is dood. Minne is dood. In de hooischuur van Fedde staat tegenwoordig een zeiljacht opgeslagen, over zijn oude modderpad is een recreatieroute aangelegd en het weiland dat Minne jaar na jaar bemaaide is door Staatsbosbeheer volgezet met eiken, berken, lariksen en andere natuur. Maar de overlevers zijn dood, en niemand heeft hun plaats ingenomen.

*

Op het einde van de twintigste eeuw beleefden we de laatste jaren van een cultuur zoals we die eeuwenlang kenden, maar die nu binnen enkele decennia tussen onze vingers wegglipte.

Ruim honderd jaar geleden speelde het boerenbedrijf nog overal de rol die het tienduizenden jaren lang gespeeld had: die van voedster, voortbrengster en leermeesteres. In het grootste deel van Europa was de landbouw de belangrijkste bron van bestaan, de centrale motor die het hele denken en doen bepaalde, het kader dat leven en dood met ijzeren wetten vastlegde.

De meeste stedelingen hoeven maar een paar generaties terug te gaan, of ze stuiten op een grootvader, een oudoom of een overgrootvader die als boer het hoofd boven water probeerde te houden.

In 1849 hield vierenveertig procent van de Nederlandse huishoudingen zich in leven met vee, akkers, groenten of een combinatie van dit alles. Honderd jaar later, in 1950, was dat nog twintig procent. In 1995 had Nederland de meest intensieve landbouw van Europa, maar de boerenbevolking was de afgelopen halve eeuw letterlijk gedecimeerd: van driekwart miljoen in 1950 tot vijfenzeventigduizend in 1995. Geen twee procent van de Nederlanders had rond de eeuwwisseling nog iets met het boerenbedrijf te maken.

Op wereldniveau begon zich een soortgelijk patroon af te tekenen. Tot ver na de Tweede Wereldoorlog bestond het overgrote deel van de mensheid uit boeren. In 1960 woonde tweederde van de wereldbevolking op het platteland. In 2025 zal volgens de jongste toekomstverkenning van de Verenigde Naties nog slechts een derde van de mensen een boerenbestaan leiden.

In 1950 waren er slechts twee megasteden van meer dan acht miljoen inwoners, Londen en New York. In het jaar 2015 zullen het er drieëndertig zijn, plus nog eens vijfhonderd steden met meer dan één miljoen inwoners.

Rond de eeuwwisseling zal dus het omslagpunt plaatsvinden, het historische moment waarop voor het eerst in de geschiedenis van de mensheid meer mensen in de stad zullen wonen dan op het land.

Toch bestond op het moment dat ik in Jorwerd woonde de helft van de wereldbevolking nog altijd uit boeren. En dat boeren een ander slag mensen zijn dan stedelingen beseft iedereen die weleens een voet gezet heeft op de veemarkt van Purmerend, of op een boelgoed bij Woerden, of op een autocrossterrein in Bontebok, of op de Pinkstermarkt van Oudeschoot.

Op zo'n grote boerenmarkt ligt vrijwel alles wat op een gewone stadsmarkt ook te vinden is, alleen verschillen de accenten: er is een overmaat aan gereedschap, spaden, scheppen en het ruigere soort werkkledij te vinden, de planten zijn er goedkoper maar minder gevarieerd, de kooplieden met wonderbaarlijke poetsmiddeltjes, supercitroenpersen en Amerikaanse veerveters die nooit meer gestrikt hoeven te worden zijn er nog in volle glorie aanwezig en er is natuurlijk allerlei levende have: paarden, kippen, ganzen, schapen, geiten, eenden, kanaries, duiven, konijnen en zelfs een tamme kraai, het is er allemaal te koop.

En dan zijn er de onvoorstelbare hoeveelheden drank: in tenten en oude schuren, staande of zittend aan ruwe tafels en banken, stijf pratend of wat wiegend op de muziek, en maar gieten tot we lam zijn. De meisjes hebben blond, kortgeknipt haar, of vettig ingezette krulletjes, de jongens dragen blauwe spijkerpakken of houthakkershemden, ze hebben een dunne rotting in de hand en kleine zonnebrilletjes waren in '95 dé grote mode. 'Daar nemen wij mannen geen genoegen mee,' hoor ik naast me zeggen, en ik zie een zestienjarige een gefingeerde uitval doen naar zijn buurjongen, terwijl zijn vriendin half gierend van de lach tegen hem wegkruipt. Beiden zijn fris, blozend, glad opgeknipt en glashard, en in de ogen van een stedeling lijken ze afkomstig van een andere planeet.

Op boerenmarkten zie je gezichten die je in de stad nooit zult zien, en je ziet ze bij duizenden. Ze zijn rood en gegroefd – door de eeuwige buitenlucht. Ze zijn dik – door het vet dat op zo'n markt bij kilo's wordt geconsumeerd in de vorm van hamburgers, braadworsten, gebakken vissen en gefrituurde karbonades. Ze zijn krachtig – vooral de jongeren zijn, door het soort werk dat ze doen, over het algemeen beresterk. Ze zijn geteisterd, niet zelden vol littekens en builen – het boerenwerk blijft riskant en met name de ouderen behandelen zichzelf dikwijls niet beter dan hun vee: ieder doktersbezoek kost geld en verzekerd zijn ze vaak nauwelijks. En ze zijn eeuwenoud – ze dragen de sporen van generaties, ze staan los van modes en trends.

Peet, Folkert, Lampkje, Fedde en Minne hadden, met alle verschillen, één ding gemeen: hun leven, maar ook hun doen en denken, en zelfs hun 'zijn' zou in een stad ondenkbaar zijn geweest. Terwijl de grenzen verdwenen en de afstanden steeds kleiner werden liep er zelfs aan het einde van de twintigste eeuw nog een diepe cultuurkloof door ieder land. Het was een breuklijn die voor iedereen zichtbaar was, maar waar je zelden iemand over hoorde: die tussen stedelingen en boeren, tussen consumenten en overlevers.

Dat verschil, uitstijgend boven talen, culturen en godsdiensten, was er altijd geweest. Plato schreef al over het contrast tussen de 'vurige samenleving' van de stad en de 'simpele samenleving' van het boerendorp. In de negentiende eeuw vormde het verschil tussen stad en land een belangrijk element in de publieke discussie. Voor Tolstoj was het verschil tussen het plattelandsbestaan en het stadsleven bijna gelijk aan het verschil tussen goed en kwaad – hij bouwde zijn roman *Anna Karenina* zelfs helemaal daaromheen. Karl Marx sprak over de 'geborneerde stadsdieren' tegenover de 'geborneerde plattelandsdieren'. En toen na de negentiende eeuw de politieke belangstelling voor deze tegenstelling verdween, bleven sociologen en antropologen zich ermee bezighouden.

Een van de belangrijkste onderzoekers, de Amerikaan Robert Redfield, ontwikkelde zelfs de theorie van de continue beweging, waarbij de meer 'beschaafde' steden telkens weer macht en rijkdom vergaren, maar daarvoor een hoge prijs moeten betalen in vervreemding, normloosheid en persoonlijk isolement, en ten slotte weer uiteenvallen.

Telkens keerde datzelfde thema terug, dat de Russische dichter Nikolaj Nekrasov anderhalve eeuw geleden verwoordde:

In de hoofdsteden geselen felle oratoren
slavernij, de leugen en het kwaad.
Doch in verre streken van het land
hangt als tevoren, niet te vatten
stilte boven de eindeloze vlakten.

Nu lagen de verhoudingen in de twintigste eeuw niet meer zo simpel. Het was allang niet meer de gesloten stad tegenover het naïeve, openliggende platteland. Op allerlei manieren had de stad de afgelopen decennia het platteland geïnfiltreerd, met forensen en rijke gepensioneerden, met geld, met auto's en met honderdduizenden kabelaansluitingen. Maar tegelijk bleef het platteland zich roeren in het onderbewuste van de stad. Ook stedelingen werden, meer dan ze dachten, bepaald door boerentradities.

Als er in de politiek gesproken werd over een terugkeer naar de waarden van familie en gezin, dan was dat – terecht of niet – een teruggrijpen op het dorp, op het heimwee naar buiten dat nog sluimerde in het hart van talloze stedelingen.

Als in de grote hoogbouwwijken een Marokkaanse jongen in conflict kwam met het strenge gezag van zijn vader was die ruzie in een groot aantal gevallen te herleiden tot een botsing tussen de normen van het platteland en de normen van de stad.

Als in een keurige buitenwijk een Hollandse moeder een woedeaanval kreeg als haar dochter thuiskwam met een gekleurde trouwjurk in plaats van een witte spraken beiden verschillende talen: de dochter de stadstaal van genieten en schoonheid, de moeder de dorpstaal van traditie, eer en schande.

Als in een modern appartement in Moskou een grootmoeder de huishouding van haar dochter runde, als Parijzenaars iedere dag hun familie belden, dan vertelden die feiten maar één ding: ook in een wereldstad was het dorp nog vaak de maat der dingen.

Als in de Balkan bergbewoners bewust bibliotheken, moskeeën en eeuwenoude kunstschatten kapotschoten sprak daaruit geen onverschilligheid maar haat, de haat van de boer jegens de complexe wereld van de stad. En als men, in datzelfde verband, sprak over de wildheid die de keerzijde vormde van onze beschaving, dan lag daarachter de eeuwige angst van de stedeling voor de ontembare krachten van het altijd zwijgende platteland.

De spanning tussen platteland en stad was een van de meest verzwegen, en tegelijk een van de gevoeligste conflicthaarden binnen de twintigste-eeuwse cultuur.

Er waren een paar typerende kenmerken voor bijna alle boeren, waar ze ook woonden. Boeren leefden bijvoorbeeld vrijwel altijd in kleine gemeenschappen, met alles wat daar verder bij kwam kijken. Er bestond een zekere mate van autonomie – de meeste boeren waren uiteindelijk kleine zelfstandigen, en daar hechtten ze zeer aan. Desondanks werd het geheel bijna altijd beheerst door buitenstaanders: grootgrondbezitters, toeleveranciers, grote afnemers, de bank, de veilingen, de Eco-keurmerken, de overheid.

Vaders, zoons, moeders, dochters, grootouders en kleinkinderen verkeerden het grootste gedeelte van de dag in elkaars fysieke nabijheid, en het meeste werk deden ze samen. Omdat er altijd een gebrek was aan voldoende handen werden ook de kinderen al jong aan het werk gezet, en zo leerden ze bijna spelenderwijs de belangrijkste handgrepen van het boerenambacht: wieden, maaien, oogsten, melken. Bijna alle boerenkinderen die ik in Jorwerd sprak waren al op hun zesde, zevende jaar ingezet voor kleine klusjes – bijvoorbeeld het drijven van het vee van het ene weiland naar het andere. Rond hun tiende leerden ze allemaal melken. En tegelijk zag ik zelfs in de modernste bedrijven vaak nog een grootvader in de stal rondscharrelen, voor wat klein werk en veel goede raad, want al verandert de hele wereld, een koe blijft een koe, en dat is een levend en gecompliceerd wezen.

Uit dit alles vloeide een andere bijzondere karaktertrek van het boerenambacht voort: bij de meeste boeren stond, als het erop aankwam, de continuïteit van het bedrijf voorop, niet het behalen van een maximale winst. Het bedrijfsdoel van de doorsnee boer was nog altijd in de eerste plaats het voortbestaan van de groep. Het ging hem om het scheppen van bestaanszekerheid voor zijn gezin, voor zijn familie en voor de komende generaties, en al het andere was daaraan ondergeschikt.

In veel opzichten waren de verschillen tussen Jorwerd en Amsterdam dus aanzienlijk groter dan tussen Jorwerd en een willekeurig dorp in Engeland of Duitsland.

Er zijn in de loop van deze eeuw heel wat dorpen bestudeerd, en in bijna al die onderzoeken valt één ding op: de 'universaliteit' van het dorpsleven. Dorpen, waar ook ter wereld, lijken in sommige opzichten verbazingwekkend veel op elkaar. Maakten ze zich in Jorwerd druk over het voortbestaan van de school? In een onderzoek naar een Amerikaans dorp kwam ik precies dezelfde zorgen tegen. Trok iedereen naar de stad en wordt landbouwgrond weer aan de wildernis overgegeven? In Frankrijk was het al decennia lang niet anders. Draaide het in veel Jorwerter bedrijven uiteindelijk altijd om de familie? Poolse, Indonesische en Zuidamerikaanse studies signaleerden precies dezelfde sociale patronen.

Robert Redfield analyseerde drie plattelandssamenlevingen. Eentje uit het boek *Werken en Dagen* van de Griek Hesiodus (600 voor Christus). Vervolgens een dorp in het Engelse Surrey rond 1900, beschreven door George Bourne. En ten slotte een dorp van de Maya-indianen in Yucatán, waar hijzelf een paar jaar gewoond had.

Hij zag alle drie de gemeenschappen beheerst worden door eenzelfde cluster van opvattingen:

een vermenging van het boerenwerk met een bijna eerbiedige houding tegenover de grond; de verbinding van de arbeid met persoonlijke waarden;

het trainen van de jongeren in taaiheid en hard werken, in plaats van het nemen van risico's en het nastreven van persoonlijk gewin;

het accepteren van zwaar werk, het zelfs als norm zien, en tegelijk dolblij zijn als het afgelopen is.

Redfields conclusie: 'Als een boer uit één van deze drie totaal los van elkaar staande dorpen door een aardige geest naar één van beide andere gemeenschappen zou kunnen worden getransporteerd, en voorzien zou worden van de taal van het dorp waarheen hij was overgebracht, dan zou hij zich zeer snel thuis voelen. En dat zou komen omdat de fundamentele uitgangspunten van zijn bestaan niet zouden zijn veranderd.'

De Engelse essayist John Berger, die in de jaren tachtig een Frans bergdorp beschreef, legde de nadruk op de continuïteit en de taaiheid van het boerenleven. Hij schetste het als een bestaan dat nog volledig was afgestemd op overleving. 'Het woord overlevende heeft twee betekenissen,' schreef Berger. 'Het duidt op iemand die een ramp heeft overleefd. Maar het kan ook iemand aangeven die is doorgegaan met een bepaalde manier van leven, terwijl anderen verdwenen of ten onder gingen.'

Het was in deze tweede betekenis dat hij dit woord ten aanzien van boeren gebruikte. Boeren waren namelijk degenen die met taaie volharding bleven doorwerken, in tegenstelling tot de tallozen die jong stierven, emigreerden of paupers werden. Overlevers dus, in tegenstelling tot overlevenden.

Ook Richard Critchfield, de Amerikaanse journalist-antropoloog die tientallen dorpen bestudeerde, overal ter wereld, had het gevoel dat alles zich herhaalde, en op een of andere manier hetzelfde was. 'De boer is een herkenbaar en eeuwenoud soort mens,' schreef hij, en hij vroeg zich zelfs af of de boer eigenlijk niet het enige mensentype was, 'met andere woorden, de gemeenschappelijke culturele voorouder van ons allemaal'.

Toch gingen onder die uiterlijke gelijkenissen ook grote verschillen schuil. Er bestond bijvoorbeeld een fundamenteel onderscheid tussen 'peasants' en 'farmers', of, anders gezegd, tussen 'eigenheimers', boeren die voornamelijk voor zichzelf en hun naaste omgeving produceerden, en 'stadsboeren', boeren die zich vooral op de markt in de stad richtten, die zich gespecialiseerd hadden in tuinbouw, veeteelt of akkerbouw, die speelden met de stad – en de stad met hen lieten spelen. In Nederland was zo langzamerhand zelfs de kleinste boer een 'farmer', maar er waren ook landen waar de eigenheimers nog altijd in de meerderheid waren.

Veel boeren waren bovendien niet puur boer, maar eerder manusje-van-alles. Het oorspronkelijke boerenbedrijf moeten we ons dan ook in de eerste plaats voorstellen als een mengvorm van overlevingstechnieken. Uit één van de eerste Hollandse bevolkingsonderzoeken, de Informacie van 1514, blijkt bijvoorbeeld dat de vrouwen in het Noordhollandse Ransdorp er 'een coyken of twee' op na hielden, maar dat de mannen hun tijd grotendeels op zee doorbrachten. In Nieuwkoop verdienden de boeren bij met rietsnijden, turfsteken en sloten graven.

In Alphen aan de Rijn hielden ze zich, naast akkerbouw en veeteelt, bezig met het vangen van vissen en vogels.

Bijna niemand in al die dorpen bleek ergens in gespecialiseerd te zijn. Zowel mannen als vrouwen waren ruim inzetbaar en profiteerden van iedere toevallige kans die zich voordeed. Men molk een paar koeien, men handelde wat, men scharrelde wat, men plukte de dag, en men redde zich met handigheid en plooibaarheid.

Het is dan ook te eenvoudig om te spreken van 'de' boerencultuur in haar algemeenheid. De bijna-horigheid van de Russische boer tegenover de stedeling en de grootgrondbezitter had weinig te maken met het individualisme van de Franse bergboeren. De Griekse boer, die generaties lang voornamelijk voor zijn eigen eiland produceerde, had een andere instelling tot de markt dan de Duitse graanboer bij de Oostzee. En de immense armoede van de boeren in Brabant en Gelderland bracht een heel andere houding met zich mee dan de handelsgeest van de boeren in de 'zeeprovincies' Holland, Zeeland, Friesland en Groningen, die al eeuwenlang onder de invloed van grote steden leefden.

Zo was het ook met de dorpen. Het verschijnsel stad is slechts een paar duizend jaar oud, en pas na de middeleeuwen beginnen steden op grotere schaal voor te komen. Bijna alle nationale staten zijn slechts enkele honderden jaren oud, terwijl veel dorpen al duizenden jaren geleden bestonden. De dorpsgemeenschap is de meest voorkomende vorm van samenleven gedurende de hele geschiedenis, en het is een van de taaiste menselijke instituten die we kennen.

Tegelijk zijn de verschillen tussen dorpen enorm, zelfs binnen Nederland. Er zijn streken waar voornamelijk grote dorpen voorkomen – zoals de zandgebieden van Gelderland,

Overijssel en Brabant – en gebieden waar de kleine dorpen overal in het land liggen gestrooid – zoals in Friesland, Noord-Holland, Zeeland en Zuid-Limburg. Er zijn dorpen, zoals Jorwerd, met een duidelijk eigen karakter, met meestal een eigen kerk, een café en/of een paar winkels. En er zijn gehuchten en buurtschappen, zoals bijvoorbeeld Funs, die veel kleiner zijn, die leunen op een naburig dorp en die nauwelijks een gevoel van eigen identiteit hebben.

Er zijn forensendorpen, woondorpen, door de stad aangevreten dorpen, toeristendorpen, ambtenarendorpen, rijkemensendorpen en boerendorpen. Er zijn saaie en mooie dorpen. Er zijn drukke dorpen met halve winkelstraten en dorpen waar de laatste kruidenier al een kwart eeuw geleden met pensioen is gegaan. Er zijn dorpen waar de verenigingen bloeien en bruisen en dorpen waar de gemeenschap zo dood is als een pier. Er zijn dorpen aan de snelweg, dorpen aan de rivier, dorpen waar het zeewater over de dijk stuift, dorpen waar de schutterij marcheert en dorpen rondom een kaal kanaal in het veen. Er bestaat geen 'standaard-dorp', en Jorwerd is het al helemaal niet.

Ook dat hoort bij het verschijnsel dorp. Overal ter wereld hebben dorpen woorden waarmee ze naburige dorpen karakteriseren: die mensen daar zijn ruw en gevaarlijk, dat dorp daar is meer open en vriendelijk, en die van Jorwerd zijn notoire zuiplappen, dweilen en losbollen.

Die gevoelens van eenheid en die verschillen met andere dorpen worden door iedereen ervaren die in een dorp is opgegroeid. Het woordje 'wij' dat bijna elke dorpeling weleens gebruikt erkent tegelijk het onderscheid van de eigen dorpsgemeenschap van andere dorpen. Het gaat zelfs verder: naarmate het leven van de betrokkenen zich meer tot het dorp beperkt, geldt de dorpsgemeenschap voor de bewoners als de levenscyclus zelf, als een kleine kosmos op zich.

Nu is Nederland wat dorpen en boerenculturen betreft een speciaal geval. Holland was al vroeg een sterk verstedelijkt gebied, Amsterdam was in de zeventiende eeuw zelfs een van de grootste steden ter wereld, en dat had een sterke uitstraling over de rest van het land. Bovendien waren, door de platheid van het land en het vele water, de verbindingen tussen stad en platteland hier vanouds makkelijk en intensief. Zelfs een hechte gemeenschap als Jorwerd kan met de beste wil van de wereld niet vergeleken worden met een Russisch gehucht of een Frans bergdorp. Daarvoor is het al te lang onderdeel geweest van een half-verstadste landstreek.

Er zijn auteurs die, wat Nederland betreft, alle verschillen tussen stad en platteland afschrijven. Dit land is één groot cultureel systeem, menen ze, waarbinnen op allerlei manieren een voortdurende uitwisseling plaatsvindt van mensen, beelden en ideeën. Onze manier van wonen, werken en recreatie is volgens hen iets algemeens geworden, een leefwijze die stedelingen en dorpelingen in gelijke mate hebben omhelsd. Bovendien wordt er binnen dat ene cultuurgebied voortdurend verhuisd van stad naar land en omgekeerd. Er zijn talloze mensen die in de stad wonen en niet van de stad zijn, en, omgekeerd, talloze anderen die van de stad zijn, en niet meer in de stad wonen. Het is volgens deze opvatting zo'n mengelmoesje geworden in dit land, dat je er niets meer mee aankunt. Het platteland is in hun ogen alleen nog iets negatiefs: het is niet-stad, en niets anders.

De niet-stad is echter slechts de oppervlakte. Het interessante van de Nederlandse situatie is namelijk dat het platteland een duidelijke eigenheid behouden heeft. Dorpen en landschappen mogen eeuwenlang gekoloniseerd zijn door de steden, ze hebben zichzelf niet helemaal verloren.

Je moet wel een blind paard zijn om niet te zien dat de wijze van werken, de geschiedenis, de rituelen, de verhouding tussen privé en publiek, de vriendschaps- en familiebanden, de omgang met geld en goederen, de houding ten aanzien van natuur en godsdienst, de binding met de woonplek, kortom, alles wat een cultuur bepaalt, in een dorp nog altijd anders is getoonzet dan in een stad. Zelfs binnen Nederland. En wie het tegendeel beweert doet noch recht aan het fenomeen dorp, noch aan het fenomeen stad.

In een doorsnee Nederlands/Fries dorp als Jorwerd leven, ondanks de nabijheid van een stad als Leeuwarden, nog talloze opvattingen en gewoonten die zo'n gemeenschap anders maken dan een halve forensenplaats. Het zijn de resten van de vroegere, nu min of meer ondergronds sluimerende dorpscultuur, vaak ook zijn het fragmenten van oude overlevingstechnieken, en niet zelden is het ook een levenshouding die bleef bestaan omdat het werken met het weer, de grond en de natuur nu eenmaal een andere instelling met zich meebrengt dan het leven in een stad.

Dorpen hebben honderden – soms duizenden – jaren overleefd, dorpen hebben gezichten, dorpen hebben verhalen, dorpen hebben rimpels en lijnen die niet weg te vegen zijn.

Maar hun geluiden zijn zacht geworden, en hun kleuren grijs, en hun perpetuum mobile lijkt soms te staken.

III

HET WANKELE KOORD

Wie op een vroege herfstochtend de brug bij de oude schilderswinkel over loopt en daarna langzaam Jorwerd uit wandelt, wie dat voor de eerste maal doet wordt overweldigd door licht, door honderd verschillende soorten licht. Het licht boven deze platheid is allesbepalend. Het is eeuwig en altijd weer anders, het zet de kleur van elke dag, het dreigt en troost, het beangstigt en behaagt.

In de maanden dat ik mijn ochtendrondes maakte was de wereld om het dorp vol betoverde landschappen en witte nevels, met daarin de vage kleuren van een boerderij, een kerktoren of een dorp. Toen de herfst verliep, en het 's nachts begon te vriezen was er alleen nog maar platheid rondom het dorp en alles wat daarboven uitstak was er even opgezet en kon zo weer worden weggenomen.

Alleen de luchten kleurden eeuwig anders. Er waren ochtenden vol donkerpaarse wolken, met daarachter blauw. De zon kwam op achter de kerktoren, met grote gele stralen scheen ze onder de wolken door. Een dag later was het land weer ingepakt door een koude, wittige mist, waarbij zo nu en dan een vlaag sneeuw over de bevroren velden joeg. Om twaalf uur het heldere gelui van een verre klok.

En dan waren er de eerste warme dagen na de winter. De bomen rond de kerk, die weer een zweem van groen kregen. De ochtenden en de avonden die vol vogels waren. Uit alle voortuintjes van het dorp spoten de narcissen. Er werd schoongemaakt, geverfd, getimmerd en Gijs was met een grote compressor bezig een nieuwe beschoeiing te maken, samen met Wiebe, Frans en sterke Ype – 'Ha,' riep Ype, 'drillen met de compressor, dat vind ik het leukste wat er is, mag ik even?'

En het gras begon weer vol en groen te worden, de eerste pinksterbloemen bloeiden, in de bermen kwam het fluitekruid op en de weilanden stonden vol schapen en lammeren. 's Avonds trok de voorjaarsnevel uit de sloten een dunne sluier over het land, een dromerig wit in het licht van de volle maan. Later in de nacht kwamen regen- en onweerswolken overdrijven, en de maan stond hoog en rood achter de kerktoren, half afgeschermd door de wolken die in een vreemde draaiing om haar heen stonden, alsof er een heuse kunstschilder bezig was geweest.

Naast het licht was er het land. Jorwerd was een plek waar al vele honderden, soms duizenden jaren mensen gewoond hadden, een woonplaats die ouder was dan Amsterdam en Rotterdam samen. Het lag in een van de oudste landschappen van Nederland, een voormalig kweldergebied, plat en groen, met hier en daar een verhoging waarop gewoond kon worden, een zogenaamde terp.

Toen in het jaar 960 de IJslandse viking Egil een reis door de zeeprovincies van de Lage Landen maakte beschreef hij het gebied als een vlak land waarin sloten waren gegraven die vol water stonden en waarmee de akkers en de weiden werden afgegrensd. Via balken plachten de bewoners de sloten te passeren, noteerde Egil. Zo moet ook deze omgeving eruitgezien hebben, en zo zag het er in grote lijnen nog steeds uit in de twintigste eeuw.

Als je rond het dorp liep, en je had er oog voor, dan kon je nog de sporen zien van het land van Egil. Er lagen vage geulen in de wei, resten van een prehistorische rivier, de Boorn. Er waren een paar kronkelende vaarten, ooit waarschijnlijk natuurlijke kreken en stroompjes. Er waren sloten die op een vreemde manier zigzagden, als een ouderwetse omslagboor. Zulke verspringingen waren vaak spelingen van de natuur. Maar soms waren het ook de resten van een middeleeuwse burenruzie: de ene eigenaar wilde blijkbaar niet dat de sloot door zijn land werd gegraven, en als zijn buren toch een afwatering wilden, dan moest volgens de toen geldende regels de sloot maar op het terrein van de andere eigenaren gegraven worden. Er waren de zogenaamde 'groene sloten', greppels leken het, maar dan dieper. Dat waren de restanten van het natuurlijke afwateringssysteem dat gebruikt werd in de vroege middeleeuwen, totdat in de zestiende eeuw de eerste watermolens kwamen.

Dan waren er de verhogingen in het land. Bij de buurtschappen Battens, Funs en Tsjeintgum stonden de boerderijen wat hoger, ook al waren de oude terpen grotendeels afgegraven. Het waren herinneringen aan de eerste boeren hier, pioniers die tweeduizend jaar geleden van de hoge zandgronden naar de drooggevallen kwelders van de Middelzee trokken. Ze hoedden hun vee, legden de eerste akkers aan en zetten hun hutten neer op kwelderruggen en oeverwallen om niet door de vloed te worden overvallen.

Later wierpen ze grotere plaggenheuvels op in het land. Soms stond er maar één boerderij op zo'n terp, soms waren het er meer, in een ring rond een drinkkuil voor het vee – de plaats waar later vaak de kerk gebouwd zou worden. Zo moet de grote terp van Jorwerd er in vroeger tijden ook hebben uitgezien, groter nog dan nu, want in de negentiende eeuw zijn er flinke stukken van afgegraven.

Er is van die eerste terpbewoners een beschrijving bewaard gebleven van de hand van de Romeinse militair Gaius Plinius

Secundus, die ongeveer 50 na Christus een rondreis maakte door Noord-Nederland.

'Als het water het omliggende gebied bedekt zijn het net opvarenden van een schip,' zo schreef hij, 'maar wanneer het water wijkt lijken ze meer schipbreukelingen, zoals ze rond hun stulpjes jacht maken op vissen die zich met de zee mee terugtrekken'.

Hij had met ze te doen. 'Ze pakken modder met de hand, drogen die, meer in de wind dan in de zon, en met deze aarde als brandstof verwarmen zij hun voedsel en hun eigen, door de noorderkou verkleumde ingewanden. Als drinken hebben ze alleen maar regenwater, dat ze in kuilen bij de ingang van hun huizen bewaren. En zulke volken zeggen slaven te worden, wanneer ze door het Romeinse volk worden overwonnen!'

Toch werd dit terpengebied al snel een betrekkelijk welvarende landbouwstreek. De landerijen waaierden vanaf de terpen stervormig uit over het buitengebied, het smalste stuk, de akkers, bij de boerderij, het breedste, de hooilanden, achteraan. De boerderijen zelf waren gemaakt van planken, plaggen en vlechtwerk, aangesmeerd met leem. De daken waren van riet en stro, en als schoorsteen fungeerde op zijn hoogst een gat – en zelfs dat was er vaak niet. Het waren lange, primitieve gebouwen, met een woongedeelte voor, een koestal achter en een aparte hooiberg, bouwsels die pas in de zeventiende eeuw zouden uitgroeien tot het bekende kop-hals-romptype.

En ten slotte kwam er rijkdom en macht. Vlak bij Jorwerd, aan het eind van de Hesense reed, bij de boerderij die wordt aangeduid als Groot Hesens, ging de weg plotseling omhoog. Ook dat was het restant van een oude terp. En links daarvan lag in het weiland nóg een vreemde verhoging. Dat was de plek van de Jorwerter 'stins'. Daar was vroeger een kasteeltje, zeiden de mensen, dat kun je nog zien aan de sloten die rondom het terrein lopen, dat was de oude slotgracht.

Maar toen ik in Jorwerd kwam was er niet veel meer van te zien dan een bult en een verlaten arbeiderswoning, waar de schapen schuilden als de koude wind woei.

Hoe waren de kleuren van het land? Het was groen, bruinig en grijs, maar vroeger was er meer. Er was akkerbouw en veeteelt door elkaar heen, en veel van de landbouwgewassen die toen populair waren zijn vrijwel verdwenen: gerst, vlas, meekrap, hop, haver, spurrie, spelt, boekweit, hun kleuren en vormen bepalen allang niet meer het landschap.

Zelfs het grasland zag er heel anders uit. Waar nu de weidegrond enkel bepaald wordt door het eeuwig groene Engelse raaigras wisselde in vroeger tijden de kleur van de weilanden met de seizoenen: wit van de madelieven, geel van de paardebloemen, lila van de pinksterbloem, rood van de zuring, en het land veranderde mee.

Het vee had zijn eigen tinten. De varkens waren borstelig, geelwit of donker, vaak ook gevlekt. De paarden waren grauw, bruin, zwartvaal en roodbles. De koeien waren oorspronkelijk roodachtig, maar in later tijden werden ze steeds bonter: zwart, rood, wit, grijs, bruin of vaalblauw.

Tekenend voor de veelkleurigheid van het oorspronkelijke vee is een notitie die Rienck Hemmema, een boer in de buurt, in 1572 in zijn 'Rekenboeck' maakte. Bij het opmaken van de jaarbalans schreef hij dat in zijn stal waren geboren: een muiskleurig kalf van een zwarte koe, een muiskleurig stierkalf met een witte kop van een gele koe, een muiskleurig gespikkeld koekalf van een muiskleurige gespikkelde koe, een zwart koekalf van een kleine rode koe en een zwart koekalf met witte kop van een koe met een zwarte rug. De standaard van het groene gras en het zwartbonte vee, het was tot voor honderd jaar terug nog ver te zoeken.

Bijna alle dieren waren bovendien kleiner dan de huidige soorten, en dat betekende dat ze veel huid hadden en weinig vlees. Dat correspondeerde aardig met de economische waardeverhoudingen. De huiden waren immers minstens zo belangrijk als het vlees omdat er leer, kleding en perkament van gemaakt kon worden.

De doorsnee melkopbrengst van de koeien was gering, zo'n acht- à negenhonderd liter per jaar. De ruim dertienhonderd liter die Rienck Hemmema in datzelfde 'Rekenboeck' noteerde waren uitzonderlijk – het kan niet anders, of hij moet een hele goede boer geweest zijn.

Van de eerste Jorwerters zijn niet meer dan een paar losse flarden bekend. Er is bij die terpafgraving in de vorige eeuw een handvol van hun schamele bezittingen boven de grond gekomen, en meer gegevens hebben we niet. Er zit een mysterieus zwartgroen doorschijnend glas bij, met drie menselijke figuren, ze hebben een puntbaard, de één kijkt naar de andere twee en ze houden elkaar bij de hand. Verder is er het gewone werk: een pot van gebakken aarde, een benen kam met een versiering van cirkeltjes, een amfoor, een Romeinse munt, een spinschijf van hertshoorn, de resten van een bestaan van eigenheimers, zoals overal.

Voor zover we kunnen nagaan hadden de boeren in dit Friese laagland net als elders een gemengd bedrijf, met akkers, wei- en hooilanden, en met geriefbosjes en moestuinen. Lonend was hun werk in die tijd nauwelijks. De vaste regel was dat een derde van de opbrengst gebruikt werd voor zaaizaad, een derde naar een of andere landsheer verdween voor de pacht en een derde overbleef voor het levensonderhoud van de boerenfamilie.

Het boerenleven was vanouds een complete bestaanswijze, in dit dorp net zo goed als elders, en dat hield in dat de families eigen kleren maakten, brood bakten, leer looiden en huizen, schuren en stallen bouwden. De gemiddelde veestapel schommelde vermoedelijk tussen de vier en de zes koeien, en veel kleine boeren hadden er vaak maar twee. Met allerlei ander werk scharrelde men zo'n beetje door het leven.

Sommigen specialiseerden zich in bepaalde vaardigheden. Aparte smeden waren er in Friesland al vanaf de tijd van de volksverhuizingen, en daarna begonnen anderen zich ook toe te leggen op het looien van leer of het bakken van brood. Er kwamen timmerlieden en pottenbakkers, molenaars om het meel te malen, en wevers met speciale weefgetouwen – al bleef op veel boerderijen het spinnen en weven nog lang in zwang. Er vond zo op den duur een herverdeling van de beschikbare tijd plaats, en wel vooral tussen landbouwactiviteiten en de rest.

De natuur bleef echter grillig, soms vriend, soms vijand. Dijken braken regelmatig door, het land klonk in en zakte weg – het maaiveld in Friesland en Groningen daalde de afgelopen duizend jaar met twee meter – en de windmolens konden het regenwater lang niet aan.

Er is een mededeling over Jorwerd – dat toen nog Everwerth heette – in de abtenkroniek van Thomas Groningensis uit 1220, waarin gemeld wordt dat het land er verlaten bij lag omdat het door de overstromingen van het zeewater onbruikbaar was geworden. In het Bildt noteerde een boer in mei 1607 in zijn dagboek dat de wegen zo onder water stonden dat men met pramen rondom zijn dorp voer. Toen zijn vrouw een paar jaar later begraven werd waren er vier paarden nodig om de lijkwagen door de modder te trekken, 'wandt het hadde een landijerijge regen gewest'. En op 16 februari 1825 schreef de

Wirdummer Doeke Wijgers Hellema dat hij de toren beklommen had en dat de 'gantsche oppervlakte' van het land 'spiegelde als glas, van het oosten tot het westen, zover het oog reikte zag men niets als water'.

Tot ver in de negentiende eeuw stonden grote delen van Friesland, Groningen en Holland 's winters regelmatig onder water – in het Fries is niet voor niets het woord 'dijk' synoniem aan 'weg'. Veel land kon maar een paar maanden per jaar gebruikt worden. Veel dorpen leefden tijdens de lange natte winters in een isolement, totdat de vorst kwam, en er geschaatst kon worden. Zelfs een stad als Leeuwarden was tot in het begin van de negentiende eeuw 'in den winter vaak van alle gemeenschap afgesneden'. Overal lagen meren en moerassen, net als de verlaten dorpen in Frankrijk monumenten van een verloren strijd tegen het bestaan.

Leegte was tot anderhalve eeuw geleden hét kenmerk van het platteland, ook in Nederland.

In Jorwerd stonden, zo blijkt uit oude kerkrekeningen, vanaf 1763 vijf straatlantarens, elk met één kaars. Later kwamen er een paar olielampen. Futiele, bijna zinloze lichtbronnen, maar, zo schreef de historicus Auke van der Woud in zijn schitterende boek over het Nederlandse landschap, bij dit soort lantarens ging het niet om het licht, maar lag de essentie in iets anders. 'Een vlammetje op een drie meter hoge paal – een magisch teken, een bijna troostend bewijs van orde in de wijde stille duisternis'.

Er woonden tot het begin van de negentiende eeuw zo'n twee miljoen mensen in dit land, en het grootste deel van die bevolking was in het verstedelijkte Holland geconcentreerd. Dat betekende dat de rest van het land uitermate dun bevolkt was. Friesland kende, naast intensief gebruikte landbouwgebieden zoals de Greidhoek, uitgestrekte venen en moerassen. In Gelderland en Brabant waren nog eindeloze heidevelden en woeste gronden, ongenaakbare streken die alleen aan de rand bebouwd konden worden. Drenthe bestond voor driekwart uit wildernis. De Peel was één groot moeras van zo'n honderd vierkante kilometer.

Bovendien waren er enorme oppervlaktes arme grond die slechts een tiental jaren gebruikt konden worden, waarna ze weer zo'n twintig tot dertig jaar lang braak moesten liggen. Er woonden weinig mensen in zulke streken omdat er bijna geen brood te verdienen was, en bovendien woonden ze met hele families, knechts en meiden meestal samen op één hoeve – een negentiende-eeuwse reiziger in Twente sprak niet voor niets van 'zekere eilanden in het midden van deze zee van woestijnen'.

In deze leegte was na zonsondergang de duisternis kolossaal, een onvoorstelbare donkerte voor de hedendaagse Nederlander. Buiten de steden was er geen ander licht dan dat van de sterren en de maan, en ook uit de woningen kwam nauwelijks iets naar buiten. Mensen waren zuinig met hun licht, namen lamp of kaars mee als ze zich door het huis en de stallen bewogen, en leefden en werkten met het daglicht mee, van zonsopgang tot zonsondergang.

Toen Leeuwarden in 1845 overging naar straatverlichting op gas, en de lampen voor de eerste maal werden aangestoken, schreef Doeke Hellema in zijn dagboek dat 'men elders in het land, ook te Wirdum, meende dat er brand was, zo lichtede de stad'. Toen men eraan wende diende het felle stadslicht voor de verre omgeving als baken. De Jorwerters zagen een vage, grote lichtvlek tegen de lucht, en ze wisten: dat is het kunstlicht van Leeuwarden, en dat is Franeker.

Bij die duisternis hoorde een duistere bevolking. In het lege, vlakke land zijn eeuwenlang verhalen verteld – en soms ook opgetekend – over witte wijven die over de velden zweefden, reuzen die zich opeens, van achteren, over de argeloze wandelaar heen bogen zodat deze hun gezicht ondersteboven voor zich zag, katten die meeliepen en onderweg steeds groter werden, schelmen zonder hoofd die de wegen onveilig maakten, schimmen die een eenzame schaatser volgden, spookachtige mensenmassa's die 'wee' roepend op het water stonden, wanhopige armen die uit het veen te voorschijn kwamen, zuigelingen die in de avond opeens op het roer van een schipper verschenen, smekend om een doodskleed.

In 1842 meldde de *Friesche Volksalmanak* dat het niet meer de gewoonte was om over dit soort duistere zaken te spreken. 'Let wel: er zijn velen die niet aan spoken geloven – zolang ze bij 't vuur zitten, of die met heksen en duivelbanners de spot drijven zolang ze bij de dominee of de meester of op het Nut zitten te praten. Maar als de boter niet karnt, dan schrijven ze voor de drempel van hun huis toch stilletjes een kruis op de grond, en als de oude merrie pijn heeft, dan trachten ze die met een "formulier" te verdrijven'.

Zo concentreerden zich in magie en spookverhalen alle angsten van een leven dat permanent op de rand balanceerde. Men kon van de boerderij bestaan, men kon zelfs tot een zekere welvaart komen, maar zodra er een bijzondere tegenslag te verwerken was – ziekte, oorlog, overstroming, een muizenplaag – kon de familie van het ene moment op het andere tot bittere armoede vervallen. Ramp stapelde zich op ramp. Van misoogst kwam honger, van honger kwam ziekte, door ziekte ontstond er een tekort aan mankracht waardoor akkers of dijken niet meer konden worden onderhouden. De natuur was één grote tombola, en het enige dat een boerenfamilie kon doen was op veilig spelen, en bovendien heel voorzichtig, generatie na generatie.

*

De eerste boer uit de omgeving van Jorwerd van wie we iets meer weten is de al eerder genoemde Rienck Hemmema, de eigenaar van al die muiskleurige kalveren. Hij woonde in Hitzum, een klein dorp ten zuidwesten van Franeker. Van hem is een reeks bedrijfsnotities bewaard gebleven uit de jaren 1569 tot 1573. Hij was vermoedelijk geen doorsnee boer – het feit dat hij een speciaal 'Rekenboeck ofte Memoriael' bijhield is al bijzonder – maar desondanks geven zijn aantekeningen toch een aardige indruk van het reilen en zeilen van een zestiende-eeuwse boer in deze contreien.

Hemmema had vier paarden, ongeveer vijftien melkkoeien en behalve wat weiland ruim acht hectare akkerland. Uit de aantekeningen blijkt dat toen al het maken van boter en kaas zijn belangrijkste bron van inkomsten vormde – omdat hij zoveel melk produceerde had hij er zelfs een aparte dienstbode voor aangenomen. Maar in sommige jaren verdiende hij ook nog bijna de helft met de verbouw van graan.

Mest was in die tijd nog een uitermate schaars en kostbaar product: uit Hemmema's 'Rekenboeck' blijkt dat hij voor zijn akkers grote hoeveelheden moest bijkopen van de stadsburgers van Franeker, die, zoals toen gebruikelijk was, er vaak zelf ook een paar koeien op na hielden.

Het meest interessant is dat Hemmema in geen enkel opzicht meer een 'peasant' was. Rond het jaar 1500 waren de meeste boeren nog typische 'peasants', zo valt af te leiden uit de 'Informacie's' van 1494 en 1514. Het waren grotendeels boeren die in hun eigen behoeften voorzagen en niet voor de markt produceerden. Hemmema's bedrijf was ruim een halve eeuw later al helemaal op de markt gericht. Zelfs ging hij zo ver dat hij vrijwel niets van zijn gerst en tarwe voor eigen gebruik bewaarde. Hij bracht bijna al zijn dure broodgraan naar de markt, zo blijkt uit zijn boekhouding, en kocht daar de veel goedkopere rogge voor terug, om brood te bakken voor zijn knechten en meiden. En vermoedelijk kwam die zelfs rechtstreeks uit het Oostzeegebied. Hemmema had zijn bestaan toen al vervlochten met de Europese handelsstromen, en met het lot van de steden.

Ook rondom Jorwerd verloren de boeren waarschijnlijk vanaf het eind van de zestiende eeuw hun 'peasant'-achtige trekken. Net zoals elders in Friesland en Holland begonnen ze zich te ontwikkelen tot 'farmers', gespecialiseerde boeren die hun kaas, vlees en andere producten op de markt verkochten of lieten verkopen.

Er zijn cijfers bekend van het aantal boeren in de streken rondom Jorwerd met een ploeg, het typische werktuig van de akkerbouwer. Dat getal begon rond 1600 sterk te dalen – wat betekent dat steeds meer boeren hier de teelt van graan eraan gaven en zich enkel nog concentreerden op veeteelt, veefokken en het maken van boter. En een veehouder heeft een ploeg niet nodig.

Die kleine omwenteling had alles te maken met de veranderingen in de stad. Terwijl in de rest van Europa nog negen van de tien mensen op het platteland woonden, waren in Zuid-Engeland en in de Nederlandse kustgewesten omvangrijke stedengebieden ontstaan. In Zuid-Holland woonde in het begin van de zestiende eeuw al meer dan de helft van de bevolking in een stad, in Vlaanderen, Brabant en Noord-Holland ongeveer een derde, in Friesland een kwart. Bovendien hadden die stedelingen steeds meer geld over voor 'luxe'-producten als vlees, boter en kaas. De koe begon vanaf dat moment haar opmars.

Toen het met de steden goed ging bleven ook de dorpen niet achter. Tekenend voor die eerste verstadsing van het dorp zijn de halfversleten grafstenen, waarmee de vloer van de Jorwerter kerk nog steeds is geplaveid.

Daar liggen bijvoorbeeld Eelke Sipkes Banga, medegedeputeerde der Vijfdelen Binnendijks, overleden op 13 december 1665; Hottie Fons, pastoor te Jorwerd, overleden 26 november 1556; Elisabeth Hendriks Hemstra, overleden op 9 september 1772 – ze woonde op de boerderij van Sake Castelein; Rienck van Hettinga, hopman 'des Vriesschen Nassouschen Regiments', overleden op 14 maart 1602; het heerschap Wattie van Hania, in de nacht van 2 op 3 december 1569 vermoord in zijn slaapkamer in het Jorwerter slot Groot Hesens – op de zerk is ten overvloede het hele tafereel van de moord gebeiteld. En zo ligt er nog een twintigtal.

Dat zijn bepaald niet meer de graven van een klein, geïsoleerd boerendorp.

Datzelfde proces van verfijning blijkt uit boedelinventarissen uit de zeventiende en achttiende eeuw: het tinnen en houten eetgerei dat vervangen werd door aardewerken borden, koppen en schotels, de simpele banken en kisten die werden opgevolgd door grote kasten en fraaie meubels, de luiken waarvoor gordijnen in de plaats kwamen.

Uit de eerste Friese belastingregisters, de *Aanbreng van 1511*, valt op te maken dat in de zestiende eeuw nog zo'n vijfentachtig procent van de plattelandsbevolking uit boeren bestond. Maar ruim twee eeuwen later, in 1749, blijkt uit diezelfde registers dat de boeren er nog maar net in de meerderheid waren. De dorpsbevolking was flink toegenomen, en in de dorpen woonden nu ook handelsmensen, arbeiders, schippers, timmerlieden, kleermakers, schoenmakers, onderwijzers, dominees, tappers, winkeliers, bakkers en smeden.

Dat gold ook voor Jorwerd. Vanaf het begin van de zeventiende eeuw waren er altijd wel twee à drie bakkers in het dorp, een paar tappers en herbergen, een smid, een timmerman, een kuiper en een chirurgijn. In 1850, zo weten we uit een lijst van de gemeente, waren er maar liefst vijf winkeliers, een smid, twee ververs, een koperslager, vier tappers, twee bakkers, drie timmerbedrijven, twee kuipers, een slager, een dokter, drie kramers, een koopman en een zilversmid.

Het kleine Jorwerd was, kortom, net als belangrijke delen van het Nederlandse platteland, prima in staat om een breed scala aan goederen en diensten te leveren. Daarvoor had men de stad absoluut niet nodig.

In de negentiende eeuw zou die onafhankelijkheid leiden tot een nieuwe scheiding tussen stad en land, maar nu vooral in de geest. De meer romantische stedelingen begonnen de boerenstand te idealiseren, en de boeren zelf begonnen zich bewust te onderscheiden van de stad.

In Friesland en elders ontstond een beweging om de eigen taal te stimuleren en overal werden klederdrachten en oude gebruiken bewust in ere gehouden. Tot in de jaren vijftig van deze eeuw zat de Jorwerter kerk iedere zondagochtend vol blinkende achttiende-eeuwse oorijzers. Ook in de manier waarop de boeren hun huizen inrichtten gaven ze blijk van standsbesef, met bepaalde meubels, met bepaalde kleuren en patronen, en met bepaalde statussymbolen.

De verhouding tussen stad en land lag door de eeuwen heen in Nederland dus minder vast dan men gewoonlijk denkt. En er is vermoedelijk een vrij lange periode geweest waarin de verschillen tussen steden en dorpen zelfs kleiner waren dan nu, deels omdat de steden in hun omvang 'dorpser' waren, deels ook omdat men in de dorpen 'stadser' leefde.

★

Nu moet gezegd worden dat ook de schippers, voerlieden en veedrijvers bij dit alles een belangrijke rol speelden. Friesland en Holland waren lage en platte landstreken en dat betekende dat er betrekkelijk gemakkelijk en snel gereisd kon worden. Er bestond al vroeg een uitstekend stelsel van waterwegen en beurtdiensten, waardoor boeren hun producten vlot naar de markt konden brengen. Zelfs het afgelegen Drenthe maakte deel uit van allerlei handelsnetwerken. Drentse boeren produceerden wol voor de Hollandse lakenindustrie, ze fokten paarden voor de stad en ze waren belangrijke leveranciers van halfvette slachtossen, vermoedelijk zo'n drie- à vijfduizend per jaar. Er zijn aanwijzingen dat het Drentse vee zelfs tot de veemarkten van Vlaanderen werd gedreven.

Het is dan ook niet toevallig dat overal op zestiende- en zeventiende-eeuwse landschapschilderijen kuddes met koeien voorkomen, wegen vol, meestal voortgedreven door een halfwassen knaap met een hoed op en een stok in de hand. Dat tafereel was geen idyllische toevoeging van de schilder. Die wegen vol trekvee, het moet de dagelijkse realiteit zijn geweest.

Al leek het landelijke leven nog altijd even simpel, onder die uiterlijke schijn bestond rond het jaar 1600 al een soort Europese landbouwindustrie. De Oostzeelanden produceerden enorme hoeveelheden graan voor de Lage Landen en Zuid-Europa. Friesland maakte boter en kaas voor Engeland en Holland. En Denemarken produceerde duizenden stuks slachtvee voor de steden in Holland.

In zijn *Geschiedenis van de Landbouw in Nederland* geeft de landbouwhistoricus Jan Bieleman imposante cijfers over de omvang van dat zeventiende-eeuwse handelsnetwerk. Vanuit Jutland en de Deense eilanden werden bijvoorbeeld gemiddeld vijftigduizend ossen per jaar via Noord-Duitsland naar het zuiden gedreven, in kuddes van veertig tot honderd stuks. De dieren werden in Denemarken gefokt en vervolgens tijdens de winter in speciale bedrijven 'voorgemest' en klaargemaakt voor de lange tocht naar de consumptiegebieden. De uittocht van deze halfgemeste ossen begon in februari, waardoor ze in het voorjaar afgeleverd konden worden, wanneer op de plaats van bestemming het gras net begon op te schieten. In de zomer werden ze dan rond de Hollandse steden verder 'vetgeweid', om ten slotte in het najaar voor de slacht te worden verkocht. Daarnaast werden er nog eens acht- tot tienduizend ossen per schip aangevoerd. En we hebben het dan nog niet eens over de grote aantallen slachtrunderen die van elders Holland werden binnengevoerd.

Slechts de meer afgelegen delen van Nederland bleven buiten dit intensieve systeem van handel, transport en toenemende specialisatie.

Uit een vergelijking tussen beroepentabellen van Overijssel en Noord-Holland rond 1800 bleek bijvoorbeeld dat er in Overijssel naar verhouding driemaal zo weinig bakkers waren als in Noord-Holland: daar werd het brood blijkbaar nog altijd door de boeren zelf gebakken, van eigen graan.

Uit de omstreken van Hoogeveen is bekend dat de boeren er rond 1820 zo slecht voorstonden dat ze geen geld hadden om mest uit het naburige Zwolle te kopen om hun arme veengrond wat vruchtbaarder te maken. Voor hen was iedere uitgave boven de aanschaf van het zaaigoed te veel.

En toen de Brabantse arts P.A. Barentsen in het begin van deze eeuw het plattelandsleven in de Kempen beschreef werden de meeste woningen daar nog zelf gebouwd, net zoals de plaggenhutten in Drenthe en in de Friese Wouden. Ook de meubels werden zelf gemaakt. Het persen van olie, het maken van zwavelstokken en het bakken van brood had men slechts kort daarvoor afgestoten. De fase van specialisatie, die de meeste boeren in Holland, Friesland en Groningen al drie eeuwen eerder hadden doorgemaakt, was daar duidelijk nog in volle gang.

In Bergeyk, zo vertelde me ooit de plaatselijke veearts, hadden de burgers zelfs in 1950 nog koeien, net zoals in het Franeker van Rienck Hemmema, in 1572. De smid had er één, net als de kruidenier, en de bakker had er zelfs twee.

Ook in Limburg, waar door allerlei handelsbarrières de toegang tot de omliggende markten versperd was, werd nog lange tijd op een bijna middeleeuwse manier landbouw bedreven. Rond het jaar 1800 werd nog driekwart van de Limburgse bodem in beslag genomen door producten die enkel bedoeld waren voor consumptie in het eigen gezin. Of, zoals een Limburger de gang van zaken rond 1790 beschreef: 'Men at en dronk wat de boerderij gaf. Omdat weinig kon worden verkocht, at de boer er goed van'. In de afgesloten wereld van de eigenheimers bleek het dus zelfs mogelijk om een Bourgondische levensstijl te ontwikkelen – en misschien bloeide die levensstijl zelfs wel dankzij het isolement.

De dorpen in deze afgelegen gebieden bleven zo vastgelegde werelden op zich. De mensen hadden niets, maar ze hadden ook niets nodig, behalve kleding, voedsel en een dak. Op dat wankele koord dansten bijna alle plattelanders in vroeger tijden, maar sommigen gingen daarmee generaties langer door dan anderen.

In de rest van het land schikte de landbouw zich om de steden alsof het stenen waren die in een vijver werden gegooid: vlak rond Amsterdam ontstond een ring van boeren die zich gespecialiseerd hadden in groenten, vleeskoeien en consumptiemelk, producten die snel in de stad moesten zijn. Wat verderop, in Utrecht en op de Veluwe, lag een ring van telers van productiegewassen – zoals hennep en vlas. Dan was er een ring waar de kaas en boter vandaan kwamen, en waar vee als het ware voorgefokt werd voor de intensief gebruikte productiegebieden vlak rond de steden. Tot die ring behoorde Jorwerd. En nog weer verder, op de zware kleigronden in Groningen en in het noorden van Friesland, lagen de uitgestrekte gebieden waar de bulkproducten werden geteeld die gemakkelijk over grotere afstand vervoerd konden worden: graan, bieten, aardappels.

Zo vond rond het einde van de zestiende eeuw een ontmenging van boerenbedrijven plaats, een ingreep die tot vandaag het licht, de kleuren en het gezicht van het Friese landschap zou bepalen: in het noorden de bouwhoek, in het lage midden het water, in de Wouden het gemengd bedrijf, in het zuidwesten de weidse groene vlakten met hier en daar een dorpje. In deze streek werd de koe de hoofdrolspeler. En het trage omzetten van gras in vlees en melk zou daarna eeuwenlang het bestaan bepalen.

IV

HET HUIS VAN ORDE EN PAPIER

Een van de oudste gebouwen van Jorwerd was het huis van de orde, het geld en het papier.

Het was het huis waar de notaris woonde en waar hij kantoor hield, vooraan in de straat. Het was een laag, eerlijk huis, met twee ferme ouderwetse schoorstenen, een solide voordeur met twee ramen links en drie ramen rechts, met glas in lood, en met op de stoep een vreemd scheef hek. Dat glas in lood en dat hek waren, zo begreep ik, ooit aangebracht omdat vroeger het halve dorp op of rond het hek van de notaris rondhing. Als een soort privacy-bescherming dus.

Al in de zestiende eeuw was het notarishuis de woning van de belangrijkste notabelen van het dorp. De grietman – een soort burgemeester – woonde er, de secretaris van de grietenij, de 'notaris publicus', rond 1800 is het huis een keer afgebroken en weer opgebouwd, en sinds 1835 woonde er de notaris. Jorwerd was immers niet zomaar een dorp. Het was eeuwenlang de hoofdplaats van de grietenij Baarderadeel, in het café was het 'rechthuis' gevestigd, er was zelfs een galgeveldje, in de Franse tijd was het dorp een 'mairie', en van al deze waardigheden rest nog altijd de officiële notaris-standplaats Jorwerd.

De notaris was een fiere, grijze man, die iedere dag als een vorst door de dorpsstraat fietste. Hij liep met een stok, maar dat zag geen mens. Wie bij hem op bezoek kwam werd naar achteren geleid, naar een grote kamer die als een fort in de oude notaristuin stak, omringd door bejaarde bomen en struiken en donkergroene klimop. Niet dat de notaris veel had aan zijn tuin. Al meer dan veertig jaar werd er het zogenaamde 'Iepenloftspul' gehouden, de reeks openluchtvoorstellingen waarom het dorp in de hele regio bekendstond. De hele zomer was er het geklop en gehamer te horen van de decorbouwers, daartussendoor werd een speciaal Iepenloftspul voor de kinderen gehouden, en zo langzamerhand was het ook traditie geworden dat de dominee op het toneel een 'tuinpreek' hield en de gemeente liet zingen onder begeleiding van de Weidumer blaaskapel.

'Je kunt moeilijk meer anders, hè,' zei de oude notaris. Nog ieder jaar kwam een delegatie van het dorp officieel vragen of de tuin gebruikt mocht worden, en als de voorstellingen draaiden ging hij elke avond kijken, in de speciale stoel die altijd voor hem gereserveerd was, vooraan bij het toneel. Verveeld had hij zich nooit. 'Ik heb *Myn Leave Lyske* (*My Fair Lady*) wel dertien keer gezien, ik zag elke avond wel wat nieuws'.

De eerste keer dat de notaris toestemming gaf was in 1954, toen een paar mensen geld wilden inzamelen voor de restauratie van de toren. Er kwamen toen vijfhonderd bezoekers. Rond 1995 trok het spektakel in de notaristuin jaarlijks meer dan zevenduizend mensen. *A Midsummer Night's Dream* hadden ze er opgevoerd, *My Fair Lady* met grote koren en de onderwijzer in de hoofdrol, *Anatevka* met tientallen figuranten en een stal met echte koeien, en iedere keer opnieuw deed het halve dorp plus omgeving mee.

Het spul was iets waar een paar mensen het hele jaar mee bezig waren: de decors van het vorige stuk waren nog maar nauwelijks afgebroken, of de spelers voor het volgende jaar werden weer geronseld, en als de winter voorbij was begonnen de decorbouwers alweer met het oprichten van enorme en bizarre constructies in de notaristuin: middeleeuwse kastelen, spookhuizen, Victoriaanse straten en Russische dorpen, het kon allemaal.

Iedereen werkte voor niets. 'Ach, dat vinden we leuk, daar hebben we plezier in,' zeiden de WAO'ers en de rentenierende boeren die week in week uit stonden te hameren en te schilderen voor een handvol voorstellingen. 'Ik heb er altijd wel aardigheid in gehad,' zei de notaris. 'Alleen ben je wel de hele zomer je tuin kwijt, en dat is nu al veertig jaar lang zo'.

De oude notaris begon in juni 1951 in Jorwerd als waarnemer, en de eerste koopakte die hij passeerde was een pachtboerderij van veertig hectare. De koopsom was honderdduizend gulden. 'Die werd toen contant betaald hier op kantoor, zo in flappen van duizend over de tafel. Tegenwoordig is dat zeer verdacht, maar daar hadden we toen nog geen weet van'.

De notaris had nooit van zichzelf gedacht dat hij lang in Jorwerd zou blijven, 'want het woei er allerverschrikkelijkst'. Toch was hij sindsdien op een wondermooie manier onderdeel geworden van het dorpsleven. Hij bepaalde het straatbeeld – altijd zag je hem fietsen of lopen. Hij kende iedereen – als hij voor een akte een getuige nodig had liep hij altijd naar de schoenmaker en later had Oebele van Zuiden dat erebaantje, voor een rijksdaalder per keer. En hij was notabel onder de notabelen – met de vroegere dominee, die pal tegenover hem woonde, onderhield hij innige banden omdat ze allebei nachtmensen waren. 'Dan stond hij om twaalf uur bij me op de stoep en zei: "Ik zag nog licht branden, ik dacht, ik steek maar eens over." En dan dronken we samen nog een glaasje cognac'.

In het dorp werd hoog opgegeven van zijn interventies. Toen de gemeente het naburige dorp Mantgum begon voor te trekken werd het beleid om in de omliggende kleine dorpen zoveel mogelijk wrakke woningen onbewoonbaar te verklaren, en de plaatsvervangende nieuwbouw bij het woningbestand van Mantgum te voegen.

Dankzij de beschermende hand van de notaris was zoiets echter nooit in Jorwerd gebeurd. Zo was de onderwijzer aan zijn eerste huis gekomen: hij werd 's avonds laat bij de notaris uitgenodigd, en terwijl ze allebei naar de tv zaten te kijken schoof de notaris hem een papiertje toe: 'Even tekenen'. Het was een huis voor duizend gulden, het oude bedoeninkje van beppe Sjoukje, die bijna honderd was geworden, en uit piëteit had de gemeente nooit het bordje 'Onbewoonbaar Verklaard' op haar deur durven spijkeren.

De onderwijzer zette een krabbel, de notaris zakte tevreden achterover, draaide een shagje en daarna raakte de verkoopakte een jaar zoek. Toen de gemeente er eindelijk achter kwam was het huisje al lang en breed door de onderwijzer, de huisschilder en nog een paar vrienden opgeknapt. Dat was in het begin van de jaren zeventig.

Tien jaar eerder redde hij op dezelfde manier het café, toen dat te koop stond en in handen kon vallen van iedere proleet die geld had. Op zijn aandrang nam de timmerman de boel over, ook midden in de nacht. Volgens het familieverhaal kwam hij thuis, zijn vrouw vroeg: 'Was het nog leuk?' en hij zei: 'Ja, en ik heb ook het café gekocht'.

*

In de archieven van het notarishuis waren zo talloze dorpsgeschiedenissen terug te vinden. 'Het gemeenschapsgeld zat hier vanouds bij de Kerk,' vertelde de notaris. Bij de Reformatie in 1570 had de Hervormde Kerk de kloostergoederen overgenomen, en met de gevolgen daarvan had zelfs hij nog te maken gehad. 'Land, wegen, straten, alles was van de Kerk. Als er wat gebeurde in het dorp, als er lantarenpalen moesten komen of een brug moest worden gebouwd, dan was het de kerkvoogdij die dat betaalde. Zelfs in 1970 heb ik nog stukken weg overgedragen van de Kerk aan de gemeente'.

Hij vertelde van de bouw van de ophaalbrug, in 1911, de brug die later door de gemeente werd weggeschonken aan een openluchtmuseum zonder dat het dorp daarin gekend was – decennia later nog altijd een punt van grote wrevel. 'In het gemeentearchief hebben ze nooit betalingen of andere sporen van die bouw kunnen terugvinden. Dat klopt, want die brug is niet betaald door de gemeente maar door de Kerk. Zelfs toen nog. Maar niemand wist dat meer, toen de gemeente met onze brug goede sier maakte bij dat museum'.

Veel historische gegevens over Jorwerd waren verzameld door de voormalige bakker, Klaas de Jong, en door een neef van de Casteleins, Jolt Oostra, die er zelfs een heel boek van maakte.

Uit hun onderzoek bleek bijvoorbeeld dat, wat er ook rond Jorwerd veranderde, de plekken waar de boeren woonden en leefden altijd dezelfde waren gebleven. Op precies dezelfde plaats waar in 1755 Tjeerd Jans woonde had in 1995 Hendrik Kundersma nog steeds zijn boerderij. De boerderij van Bonne Hijlkema stond vanaf 1640 in de boeken. Het bedrijf van Cor en Lies Wiedijk heette ooit Fondensera State, en was al in 1511 in handen van een zekere 'Katryn to Fondens', ofwel Funs. En de plaats van Sake Castelein werd in datzelfde jaar 1511 al gebruikt door ene 'Jacob in de buren'. 'Jorwerd ligt in een streek waar de boeren vanouds geen eigenaren waren maar pachters,' zei de notaris. 'En dat betekende dat er nog vrij vaak werd verhuisd. Maar toch kun je aan de stukken zien dat boerderijen soms generaties lang in dezelfde familie bleven'. De grootste boerderij van het dorp, Groot Hesens, was bijvoorbeeld al bijna honderdvijftig jaar in gebruik bij één familie, de Kundersma's. En het boerenbedrijf van Sake, waar nu alweer drie generaties Castelein woonden, werd honderdzeventien jaar lang, van 1795 tot 1912, door één familie gerund, van vader op schoonzoon, van broer op weduwe, een keten van dertien opvolgers lang.

De notaris vertelde over de vastheid van het boerenbestaan in het dorp waar hij vandaan kwam – zijn vader was boer in Poppenwier – en zo was het overal in Europa.

Vast lag ook de wijze waarop gewerkt en geleefd werd. Tot het eind van de achttiende eeuw gebruikten de boeren in essentie nog altijd dezelfde middelen – ploeg, mest, irrigatie en de trekkracht van paarden en ossen – als aan het begin van de jaartelling, ze reisden nog altijd te voet of met paard en voor hun werktuigen en gereedschappen waren ze nog altijd aangewezen op hout en ijzer. Dat duurde ongeveer tot het jaar 1800. Toen begon er opeens van alles te schuiven.

In de eerste plaats was, na eeuwen van stilstand, in heel Europa de bevolking opnieuw sterk gaan groeien. De mensen gingen op steeds jongere leeftijd trouwen waardoor ze meer kinderen kregen, die kinderen bleven bovendien vaker leven doordat de verzorging verbeterde, en zo nam in de negentiende eeuw het aantal Nederlanders toe van ruim twee miljoen tot bijna tien miljoen, mensen die allemaal van datzelfde stuk grond moesten eten. Dat gegeven alleen al had enorme gevolgen voor de landbouw.

De tweede grote verandering had te maken met het transport. Het transatlantische scheepvaartverkeer breidde zich na 1840 enorm uit, overal werden spoorwegen aangelegd en goederen van weinig waarde konden opeens massaal over grote afstanden worden vervoerd.

In nog geen dertig jaar tijd, tussen 1838 en 1864, werd de Nederlandse export van runderen maar liefst twintigmaal zo omvangrijk. De boterprijs op de Leeuwarder markt verdubbelde bijna. De opgang van die jaren, de rijkdom, het gevoel van eigenwaarde, het kreeg in Friesland gestalte in de talloze fiere kop-hals-rompboerderijen, in de stjelpboerderijen met de vele vensters, in de sierlijke sjezen, in het Friese kostuum, in de brede gouden oorijzers, in de duizend tierelantijnen van de Jorwerter pastorie, in die ene grote uitspatting van boerencultuur die kenmerkend was voor het midden van de negentiende eeuw.

De derde fundamentele verandering betrof de mechanisatie. In één van de oude notarisakten viel te lezen dat op 14 april 1864 boelgoed werd gehouden door een van de grootste Jorwerter boeren, Oene Sijbes Kundersma. Hij had maar liefst vierenveertig koeien, en de boelgoedlijst bevatte alles wat zo'n boer maar nodig kon hebben: een stier, een bruin merriepaard, een kapwagen, een kapsjees, vier hooiwagens, twee aardkarren, zes kippen en een haan, meer dan vierhonderd posten in totaal, maar van machines viel nog niets te bespeuren. Het had, met enige overdrijving, ook de boelgoedlijst kunnen zijn van Rienck Hemmema, driehonderd jaar eerder.

Natuurlijk hadden de boeren niet stilgezeten. Er was sinds de middeleeuwen een aantal belangrijke verbeteringen aangebracht in de landbouw. De introductie van de windmolen in de vijftiende eeuw maakte het mogelijk de waterstand veel beter te beheersen dan voorheen. Door afgravingen en het storten van stadsvuil werd de bodem verbeterd. Bij de graanoogst was de sikkel vervangen door de zeis, waarmee het sneller werken was. Het maken van boter werd vergemakkelijkt door de uitvinding van de met paarden aangedreven karnmolen. Er waren betere ploegen gekomen, en betere zaaimethodes. Ten behoeve van een betere mestopbrengst liet onze Rienck Hemmema al in 1571 een echte grupstal metselen – het begin van een aparte mestopslag. En na 1800 begonnen allerlei overheden en instellingen van liefdadigheid zich ook steeds meer te interesseren voor de enorme lappen woeste grond die Nederland toen nog kende.

De meeste landbouwvernieuwingen uit de zeventiende en achttiende eeuw misten echter één ding: ze waren nauwelijks gericht op het verlichten van de werkdruk van boeren en arbeiders, maar enkel op het verhogen van de productie. Zoveel graan, zoveel bieten, zoveel zaaizaad stop ik in de grond. Hoeveel daarvan krijg ik terug: het viervoudige, het zevenvoudige of het tienvoudige? Dat waren de rekensommen die de doorsnee boer maakte, en daaraan was alles ondergeschikt, inclusief het werk en de gezondheid van zichzelf en zijn familie. Arbeid telde niet. Omdat het meeste werk in familieverband plaatsvond kon men daar immers vrij over beschikken, zonder er iets voor te hoeven betalen.

De landbouw ging dan ook buitengewoon inefficiënt om met de factor arbeid, zeker in onze hedendaagse ogen. Volgens een schatting van de achttiende-eeuwse Franse landbouwkundige Lavoisier besteedde een doorsnee dagloner ongeveer twaalf dagen per jaar aan ploegen en zaaien, achtentwintig dagen aan het oogsten van graan en vierentwintig dagen aan maaien en hooien. De rest van de tijd werd vooral besteed aan het dorsen met de dorsvlegel. Daaraan spendeerde zo'n dagloner maar liefst drieënzestig procent van zijn tijd, honderddertig dagen per jaar. Het was buitengewoon stoffig en ongezond werk. Vaak werd er de hele winter gedorst, van november tot maart, overdag tussen het verzorgen van de dieren door, en dan 's avonds na het eten nog een poos.

De oude Franse boer Tiennon, in het begin van deze eeuw geïnterviewd door de schrijver Emile Guillaumin, herinnerde zich nog hoe hij als jongen iedere avond tot tien uur moest blijven dorsen, bij het licht van een lantaarn. 'Ik ken geen werk dat zenuwslopender is dan dit,' vertelde hij. 'Steeds maar de vlegel te zwaaien in hetzelfde regelmatige tempo om in de maat te blijven, want dat moet; geen seconde te hebben om je neus te snuiten of om een stofje weg te halen dat in je nek kriebelt – als je nog onhandig bent en weinig uithoudingsvermogen hebt. Het is om gek van te worden!'

Ook tussen al die oude Jorwerter notarisakten waren nauwelijks stukken te vinden die wezen op investeringen, op het systematisch lenen van geld, op het aanpakken van andere methodes, op het nemen van ondernemersrisico, op het verminderen van de werkdruk.

Al op 30 oktober 1893 publiceerde de *Leeuwarder Courant* bijvoorbeeld over de mogelijkheid om machinaal te melken. In de buurt van IJlst werden door een Deense uitvinder experimenten gedaan 'met eene melkmachinie', en die hadden volgens deskundigen de bruikbaarheid 'dezer schijnbaar eenvoudige, maar toch zeer vernuftige vinding' voldoende bewezen. Men had er koeien mee gemolken 'met groote dikke en met kleine dunne spenen, alle met hetzelfde gunstige resultaat, zelfs koeien met zeere spenen lieten zich zonder moeite ermee melken'. Toch deed pas bijna twintig jaar later, in 1912, de eerste machine zijn intrede in Jorwerd, bij boer Wiepke Algera van Groot Battens. Hij was daarmee ook de eerste van Friesland. Pas in de jaren vijftig werd deze 'zeer vernuftige vinding' gemeengoed.

Ook bij andere landbouwmachines bleek er meestal een lange periode te liggen tussen de uitvinding en de toepassing ervan. De dorsmachines waren bijvoorbeeld al aan het eind van de achttiende eeuw bekend, terwijl ze pas vanaf het midden van de negentiende eeuw in Nederland werden gebruikt. Er zullen zeker kinderziektes zijn geweest, en andere technische problemen, maar er speelde ongetwijfeld ook een andere factor mee: het hier al eerder aangestipte fenomeen geld.

Machines kostten geld, terwijl arbeid in de ogen van de meeste boeren gratis was – want het zwoegen van vrouw, kinderen en de boer zelf telde men niet als kosten.

Vooral in meer afgelegen gebieden ging bij de boeren vaak niet veel geld om. Elk gezin verzorgde in principe zichzelf, en daarnaast werd er weinig gekocht en verkocht. In de meer welvarende streken hadden de boeren wel pronkkamers en sjezen, en anders hingen ze, zoals ze zeiden, 'hun geld wel aan de vrouw', maar zelfs die sieraden en andere excessen waren gereguleerd door traditie en rituelen.

De vrekkigheid van boeren was dan ook geen vrekkigheid maar wantrouwen, en wel tegenover het verschijnsel geld in zijn algemeenheid. Het uitgangspunt van iedere boer was immers de continuïteit van het familiebedrijf, het vermijden van risico's, niet het verzamelen van kapitaal.

De Kempense arts P.A. Barentsen beschreef in dit verband uitgebreid hoe eerbiedig boerenfamilies met een nieuw werktuig omgingen, als ze eindelijk tot de aanschaf hadden durven overgaan. Zo lang mogelijk trachtte een boer nog met het oude werktuig door te gaan, desnoods met touwtjes bij elkaar gebonden, desnoods ook ten koste van ontzettend veel werk en ongemak. Soms ging het respect voor goederen en de angst om iets weg te gooien zo ver dat overal oude rommel verzameld werd, in de hoop die nog voor het eigen bedrijf te kunnen gebruiken – zoals bijvoorbeeld bij de motoronderdelen van Minne. Soms leidde die eeuwige prioriteit voor het bedrijf zelfs tot ronduit bizarre situaties – toen er waterleiding kwam werd bijvoorbeeld in sommige boerderijen alleen in de stal een kraan aangelegd. Altijd had, in die wereld die zo vol was van arbeid en zo schaars aan geld, de productie voorrang boven de consumptie. Alles was, zoals de oude boer zei, 'alleen voor 't nut, niet voor 't genot'.

*

Een van de eerste machines die zoveel 'nut' boden dat zelfs de zuinigste boer werd overtuigd was de dorsmachine. In 1846 kwam in Groningen de eerste Amerikaanse hekeldorsmachine op de markt. Daarmee kon de arbeidstijd van het dorsen worden teruggebracht tot een kwart van de tijd die er vroeger voor nodig was. De grotere machines werden aangedreven door rosmolens, een ratelende band van houten latten waarop één of twee paarden gestaag voortstapten. Na een tiental jaren waren er enkele honderden in gebruik, en in 1885 draaiden in Nederland bijna zesduizend paardendorsmachines, negenhonderd handdorsmachines en honderdzeventig dorsmachines die werden aangedreven door een 'stoomlocomobiel'.

De boeren hadden die arbeidsbesparing ook nodig. Dankzij die nieuwe landbouwmethodes brachten land en vee zoveel meer op dat de melk- en graanproductie nooit allemaal meer door vrouw, kinderen, knechten en familie te verwerken was.

Voor het hooien werd rond 1850 de eerste paardenhooihark ingevoerd – een werktuig dat tot voor kort nog overal in het hooiland te zien was. Op 11 juli 1875 lazen de Friese boeren in de *Leeuwarder Courant* dat tijdens een congres in Heerenveen een aantal maaimachines was uitgeprobeerd. 'Over het geheel was de uitslag zeer bevredigend en werd de verwachting overtroffen,' zo meldde het blad. 'Een paar landbouwers hebben dientengevolge dan ook reeds eene zoodanige machine aangeschaft en het is te verwachten dat deze werktuigen bij meerdere volmaking spoedig algemeen zullen worden'.

De Jorwerter terp werd gedeeltelijk afgegraven vanwege de vruchtbare aarde die daaruit te voorschijn kwam, en zo verging het ook veel andere terpen. Er kwamen meer molens en stoomgemalen, waardoor het land niet meer iedere winter veranderde in een moeras.

In het jaar 1858 vroeg het Fries Genootschap van Geschied-, Oudheid- en Taalkunde aan alle dorpsonderwijzers om een schets van hun dorp voor het nageslacht vast te leggen. Dit schreef de Jorwerter schoolmeester Heerke Alberts Jonghoff:

'Het dorp Jorwerd ligt zoo wat midden in de Grietenij Baarderdaal. Het is een wel gelegen dorp en ligt zoo wat in een ronden cirkel. De kerk en toren liggen hoog en de buurt loopt er zoo wat om heen. [...] Het dorp is in een goeden welstand, men heeft er nette en welgebouwde huizen en gebouwen, die nu in eenige jaren veel verbeterd en verfraaid zijn geworden. De plaats is groot zoo wat achthonderd bunders kleigrond, waaronder twee bunders bouwgrond, maar het ander bestaat uit wei en hooiland, die meest in een goede staat zijn, daar de landman nu enige jaren veel verbetering in dezen gedaan heeft'.

In dat voorwereldlijke jaar 1858 verkeerde Jorwerd achteraf gezien misschien wel op het hoogtepunt van zijn bestaan. Tenminste: als klassieke dorpsgemeenschap. Het had in die tijd ruim zeshonderd inwoners, er waren winkels, bakkers en cafés en voor iedereen die op minder dan een halfuur gaans van het dorp woonde fungeerde het als een soort minicentrum.

In 1878 kwam aan de bloeiperiode van de toenmalige landbouw echter vrij abrupt een einde. Door de aanleg van nieuwe spoorlijnen waren namelijk ook de enorme korenvelden in de Oekraïne en in het hart van Amerika opengelegd, en opeens werd de Europese markt overvoerd met goedkoop Russisch en Amerikaans graan. De tarweprijs duikelde naar beneden, de akkerbouwers weken massaal uit naar andere producten, en vervolgens stortte ook daar de markt in.

De veehouders kwamen eveneens in de problemen. De export van vee naar Engeland begon terug te lopen. Door de uitvinding van de margarine, de zogenaamde kunstboter, klapte de uiterst winstgevende boterhandel ineen.

Tijdens deze crisis, die duurde tot ongeveer 1895, verlieten talloze boerenarbeiders de dorpen. Ze waagden hun geluk in de grote steden, waar juist in diezelfde tijd de ene fabriek na de andere verrees. Tussen 1880 en 1900 vertrokken meer dan honderddertigduizend plattelanders naar de Randstad. Alleen al uit Friesland trokken ruim vijftigduizend mensen weg, een kwart van de toenmalige bevolking.

Nog jaren nadien ging die grote uittocht voort. In Folkerts schoolklas, die van 1925, zaten een paar boerenzoons, een handvol arbeiderskinderen en de drie kinderen van de notaris. Een zekere Johan is zwerver geworden, en ook de meeste anderen zijn vertrokken. 'Die zagen we hier nooit meer terug'.

De grote crisis verhoogde de modernisering van het platteland, maar stuitte die niet. In Jorwerd kwam een coöperatieve boerenleenbank, die het mogelijk maakte om ondanks de crisis grotere investeringen te doen – aanvankelijk werd kantoor gehouden op de boerderij van een van de oprichters. Tussen 1883 en 1885 werd achter het dorp de spoorlijn Leeuwarden-Stavoren aangelegd. Ook Jorwerd kreeg een halte en opeens kon iedereen binnen een halfuur op de Leeuwarder markt staan, of binnen een halve dag op de Dam in Amsterdam.

Door de uitvinding van de kunstmest werd het mogelijk om veel meer vee te houden op dezelfde hoeveelheid grond. Voor het eerst kon zo de omvang van een boerenbedrijf min of meer losgekoppeld worden van de omvang van de bodem. Voor kleine boeren als Fedde en Minne werd het dankzij de kunstmest mogelijk om met weinig land toch een aantal koeien te melken.

Bij het begin van de nieuwe eeuw staken overal op het platteland de schoorstenen van de zuivelfabrieken tussen de bomen uit. Ook in Weidum werd er een gebouwd, in 1894, en sindsdien konden de Jorwerter boeren hun boter- en kaasmakerij uitbesteden. Dat leidde binnen de boerderijen tot een totaal andere arbeidsverdeling tussen mannen en vrouwen. Tjerk Castelein kocht de eerste trekker van het dorp: een omgebouwde T-Ford.

De geschiedenis van de notaris, van de archieven en van de akten kwam steeds dichter bij het huidige dorp. In het gemeentearchief trof ik een stuk of twintig foto's aan van Jorwerters uit het begin van deze eeuw, vermoedelijk duplicaten die ze hadden moeten inleveren voor een paspoort, een kleine doorsnede van de bevolking van toen. De meesten stonden stijf en plechtig voor de camera, in hun zondagse goed, want zo vaak zal het niet zijn voorgekomen, zo'n foto en zo'n reis.

De gezichten die me uit de vergeelde mappen aankeken waren verweerd door de wind, echte werkgezichten waren het: Atse Leistra, geboren in 1895, boerenarbeider; Auke Romkema, 1918, melker; Jan Veenbaas, 1909, boerenknecht; Auke Sierdsma, 1876, veehouder; Hiltje Idema, 1918, zonder beroep; Petrus de Groot, 1918, boerenknecht; Albert Heslinga, 1867, rentenierend; Anne van der Hoek, 1890, boerenarbeider; Albert Hoeksma, 1914, boerenknecht.

Er zaten mannen als Fedde en Minne tussen, kleine boeren die bewust op het platteland bleven. Voor hen was het stukje grond dat ze bezaten de enige zekerheid in het leven, en hoe groter de problemen werden, hoe meer ze zich daaraan vastklampten. Daardoor ontstond niet zelden een opeenstapeling van ellende: armoede, heel hard werken om daaraan te ontsnappen, lichamelijke verwaarlozing en ten slotte ziekte en nog grotere armoede. Sommigen onttrokken zich aan het gevecht, vervielen, zoals men dat noemde, tot 'dofheid', en leefden van de hand in de tand. Anderen begonnen naast hun boerderij met klusjes of wat negotie. 'Ach wat waren de mensen arm toen ik een jongen was,' zei de notaris. 'Er was geen steun en je zag iedereen met handeltjes beginnen. Een koemelker met zes koeien begon daarnaast iets met koffie en thee. Ik weet nog dat ze een varken van mijn vader kochten, en dat varken ging daarna dood. Dat was een ramp. Dat hebben die mensen toen afbetaald met onsjes thee, jarenlang. Zo arm waren ze'.

'Onze ouders hadden geen stuiver, dus wij konden ook niks,' zei Folkert. 'Het was verschrikkelijk'.

Veel jongeren, die het allemaal voor hun ogen zagen gebeuren, probeerden aan dit lot te ontsnappen. 'Ik kon knap leren,' zei Folkert, 'maar doorleren was er niet bij. Dat kon alleen als je wat geld had, maar mijn ouders verdienden misschien twaalf gulden in de week'. De kinderen van de boerenarbeiders in zijn klas werden zo zelf ook allemaal weer boerenarbeider.

Op die manier bleven nogal wat mensen noodgedwongen in Jorwerd hangen. Bovendien stopte de trek naar de Randstad tijdens de crisis van de jaren dertig omdat de opnamecapaciteit van de steden vrijwel tot nul was gereduceerd. De werkloosheid was zo groot dat iedere ruimte voor immigranten ontbrak.

Zo ontstond in het dorp een generatie van blijvers-tegen-wil-en-dank. Folkert was er zo eentje, en Peet zou misschien ook wel naar de stad zijn verhuisd, en Riemer de Groot, de kruidenier, had liever ook wat meer van de wereld gezien. En dan spreken we nog niet eens over de tientallen scharrelaars, de kleine winkeltjes en handeltjes waar het dorp in die jaren vol mee zat, de wanhoopspogingen van kleine mensen om toch door de tijd te komen, nu ze geen kans zagen om de sprong naar de stad te maken. Voor hen was het verblijf in dit dorp geen keuze, maar een permanent uitgesteld vertrek.

*

'Toen ik hier in 1951 begon,' zei de oude notaris, 'was Jorwerd een van de grootste plattelandskantoren van Friesland. We deden niets dan koopakten, hypotheken, testamenten en huwelijkse voorwaarden. Nu doen we veel BV's en samenlevingscontracten. Daar hadden we vroeger nooit van gehoord. Het mensdom is gemeen geworden en de notarissen hebben het zwaar tegenwoordig'.

Toen de notaris in 1951 begon bezat hij niet het grote notarishuis, hij bezat alleen maar een Solex waarmee hij iedere ochtend opnieuw door het dorp reed, met het gezicht op de toren gericht, en op de wijzers van de klok. De notaris was een van de laatsten die leerde te leven op het ritme van het dorp en de slagen van de torenklok – wat ook een tijd was, maar een andere dan de onze.

Eeuwenlang was het leven in het dorp daardoor beheerst – in oude akten werd zelfs de term gebruikt: 'wonende onder de clockslach van Jorwert'. Men ging aan de arbeid bij zonsopgang – de ambachtslieden en de winkeliers wat later –, om twaalf uur werd de klok geluid als signaal voor 'warm eten', en daarna werkte men door tot de klok zes sloeg. Tijdens de oogst werd doorgewerkt tot de dauw viel. Zo verliepen de dagen in het dorp, zelfs nog in de begintijd van de notaris.

Natuurlijk hingen er overal al eeuwen klokken in huis,

maar de omgang met de tijd miste de exactheid waaraan we nu gewend zijn. Het was eerder een vloeiend systeem zonder nauwkeurige getallen, met slechts aanduidingen als straks, morgenvroeg, tegen de avond, vóór het eten.

Het is de vraag of de plattelanders vroeger inderdaad zoveel meer tijd en rust hadden. Waarschijnlijk hadden ze net zoveel geduld als wij, en is het verschil alleen dat ze gebeurtenissen, vervoermiddelen en dingen van de natuur nu eenmaal moesten nemen zoals ze waren. Of zoals Auke van der Woud in dit verband schrijft: 'Men verliest alleen tijd wanneer men weet dat de handeling sneller of beter gekund had, of dat een meer productieve handeling verricht had kunnen worden'.

Tot 1885 kostte een reis van Jorwerd naar Amsterdam al gauw een dag of twee, en als weer en wind tegenzaten kon het soms nog langer duren. Die traagheid werd echter pas ondraaglijk toen de spoorlijn was doorgetrokken naar Staveren, en iedereen wist dat zo'n reis via de Enkhuizer boot ook in ruim een halve dag gemaakt kon worden. Toen daarna de fiets kwam, en later de bus en de auto werd dat bewustzijn sterker. Tijd werd schaars, ook in Jorwerd, omdat er snellere en makkelijkere alternatieven kwamen, en dat bewustzijn schiep tegelijk een permanente ontevredenheid.

Datzelfde gebeurde met het begrip ruimte. Vroeger was die beperkt en gesloten, en uit die beperking vloeide ook een heldere sociale ordening voort. Maar nu bleken afstanden opeens flexibel, grenzen telden niet meer, de gesloten binnenwereld vloeide over in de ijle, duistere buitenwereld, alles kon, alles mocht en alles werd bereikbaar.

Zo werden de Jorwerters langzamerhand bevrijd van een dwang die hun leven eeuwenlang bepaald had. De ban van de natuur werd doorbroken, maar tegelijk werd daarmee een bepaalde geestelijke orde verstoord.

V

DE HORDENLOOP VAN DRIE BOEREN

Als er grote veranderingen op til zijn is er soms iemand die dat voorvoelt, die gegrepen wordt door een heilig moeten, en die als een bezetene het bestaande probeert vast te leggen, voordat het voorgoed verloren gaat. Zo iemand was de schilder Ids Wiersma, een arbeidersjongen uit het dorpje Brantgum, die vanaf de eeuwwisseling met grote nauwgezetheid het Friese plattelandsleven in beeld bracht voor het nageslacht.

Hij schilderde de laatste plaggenhutten – dezelfde bouwsels waar de terpen in de middeleeuwen vol mee stonden –, de gereedschappen van de dorpstimmerman en de smid, de laatste zeventiende-eeuwse potstal, de Duitse 'hannekemaaiers', de zeisen, de sikkels, de hooivorken, de emmers, het vaatwerk. Op de boerderijen schilderde hij de stallen, de boter- en kaasmakerij, de melkkelders, het karnen, het schrobben en schoonmaken buiten.

Hij registreerde alle handelingen bij de vlasoogst en bij het tippen, hij tekende het opzetten van de graanschoven, het dorsen met de handdorsmachine, maar ook de zilversmid die oorijzers aan het maken was – een handwerk dat ook bezig was uit te sterven, en dat daarom gedocumenteerd moest worden.

Ids Wiersma maakte de meeste van zijn tekeningen in de jaren twintig. Bij alle Jorwerter boeren was de boter- en kaasmakerij toen al de deur uit, het maaien gebeurde grotendeels met maaimachines, maar voor de rest zagen de boerderijen waar Sake

Castelein, Bonne Hijlkema, Oebele van Zuiden en Gais Meinsma opgroeiden er net zo uit als hij ze tekende. Toch was het hun generatie die de grootste revolutie zou meemaken.

Gais Meinsma was er één van Kees Greijdanus en Trijntje Kundersma, een dochter van de Kundersma's van Groot Hesens. Ze begon op haar vijfde te helpen in de stal, ze liep op haar zevende met een stokje achter de koeien als die de weg over moesten, ze leerde melken toen ze negen was, ze wilde alles doen wat haar vader deed.

Haar grootvader bracht haar de eerste beginselen bij. Dat je koeien in soorten had, lichte melkers en taaie melkers, en dan waren er ook nog krengen. Krengen trapten of gingen onder het melken aan de loop. Ze leerde dat je eerst het spantouw om de achterpoten moest slaan, voordat je op het krukje ging zitten met een emmer tussen je benen – ze mocht dat touw eerst op de benen van haar grootvader uitproberen om er slag van te krijgen.

En daarna leerde ze schuimen: eerst rechtshandig trekken en knijpen, dan met de linkerhand hetzelfde, maar altijd moest je zorgen dat de melk op dezelfde plek in de emmer kwam. Als je goed kon melken straalde je tot de bodem toe. En dan kreeg je schuim. Dat was je eerste succes als je melkles kreeg, een decimeter schuim. Zonder schuim heette het geen melk, dan was het dweilwater.

Ze leerde dat koeien in een vaste volgorde gemolken moesten worden, anders raakte je in de war. Ze leerde hoe je koeien in het land kon terugvinden, 's ochtends vroeg, in het najaar, als alles potdicht zat van de mist, en je eerst een kwartier moest luisteren – want er was er altijd wel eentje die in haar slaap kuchte of kauwde. En dan schoof je eronder, tegen dat warme koeienlijf aan, en dan was er die eeuwige sensualiteit van het melken, die acht minuten van rust tussen mens en dier, die vreemde intimiteit. 'Je zorgde dat je een beetje schuim kreeg, en dan molk je maar door, dan molk je maar door,' zei Gais. 'En dan liet je je gedachten maar gaan. Over de nieuwe dag, over het weer, de vogels, ze vlogen maar wat rond, je gedachten. Hoe zit de wereld eigenlijk in elkaar? Waarom zijn de dingen zo gelopen?'

In Jorwerd begon het getjoek van de eerste melkmachine in 1912. De eigenaar, Wiepke Algera, was dol op het apparaat, al had het ding eeuwig vette bougies. 'Ik heb maar één knecht gehad die beter was,' zei hij altijd.

Voor Sake Castelein kwam de eerste schok van de mechanisatie pas in het begin van de jaren vijftig, toen de melkmachine van Algera eindelijk een volwaardig apparaat was geworden. De afschaffing van het handmelken was voor hem de grootste ommezwaai die hij ooit had meegemaakt. Toen verdwenen namelijk de mensen. 'Vroeger was het rond de stal een drukte van belang als er gemolken werd. De gezelligheid op het erf, in een paar jaar was dat opeens voorbij'.

Voor Bonne Hijlkema, een van de boeren op het naburige terpje Funs, was het de trekker die alles in beweging bracht: 'Onze eerste trekker kwam in 1960, en dat maakte alle verschil van de wereld. Als ik in het begin met dat ding aan het maaien was en er haperde iets, dan trapte ik niet op de koppeling, maar ik riep "Ho!", zo was ik nog aan de paarden gewend'.

En voor Cor Wiedijk, zijn buurman, was het de eerste ligboxstal die hij zag, in 1972, hij zat nog op school. 'Dat kon helemaal niet, dat vonden we niks, dat was onzin. Maar tien jaar later stonden ze wel overal in het landschap'.

De jaren vijftig waren de jaren van wederopbouw, het waren ook de jaren van nooit meer. Van nooit meer crisis, nooit meer oorlog, nooit meer een hongerwinter. In Leeuwarden was een groot beeld neergezet van een koe dat de Friezen 'Onze Moeder' noemden, 'Us Mem'. Het was de roem van de Nederlandse landbouw, zwartbont, met de ideale maten en met ieder jaar meer melk in de uier, het resultaat van een foktraditie die terugging op de muiskleurige kalveren van Rienck Hemmema. De sjah van Perzië, op staatsbezoek, ging met koningin Juliana bij veefokker Jan Wassenaar in Jelsum langs om naar het wonderbaarlijk mooie vee te kijken. Het was een legendarisch bezoek – 'Hare Majesteit, trap niet in de stront!' schijnt Wassenaar geroepen te hebben –, en het was, achteraf gezien, ook het hoogtepunt van een nieuwe bloeiperiode.

De landbouw was een kwestie geworden van politiek. Met allerlei Europese subsidies werden de prijzen kunstmatig hoog gehouden. Tegelijk werden de eigen boeren door heffingen en tariefmuren beschermd tegen de concurrentie van de goedkope landen in de rest van de wereld. Voor de boeren zelf betekende dit alles maar één ding: zoveel mogelijk produceren tegen de laagste kosten.

Op de Jorwerter boerderijen werden de eerste machines met vreugde begroet, als het begin van een betere tijd. Het gezicht van Bonne Hijlkema zou later iets knokigs krijgen, doorgroefd door weer en wind, maar als jongen had hij de effecten van het eindeloze beulen honderd keer sterker gezien. Bijvoorbeeld bij de Duitse hannekemaaiers, die vroeger iedere hooitijd op Funs werkten. Ze waren meesters in hun vak, en sommigen konden in hun eentje in één dag een volle hectare aan. Maar ieder jaar dat ze bij de familie Hijlkema aan tafel zaten zagen ze er meer gesloopt uit, en de meesten waren rond hun vijftigste op hun eind. 'De maaimachine was een uitkomst, alleen al in menselijk opzicht,' zei Bonne vaak.

We moesten volgens hem dan ook niet al te sentimenteel doen: die trekker was een enorme verbetering. 'Er wordt altijd verteld hoe leuk het vroeger was met al die paarden, maar ik verzeker je, het was helemaal niet zo leuk, en vooral niet voor die paarden,' zei hij. 'Als het gras niet goed wilde maaien was het met die paarden de hele dag: "Ho, en terug!" Dan lag je 's nachts op bed, en dan was het nog: "Ho, en terug!" Nu zit je warm en droog op je trekker, radiootje aan, leve de vooruitgang!'

De melkmachine verscheen in 1954 op het bedrijf van de Hijlkema's, en voor Bonne betekende dat in de eerste plaats dat hij langer in bed kon blijven liggen. Zijn grootvader stond nog om half vier op, maar toen de melkmachine kwam werd dat al gauw vijf uur.

Ook in andere opzichten kwam het apparaat als geroepen. Want niet alleen werden door de mechanisatie steeds meer arbeiders van de boerderij gestoten, ook de arbeiders zelf hadden er geen trek meer in om dag en nacht voor de boer klaar te staan.

Eerst verdwenen de arbeiders uit het eigen dorp van het erf van de Hijlkema's. De jonge Jorwerters hadden geen zin meer in het zware boerenwerk, vooral toen ze merkten dat ze in de stad meer en gemakkelijker konden verdienen.

Vervolgens, in het midden van de jaren vijftig, wierven de Jorwerter boeren nog een poos arbeiders uit de Friese Wouden, waar het armoediger was, kromgewerkte mannen tussen de veertig en vijftig. De stap naar de trekker en de melkmachine bleken de meesten van die arbeiders niet meer aan te kunnen. 'Het waren echte veemensen, geen trekkermensen,' zei Bonne Hijlkema. 'Ze konden alles met koeien en paarden en ze konden prima melken. Maar voor machines hadden ze geen enkel gevoel.' Bij de Hijlkema's vertrok de laatste vaste arbeider in 1961.

Daarna brak er een periode aan waarin de boeren het grotendeels alleen moesten doen. En vervolgens kwam de boerenhulp – een soort uitzendbureau voor boeren – en het loonbedrijf. Maar stil werd het wel, in de stallen en op het erf.

Het totale aantal boerenarbeiders in Nederland daalde tussen 1947 en 1960 met ruim een derde, van ruim tweehonderdduizend tot honderdvierentwintigduizend, zo bleek uit de achtereenvolgende volkstellingen. Van alle vrouwen die in 1947 op een boerderij werkten was er in 1960 nog maar een kwart over – melkmeisjes waren immers niet meer nodig. Nog opvallender was de uittocht van de meewerkende kinderen. Hun aantal was sinds 1947 bijna gehalveerd. In minder dan één van de drie boerenbedrijven werkte nog een mogelijke opvolger mee. De jeugd had haar conclusies al getrokken.

*

In die jaren begon bij de Jorwerter boeren een ontwikkeling die we nu zouden aanduiden als 'De Grote Neergang', maar die, zoals dat vaker gaat, aanvankelijk door niemand ernstig werd genomen. Voor degenen die het meemaakten waren het niet meer dan losse incidenten, waarvan ze pas jaren later zeiden: 'Hé, toen begon het dus al'. Het proces was te vergelijken met een hordenloop waarbij steeds nieuwe categorieën afvielen. Alleen lag de eerste horde zo laag dat bijna niemand het merkte.

Het was in het begin van de jaren zestig dat de oude notaris plotseling opvallend veel boelgoeden moest begeleiden. Normaal waren dat er ieder voorjaar een stuk of drie, maar toen opeens werden het er tien. Dat was, zo zag hij dat later, het voorspel. 'Het waren geen grote drama's,' herinnerde hij zich. 'Het waren stuk voor stuk oudere mensen, letterlijk en figuurlijk "kleine luyden" die met taaie volharding hun bedrijfje door de tijd hadden gesleept, die daarnaast zelfs nog genoeg pit hadden om actief te zijn in Kerk en politiek, maar die, toen hun opvolger ontbrak of deserteerde, in stilte de boel aan kant deden.'

Het was de tijd waarin veel beleidsmakers praatten over het 'kleine-boerenprobleem'. Men stond aan de vooravond van een periode van onbekommerde schaalvergroting. Overal werd het landschap opnieuw verkaveld, het werd heringericht voor grootschalige landbouw en niet zelden onherkenbaar omgespit – alleen al in Friesland vonden tussen 1955 en 1975 zesentwintig ruilverkavelingen plaats – en in dat spel pasten de kleine boeren niet meer.

In die tijd begon ook de inflatie van de koe. Toen Gais Meinsma, Bonne Hijlkema en Sake Castelein begonnen met melken werkten ze in stallen met twintig, dertig melkkoeien plus nog wat jongvee, en wie meer had gold als een grote boer. Zo'n boer werkte zelf, hij had een arbeider, een knecht, een meid, en er werkte vaak ook nog een familielid mee. Dat moest ook wel. Omdat zelfs een goede melker niet meer dan zo'n acht, negen koeien per uur kon melken en het hele melken in ongeveer vijf kwartier gedaan moest zijn, had je door de bank genomen voor iedere negen koeien één arbeidskracht nodig. Ook het mestkruien, het maaien en het hooien, het vrat allemaal tijd. Evenzogoed leverde zo'n boerderij minstens vier inkomens op.

Hoe de normen veranderden viel af te lezen aan wat als 'groot' en 'klein' bedrijf werd beschouwd. In 1755 was bijvoorbeeld Tjeerd Jans van Groot Hesens met twintig koeien, vijf vaarzen en vijf paarden de grootste boer van Jorwerd. Bijna tweehonderd jaar later, rond 1945, zou dat nog een aardig bedrijf geweest zijn. Nog geen dertig jaar verder werd een eigenaar van twintig koeien bekeken als een keuterboertje.

Bij de vijfjaarlijkse stierenkeuringen voor het Fries Rundveestamboek was vlak na de oorlog de norm voor een 'klein bedrijf' een veestapel van vijftien of minder. Vijftig melkkoeien, dat waren de grote tot zeer grote. Toen werd de norm voor 'klein' op twintig gezet, toen op dertig, en ten slotte gold elk bedrijf van onder de vijftig koeien als 'klein'.

Die tendens tot vergroting hing nauw samen met de verandering van het werk. Tjeerd Jans van Groot Hesens zal in 1755 per koe gemiddeld meer dan driehonderd uur per jaar in touw zijn geweest, en vlak na de oorlog gold dat nog steeds voor de meeste boeren. Een boer die alleen was kon niet meer dan acht à tien koeien aan. De komst van de melkmachine, de trekker en de hooiperser scheelde de boer echter al zo'n zeventig uur per koe per jaar. Aan het eind van de jaren vijftig kon een boer zonder hulp zo'n veertien koeien aan.

In de jaren zestig werden ook het namelken en de mestafvoer gemechaniseerd. Het aantal werkuren per koe zakte tot tachtig per jaar; één veehouder kon nu veertig koeien hebben. Daarna kwamen de cyclomaaiers, de melktanks, de ligboxstallen met melkputten en de computers. Veertig jaar na de komst van de melkmachines molk een grote boer in zijn eentje tachtig koeien, als het er al niet honderd waren, en hij moest ook wel, anders zou hij zijn investeringen er nooit meer uit krijgen.

Bijna nergens in het naoorlogse Nederland was een duidelijker verschuiving zichtbaar van arbeidskracht naar financiële macht dan in de landbouw.

Op 12 mei 1975 werd de laatste vaste boerenarbeider van Jorwerd ontslagen. Hilbrand Medemblik was 58 jaar oud en hij had drieëndertig jaar lang op het land gewerkt, 's ochtends vroeg in de mist de koeien gezocht, 's nachts op het vee gepast als er gekalfd werd, maar zijn baas zei dat hij hem niet meer kon betalen. 'Ik zal het druk krijgen met nietsdoen,' meldde hij aan de journalist van de *Leeuwarder Courant* die voor deze bijzondere gelegenheid was langsgekomen. Hij had tweeentwintig jaar bij dezelfde boer gewerkt, met koffie en thee had hij altijd mee in huis gemogen, nee, hij had het er niet slecht gehad. Nu wilde hij niet meer bij een boer, zei hij. 'Het wordt te saai tegenwoordig, te haastig, en ze hebben te veel vee. Ze stikken er haast in'. Hij ging naar iets anders uitkijken, bij de plantsoenendienst of zo.

*

De tweede horde, voor de grote bedrijven nog steeds nauwelijks voelbaar, voor sommige kleine boeren fataal, was de komst van de koeltank.

In de herfst van 1969 werd het vijfenzeventigjarig jubileum van de Weidumer melkfabriek gevierd met een uitbundige revue. 'Tot de volgende vijfenzeventig jaar!' werd er aan het slot gezongen, en iedereen klapte mee. Nog geen jaar later was de fabriek opgeheven en ging alle melk naar Dronrijp. De boeren moesten een grote koeltank aanschaffen. Het was gedaan met de ouderwetse melkbussen die 's ochtends en 's avonds voor de boerderijen aan de weg werden gezet, met de melkrijder die ze op kwam halen, met het geroep en gerammel in de talloze kleine melkfabrieken.

Oebele van Zuiden was de enige Jorwerter boer die ermee stopte vanwege de koeltank – maar elders in de provincie waren er meer. Voor koemelkers als Fedde en Minne was het een onoverkomelijke hindernis. Er moesten nieuwe vacuümleidingen worden aangelegd, soms moest er eerst zelfs nog elektriciteit komen en er moest geld worden geleend voor een investering die ze er nooit uit zouden halen.

Bij de grotere boeren leidden de koeltank en de verdere mechanisering tot een vlucht vooruit. De prijzen bleven laag en hun enige overlevingskans bestond uit twee woorden: 'meer' en 'efficiënter'. Dat betekende voortdurend nieuwe investeringen, in machines, in vee, in grond, in kunstmest, in bestrijdingsmiddelen, in nieuwe stallen. Zo ontstond er voor de boeren een derde horde: het kapitaal.

'We waren financieel altijd kwetsbaar,' zei Bonne Hijlkema. 'We waren altijd afhankelijk van het weer. De kwaliteit van het hooi kon enorme financiële gevolgen hebben. Als je een matige zomer had zat je met een schuur vol slecht hooi, en dat betekende bijvoeren en bovendien gaven de koeien minder melk. Dan had je soms bijna geen inkomen. Maar het omgekeerde had je ook. Je kon in één seizoen opeens best oogsten en fantastisch verdienen. Je moest dus altijd reserves kweken, en vooral geen schulden maken'.

In een wereld die in principe self-supporting was, gold krediet voor veel boeren als hét signaal dat men aan de grond zat. Het betekende het begin van armoede, het werd dikwijls gevolgd door meer krediet en hogere woekerrentes, en men was er bang voor.

Landbezit was het belangrijkste, geld niet. 'Land loopt niet weg, geld wel,' zeiden de Friese boeren. 'Als je iets wilde kopen dan spaarde je ervoor, en als het echt dringend was dan hadden je ouders nog wel wat onder in de linnenkast liggen,' meende Cor Wiedijk. 'Zo loste je dat vroeger op. En als een boer land kocht had hij het geld meestal wel liggen. Lenen bij een bank, dat deed je niet'.

Er heeft bij de Jorwerter boeren ergens rond de jaren zestig een mentaliteitsomslag plaatsgevonden ten aanzien van het maken van schulden. Maar wanneer dat precies gebeurd is blijft onduidelijk. Voor sommigen begon de gang naar de bank al bij de aanschaf van de eerste trekker, aan het eind van de jaren vijftig. De meeste boeren konden die nog wel uit de hand betalen.

Maar er was steeds meer geld nodig: voor machines, voor stallen, voor telkens nieuwe investeringen. En toen rond 1975 het geld van de melkfabriek niet meer iedere week door de melkrijder contant op de keukentafel werd gelegd – de man moest telkens op pad met duizenden guldens in zijn binnenzak – werd de bank een vast gegeven in het boerenbestaan.

'Ik weet nog dat mijn vader zijn eerste trekker kocht,' vertelde Cor Wiedijk. 'Waar hij dat van betaalde, daar dacht je als jongen niet bij na. Maar toen ik na zijn dood zijn papieren ordende kwam ik een oude nota tegen waaruit bleek dat hij daarvoor wel degelijk geld had geleend. Dat moet psychologisch nogal wat voor hem betekend hebben, dat onze vader geld ging lenen.'

De factor geld werd zo voor de boeren steeds belangrijker. Tekenend is het bedrag dat de Jorwerter notaris in 1951 in zijn eerste verkoopakte noteerde voor die pachtboerderij van veertig hectare: één ton. In 1995 zou voor een dergelijk bedrijf, inclusief melkquotum, zeker twee miljoen moeten worden neergelegd, zo niet meer.

Ook ten aanzien van de grondprijzen begon er iets scheef te groeien, vooral in de buurt van de grotere steden. Daar waren de woningbouwers en de projectontwikkelaars soms bereid om voor een stuk grasland het tienvoudige van de boerenwaarde neer te leggen. Economisch klopte het wel, maar voor de boeren onderling raakten zo de verhoudingen totaal zoek. De overname van een boerderij was, bedrijfseconomisch gezien, soms gekkenwerk.

De gevolgen van dit alles verschilden per boer. De grotere bedrijven kwamen in een vicieuze cirkel terecht, een spiraal van almaar meer investeringen, meer productie, meer subsidies, meer winst, en weer nieuwe investeringen – want anders ging de belasting er toch maar mee vandoor. De schuren kwamen vol te staan met trekkers, maaidorsers, bietenrooiers, beregeningsinstallaties, kippers, spuitmachines, zodenbemesters, maaiers, laad-loswagens, hydraulische schudders, kuilblokwagens, voerdoseercontainers, cultivators, stoppelploegen, maïshakselaars, kneuzers en wat er verder aan machines bedacht was.

Andere boeren hadden zich tot over hun oren in de schulden gestoken om maar met de race mee te kunnen blijven doen, schulden waaraan hun kindskinderen nog zouden moeten meebetalen. De overheid stimuleerde dat proces op alle mogelijke manieren via subsidies en een leger van voorlichters. Later zou diezelfde overheid een heel andere toon aanslaan, een toon van matiging en rust, maar toen waren veel boeren al in de fuik gezwommen.

Bij de kleinere boeren deed zich precies het omgekeerde voor als bij de grotere: ze konden weinig investeringen doen omdat het bedrijf te klein was, dat leidde tot minder subsidies en minder bedrijfskapitaal, het gevolg was dat er nog minder ruimte was voor investeringen, en dat alles liep niet zelden uit op schulden en een faillissement. De meesten lieten het overigens niet zover komen.

Oebele van Zuiden herinnerde zich nog een gesprek in het café, toen zijn collega Cor Jellema ermee stopte, met twaalf koeien. 'Ik zei tegen Jellema: "Nu ben jij aan de beurt, maar ik met mijn dertig koeien en Algera met zijn veertig koeien, wij gaan er ook aan." Mijn buurman Algera geloofde daar niets van. Maar ik zei: "Nee, we keren dit niet. We gaan er allemaal aan. Je hebt hier nu nog drie arbeiders, maar over een paar jaar heb je er niet één meer." Hij geloofde het niet.'

★

In de jaren vijftig ging de echte, diepe stilte van Jorwerd verloren. Een paard maakte geen lawaai. Nog na de oorlog was het vlakke land rondom het dorp grotendeels motorloos. Bijna alle ouderen die ik sprak konden vertellen over de tijd dat je op kilometers afstand over de weilanden het gehamer van de dorpssmeden kon horen, het getinkel van een maaier, een emmer die ergens omviel, een koe, een enkele auto, losse geluiden die in een achtergrond van stilte vielen.

''s Ochtends vroeg spande je een paard in, er hing zo'n rustige stemming, zo bij het begin van de dag, en dan reed je naar het land om te gaan melken,' vertelde Bonne Hijlkema. 'Met een paard hoorde je alles, de vogels, het vee, de geluiden van het dorp. Daarna was er alleen nog maar het geraas van de trekker.'

In de jaren zestig begonnen op dezelfde subtiele manier de kleuren van het dorp te veranderen. De gele hooibergen van de kleine boeren verdwenen. Ongemerkt werd het bonte zomertafereel van de hooiwagens en de hooiende families verleden tijd. Er kwamen buitengewoon handige machines om het gras te maaien, te schudden en te transporteren, rode en groene lawaaimakers, en overal naast de boerderijen verschenen zwartplastic kuilbulten, want met voorgedroogd en gehakseld kuilgras ben je veel minder afhankelijk van de grillen van het weer.

'Het is tegenwoordig allemaal kuil, kuil, kuil,' zei Bonne Hijlkema. 'Voor hooi had je zeker een week mooi weer nodig, en een regiment jonge mannen om het binnen te halen. Nu is één dag vaak voldoende. En je kunt het in je eentje doen.' Maar ik hoorde oude maaiers als Folkert en Peet klagen dat er niks meer aan was. 'Bij het hooien was het hard werken, maar je deed het samen,' vertelden ze. 'Om een uur of negen 's ochtends ging je dan in een opper zitten, de meid kwam langs met koffie en kommen in een doek, je zat een halfuur wat rustig te praten, en dan ging je weer. Nu staat er voor de man van de pakjesmachine wat bier of Rivella klaar, slok, slok, en weer verder.'

De vooruitgang weerspiegelde zich in de aantallen. Wie in de jaren vijftig driehonderd kippen had, had er in de jaren tachtig dertigduizend. Door betere voeder- en foktechnieken werd de melkproductie tot ongekende hoogte opgevoerd. Er ontstonden boterbergen en melkplassen, groenten en fruit werden gedumpt en doorgedraaid. Haalde een doorsnee koe in de jaren zestig per jaar zo'n vijfendertighonderd liter, aan het eind van de eeuw was acht- tot tienduizend niet abnormaal, en de meest productieve koe, de elfjarige Julia 16 uit Sint Nicolaasga, haalde in 1995 zelfs zestienduizend liter.

In sommige streken, met name in Brabant, Gelderland en de Achterhoek, werd bovendien dankbaar gebruik gemaakt van mogelijkheden die nieuwe technieken boden om te boeren als je vrijwel geen land had. Je legde een paar duizend vierkante meter beton neer, bouwde wat varkenshokken, de meelfabriek leverde biggen en voer op krediet, zo nu en dan kwam een truck om de voedersilo vol te gooien, zo nu en dan kwam een tankwagen om de mest weg te pompen, zo nu en dan kwam een vrachtwagen om de volwassen varkens weg te halen, en het geld stroomde binnen.

Het waren vlugge cycli, die varkens en die kippen, drie tot vijf keer per jaar, en het was snel en gemakkelijk geld dat binnenrolde. De kinderen van de varkensboeren staken die van de melkveehouders de ogen uit: zij gingen wel met de Mercedes naar de landbouwschool, de anderen niet. Maar niemand hield van varkens, en niemand hield van kippen.

Een bevriend boerenechtpaar liet me ooit hun 'Rekenboeck' zien, uit de periode 1965 tot 1975. Zijn vader had in 1930 zijn eerste koe gekocht, op de pinkstermarkt in Oudeschoot, en hij was ermee aan een touwtje naar huis komen lopen, zeker twintig kilometer verderop. In 1950 had hij een dozijn koeien, en toen ze in 1965 het bedrijf overnamen waren er achttien koeien, vijf paarden en wat fokzeugen.

Ze woonden in een huis op het kruispunt van vier kanalen en de getallen in hun 'Rekenboeck' verschilden in dat eerste jaar niet veel van die van Rienck Hemmema. Maar direct nadat zij de boerderij hadden overgenomen vlogen de productiecijfers in het boekje omhoog. 'Meer voeren, dat komt er ook weer uit,' vond hij. 'Mijn ouders durfden dat niet, en ze durfden ook geen kunstmest te strooien. Als er een rekening betaald moest worden dan deden ze gewoon weer een koe weg. Maar ik had de landbouwschool gehad.'

In 1970 hadden ze dertig koeien en ze konden een trekker kopen. Zij: 'We deden alles samen. We hebben in die jaren wat afgevlogen. We gebruikten niets, maar toch was het een leuke tijd. We waren jong, en we wisten dat we ons vooruit werkten.'

In 1974 kwam er een nieuw kanaal, en in hun groentetuin werd een haven gepland. Toen ze naar een grotere boerderij verhuisden hadden ze achtendertig koeien.

In 1978 had hij achtenzestig koeien, ze stonden op het punt een totaal nieuwe boerderij te bouwen, maar bij een spelletje touwtrekken tijdens de jaarlijkse uitgaansdag van de Algemene Boeren- en Tuindersbond drukte hij zijn knieën kapot, het vee moest weg, en daarna was het voorbij.

Ze weidden wat vleeskoeien, hij ging in de duiven en de paarden – waar ze al snel de ene prijs na de andere mee wegsleepten, want ze bleven fokkers in hart en nieren – en ze reageerden op advertenties in *De Boerderij* die alles beloofden als je regenwormen in grote plastic bakken ging telen. Maar ook daar was de markt verpest.

*

Na de geluiden en de kleuren begonnen ten slotte ook de geuren rondom Jorwerd te veranderen. Vroeger had de mest een warme geur, niet onprettig vaak. Maar de gier die vanaf de jaren zeventig uit de ligboxstallen kwam rook scherp door het krachtvoer waarmee de productie van de koeien verder werd opgevoerd, zurig door het spoelwater dat erin terecht was gekomen, gemeen door de nageboortes die door de betonnen roosters waren weggetrapt, en soms kon het rondom Jorwerd knap stinken.

De combinatie van subsidies, schaalvergroting en vakkundig fokken had de productie zo omhoog gejaagd dat de melkplassen waren uitgegroeid tot melkzeeën. Iedereen zag dat de markt uit zijn krachten was gegroeid, maar aan de andere kant hadden de politici, onder druk van de boerenlobby's, er veel geld voor over om deze situatie zo lang mogelijk te handhaven. In het begin van de jaren tachtig lagen in de Europese pakhuizen meer dan een miljoen ton melkpoeder en zeshonderdduizend ton boter, en de subsidiekosten liepen in de miljarden. Op de een of andere manier moest de melkproductie aan banden worden gelegd.

Zo ontstond de derde horde in de boerenafvalrace, eentje waarbij de lat opeens heel wat hoger lag: de zogenaamde superheffing.

'Het was een ommekeer in het denken,' vertelde Cor Wiedijk. 'Dat je weleens te veel kon melken, daar had je als boer nooit bij stilgestaan. Dat was een enorme schok.'

In het voorjaar van 1984 besloten de Europese landbouwministers met harde hand een einde te maken aan de overproductie: alle boeren mochten voortaan alleen nog maar een bepaald quotum produceren, een vaste hoeveelheid melk, gebaseerd op hun productie in het voorafgaande jaar. Op iedere liter die ze meer molken kregen ze in plaats van subsidie een stevige boete. Wie in 1983 dus al een forse plas melk produceerde was binnen. Wie alleen nog maar plannen had om uit te breiden kon het wel vergeten. Dat was de superheffing.

Bonne Hijlkema raakte flink wat melk kwijt. 'Het ging hier altijd wel goed. Daarom waren we heel laat met ruilverkavelingen en dat soort dingen. Als we eerder hadden meegedaan met de modernisering, dan hadden we heel wat meer melk gehad. Het is altijd zo: als je denkt, het is zo wel goed, dan boer je in werkelijkheid achteruit. Dan krijg je het deksel op de neus.'

'De quotering had één groot voordeel,' zei Cor Wiedijk. 'De boeren wisten weer waar ze aan toe waren. Er kwam rust. Maar de maatregel heeft de boerenstand ook uit elkaar gespeeld. Wie in de jaren zeventig had gebouwd, die had ook later mogelijkheden zat. Maar de minder grote boeren konden nauwelijks meer uitbreiden, en de kleinste konden zelfs nauwelijks het hoofd boven water houden. Hun land en hun quotum gingen naar de grote boeren, hun boerderijen gingen naar de burgers, en ze sneuvelden als ratten.'

Het aantal koeien dat in de Friese weiden liep te grazen verminderde tussen 1984 en 1994 met ruim een derde. Sinds die tijd zag je zelden meer een volle stal. Ook voor de economie van de provincie, die eeuwenlang gedraaid had op melk, boter en veefokken, was de superheffing een harde klap. Er ontstond bovendien een klapbrug-effect: de grote boeren werden steeds groter, de kleine kleiner, de rijke rijker, de arme armer. Bonne Hijlkema: 'Dat was het grote onrecht van de superheffing. Maar in Nederland heeft men dat zo gewild. En dat komt omdat men in Nederland niet van boeren houdt.'

En dan was er nog de grote verzoeking. De boeren begonnen in melkquota te handelen, en al snel ging het daarbij om grof geld. Voor het recht om één liter melk per jaar meer te produceren werd gemakkelijk vier gulden betaald. Wie een koe erbij wilde melken moest zo'n vierentwintigduizend gulden neertellen, tienmaal de waarde van het beest zelf.

Dankzij de superheffing bleken de resterende Nederlandse melkveehouders opeens een lot uit de loterij te hebben getrokken. Een doorsnee bedrijf met een quotum van tweehonderdvijftigduizend liter was in één klap een miljoen gulden meer waard. En in de buurt van de steden kwamen daarbij nog eens de fabelachtige bedragen die voor de grond werden neergeteld. Voor kleine, oudere boeren zonder opvolger werd zo de nooduitgang wijd opengezet: je kon gemakkelijk stoppen, er waren allerlei nette uitkeringen en je kreeg nog een gouden handdruk toe. Het enige verschil was dat er 's ochtends geen eigen melk meer op de keukentafel stond, maar een pak van de Frico-Domo.

Vanuit zijn raam kon Bonne Hijlkema in 1995 met gemak een handvol boerderijen aanwijzen waar de boel was stilgevallen. Ze waren bewoond, ze zagen er keurig onderhouden uit, met het land en het hekwerk was niets mis, maar op de erven was het angstwekkend opgeruimd, en nooit meer scheen er 's ochtends vroeg licht uit de stalramen. Hij kon de namen moeiteloos noemen: Van Zuiden in 1978, Siderius in 1981, Ringnalda in 1991, De Vries in 1989, Jellema in 1977, Fopma in 1986, Sipkes in 1988. Bij de Hegedyk stonden rond 1980 vier boerenbedrijven. Toen ik Hijlkema sprak was er nog maar één over.

In het midden van de jaren negentig sloten zo in Nederland gemiddeld zes veehouders per dag hun bedrijf. Alleen al tussen 1990 en 1995 hield twintig procent van de kleinere boeren het voor gezien. De eigenaren waren gaan rentenieren, ze waren vaak op hun oude boerderij blijven wonen en hobbyden nog wat voort, met wat schapen en geiten, en soms een paard. Zo gaven ze zich over, zonder het gevoel gecapituleerd te hebben. De overlevers sneuvelden niet, ze gingen gewoon met pensioen.

Er was maar één probleem, al was dat niet meer het hunne: de handel in melkquota was en bleef een windhandel, een handel in vage toekomstverwachtingen, een handel in een recht dat morgen een gunst kon zijn, een handel die verder niets concreets opleverde. Door het uitkopen van de oudere boeren stroomden jaarlijks miljoenen guldens uit de landbouwsector naar elders. Het werd besteed aan auto's, aan nieuwbouwvilla's, aan bejaardenreizen en in de Gamma-hal, maar voor de landbouw kwam er niets voor terug.

Voor jonge boeren werd het bovendien vrijwel onmogelijk om nog een melkveebedrijf te beginnen. Door de hoge quota waren de bedrijven zo duur geworden dat de rente van de schuldenlast bijna niet meer was op te brengen. Zelfs als het bedrijf van de ouders kon worden overgenomen moesten er meestal nog kapitalen op tafel komen – de andere broers en zusters moesten immers worden uitgekocht. 'Zonder een miljoen op de bank kun je geen boer meer worden,' zei Sake Castelein. 'Al zijn er nog steeds die het proberen. Maar dat is roeping.'

De veehouderij rondom Jorwerd ging zo goeddeels in weelde ten onder. De prijs daarvoor zou worden betaald door de komende generaties.

*

Er doemde een nieuwe horde op voor de boeren, een probleem dat als een bruine apocalyps over het land schoof, langzaam, van zuid naar noord: de drieëntachtig miljoen ton stront die de vijftien miljoen varkens, vier en een half miljoen runderen en vierentachtig miljoen Nederlandse kippen jaarlijks produceerden. Wat voor Rienck Hemmema en zijn tijdgenoten nog gold als een kostbare afvalstof was door de immense overproductie uitgegroeid tot een gigantische last.

Bij het mestprobleem werden de boeren het slachtoffer van de almacht die hun eigen belangengroepen ooit bezaten. Met name in de intensieve varkenshouderij werd veel meer mest geproduceerd dan het milieu aankon, en sinds het begin van de jaren zeventig was dat ook algemeen bekend. Toch wist de lobby van voederfabrieken, biggenhouders, vleesverwerkers en boerenbelangenorganisaties, het zogenaamde Groene Front, nog jarenlang te voorkomen dat de overproductie van mest op de politieke agenda kwam.

Pas in het midden van de jaren negentig stuitte dit machtsblok op zijn grenzen. Berekeningen van de maatschappelijke schade begonnen in de miljarden te lopen, en ten slotte keerde de wal het schip. De boeren werden wat de mest betreft zo'n beetje onder curatele gesteld. Ze mochten de mest niet meer op de ouderwetse manier opslaan, ze mochten het alleen nog maar tijdens een beperkte periode en op een speciale manier over het land verspreiden, en er kwam, net als bij de melk, een mestquotering. De grotere verbruikers moesten een zogenaamde mineralenboekhouding gaan bijhouden, en als ze geen kans zagen het teveel aan mest op verantwoorde wijze af te zetten hing hun een forse wurgheffing boven het hoofd.

Nu vielen rondom Jorwerd de gevolgen van dit alles nog wel mee. Het overgrote deel van de melkveehouders wist, dankzij almaar nieuwe foktechnieken, met steeds minder koeien steeds meer melk te produceren, en daarom zaten de meesten nog ver onder de normen van het ministerie van Landbouw. Maar Sake Castelein moest zijn mestopslag wel verdubbelen, en ook Cor Wiedijk kreeg te maken met forse investeringen – nog afgezien van de kosten van het loonbedrijf, dat de mest voortaan met een schijfkouterbemester onder de grond werkte. 'Dat kost per bedrijf minstens een ton, zo niet meer,' zei Sake. 'En wat krijg je ervoor terug? Een mestsilo. En wat komt daarin? Mest. En wat levert dat op? Niets.'

'Wij hebben altijd geredeneerd: als je vee wilt houden, moet je ook land hebben,' zei Bonne Hijlkema. 'Die varkenshouders hebben zich daar niet aan gehouden. Maar wij moeten er wel voor opdraaien!' Volgens hem gebeurde rond de mest weer hetzelfde als bij de superheffing: opnieuw werden juist degenen afgeknepen die niet aan de opdrijverij hadden meegedaan. 'Die kleine boeren waren absoluut niet de vervuilers, nooit en te nimmer, de meesten waren zelfs heel precies. Toch kregen die mensen de slapeloze nachten.'

Voor de echte grote boeren waren al dit soort investeringen geen onoverkomelijk probleem, maar een middelgrote boer als Cor Wiedijk zat ermee in zijn maag. Hij moest eigenlijk voor vier ton investeren, maar hij vroeg zich af of dat nog wel zin had, ook al omdat de vooruitzichten niet bijster gunstig waren. 'Dan moet je bij jezelf inschatten: hoe echt ben je nog boer?' zei hij.

Hij was op een avond naar de minister gaan luisteren, op een bijeenkomst in Oranjewoud. Er was een kleine boer opgestaan die gezegd had: 'Ik moet weggaan, van de armoede.' 'Dat is goed,' had de minister gezegd. 'Dan krijgen we meer ruimte. Volgende vraag.'

*

Iedere repressie roept om zijn eigen illegaliteit. Wie op het platteland woont kent alle nachtelijke geluiden, want ze zijn nog van een overzichtelijke eenvoud: de brommer van de buurjongen die thuiskomt van zijn verkering, de overkant die visite had, de post, de melkrijder 's ochtends vroeg. Maar in het voor- en najaar waren er soms geluiden die niemand kon plaatsen, die tot je doordrongen in je halfslaap omdat ze buiten de regelmaat vielen, en die je onrustig maakten, al wist je niet waarom. Dat was het Witte Paard.

Het Witte Paard, zo werd me op een avond door vrienden onthuld, was een auto met een aanhangwagen voor twee paarden. Wat er in werkelijkheid in die wagen stond was een koeltank, en daarin reden sommige boeren hun teveel aan melk naar collega's die om de een of andere reden onder hun quotum gemolken hadden. Duizenden liters melk rolden zo iedere nacht van boerderij naar boerderij, illegaal, over de donkere wegen van de provincie, door een omvangrijk en ongekend netwerk gestuurd. Dat was de illegaliteit van het melkquotum.

Het mestquotum bracht zijn eigen verleidingen met zich mee. Varkensboeren uit het zuiden wilden maar al te graag hun mest naar het noorden rijden, en ze waren bereid grif te betalen als ze hun stront op het land van Castelein, Hijlkema of Wiedijk mochten lozen. 'Ik kan het zo op een presenteerblaadje krijgen,' zei Bonne Hijlkema. 'Als ik mijn land onder de mest laat zetten, en ik verhuur ook nog eens mijn melkquotum, dan krijg ik zo een ton per jaar, zonder dat ik er ook maar iets voor hoef te doen. Het is allemaal legaal, maar het is natuurlijk wel belachelijk. Ik doe het niet, ik wil dat spul voor geen goud over mijn land hebben. Maar de staat heeft geen moraal.'

Sommige boeren dachten daar anders over. Dat waren de geluiden van de halfslaap.

*

De neergang van de boerenstand rond Jorwerd bracht geen drama's zoals in het zuiden, waar sommige varkenshouders de deuren van hun stallen eenvoudigweg achter zich sloten en hun honderden beesten letterlijk lieten wegrotten, voor zover ze elkaar niet opvraten. Er vonden geen zelfmoorden plaats, geen echtscheidingen, geen verzekeringsbranden, geen rellen, geen faillissementen. Maar de sociale en economische gevolgen waren dezelfde als overal elders.

Aan het eind van de twintigste eeuw leefden, voor het eerst sinds mensenheugenis, rondom de Jorwerter toren meer mensen dan koeien. Het belang van de landbouw voor de plattelandseconomie brokkelde af. Bij de volkstelling van 1971 bleek tweederde van de Jorwerters niet meer in de landbouw te denken en te werken. Terwijl in de jaren zestig de boeren in en rondom de dorpen nog de grote gangmakers waren, waren dat dertig jaar later de garages, middenstanders, banken en toeristenbedrijven. Ze staken volgens de statistieken van de provincie in 1995 anderhalf maal zoveel geld in het platteland als de boeren.

De status van de boeren daalde. Castelein, Kundersma, Hijlkema, de oude boerenadel uit het dorp, het was Sake, Hendrik en Bonne geworden, als persoon nog altijd gewaardeerd, maar heren waren het niet meer.

Nog altijd kon de Nederlandse landbouw haar productiecijfers met klaroengeschal presenteren. De melkveehouders trokken in het midden van de jaren negentig nog steeds zo'n tien miljard liter melk per jaar uit hun koeien, voldoende om een vloot van tienduizend tankers mee te vullen. Hoewel slechts enkele procenten van de bevolking in de landbouw werkten, zorgden de boeren voor een kwart van de Nederlandse deviezen. Van de top-tien van de Nederlandse exportartikelen kwamen er acht uit de agrarische sector. In de rundveehouderij, de zuivel, de rundvleesindustrie en het aanpalende bedrijfsleven ging per jaar zestien miljard gulden om, en bijna tweehonderdduizend mensen vonden er werk. Bij de varkenshouders, de kalvermesters en de kippenboeren ging het in totaal om tien miljard, met werk voor ruim honderdduizend mensen.

Toch stonden in de periode dat ik in het dorp woonde de boerenvakbladen en de plaatselijke kranten vol met onheilstijdingen.

Volgens het jaarlijkse rapport van het Landbouweconomisch Instituut uit 1995, zo'n beetje hét jaarverslag van de Nederlandse boerenstand, was het gemiddelde gezinsinkomen bij de melkveehouders weer terug op het niveau van twaalf jaar eerder. Tegenover elke honderd gulden aan kosten stond tachtig gulden aan inkomsten. Bij twee van de drie varkensfokkers waren in datzelfde jaar de inkomsten lager dan de uitgaven. Veertig procent van de bedrijven kampte met liquiditeitsproblemen.

Met de akkerbouwbedrijven ging het na een reeks rampjaren beter, en dat zou een volgend jaar ook best kunnen gebeuren met de veehouders en de tuinders. Alleen hadden de meesten van hen nauwelijks meer buffers om nieuwe klappen op te vangen.

Per jaar verloren twaalf- tot vijftienduizend werknemers in

de landbouw hun baan, en dan spreken we nog niet eens over de duizenden ontslagen in de toeleverende bedrijven.

Het aantal boeren dat zich meldde bij het loket van de sociale dienst voor een bijstandsuitkering – een gang die een boer vroeger zelden of nooit durfde maken – verdubbelde vrijwel ieder jaar. Volgens de minister hoorden 'de zwakke broeders' daar ook thuis. 'De boeren dienen marktgericht te werken. Gebeurt dat niet, dan rest het sociale afdak,' zei hij letterlijk.

Aan de vaart, bij de weg naar Weidum, was iemand een camping begonnen, met een theeschenkerij en warm eten. Er liepen wat geiten en kippen rond, er waren een paar kano's en een plastic trekker, en de stadskinderen waren niet van het erf weg te slaan. In het midden van de jaren negentig had de helft van de Nederlandse boerenbedrijven zo een tweede inkomen uit een of andere nevenactiviteit, variërend van part-time leraarschap tot een vissenkwekerij of een windturbine voor elektriciteit. 'Moeten we maar niet parkwachter worden?' zeiden ze in het café tegen elkaar.

Op 1 januari 1995 waren er volgens de statistieken nog 38 938 melkveebedrijven over van de 91 560 bedrijven die Nederland op 1 januari 1975 telde. De overlevingsslag op het platteland ging een ruige fase in.

In 1995 trad het wereldomvattende vrijhandelsakkoord in werking, en dat betekende weer een nieuwe horde voor de boeren. De bescherming van de subsidie- en tariefmuren zou langzaam verdwijnen, en net als hun grootvaders in de vorige eeuw moesten Bonne Hijlkema en Sake Castelein de concurrentieslag aangaan met Amerikaans vee en met schapen uit Nieuw-Zeeland.

Veel melkveehouders vreesden voor hun inkomen. Ze kregen in 1995 drie kwartjes per liter melk, maar daar zat flink wat subsidie bij. Zonder die overheidssteun konden ze nooit opboksen tegen goedkope producenten als de Verenigde Staten (kostprijs twee kwartjes per liter), Australië (veertig cent) en Nieuw-Zeeland (één kwartje). En nergens in Europa waren de belangrijkste productiefactoren, grond en melkquotum, zo duur als in Nederland. De grond in 1995: gemiddeld zesenveertigduizend gulden per hectare, tegenover Duitsland vijfendertigduizend en Engeland elfduizend. Het melkquotum: drie gulden vijftig per liter, tegenover bijvoorbeeld België twee gulden, en Duitsland negentig cent. Dat kon niet goed gaan.

Daarbij kwam dat de torenhoge subsidies op landbouwproducten een steeds grotere last vormden voor de staatshuishouding. De boekhouders begonnen te morren. 'De gemiddelde melkveehouder in Nederland heeft een besteedbaar inkomen van negentigduizend gulden en van dat bedrag bestaat zevenenveertigduizend gulden uit subsidie,' schreef een bekende econoom eind 1995 in een grote Randstedelijke krant. 'Een concertmusicus zal in Nederland ongeveer tachtigduizend gulden verdienen waaraan de belastingbetalers ongeveer zestigduizend gulden bijdragen. Het kan dus altijd nog extremer, maar er zijn wel heel wat meer melkveehouders dan orkestmusici, en bovendien zit er aan elke koe een luchtje.'

Voor de Nederlandse boeren werden de problemen nog vergroot door de zogenaamde 'remmende voorsprong'. Kostenbesparing door efficiënter te werken was in de Nederlandse landbouw bijna niet meer mogelijk, omdat het er al zo efficiënt toeging. Terwijl in andere Europese landen de landbouwproductie door allerlei nieuwe technieken nog een stuk opgevoerd kon worden, zaten de Nederlandse boeren al jaren aan hun top. De enige uitweg was om nog groter te bouwen en te boeren. Dat was het nadeel van een super-geavanceerde landbouw: er zat vrijwel geen rek meer in.

De landbouwproblemen kregen zo een uniek karakter. Voor het eerst ontstond er een crisis die niet voortvloeide uit achterlijkheid, maar uit grootschaligheid en almaar voortschrijdende vernieuwing. Veel boeren durfden nauwelijks meer verder te kijken dan de magische grens van de komende eeuw. De deskundigen hadden minder scrupules. Volgens prognoses van het ministerie van Landbouw zouden van de zevenenveertigduizend melkveehouders in 1990 er in het jaar 2005 nog maar vijfentwintigduizend over zijn, maar de productie per bedrijf zou bijna verdubbelen. Sommigen verwachtten dat de boeren de saneringsgolf alleen maar konden keren als ze zich richtten op recreatie en op landschapsonderhoud. Anderen zagen ook toenemende mogelijkheden voor kleinere, specialistische bedrijven, zoals biologische telers.

Groei zat er in elk geval niet meer in volgens de deskundigen. Naar verwachting zou in datzelfde jaar 2005 in Noord-Nederland een gebied zo groot als de Noordoostpolder aan de landbouw zijn onttrokken. Van de runderen zou bijna de helft verdwijnen – maar dat zou worden opgevangen doordat de gemiddelde melkproductie per koe nog verder zou stijgen. Er zou een ander type boer ontstaan, voorspelden de onderzoekers. 'Geen trekker- maar een computerboer,' schreven ze, 'iemand die de hele dag bezig is met de fijnregulering van zijn bedrijf en de gezondheid van zijn koeien. Een echte manager dus.'

Maar Bonne Hijlkema dacht er anders over. 'De enige boer die het redt is de oude scharrelaar,' zei hij. 'Dat is de man die zijn machines zelf kan repareren, die niet veel schulden heeft, waar het allemaal niet al te duur is, die flexibel is, en die met een koe kan omgaan. Die man redt het.'

Bij het openluchtspel nodigde de notaris Teun Siderius uit om bij hem op zijn bank te zitten, want, zei hij, 'jij bent een van de laatste echte boeren hier in de streek.'

*

Soms zag ik de schim van Fedde nog weleens met zijn transportfiets door de Meibos strompelen, met die ene rammelende melkbus voorop. Er waren vreemde tijden aangebroken. Het klimaat begon te veranderen, figuurlijk en zelfs letterlijk, en de landbouw moest zich aanpassen.

Uit een enquête van het blad *De Boerderij* in het voorjaar van 1994 bleek dat het overgrote deel van de boeren het einde van de eeuw ervoer als een diepe crisis – zij het een crisis in luxe, want meer dan de helft had over het inkomen niets te klagen. Slechts tweederde van de ondervraagden verwachtte dat het eigen bedrijf over tien jaar nog zou bestaan. Veertig procent vond dat je eigenlijk zou moeten emigreren om nog goed te kunnen boeren. Minder dan één op de vijf zag nog toekomst in grootschalige bedrijven. 'We worden allemaal zo kwetsbaar als de pest,' zei Cor Wiedijk.

De meerderheid van de Nederlandse boeren had geen opvolger meer, en het aantal bedrijven dat door een van de kinderen werd overgenomen nam met sprongen af. De vooruitzichten waren te slecht, de kosten voor overname door de opvolger en het uitkopen van de andere kinderen te hoog, de lasten te zwaar. Zo brak de moderne tijd ook het laatste bolwerk van de boeren: de familie, het doorgeven van generatie aan generatie, de continuïteit van het bedrijf, die boven alles ging.

Bij Bonne Hijlkema was er een opvolger, maar bij Sake Castelein voelde niemand van de kinderen enige roeping. Bij Cor en Lies Wiedijk waren ze nog te klein – toen we het erover hadden werden ze net naar bed gestuurd. Terwijl de jeugd in pyjamaatjes rondsprong zei Cor: 'Daar zet je toch je energie voor in. Als ik die kinderen niet had, ik zou toch eerder denken, ik bouw het af.' Maar Lies verbood hem om verder te praten. 'Nee,' zei ze, 'zo moet je niet denken. Het is een kringloop.'

Van vrienden hier in de buurt hoorde ik het verhaal van hun oudtante en oudoom, beppe Teatske en pake Romke. Teatske en Romke woonden samen op een boerderij en misten allebei een vinger, die had eraf gemoeten vanwege de fijt, een smerige nagelziekte.

Teatske was ooit getrouwd geweest met een broer van Romke, maar die was al vlug aan de tering overleden. Om de boerderij te behouden stelden beide families voor om Teatske dan maar met Romke te laten trouwen. Zij wilde niet en hij wilde niet, maar toch gebeurde het.

Hun leven lang waren ze zo bij elkaar gebleven, vanwege het bedrijf, tegen wil en dank. Kinderen hadden ze nooit gekregen.

Toen ze oud en afgeleefd waren erfde hun neef Freek de plaats. Ook hij sappelde zich krom en kapot.

In de jaren negentig nam diens zoon Jelmer het bedrijf over. Binnen een jaar had hij de oude boerderij verkocht aan een arts uit de stad.

De meeste boeren die ik sprak worstelden met hun hart en met hun verstand.

Sake Castelein vocht door: 'Je werkt twaalf uur per dag. Het inkomen is niet slecht hoor, maar je haalt het toch niet.'

Oebele van Zuiden was blij dat hij ermee gestopt was. 'We hebben een gelukkig leven gehad,' zei hij. 'We hebben een prachtig bedrijf gehad, we hebben fijn gewerkt, we hebben mooi vee gefokt, we hebben een goede boeldag gehad, we hebben flink wat geld gebeurd, maar ik zou niet graag vandaag nog boer willen zijn. Want ze zitten er tot de strot toe in, de boeren. En ze komen er niet meer uit.'

Bonne Hijlkema dacht nog lang niet aan capituleren: 'Boerzijn is een manier van leven. Je kunt niet rijk worden, maar je blijft wel doorgaan zolang als je kunt. Zere vingers, zere tenen, daar strompel je mee door. Alleen als je lichaam het opgeeft, dan kun je gelijk wel ophouden. Dan is het niks meer waard.'

Cor Wiedijk vond dat een goede boer nooit failliet ging. 'Hij teert langzaam in op zijn vermogen. Hij neemt hypotheken. Hij gebruikt zijn land en zijn plaats en zijn quotum als zwemvest. Stille armoe, daarmee kun je het lang volhouden.'

Het waren niet de slechtste boeren die er op tijd uitstapten, en bijna iedereen gaf dat ook eerlijk toe. Een goede boer kent zijn mogelijkheden, maar ook zijn grenzen. Toch had vrijwel elke boer die stopte het gevoel dat hij faalde. Tegenover zijn ouders en grootouders, tegenover zijn kinderen en zijn opvolgers, tegenover de wereld. En dat was ook de reden waarom veel boeren zo onvoorstelbaar lang doorgingen.

Alleen Cor en Lies Wiedijk hadden er gemengde gevoelens over. Voor hen was stoppen een soort desertie. Bij oudere boeren was dat anders, maar iemand van hun eigen leeftijd? 'Tja, die zal toch wel nooit een echte boer geweest zijn,' vond Cor. 'Goedkoop erin, gauw geprofiteerd, een excuus gezocht en een punt eraan gedraaid. Dat soort.'

Hij rakelde het geval op van een buurman, die met de komst van de superheffing was gestopt. 'Hij wilde al zijn kinderen gelijk bedelen. Hij heeft een gigantisch huis neergezet.'

'Maar hij had wel een zoon die wilde doorgaan,' zei Lies. 'En die jongen heeft geen kans gehad. En híj had van zijn vader wél die kans gehad. Ik vind – je hoort het door te geven.'

Cor: 'Maar dat kan niet altijd meer. Toen wij begonnen waren er honderdduizend boeren, nu zijn er nog maar veertigduizend. Dat is de tijd, die kun je niet tegenhouden.'

Zij: 'Het komt ook door die stadsmeisjes. Boerenjongens nemen steeds vaker een meisje uit de stad, en die willen vrij zijn. Daar hebben wij geen erg in, wij zijn zo grootgebracht.'

Hij: 'Dat is overal zo, de mensen slaan hun vleugels uit.'

Zij: 'Het is waar je wiegje staat, in de opgaande tijd of in de aflopende tijd.'

Hij: 'Maar de jeugd heeft de oren en ogen open, die ziet wat voor andere dingen de wereld biedt.'

Zij: 'Ik zou het wel van de daken willen schreeuwen: geef die jonge boeren een kans. Met de natuur omgaan, het land, het vee. Maar die kans wordt ze ontnomen.'

Hij: 'Je bent geen boer meer, je bent producent.'

Zij: 'Het is zo jammer.'

VI

HOE GOD VERDWEEN UIT JORWERD

Langzaam werden de dagen korter, en soms werd ik 's ochtends wakker van de kou. Mijn Jorwerter woning telde twintig passen in het vierkant, en bestond uit een halletje, één grote kamer, een kleine keuken, een trap en een zolderkamer. Daar sliep ik, vlak onder de pannen, en om mijn bed floten elke nacht de windvlagen die vers uit de vlakte kwamen aanstormen.

's Ochtends stookte ik de kachel op, ik zette thee, ik schoof een stoel dicht bij het vuur, ik keek naar buiten en ik vroeg me af waarover ik zou schrijven. Over deze stilte? Over de leegte? Over de wind vannacht?

Ik schreef: 'De lucht staat als een koepel boven dit dorp, tot in alle eeuwigheid. En daarboven raast de natuur'. Daarna streepte ik het allemaal weer door.

De bladeren vielen ondertussen uit zichzelf naar beneden, losjes en langzaam, er was zelfs geen vleugje wind meer om de schuld te geven, ze deden het helemaal zelf. In de top van de oude beuk voor de pastorie – de beuk die dichters en domineesdochters had gezien – zaten de roeken stijf en stil.

De straat bleef van de katten. Ze patrouilleerden over het trottoir, staken zigzag de keien over, hielden de wacht op de daken van de auto's.

Ik zette Radio Fryslân aan. Uit het museum van Heerenveen waren vier paar oorijzers gestolen. Een fabriek in Wolvega was van plan de productie van elektrische dekens over te brengen naar Tsjechië. De boerenkapel De Sterrekiekers hield het voor gezien omdat het steeds moeilijker werd om alle spelers nog bij elkaar te krijgen. In Dokkum was een vrouw met een rolstoel in de gracht gevallen. In Sint Annaparochie werd een asielzoeker uit Somalië geïnterviewd. Hij woonde al vier jaar op de kleivlakte, en het beviel hem best. 'In weekend gezellig schreeuwen in kroeg,' zei hij tegen de verslaggever. 'Als zij hebben drankje, zij heel gul zijn, de Friezen'.

Een witte bestelauto reed de dorpsstraat binnen. Eenmaal per week kwam de visboer langs. Het geluid van een bel. Dan een megafoonstem: 'Verse vis, Hollandse Nieuwe, echte Hollandse Nieuwe'. De huizen zwegen. Eén figuur in een rode trui stak de straat over, naar de kar, en het hele dorp wist nu dat Sake vanavond gebakken kabeljauw at. De visboer startte zijn auto.

Het dorp viel weer stil. En onder die zwijgende korst bewoog zich in langzame stromen het andere nieuws, de verhalen die van mond tot mond gingen, de eeuwenoude gesproken krant van Jorwerd: Lamkje moest gisteravond opeens naar het ziekenhuis; Eef en Jan hadden een nieuwe auto; er waren nieuwe mensen in de Pastorijfinne komen wonen; bij Oosterwierum was het misgegaan bij een bevalling, maar het kind leefde; een nieuwe aankoop; nog een ziekte; een schaap in de sloot.

Het verging me die eerste tijd zoals elke beginnende dorpeling: rust werd aanvankelijk direct omgezet in onrust, beweging, radio aan en uit, iedere impuls was voelbaar, de veelheid ontbrak, maar Mantgum, Leeuwarden en Grouw waren dichtbij: krant halen, koeken, folders op de mat, zitten, kijken, dan maar weer lopen, de stadse onrust eruit stappen.

Er vloog een koppel ganzen over. 's Zomers waren ze altijd weg, in de winter zag je ze de hele korte dag. Ik hoorde van een man die had nagegaan waar ze vandaan kwamen. Het bleek ergens ver uit Siberië te zijn. Hij had met de mensen daar gepraat. Hier vroegen ze zich af: 'Waar zijn toch onze ganzen in de zomer?' In Siberië vroegen ze zich af: 'Waar blijven toch onze ganzen in de winter?'

Even buiten het dorp werd vee ingeladen voor de slagerij. De boer in een bruine jas, de koopman en zijn vrouw op een trekker, daarachter een open kar. De hekken werden opengezet, de slachtkoe en drie kalveren erheen gedreven en in de kar gejaagd, de boer en de veekoopman schreeuwend, tot hun enkels in de modder, dan de klep dicht, de motor gestart en de blik van de koe over de rand van de kar, verwilderd en traag tegelijk, traag en verwilderd, en nog te verbaasd voor angst.

Ik weet het: een Zondag als deze
Gewekt in weemoed van wind door regen
Weet zij naar geluk geen wegen
En zit aan een raam te lezen
Den vroegen morgen.

Om tien uur luidt het kerktijd.
Ze slaat een doek om, zij gaat
Loom met geloken gelaat
Den korten weg die naar de kerk leidt:
Hun hof grenst aan het kerkhof.

Haar vader spreekt zijn Amen.
Zij loopt weer in den tuin
Langs de smalle zwarte paden
Te huiveren. Door de dunne gewaden
Schendt haar de wind. Haar smalle voetjes waden
In het bloemenpuin.

's Middags geen uitweg dan een wandeling
Door de weiden. Zij moet ontmoeten
Zwermende boeren, die haar groeten,
In geheiligde handeling:
De dochter van hun herder.

Zo werd het middag, een mooie middag om Jan Slauerhoff te lezen.

Jorwerd heeft in al die eeuwen slechts één voetnoot in de geschiedenis weten te verwerven: een beroemde dichter annex scheepsarts liep er een blauwtje bij de domineesdochter. De 'pastorale idylle' moet ergens rond 1916 hebben plaatsgevonden, de dichter, Jan Slauerhoff, zat nog op de Leeuwarder hbs, en het ging om een van de dochters van dominee Hille Ris Lambers.

Eigenlijk was het ingewikkelder: eerst werd de dichter verliefd op Annie, de ene domineesdochter, en later op de andere, Heleen, en vermoedelijk was hij vooral verkikkerd op de familie zelf, waar de kinderen Mahler zongen en de vader boeken schreef over brahmanisme, spiritisme en Chinese filosofie.

Over het land achter mijn huis trok ondertussen een dunne, witte nevel, en daarin waren nog net de vage kleuren van een handvol boerderijen en een toren zichtbaar. Waar de sluier de horizon raakte was het blauw en rood. Zo nu en dan brak de zon door over dit betoverde landschap.

Alles heb ik teruggevonden,
Bekoorlijk verwaarloosd als 't vroeger was:
Het groene pad begroeid met spichtig gras,
De zonnebloemen, die toen lager stonden;

Het stille van den hof en het grijsblonde
Van zon laatglanzend door beslagen glas.
Achter in de tuin begon een ondiepe plas,
Waar we elkaar 's avonds onder takken vonden.

Alles: niet 't lief, half landlijk, half mondain,
Wankle bekoorlijkheid die zich verliest
In Engeland, 'k geloof als gouvernante.

Ik stopte een pijp en peinsde en zei: 'Enfin'...
Maar zweeg toen ik haar kamer vond, triest
Als een zoo maar gelaten chapelle ardente.

⋆

De daaropvolgende nacht vroor het. De eerste nachtvorst. In het vroege ochtendlicht lagen de velden er blinkend bij, wit van de rijp. De buurman liep met een ijsmuts op te kleumen, de hele buurt stond op de autoramen te krabben. De beuk voor de pastorie had nu alle bladeren verloren, de takken staken kaal omhoog, maar de bomen rond het kerkhof zaten nog redelijk in het blad. De kinderen hadden herfstvakantie en liepen de straat op en neer.

Om negen uur begon de kerkklok te luiden. Er was dus iemand overleden. Uit de zwaarte van het geluid kon ik opmaken dat het een man was – de grote klok domineerde. Ik dacht aan de oude Sije Hoogerhuis die, bijna honderd jaar, ergens op een kamertje door een buurvrouw verpleegd werd. Maar bij de bakkerskar hoorde ik dat het iemand anders was: Tjitse Tijssen, die vroeger met zijn paard en wagen de bodedienst met Leeuwarden onderhield. Afgelopen nacht was hij in het ziekenhuis gestorven, zeiden de mensen, maar het was toch al niet veel meer, z'n vrouw was ook al weg, hij liep alleen nog maar wat met z'n hondje.

Aan de horizon donderde een straaljager.

Ik ging die middag bij de dominee op bezoek, de elfde opvolger van Hille Ris Lambers en zijn mooie dochters. Op de stoep hadden de kinderen van de gele bladeren van de pastoriebomen een grote berg gemaakt, een fort, en daarin speelden ze die hele lange, grijze dag. Ik deed het hek open, de grote tuin door, aanbellen, de voordeur, een gang, hoge oude kamers, grote ramen.

De dominee koesterde zijn pastorie als een klein museum. Hij had in later jaren nog uitvoerig contact gehad met Heleen Hille Ris Lambers, de 'wankle bekoorlijkheid', en hij had haar hele Friese fotocollectie cadeau gekregen. We liepen door het huis, nauwelijks veranderd sinds 1917, met deuren, schoorsteenmantels en keukenkasten, nog helemaal de wereld van de dienstbode van toen.

Waar zou zij heen gaan?
Midden op de vliering
Heeft men een kleine ruimte afgeschoten,
Haar kamer genoemd;
Verschoten doeken dienen voor versiering,
De wapperende deur kan niet gesloten
En het behang is grof gebloemd.

En inderdaad was daar het dienstbodenhok op zolder, en was het behang grof gebloemd, en kon de deur nog altijd niet dicht. De dominee troonde me mee naar een plek achter in de tuin. Hij had de poëziebundels meegenomen en kleumend van de kou lazen we het ene vers na het andere, en alles was helder en niet door de tijd vervormd.

Achter in de tuin begon een ondiepe plas,
Waar we elkaar 's avonds onder takken vonden.

Ik kreeg de fotoalbums te zien, en in de middagschemer van de pastorie zaten we te bladeren: de mooie Heleen Hille Ris Lambers als oude vrouw – ze was pas in 1991 overleden, 92 jaar oud was ze toen – maar nog steeds een beetje deftig. Een foto van alle dochters in een bootje, het dorp en het skûtsje van vader Siesling op de achtergrond. Annie en Heleen, Annie blond, fris en vierkant, Heleen iets ouder, stevig opgestoken, donker haar, 'half landlijk, half mondain', knappe, nadenkende ogen.

'Ik had nooit beseft dat het zo bij hem was overgekomen,' had ze aan de dominee geschreven in een ontboezeming over haar oude vriend. 'Die Jan, dat is toch geen partij voor jou,' had haar broer Marius gezegd, en, zo schreef ze, 'dat was natuurlijk ook zo. Ik besefte dat zelf ook gauw, en toen ben ik er snel mee opgehouden.'

Zij leeft in 't afgelegen, mistig land
Dat ik verliet de wereld om te varen;
Zij woont er nog, ik weet het zeker, want
Een sterke vrede was de hare.

Later zou ze naar Italië gaan, waar ze een invalide man verpleegde, negentien jaar lang.

Toen ik naar huis liep overviel me de stilte. Zelfs in de Leeuwarder binnenstad, waar ik een paar dagen eerder was, hoorde je het regenwater kletteren in de goten, en mijn voetstappen kaatsten tegen de statige gevels van de Grote Kerkstraat. Maar hier begon de stilte vertrouwd te worden, omdat het een stilte was vol kleine geluiden: de spreeuwen rondom de kerktoren, de eenden in het land, een schaap, de ganzen die in v-formatie langs het dorp vlogen. Het was een negentiende-eeuwse stilte daar in Leeuwarden. Hier was de stilte ouder.

*

De dominee was een wat gebogen, nadenkende man met een baard en een bril. Hij was niet oud en niet jong. Hij had me verteld over het glazen huis waarin je als dorpsdominee leefde, het feit dat je altijd het voorbeeld moest geven, dat je in het dorp woonde maar er nooit echt bij hoorde. 'Iedereen mag hier op de merke dronken worden, maar de notaris, de onderwijzer en de dominee mogen dat niet,' zei hij, terwijl we naar buiten keken, naar de stille straat en de kinderen in de bladeren.

Hij had het gehad over de honderdvijftig lidmaten van zijn Jorwerter kerk, en over het feit dat iedere kerktoren hier altijd een eigen geloof had. Hijlaard was stijf gereformeerd. Weidum, Beers en Jellum waren vanouds rode dorpen, Oosterwierum was rooms.

Jorwerd was van de Grote Kerk. Het dorp gold als evangelisch, maar star was men niet. Dominee Hille Ris Lambers mocht experimenteren met spiritisme en brahmanisme wat hij wilde, zijn gemeenteleden bleven bezig met het bijbelwoord en de toepassing daarvan in het gewone leven.

Tot na de oorlog had de kerk elke zondag vol gezeten, vertelde hij. Daarna verdween God geleidelijk uit het dorpsleven.

De oudere kerkgangers waren overleden, anderen verhuisden naar elders en de meeste nieuwkomers hadden geen enkele affiniteit meer met het godshuis. In de jaren negentig luisterden er op een doorsnee zondag in Jorwerd nog hooguit veertig mensen naar de preek. Zijn gemeente omvatte nu maar liefst vier vroegere kerken: Jorwerd, Weidum, Beers en Jellum. Ook met andere kerkgenootschappen werd steeds meer samengewerkt, want wat moest men anders?

'We zijn tegenwoordig allemaal kleine kerkjes in een grote, onkerkelijke streek,' zei hij.

Wat de dominee beschreef was een neergang die in de steden al eerder had plaatsgevonden. In de moderne verzorgingsstaat leek geen onontkoombaar noodlot meer te bestaan. Dankzij medische techniek en sociale zekerheid hadden de mensen kans gezien om dood, rampspoed en ellende uit te bannen, te beheersen of althans naar de marges van het bestaan weg te drukken. Dat leidde op den duur tot een andere houding jegens onzekerheid in het algemeen en jegens de lotsbestemming van ieder mens in het bijzonder. Het besef van tragiek, de erkenning dat er in een leven onontkoombare gebeurtenissen konden plaatsvinden, het leek vervangen door het idee dat alles maakbaar was, of herstelbaar, of op zijn minst in geld compenseerbaar.

Daarmee veranderde er ook iets in de houding van mensen ten opzichte van de natuur – al was dat een veel subtieler proces. In Jorwerd was dat eigenlijk alleen maar meetbaar in het almaar dalende aantal bezoekers van de bid- en dankdiensten voor het gewas, die vanouds elk voor- en najaar in de kerk werden gehouden. Dankzij de moderne techniek kregen de boeren de indruk dat ze de natuur steeds beter in de hand hadden. Dat deed hun angsten afnemen, maar het verminderde ook hun ontzag voor het Hogere. Ze hoefden niet meer tijdens de hooiweken gespannen naar ieder onweerswolkje te kijken. Er was nu immers kuilgras en dat kon wel een buitje verdragen. Angst voor muizenplagen bestond niet meer. Er waren immers bestrijdingsmiddelen. De oude bid- en dankgezangen voor het gewas hoefden niet meer zo nodig. Steeds vaker bleef het vee immers zomer en winter in de stal, en werd het voer van buiten aangevoerd, weer of geen weer.

*

Het maakte haar niet neerslachtig dat de weiden
Groen waren, lente, zomer, herfst en winter.
Zij werkte, en wist altijd iets te vinden
Dat 't grijs bestaan tot een rein wonder wijdde.

Als een stadsbewoner op het platteland verzeild raakt kan het bijna niet anders, of hij wordt getroffen door de rol van de godsdienst. In de grote stad speelde religie aan het einde van de eeuw nauwelijks meer een rol, in Jorwerd was het percentage van de bevolking dat iedere zondag naar de kerk ging, ondanks de enorme terugloop, nog altijd niet te verwaarlozen. En zo was het in de meeste dorpen.

Voor een deel had die opvallende tegenstelling tussen stad en land te maken met de bevolkingssamenstelling: gezinnen met een traditionele leefstijl bleven vaak liever op het platteland wonen, mensen die wat anders wilden trokken graag naar de stad. Nederland had zichzelf zodoende in de loop der jaren een beetje uitgeselecteerd naar godsdienstige gezindheid.

Maar die rol van de godsdienst had ook te maken met het boerenleven zelf, met de dagelijkse confrontatie met geboorte, leven en dood, met het mysterie van de natuur, met de cyclus van het bestaan, met het oppakken van het werk van de ouders en het overdragen aan de kinderen.

Plattelandsbewoners over de hele wereld mochten van elkaar verschillen in alle mogelijke details, voor de meesten was er geen twijfel dat er een universele orde was die hun leven rechtvaardigde, en waar zij deel van uitmaakten.

Twijfel aan het bestaan van zo'n goddelijke orde kwam vaak genoeg voor, maar men was er wel mee bezig, dacht erover na, praatte of filosofeerde erover. De echte felle atheïsten werden vooral op het platteland gevonden. En dat had alles te maken met de verpletterende invloed van de natuur, die het hele bestaan doordesemde, iedere dag weer, ieder seizoen opnieuw, een ritme en een kracht waaraan niemand zich kon onttrekken.

Een boer zag het leven in zekere zin als een tussenspel. Zijn idealen lagen in het verleden, zijn verplichtingen in de toekomst, maar hij zou tijdens zijn leven daarvan nooit de uitkomst zien. Hij zou altijd afhankelijk blijven van krachten die buiten het menselijk bereik liggen, en die hij maar gedeeltelijk in de hand had. Een akkerbouwer kon ploegen, zaaien en rekenen wat hij wilde, als op het verkeerde moment de zon brandde en op het verkeerde moment de regen neerplensde kon hij alles weer verliezen.

Wie dagelijks werkt met weer en wind en leven en dood kent zijn eigen betrekkelijkheid. Maar ook dat veranderde in de loop der jaren. Toen het weer en de dood steeds meer op eigen kracht konden worden weerstaan, verdween ook God langzaam uit het zicht van Jorwerd.

*

Ik reed een paar keer mee met Jan Koopmans, de veearts. 's Ochtends vroeg spreekuur, koffie, overall aan, bodywarmer, en dan op pad, in zijn jeep met vierwielaandrijving en achterin een halve apotheek met flessen, infusen en injectienaalden.

De praktijk was nogal veranderd sinds hij in 1978 begon. Twee van de drie boeren hadden in zijn beginjaren nog een gewone grupstal, waar de koeien op een rijtje stonden met een strontgoot achterin. Nu had hij in de hele praktijk nog welgeteld één ouderwetse stal, de rest bestond allemaal uit ligboxstallen, enorme schuren met rinkelende hekken en ronddolend vee. Toen had hij twaalfduizend stuks rundvee onder zich, nu nog negenduizend. Het medicijngebruik was tegelijkertijd met een derde gestegen.

'De controle is veel strenger geworden,' zei hij. 'Als je te veel ziektekiemen in de melk hebt word je gekort. Maar inenten doen de boeren tegenwoordig bijna allemaal zelf. Wij zijn daarvoor gewoon te duur. Eén doktersvisite bij een zieke koe, en je bent als boer je hele winstmarge kwijt.'

De eerste keer dat ik meeging was het een ijskoude ochtend. Het was zo'n dag waarop de nevel maar niet wilde optrekken, en zo nu en dan viel er wat lichte sneeuw. We reden een erf op. Tegen de mestvaalt lag een dood lam, de poten stijfbevroren omhoog, de tong uit de bek, en in plaats van ogen zaten er twee grote gaten in de kop, want de kraaien waren al flink bezig geweest.

We liepen de stal in. Overal zaten katten, in het hooi, op de balken, in het stro. De hekken ratelden, zo'n honderd koeien stonden te snuiven en te kauwen, overal staken zachte neuzen door het ijzer. Er waren twee patiënten: een koe met een zwaar ontstoken uier en een koe met kalfziekte. De uier van de ene koe was zwaar gezwollen en ontstoken. Ze had een kromme rug, stakerige ribben, bibberde van de koorts, zoveel honderd kilo ziekte was het, en niets anders.

'Die krijg ik wel weer overeind,' mompelde Jan Koopmans, 'maar ik ben bang dat het beest dit jaar nauwelijks melk zal geven. En ik weet niet of de boer dat ervoor overheeft.' De boer, ook in een versleten bodywarmer, knikte.

In de schuur ernaast lag een koe die net gekalfd had. Op een stronterige balk stond een radio, de afstemknop vastgeroest op Radio Ten Gold. De koe kon niet meer opstaan, het kalf lag er rillend naast. Een van de katten kauwde in een hoekje aan de nageboorte. De boer had de dieren al afgedekt met jutezakken en schikte bezorgd bosjes stro onder de uiers. Hij kende al zijn honderd koeien van naam, vertelde hij, en ook die van hun moeder en hun vader, en hij kende ook hun gewoonten, en als hij in de melkput stond wist hij aan de vorm van de uiers wie hij voor zich had.

'Kalktekort en te weinig magnesium,' zei Jan Koopmans achter de koe met melkziekte, en hij goochelde met pillen en spuiten. De koe kreunde, zette grote bolle ogen op van angst toen ze de naald voelde, gooide de bek wijd open zonder geluid.

We liepen het erf weer op, langs het lam. 'Een lijer,' zei de boer. Daar was toch niks mee te beginnen. 'Ik had er best wat aan kunnen doen, denk ik,' zei Jan Koopmans toen we in de auto zaten. 'Maar als ze mij daarvoor hadden opgetrommeld was dat twee keer zo duur geweest als dat hele lam kostte. Geen lam zal ooit een veearts zien.' Of, zoals een varkenshouder me ooit zei – want varkens hebben dezelfde pech: 'Het is geen hond, nietwaar'.

De volgende boer was een vergaderboer, een boer die er bijna nooit was omdat hij in honderd en één besturen zitting had. De knecht bracht ons naar een ijskoude stal waar een broodmagere koe stond te rillen, met bloed aan de poten en scherp uitstekende schoften.

Jan Koopmans nam de temperatuur op, klopte en luisterde, trok een lange plastic handschoen aan, maakte zijn hand nat, veegde de kont van de koe schoon, zette kracht en duwde vervolgens zijn hele arm in de endeldarm van het beest. De koe loeide zachtjes.

'Ik voel nu of de lebmaag goed ligt, en hoe het met de nieren staat.' Toen trok hij langzaam zijn arm weer terug. In zijn hand hield hij wat mest, en hij loodste ook wat dunne gier mee naar buiten. 'Er zit gruis in, dat is vreemd.'

De kont van de koe dampte ondertussen als een vulkaan. Er kwam de ene wind na de andere uit, en ondertussen bleef de gier maar doorlopen. 'Een typische diarree-koe,' zei Jan Koopmans.

In de auto mopperde hij een beetje. 'Met dat beest hebben ze veel te lang zelf omgedokterd. Die heeft waarschijnlijk eerst een maagbloeding gehad. Toen is ze daar weer wat van opgekrabbeld, maar nu heeft ze diarree. Ik krijg haar er wel bovenop, maar ze heeft net gekalfd, dus ik vrees dat ze de melk van dat beest kwijt zijn voor het komende jaar'. Hij legde me uit dat een doorsnee koe tegenwoordig maar een jaar of drie, vier melk produceert, en zo'n lange ziekteperiode betekent dus een kwart van de productie. 'En of ze dan nog al die moeite en al dat geld in zo'n beest willen steken? Boeren zorgen meestal goed voor hun beesten, maar de marges zijn te krap voor veel sentimentaliteit.'

Ondertussen waren we gearriveerd bij een boer met een keurige, nette stal en een koe met een oude keizersnede waar de hechtingen uitgehaald moesten worden. Er zijn veel huis-, tuin- en keukenkoeien met keizersneden tegenwoordig. Ze krijgen een embryo geïmplanteerd van een supervleeskoe, een Blonde Aquitaine, omdat dat economisch interessanter is, ze nemen het op als dappere draagmoeders, maar als de tijd komt is dat vreemde kalf zo groot geworden dat het er alleen via een keizersnede uit kan.

'Us Mem' stond wat kleintjes tussen de Aquitaine-koeien, de enige zwartbonte Fries tussen die kolossale rode Franse beesten. De flank was kaalgeschoren en over de buik liep een dikke naad. Naast de koe stonden twee Blonde Aquitaine-kalveren, het ene niet van haar, het andere ook niet – en toch weer wel.

De laatste boer had een prachtige, grijze, aartsvaderlijke kop. In de ligboxstal was het jagen om de negen koeien te vinden die gekeurd moesten worden voor export naar Tsjechië. En toen gingen we blikken. Vier kalveren werden verdoofd om ze van een geel oormerk te voorzien en om tegelijk de horens uit te pitten. Dat gaat met een soort grote elektrische appelboor die zich in de schedel draait.

Horens zijn in een ligboxstal taboe omdat je anders te veel ruzie en gestomp krijgt, legde de boer me uit. Koeien, vooral koeien die zich vervelen, zijn altijd bezig uit te maken wie de baas is. Omdat er in de stallen te weinig ruimte is kunnen ze die conflicten nooit goed uitvechten. 'Ligboxstallen zijn absoluut koe-vriendelijk, maar je moet wel vrij sterk vee hebben,' zei de boer. 'Met name het beenwerk moet stevig zijn, ook door al die roosters. Zwakke zusters hebben het moeilijk.'

Met de komst van de ligboxstallen ontstond er dus ongewild een nieuwe selectie onder het vee, en wel in zelfredzaamheid. Een fors percentage van de koeien die de overgang van grup- naar ligboxstal moesten meemaken is dan ook afgevallen. Net als de boeren zelf trouwens.

De kalveren lagen ondertussen voor lijk in het stro, de ogen open en mat, de oren jong en argeloos. De perforatietang ging erdoor als door een dun stuk leer. Daarna de stank van hoorn en brand. Over het bevroren land luidde een kerkklok. Het was twaalf uur.

*

Ik zag en hoorde in die maanden veel over de natuur. De ouderen vertelden over het melken, over het rustige zitten tegen een koeienlijf, de warmte, het contact met het dier, de gedachten die maar wat rondgingen en ondertussen de witte flitsen van de melk, de muziek in de emmer. De jongeren hadden het over embryo-implantaties, over kunstmelk en melkstimulerende hormonen en zelfs bij het werpen van een veulen hoefden ze niet meer te waken: als een merrie op alle dagen liep plaatsten ze een klein zendertje tussen de schaamlippen, en als het zover was ging er naast het bankstel thuis gewoon een pieper af.

Tekenend voor de nieuwe geest van onnatuur was de veranderde relatie tussen de boer en de koe. Zoals een vriend tegen me zei: 'Vroeger had een koe altijd gelijk.' Een koe maakte nooit fouten. Een koe deed ook niet zoveel. Grazen, een beetje liggen herkauwen, soms een kalf. Een koe liep 's ochtends om half zes en 's middags om half vijf naar het hek toe, want zij wist dat zij rond die tijd werd gemolken. Dat was haar belangrijkste kennis, en dat was genoeg.

De moderne doorloopstallen brachten een nieuw fenomeen met zich mee: de rebellerende koe. Of, als je het anders wilt zeggen: de koe die niet wilde deugen. Of, voor mijn part, de dwaze koe.

Hoe meer regels een samenleving kent, hoe meer afwijkende types zij oplevert, en zo is het ook met koeien. De visgraten en de carrousels van de moderne stallen eisten een bepaald doorlooppatroon, en sommige koeien bleken daaraan, ook na een wekenlange training, niet te kunnen wennen.

De koe die niet wilde deugen was dezelfde koe die zich vroeger tegen de hekken schurkte, of die de broekspijpen van de boer likte. De boer duwde zo'n beest dan weg met een klap op de horens, half bestraffend, half liefkozend. De boeren die ik nu hoorde praten hadden het over onbruikbaar vee, en ze maakten het af.

In de beleving van de meeste Jorwerters stond ook anno 1995 het vee voorop. Als er een koe in de sloot verzeilde waren even alle burenruzies vergeten, en liep iedereen te hoop om te helpen. Een dier in nood ging boven alles.

Maar als een koe met drie spenen melk gaf – zoiets kan soms na een ontsteking of een ongelukje gebeuren – was dat vroeger een koe die er gewoon bij hoorde. Nu ging ze er onherroepelijk uit. De boeren waren ondernemers geworden, en een koe was in de eerste plaats een productiefactor.

'Je hoefde vroeger je hoofd maar om de hoek van de stal te steken, of je wist wie welke koe was, en hoe het ervoor stond,' zei Gais Meinsma. 'Nu hebben ze allemaal een nummer en je kent geen beest meer.'

Cor Wiedijk kon, als hij buiten liep, aan het gezucht of geloei van een koe direct horen of er iets mis was, of een koe 'riep', zoals hij zei. Hij hoorde zelfs dat er in de stal van de buren iets aan de hand was. Maar zijn eigen koeien kende hij niet meer van naam.

Ik ging op de Landbouw RAI kijken. In een piramide van blauwe en gele neonlampen wentelde het nieuwste wonder, de melkrobot. Ik stond naast een man met een groot rond hoofd uit Odijk, twee jongens van een landbouwschool uit Hazerswoude en een geteisterd boerenechtpaar uit Raalte met een slome, slungelige zoon die op zijn achttiende de rug al krom had.

Allemaal keken we naar de grote revolutie die daar langzaam draaiend voor ons hing. 'De Astronaut geeft de koe de vrijheid om zelf het tijdstip van melking te bepalen,' meldde de videoband. De stem sprak over een compleet systeem, 'doordacht en diervriendelijk'. 'En last but not least: rust in de stal, tijd voor uzelf!'

Op de video zagen we hoe de koe uit zichzelf het hek van de robot openduwde en zich via een chip 'meldde' bij de computer. 'Je moet toch elke dag de uiers en de kont van je koeien zien?' zei de boer uit Raalte. 'Dan weet je toch of een beest ziek is of niet?' Op de video kreeg het dier de voor haar aangepaste hoeveelheid voer en tegelijk tastte een laserstraal de uier af. Vervolgens zogen de nippels zichzelf automatisch vast aan de spenen.

'Dit wordt een totale ingreep in het koeiengebeuren,' zei de man uit Odijk. Volgens hem zou het hele werkritme met zo'n apparaat veranderen, omdat er permanent kon worden doorgemolken en het accent van het werk op controle en techniek zou komen te liggen. Maar de jongens uit Hazerswoude vonden het allemaal veel te ver van de natuur, en te duur bovendien. 'Vraag het de koe maar. Je laat je vrouw toch ook niet mechanisch behandelen. Als je niet van melken houdt moet je geen boer worden.'

'Je werkt tegenwoordig steeds minder met je lichaam en steeds meer met je hoofd, en dat moet je maar net kunnen,' begon de man met het rode hoofd weer. Dat je beesten moest wegdoen waarvan de uiers niet aan het standaardmodel van de machine voldeden, daarvan waren alle omstanders overtuigd. Wilde koeien pasten niet meer in de wereld van de Astronaut. En 's zomers buiten lopen was er na de introductie van dit systeem ook niet meer bij, tenzij de weidegrond vlak bij de boerderij lag. En dat was vaak niet meer het geval.

'Er komt binnenkort nog eenzelfde omwenteling op het gebied van de voeding,' zeiden de jongens van de landbouwschool. 'Nu maaien en kuilen we nog, maar ons werk zal zich gaan concentreren op de verzorging. De voervoorziening zal steeds meer een zaak worden voor de akkerbouwers. En de koe zal in de toekomst zeker 's winters en 's zomers binnen moeten blijven, net als nu al het varken.'

Naast de robot stond het vol met uit de hand gelopen Dinky Toys, combines van monsterachtige omvang en draken van mestinjectoren. In een hoek werden computersystemen voor tochtigheidsdetectie en activiteitsmeting aangeboden, er was een nieuw managementsysteem voor schapenhouders en het echtpaar uit Raalte stond lang voor een maaier met hydropneumatische bodemdrukregeling en geïntegreerde kneuzers.

'Alleen de groten en de zeer groten kunnen mij kopen en overleven,' dat was de boodschap die de melkrobot met onzichtbare letters op de muur schreef, en al die kleine boeren die in hun goede pak wat strammig door de grote RAI-hallen liepen begrepen dat maar al te goed. 'Je hebt geen keus meer, je bent eraan overgeleverd,' zeiden de jongens uit Hazerswoude. Hun buren knikten.

*

Cor Wiedijk had me op een avond het papierwerk laten zien dat hij dagelijks moest verstouwen:
— het bijhouden van het logboek van de melktank en het koelingssysteem;
— het bijhouden van het logboek van de dierenarts en van de medicijnen die ieder dier per dag krijgt;
— het bijhouden van het landelijke identificatie-systeem voor koeien en schapen, waardoor men op den duur precies weet wat je als boer gedaan hebt – voor het Nederlandse rundvee is Orwells *1984* allang aangebroken;
— het bijwerken van de mineralenboekhouding: hoeveel en wat gaat er in de koe, hoeveel aan nitraten en fosfaten is er weer uitgekomen, hoeveel van die mest is er over hoeveel hectaren verspreid enzovoort;
— de gewone boekhouding: vroeger was het voldoende om aan te geven hoeveel land je had, en hoeveel koeien en schapen, nu moeten er complete enquêtes worden ingevuld.

'Je wordt zo kwetsbaar als de pest,' zei Cor. Vlak bij zijn

boerderij was een fors stuk weiland bestemd voor 'relatienotagebied', ofwel vogeltjesland, ofwel nieuwe kunstnatuur, in totaal een kleine driehonderd hectare. De zaak moest weer half onder water, net als vroeger, voor de moerasplanten en ander spul, en als de plannen doorgingen zouden zeker negen Jorwerter boerenbedrijven een ander heenkomen moeten zoeken.

Vroeger zetten de boeren de natuur vlak om hen heen naar hun hand – met alle ontwrichting die daaruit soms voortvloeide. Maar de laatste jaren werden de bedrijven meer en meer losgekoppeld van de nabije omgeving. De natuur, het land, en ook de lokale economie deden er niet meer toe. Veevoer, mest, kapitaal, techniek, het werd allemaal vanuit de hele wereld aangevoerd.

Het gevolg van deze ontkoppeling was dat de oude boerenomgeving als zelfstandige grootheid opnieuw zijn opwachting maakte op de markt van kapitaal en politiek. Het lag allemaal weer te koop voor de lobbyisten, de projectontwikkelaars, de bijna-werkloze boeren en de milieu-activisten: het platteland, het dorp, het landschap, het beetje natuur dat Holland restte.

De regering wilde tot het jaar 2020 in Nederland ruim honderdvijftigduizend hectare landbouwgrond omtoveren tot 'strategische groenprojecten'. In het rivierengebied moesten zomerdijken doorgestoken worden om weer ruimte te geven aan ooibossen en zompige moerassen. In het noorden zouden polders weer meertjes worden, en elders zou grasland weer teruggegeven worden aan het bos, de hei en het kale zand.

Opnieuw volgde de natuur de landbouw – al was het nu in omgekeerde richting. De reden was overduidelijk: er moest werk blijven om het platteland in leven te houden en als het niet meer met de landbouw ging, dan moest het maar van de recreatie komen. Maar de meeste boeren die ik kende zagen het als een capitulatie, een totale afgang, waanzin zelfs. Prima grond, die door hun vaders en grootvaders – en soms zelfs nog door henzelf – met zweet en ijver aan het water en het zand was ontworsteld, moest weer teruggebracht worden tot de oerstaat – wat deze ook mocht zijn.

'Dit is geen natuur meer, dit is verwaarlozing,' zeiden ze. Sommige boeren vreesden voor hun opvolging, want lag een boerderij eenmaal in de buurt van een natuurplan dan rustte er een eeuwige doem op het voortbestaan. Ook in veel dorpen ontstond onrust, want van ganzen en moerasplanten konden café, kerk en vereniging niet leven. En toeristen bloeien ook maar een paar maanden per jaar.

Toch gonsde het van de natuurplannen, overal. Een brede strook in het oude cultuurlandschap van Gaasterland moest weer verwilderen tot een ecologisch verantwoord geheel, in de kale kleistreek ontstonden plannen voor een kunstmatig recreatiemeer met strand en golfgeklots en iedereen had het over otters.

Nooit heb ik zoveel over otters gehoord en gelezen als tijdens die maanden in Jorwerd. Zoals 'Us Mem', het standbeeld van de koe, de toon zette in de jaren vijftig, zo was de otter de trendsetter van de jaren negentig.

De otter was hét troeteldier van deze provincie, er was in het drasland achter de hoofdstad een speciaal otterpark gesticht, er werden voor otters schuilplaatsen gegraven, meertjes schoongemaakt, oversteken gecreëerd, er ging geen week voorbij, of er stond wel iets in de krant over otters. Als het met de otters goed ging, dan scheen het ook wel goed te gaan met de natuur en met de rest van het leven.

Ook de boeren begonnen in te spelen op die nieuwe hang naar natuur. Sommige stukken land werden bestemd tot beheersgebied: de boer kreeg een vergoeding als hij zich inhield bij het gebruik ervan, geen kunstmest strooide, niet draineerde en slechts op bepaalde tijden maaide.

Maar er waren er die veel verder wilden gaan. Het Landbouweconomisch Instituut kwam bijvoorbeeld in 1994 met het plan om de boeren, naast hun andere werk, natuur te laten 'produceren'. Bloemen in de slootrand zouden voortaan betaald moeten worden, boerenbosschages gesubsidieerd, en braakliggend land zou voor een bepaald bedrag aantrekkelijk gemaakt kunnen worden voor vogels. 'Het product natuur moet op de markt verschijnen, naast producten als auto, fiets of vakantie,' schreef het instituut.

Bepaalde boeren begonnen zich te richten op zogenaamde 'duurzame landbouw'. Zij streefden ernaar om op natuurvriendelijke wijze aardappels, peen, witlof en appels te produceren, en ook melk, vlees en eieren. Ze zwoeren kunstmest en bestrijdingsmiddelen af, en begonnen biologisch te boeren. Ze lieten hun varkens weer scharrelen en propageerden ouderwetse omgangsvormen met hun koeien.

Zulke boeren verdienden vaak best een aardige boterham omdat de mensen in de stad langzamerhand graag wilden betalen voor echte natuur. Bovendien hadden ze meestal weinig te vrezen van alle milieumaatregelen die de overheid nog in petto had: zij voldeden daar allang aan. Voor de verkoop van hun producten bleven de ecoboeren echter afhankelijk van het netwerk van natuurwinkels in de grote steden. En die natuurwinkels eisten weer een natuurkeurmerk, een felbegeerd embleem dat de boeren alleen met veel geld en moeite konden verwerven. Maar ze moesten wel, wilden ze toegang krijgen tot de alternatieve markt van de natuurvrienden. Op deze wijze ontsnapten deze boeren aan de reguliere bureaucratie van Brussel en Den Haag, om door de alternatieve bureaucraten uit Harderwijk en Marum weer gevangen te worden.

Aan het eind van de twintigste eeuw leek er zo een vreemd soort pendelbeweging in gang te zijn gezet, van het extreem techniek naar het extreem natuur, van de melkrobot naar de bloemenberm, van de otter naar de embryo-implantatie, heen en weer.

Regelend, ordenend, altijd waren de Nederlanders meesters in het scheppen van hun eigen natuur. Het was het Nederlandse woord landschap dat de Engelse taal binnensiepelde als 'landscape', al aan het eind van de zestiende eeuw, en dat was niet toevallig. In dit door mensenhanden drooggehouden land moest wel vroeg het idee van een landschap ontstaan, een stuk natuur dat mooi of lelijk gevonden kon worden, en dat geschapen en te allen tijde herschapen werd.

Maar nu leek er iets uit balans geraakt. Zoals de omgang met de natuur in de vorige eeuw nog bepaald werd door angst en afschrikking, zo heersten er anno 1995 slechts twee extremen: zakelijkheid en dromerij.

Zelfs in het aangeharkte Nederland werd zo'n honderd jaar geleden het natuurlijke landschap nog algemeen beschouwd als lelijk, woest en leeg, wachtend op de ordenende hand van God en Zijn rentmeester, de mens. 'De religieuze samenleving van de negentiende eeuw hield bloeiende akkers voor bewijzen van de Goddelijke existentie,' schreef Auke van der Woud. 'De woeste gronden waren daarentegen, zoals talloze oude volksverhalen steeds weer herhaalden, het domein van de duisternis, *onland*, de eenzame plaats waar moerasgassen, nevelsluiers, vuurvliegjes en andere verschijnselen zich maar al te licht als rusteloze, naar rust zoekende gestorvenen konden voordoen.'

Anno 1995 had de natuur echter alle dreiging verloren, ze had zich uit de omgeving van de meeste Nederlanders teruggetrokken, het was een functie geworden, een nuttig iets naast stad en land, maar niets meer. Planners spraken over 'illusielandschappen', 'façadelandschappen' en 'avontuurlandschappen', en toen het ministerie van Landbouw en Visserij in 1994 een prijsvraag uitschreef over het landschap in het jaar 2010 stelde een van de inzenders voor om een landschap om te bouwen tot pretpark, compleet met 'luchtjes naar keuze' en 'vrijen in het hooi'. Natuur werd, zoals Koos van Zomeren schreef: Iets dat zich afspeelde in de verte, 'een plek waar je, indien in het bezit van een auto, op *bezoek* kunt gaan'.

Het uiterlijk van het Nederlandse platteland begon in die jaren sterk te veranderen, en vaak werd het er trouwens niet lelijker op. Er kwam weer variatie in het landschap, er kwamen meer bomen en vogels, het vee werd kleuriger en veelzijdiger, er kwam meer water, het werd allemaal minder kaal en strak, en hier en daar zag je zelfs weer koeien gewoon met hun kalveren door het land lopen – een tafereel dat decennia lang ondenkbaar was.

Rondom Jorwerd lagen ondertussen nog altijd de grote groene vlaktes. Dat oude landschap had, op de keeper beschouwd, evenmin iets natuurlijks. Het was het resultaat van eeuwenlange menselijke arbeid en ordening en veel spontaniteit was er niet meer bij. Maar het had een eigen schoonheid, die strakke kunstmatigheid, en we konden ervan houden zoals van alle dingen waaraan we gewend zijn.

*

Op een dag besloot ik naar de nieuwe natuur te gaan kijken. Het was een gebied ten oosten van Heerenveen, achter de Tjonger, een oude rivier waarvan de stroomrichting al decennia lang als een jojo heen en weer gaat doordat deze waterloop – half rivier, half kanaal – in droge tijden net zo hard wordt gebruikt om water aan te voeren als om water af te voeren in natte tijden.

Ik werd rondgeleid door de directeur van de natuurbeschermingsorganisatie die het gebied in exploitatie had genomen. Boven ons hoofd joegen de regenwolken als galeien over de vlakte en voor ons kronkelden de vroegere meanders van de Tjonger: honderd jaar geleden dichtgegooid, nu weer keurig uitgegraven. De aarden oevers waren nog scherp en kaal, maar over een paar jaar zou het er in de zomer net zo uitzien als de rest van het terrein: vol grassen, kruiden en bloemen, als een weitje zoals je dat alleen ziet aan de voeten van een middeleeuwse madonna.

'Je hebt draglinemachinisten in soorten en maten,' zei de directeur, terwijl we door de weilanden liepen. 'Je hebt er die het allemaal onzin vinden, die een beekbedding graven alsof het een rechthoekige sloot is. Maar je hebt er ook die een oud vennetje nauwkeurig kunnen uitgraven, die aan de grond precies zien waar ze moeten stoppen of doorgaan.' Ruim een eeuw geleden liep de Tjonger in grote kronkels door dit Zuidfriese landschap, de nabijgelegen heide was pas zestig jaar eerder ontgonnen, twintig jaar geleden walste nog een ruilverkaveling over het gebied, en nu werd alweer moeizaam geprobeerd om de oude situatie te herstellen. Bulldozers waren bezig om de vruchtbare bouwgrond weg te halen en het terrein weer kunstmatig schraal te maken. En in het aanpalende bos, een honderd jaar oud landgoed, werden de afwateringssloten gedempt zodat er opnieuw een natuurlijke waterhuishouding ontstond: droog in de zomer, nat tot zeer nat in de winter.

'Bepaalde exotische boomsoorten leggen het loodje, er vallen gaten in het bos,' zei de directeur, maar dat kon hem weinig schelen. 'Het wordt weer een bos, in plaats van een houtopstand. Er komt variatie. In het buitengebied broeden nu weer kiekedieven, rietzangers, soms zelfs paapjes, allemaal soorten die je nooit meer zag.'

Hij vertelde met verve over de planten die erbij waren gekomen, zomaar, op de wind. 'Normaal vind je in zo'n oud weiland een stuk of vijf verschillende soorten per vierkante meter. Hier staan er twintig tot dertig.' En zo kon je er nu weer in het voorjaar door duizend boeketten lopen: het geel van het speenkruid, de paardenbloemen en de boterbloemen, dan het rood van de zuring, dan weer de bontheid van dotters, ratelaars, koekoeksbloemen en moerasvergeet-mij-nieten.

Zo werd daar opnieuw natuur gemaakt, even gemakkelijk als we eeuwenlang het omgekeerde deden. En zo konden de draglines van de Heidemij en de Grontmij weer aan de slag, maar nu met het ongedaan maken van wat ze ooit zelf met zoveel kosten en moeite hadden aangelegd.

De directeur leerde me ondertussen het verschil tussen natuurlijke, nagenoeg natuurlijke, begeleid natuurlijke, half natuurlijke en cultuurlijke gebieden, en ik begreep dat natuurlijk gebied in Nederland allang niet meer voorkwam. Zelfs de Waddenzee kwam op deze natuurladder niet hoger dan de subtop: nagenoeg natuurlijk.

In het bos, met zijn waterplassen en de hier en daar half verrotte bomen, kwamen we te spreken over de vraag wat natuur nu eigenlijk is. 'Tien jaar geleden veegden ze hier in de herfst nog alle bladeren van de paden,' zei de directeur. 'En de eerste bestuursleden van onze vereniging groeven nog orchideeën uit, om ze in hun eigen terreinen weer uit te zetten. Koeien in het bos, dat was in de jaren dertig en veertig bij natuurbeschermers een doodzonde. Nu laten we er Schotse Hooglanders grazen.'

Zo mijmerden we al wandelend voort. Toen waren de rechte lanen waar we doorheen liepen de grote mode, en geordende landschappen. Nu idealiseren we de wildernis, en we geloven heilig dat de natuur zelf wel voor de nodige evenwichten zal zorgen. Morgen leggen we wellicht weer het accent op de variatie aan cultuurlandschappen in dit land en klagen we over de eenvormigheid van de ondertussen opgeschoten oerbossen. Alles wat we van onze samenlevingen wensen en vrezen blijven we zo projecteren op het wonder dat we in dit land 'natuur' noemen – al weten we allang dat ook dit laatste mysterie enkel nog geschapen wordt naar ons eigen beeld.

*

We reden weer door het land, Jan Koopmans en ik. Het had flink gevroren die nacht, en bijna alle boeren bij wie we kwamen waren aan het knoeien met bevroren waterleidingen. In de oude stallen hield het vee de boel wel warm, maar de grote ligboxschuren waren knap koud. Eén boer sjouwde de hele tijd met emmers water om het vee te drenken, een andere was met een heteluchtkanon in de weer en bij een derde deed de melkmachine niets meer, zodat de koeien met dikke uiers stonden te brullen.

We reden langs Douwes voormalige boerderij die een paar jaar eerder op een novembernacht omver was geblazen – het was een mirakel, zei de veearts, die er als een van de eersten bij was geweest. Het was één grote puinhoop, maar Douwe zat er rechtop middenin en al zijn koeien en kalveren stonden er loeiend omheen. Nu stond er een soort lilliputboerderij, met alles erop en eraan, alleen waren de verhoudingen omgedraaid: het huis was enorm, maar de schuur was niks.

We gingen veel op de koffie die ochtend. De mannen hadden witte gezichten van de kou als ze de keuken binnenkwamen. 'De hele wereld is de afgelopen vijfentwintig jaar ondersteboven gegooid,' zei een boer. Hij had een rafelige honkbalpet op, en elk woord telde. 'Vroeger moest je gewoon hard werken, dan kwam je er wel. Nu is het veel belangrijker om goed na te denken, en te rekenen'. 'En te durven,' zei zijn vrouw. 'Je moet ondernemen,' zei de boer. 'Maar hoe dit uitpakt weet ik niet.'

Aan het eind van de ochtend belandden we bij Bonne Hijlkema. De nageboorte van een koe wilde niet loslaten, en toen maar weer koffie, want het was te koud om buiten veel te doen. Bonne Hijlkema was in een sombere bui. 'Ik vind er niks meer aan,' zei hij. 'Als ik tien jaar jonger was geweest had ik de hele boel er allang bij neergesmeten.'

In de keuken stond de radio aan, en achter het glas lag het eindeloze grijze land. De veehandelaar kwam binnen, we namen er nog eentje, en het gesprek kwam op tevredenheid.

Bonne had veel energie gestoken in de boerenorganisaties, maar daar zag hij niets meer in: 'De politiek haalt alleen maar binnen, wij winnen nooit meer iets. De boeren worden niet meer gezien.'

De veehandelaar, Van der Zweep heette hij, haalde oude herinneringen op. Hij was vroeger zelf ook boer geweest. 'We waren tevreden,' zei hij. 'Om half tien vielen we als een dweil tussen de lappen, ik, jullie, wij allemaal, en om half vier begonnen we weer. We werkten tien, twaalf uur per dag, maar onze buren werkten net zo hard, het was niet anders en we wisten ook niet anders.'

De boerin begon te vertellen over het maaien van het najaarsgras. Met de zeis ging dat eerst nog, dan schudden, dan in lange stroken leggen, dan oppers ervan maken, en dan het hooi op de sleepkar met het paard ervoor. Het samenwerken tussen mens en dier. 'Als je "Hu" zei, dan liep het paard uit zichzelf naar de volgende hooiopper, enzovoort, en daarna naar de schuur, dat deed hij allemaal uit zichzelf.'

Toen begon iedereen over de winterse gezelligheid van de oude stallen, en hoe warm ze waren. 'Ik ben zeven jaar geleden opgehouden,' zei Van der Zweep. 'Ik had veertig stuks vee, het is allemaal weg, en ik heb er nog geen halfuur spijt van gehad.' De boerin vertelde over de administratie. 'Altijd is er weer wat bij de post. Je kunt nooit meer gewoon lekker werken.'

We kregen het over het 'blikken', de gele oormerken die iedere koe moet dragen, de meest gehate van alle wetten, richtlijnen en registraties omdat het een van de meest wezenlijke vrijheden van de boer aantast: de vrijheid om met het vee om te gaan zoals hij dat wil.

Ik had oudere boeren in het begin zien worstelen met die dingen. Hoe moesten ze er precies in? Met een tang, maar waar precies? En later zag ik de koeien, krabbend, wrikkend in het gras, alsmaar bezig die stekende stukken plastic van de oren te krijgen, de ogen bol van paniek. En ik zag wat de koeien zelf niet zagen: idiote, felgele flappen met nummers, nuttig voor niemand behalve voor de bureaucraten.

De blikken dienden officieel om binnen de Europese Gemeenschap direct te kunnen zien uit welk land en van welk bedrijf een dier afkomstig was. Bij een besmettelijke ziekte kon zo onmiddellijk worden ingegrepen. De sanctie was eenvoudig, maar buitengewoon doeltreffend: geen koe zonder oormerk kwam op de markt.

Bij dreigende epidemieën bleek het systeem inderdaad goede diensten te bewijzen, maar die rare oormerken, daarover was iedereen het eens aan de keukentafel bij Bonne Hijlkema, die gele lelijkheid was nergens voor nodig.

Het kentekenbewijs dat stamboekvee vroeger had, een kaart met daarop de naam, de afkomst, een schets van het dier en eventueel een polaroid, dat voldeed toch prima? Moderne veefokkers gaven hun beesten bovendien vaak een klein blikmerk

– en de laatste jaren werkten ze zelfs met allerlei elektronische methodes, met chips, en hals- en enkelbanden, simpel en onopvallend.

Het was dan ook vooral de domme bureaucratenmacht achter de maatregel, die zowat alle boeren in de gordijnen joeg. De veehandelaar vertelde over de fraudegevoeligheid – 'Op de veemarkt in Leeuwarden worden de gele flappen los verkocht'. De veearts had soms bloedbaden meegemaakt – 'De oormerken kunnen blijven haken als een koe zijn kop door een hek van een ligboxstal steekt, soms zijn ze er bij een halve veestapel uitgescheurd'. In de krant had gestaan dat er per week tienduizend oormerken werden nabesteld.

Schapen en geiten zouden er nu ook aan moeten geloven. 'Die ambtenaren weten niks van de veehandel,' zei Van der Zweep. 'Een geitenbokje kost bijvoorbeeld maar een gulden of vier. Maar die twee gele flappen kosten wel veertig gulden. Het lak is duurder dan de brief!'

'Degene die dit bedacht, heeft ook nog nooit een tweejarige stier gezien,' zei Bonne Hijlkema. Van der Zweep knikte. 'Ik kreeg eens een keer een ambtenaar op het erf, die wilde dat ik ook de laatste stier oormerkte. Ik zei tegen die man: "Daar loopt-ie. Doe het zelf, als je durft."'

We filosofeerden verder, daar aan die keukentafel, over de landbouwindustrie, en daarna over het meer, alsmaar meer. 'Waarom zijn de mensen toch zo ontevreden?' vroeg de boerin zich af. 'Je kunt toch niet méér eten als je vol bent? Maar het "meer" is nooit vol.'

*

Ik moest in die winter soms denken aan de reeks films over de tien geboden van de Poolse cineast Krzysztof Kieslowski. En met name aan zijn film over het eerste gebod: 'Gij zult geen andere goden voor Mijn aangezicht hebben'. Daarin wordt het verhaal verteld van een man, zijn zoontje en hun computer. Het vriest, het ijs op een naburige vijver wordt dikker, en met zijn computer berekent de man iedere dag de dikte, tot op de millimeter. De zoon heeft een blindelings vertrouwen in de vader en diens computer. Op een gegeven moment, als de computer het signaal 'veilig' geeft, waagt de jongen zich op het ijs. Hij zakt door een wak en verdrinkt. Het verdriet van de vader.

Ik zag in de krant een foto van een andere vader, eentje die bezig was het IJsselmeer per schaats over te steken, een stevige tocht van minstens vijfentwintig kilometer. Niemand had het ijs eerst gecontroleerd. Naast hem schaatste een jongetje van een jaar of negen, en hij trok ook nog een sleetje voort met daarop een kleuter van een jaar of vier. Ik las dat de brandweer tevergeefs geprobeerd had om de vader tegen te houden.

Ik dacht: die man is gek. Maar hij was op een bijzondere manier gek. Hij was een typische stadsgek, iemand van het soort dat tijdens een vliegende storm met zijn kroost op de IJmuider pier gaat wandelen, dat op de bonnefooi een beetje op de Wadden gaat kuieren, dat de Waal over loopt terwijl de ijsvloer zo broos is als een trommelvlies.

Het was iemand die vergeten was dat er zelfs in dit land nog iets als natuur bestaat, dat er krachten zijn die niet met een druk op de knop, een goed imago en een polyester voering zijn te temmen, dat er elementen zijn die niet met training en techniek zijn te beheersen, dat water, lucht en het menselijk vernuft hun eigen kracht en zwakte kennen.

In de tijd dat ik in het dorp woonde bouwden ze op een naburige scheepswerf een speciaal aangepast zeiljacht voor een invalide Amerikaan. Het schip werd zo gemaakt dat de man er helemaal in zijn eentje mee kon varen. Je kon met een rolstoel het hele dek rondrijden, de zeilen kon je zittend hijsen, er zat een lift in om benedendeks te komen en zelfs de motor kon de Amerikaan vanuit zijn rolstoel repareren. 'Daar zit een lieve cent in,' mompelden de jongens in het café.

De Amerikaan zag het schip, begrijpelijk, als de ultieme overwinning op zijn handicap. Hij wilde er een solotocht rond de wereld mee maken. Geen werf durfde de opdracht aan, behalve deze hier. De jongens die eraan werkten waren er een beetje trots op, maar ze vonden het ook wel gek, want ze kenden de kracht van de zee. Zo'n liftje kon kapotgaan, touwen konden breken en de golven wachtten niet. De natuur ging haar eigen weg, al gooide je er alle techniek van de wereld tegenaan, dat wisten de jongens hier aan de toog maar al te goed.

Voor veel stadsmensen leek natuur echter niet meer te bestaan. Toen op een mooie lentedag de plezierjachtvloot in moeilijkheden kwam door een onverwacht zware storm, hieven de Nederlanders de vuist tegen de weersvoorspellers. Toen door zware regenval de rivierdijken dreigden door te breken en de uiterwaarden overstroomden werd, als vanzelfsprekend, de overheid aansprakelijk geacht. Naast hun eigen wereld bestond er voor dit soort mensen op zijn hoogst nog iets als 'milieu', iets waar men een vage angst voor had, een Laatste Oordeel dat ooit over hun kleinkinderen zou worden afgeroepen, maar waarvoor zij behoed werden door 'maatregelen' van de overheid. Zo was alles in hun ogen herleidbaar tot geld, techniek en overheidsbeslissingen, en dat sommige zaken zich buiten die orde bewogen leek niet meer tot hen door te dringen.

Het gebrek aan dagelijkse omgang met weer, wind, aarde, planten en dieren maakte dat in de moderne samenleving de natuur werd gemythologiseerd. Beter gezegd: de natuur werd gesplitst, in een 'goed' deel dat beschermd moest worden en een 'slecht' deel – milieu genaamd – dat we moesten beheersen en intomen.

Carl Gustav Jung heeft beschreven hoe de westerse religies langzamerhand hun duivels en hun kwade goden verloren. God werd tot 'goed' verklaard, en het kwade werd bij de mens gelegd. Slechte goden, zoals die bijvoorbeeld in het hindoeïsme nog veelvuldig voorkomen, kende het Westen niet meer.

Zo ging het in deze jaren ook met ons natuurbegrip. 'Natuur' was goddelijk en goed – hoe hard, wreed en stompzinnig de realiteit ook wezen moge. 'Milieu' was menselijk en vatbaar voor het kwade. Van 'natuur' accepteerden we – zij het met moeite – de vrijheid en de chaos. Op het 'milieu' lieten we alle beheerstechnieken los die we in huis hadden. In de 'natuur' erkenden we nog iets van het ongrijpbare – tenminste zolang dat beperkt bleef tot bepaalde reservaten. Het 'milieu' doorvorsten we met alle rationaliteit van ons menselijk verstand.

Boeren deden hier net zo goed aan mee als stadsmensen, maar onder de oppervlakte lag een scheiding der geesten.

Boeren, zelfs de modernste, wisten immers beter dan stadsmensen dat ze niet alles wisten. Ze kenden de toekomst niet, en ze kenden het heden niet, en ze accepteerden het mysterie met meer ontzag. Ze maakten dankbaar gebruik van alle computertechnieken die God hun schonk, maar ze wisten dat de vooruitgang van het weten nooit de omvang van het onbekende zou verminderen.

Op het platteland was de tegenstelling tussen het bekende en het onbekende daarom ook minder scherp dan in de stad. Het niet-weten werd er geaccepteerd als een onderdeel van het bestaan, soms in de vorm van magie en bijgeloof, vaker in de vorm van kerken, torens en het Woord. Maar de kern was het niet-weten.

Waarom deden de boeren wat ze deden? Waarom 'ploegden ze maar voort', vaak tegen alle wetten in van geld verdienen en gezond verstand?

De oude Tiennon, de negentiende-eeuwse Franse boer die ik al eerder citeerde, beschreef het als een gevoel van onbestemde trots en geluk: 'Als ik zag hoe mijn weiden weer groen werden; als ik geboeid de groei van mijn granen en mijn aardappels op de voet volgde; als ik zag dat mijn varkens groeiden, mijn schapen rond werden en mijn koeien gezonde kalveren kregen; als ik zag dat mijn vaarzen zich goed ontwikkelden en mooi werden, mijn ossen zich ondanks hun harde werken goed hielden, dat ze schoon waren, goed geknipt, de staart gekamd hadden zodat ik trots op ze kon zijn als ik met de andere pachters karrenvrachten naar het kasteel bracht, dat de dieren die ik wilde verkopen goed in het vlees zaten: dan was ik gelukkig.'

Het interessante was dat de Jorwerter boeren aan het eind van de twintigste eeuw nog steeds op dezelfde manier vertelden over hun band met het land, de regen en het vee. Het waren gevoelens die niet enkel te verklaren waren in termen van 'overleven' en 'geld', en bijna alle boeren die ik sprak verbaasden zich er zelf over. Ze vertelden erover alsof het om een soort verliefdheid ging, een sentiment dat streed met de zakelijke houding die ze zich al te vaak aanmaten, maar dat ze toch niet ontkenden.

'De natuur, dat is alles,' zei Bonne Hijlkema. 'De meitijd, de vogels. Je bent één met de natuur, je voelt het in je lijf.'

'Met beesten omgaan, in het land lopen, het gras, de wolken, het is zo prachtig,' zei Lies Wiedijk.

Sakes vader, Tjerk Castelein, schreef in zijn nagelaten herinneringen over de eenheid tussen boer en koe: 'De vrede van de stal in zijn midwinterstaat, het vol ambitie melken van het vredige melkbeest, het zijn beelden die je nooit vergeet.'

Zijn kinderen spraken over een roeping. 'Je werkt twaalf uur per dag, het inkomen is niet slecht, maar uiteindelijk haal je het toch niet,' zei Sake. Zijn gezicht had iets jongs gehouden, maar zijn lijf zag er moe uit. Zijn Yke was nog altijd een mooie vrouw met vriendelijke ogen. 'Vroeger dacht je er helemaal niet over na,' zei ze. 'We zijn ermee grootgebracht, het moest gewoon.'

Sake: 'Op mijn zestiende hadden we een keer een excursie naar de Condens-fabriek, en toen zag ik die mensen aan de lopende band. Toen wist ik het wel: hier wil ik nooit komen, dacht ik, ik word stapelgek als ik hier terechtkom.'

Maar Tjerks kleinkinderen gingen liever in het onderwijs werken, of in het welzijn. Zo ging het bij vrijwel alle boeren die ik sprak. We hadden het over melkquota, robots, embryo-implantaties en hormoonpreparaten, maar aan het eind van de avond hadden we het toch weer over het land, het vee en de lucht. En in de stallen hing nog altijd de oeroude geur van melk, vermengd met hooi en een vleugje mest, de zoete melange die voorwereldlijk is en tegelijk van alle tijden, en die een mens gek kan maken van heimwee naar iets dat hij nooit heeft gekend.

*

Het was een stralende herfstdag toen we de oude vrachtrijder Tjitse Tijssen begroeven. Hij lag midden in de kerk, wit en stil in zijn bruine zondagse pak, en naast hem stonden zijn twee kleinkinderen en zijn zoon met wie hij nooit had kunnen praten.

De zon viel in grote gele stralen op de banken. De vijftig dorpelingen die hem uitgeleide deden zaten stil te fluisteren, terwijl het orgel zoete begrafenismuziek ten gehore bracht.

Toespraken waren er niet. De enigen die wat zeiden waren Cor Wiedijk, die sinds kort de begrafenisvereniging aanvoerde, en de dominee. De dominee wond er geen doekjes om. Tjitse was eenzaam geweest op het laatst. Hij klaagde soms dat de mensen hem al niet meer groetten: 'Ze zien me niet eens meer.' Tjitses bestaan was voor het dorp langzaam uitgedoofd.

Terwijl de dominee sprak moest ik denken aan de geschiedenis van Heleen en Annie en de dichter, en die romantische plek achter in de tuin, naast het kerkhof, en aan de foto's die daar in de pastorie in een la lagen, nog met het gaatje erin waarmee de eeuwig reizende Slauerhoff ze tegen de wand van zijn scheepshut had geprikt, en aan wat er soms achterop geschreven stond: 'Van Heleen, voor Jan, 1926'.

Jaren later had Heleen ze weer van Jan teruggekregen, en zo waren ze uiteindelijk weer in Jorwerd in die la terechtgekomen. Hij was toen al doodziek, en hij was speciaal bij haar in Italië langsgekomen om haar te vragen om met hem mee terug te gaan naar Holland, voor die laatste paar weken.

Ze had geweigerd. Ze kon haar invalide patiënt niet zomaar in de steek laten, vond ze, en toen had hij haar die twee foto's teruggegeven, samen met een handvol woedende dichtregels:

Door vijanden omringd,
Door vrienden in den nood
Geschuwd als aas dat stinkt,
Houd ik mij lachend groot.

In die la in de pastorie lag ook de foto van Jan op zijn doodsbed, door Hollandse vrienden aan Heleen toegestuurd, nog steeds in dezelfde rijstpapieren omslag en met hetzelfde vloeipapier dat ze moet hebben opengeslagen, die eerste maal, en misschien later nog eens.

Zij woont er nog, ik weet het zeker, want
Een sterke vrede was de hare.

Dat zat ik allemaal te bedenken tijdens die preek. Tjitse Tijssen had nooit veel met het geloof opgehad, maar tegen het eind van zijn leven had hij de dominee gevraagd of hij misschien toch iets zou willen doen. En dus lazen we de brief aan de Corinthiërs: 'Want onvolkomen is ons kennen, en onvolkomen ons profeteren. Doch als het volmaakte komt, zal het onvolmaakte afgedaan hebben'. – En toen begonnen de klokken opnieuw te luiden.

Zo werd de oude vrachtrijder naar buiten gedragen. Het kerkhof lag vol bladeren, maar de bomen ruisten nog. We liepen langs het graf van de kleine meid die vorig jaar was gestorven en van wie de familie een kerstboompje op het graf had neergezet. We liepen langs het graf van de slager en langs het graf van de vrouw van Durk Siesling dat altijd vol bloemen lag, om de kerk heen, en zo kwamen we bij de open kuil.

Omdat Cor het voor de eerste keer deed hadden we uit de kerk een foute bocht genomen, zodat de kist eerst weer moest worden omgedraaid. Tjitse moest toch behoorlijk liggen, het hoofd de goede kant op, zoals iedereen in het dorp al honderden jaren ligt.

Zonder enig gebed zakte hij toen in de grond. We hoorden de vogels, de kinderen op het schoolplein, de banden van een auto en de trein van twee uur. Toen was het voorbij.

VII

DE WINTER VAN 1979

Op een heldere nacht reed ik laat naar huis. Er lag een diepe sluimer over het land, en de enige beweging in de dorpen bestond uit tientallen kattenogen die als kleine groene lichtjes over de wegen zweefden.

In Jorwerd lag de dorpsstraat er verlaten bij, stiller dan stil in het licht van de anderhalve straatlantaren die nog brandde, en zelfs de bomen rond het kerkhof roerden zich niet. Alle huizen waren donker, en ik kon ze bijna horen ademen in hun slaap: Sake, Yke, Folkert, Bonne, Gais Meinsma, Oebele van Zuiden, Eef, de dominee, de oude notaris.

Waarover droomden ze in deze nacht? Van sommigen wist ik het, en van anderen kon ik het wel raden. Ik wist dat Oebele van Zuiden in zijn dromen altijd maaide, al had hij zijn paarden al jaren geleden van de hand gedaan: 'Ho, en tebek!' 'Ho, en terug!' Durk Siesling, de bejaarde turfschipper, had me verteld dat hij 's nachts bij maanlicht nog vaak een schip turf zeilde, een van zijn eigen schepen, De Jonge Durk of de Hoop op Welvaart, zoals die in hun volle glorie op oude foto's prijkten. En toen Tjitse Tijssen nog leefde reed hij, vertelde de dominee, in zijn dromen altijd weer de oude vrachtroute: Jorwerd, Mantgum, Weidum, Leeuwarden, heen en terug, heen en terug.

De mensen die tussen 1900 en 1930 zijn geboren hebben vaak een eenzaam leven gehad. Ze kunnen je nog vertellen van de verdwenen geluiden van het platteland – dat, als je in Oosterwierum stond, je overal molens hoorde suizen, en van het lichte tinkelen van de maaiers die hun zeis scherpten, en verderop, in alle dorpen om je heen, het aambeeld van de smid. Ze kunnen het je nog vertellen. Maar ze kunnen die ervaring met niemand meer delen.

Gais Meinsma liet me haar oude albums zien. 'Kijk,' zei ze, terwijl ze de foto's over de tafel uitspreidde, 'dat was de dorpsstraat in de tijd dat ik naar school ging. En dat was de toneelclub. En dat was het dorp, met de haven, en het schip van Durk Siesling. En dat was de tijd van de grote optochten, in 1939.'

Op de foto staat een praalwagen met een vrouw in een Fries kostuum, en een schoorsteen, en een ooievaar en een wiel waarop een handvol aangeklede kinderen zit. Onder het tableau staat een Friese dichtregel van Gysbert Japicx: 'De kinderwereld, zo teer en fijn, daar ligt de hele toekomst in'. 'Dat was het werk van dominee Van Gelder. Die wou ons ontwikkelen, die liet ons altijd gedichten voorlezen. "De tuinman en de dood", daar snapte je niks van.'

Een foto van een schoolklas. 'Dat was mijn school, 1933 tot 1939. Dat was Anneke Pot, een boerendochter, verhuisd. Daar staat Grietje van Hoek, haar vader verkocht petroleum, erg arm waren ze, het hele gezin is in 1943 naar Duitsland gegaan om te werken. Tjebbe de Vries, een boerenzoon, ingenieur geworden, verhuisd naar de Randstad. Henk Oostra, ook verdwenen naar het westen. Zwaantje de Jong, dochter van de bakker, getrouwd met de postbode. Detsje Ikema, dochter van een arbeider, getrouwd met een boer. Haar broer Jan verhuisde naar Frankrijk. Anne Dijkstra, dochter van de timmerman, getrouwd met een onderwijzer, woont nu in Gelderland. Hendrik van der Veer, zoon van de smid, zelf ook weer smid geworden, tot het bedrijf weggesaneerd werd.'

Een foto van een beeldschone jonge vrouw. 'Ja, en dat was

ik, toen ik nog thuis op de boerderij werkte.' Ze zou in het verzet gaan, een kind krijgen zonder vader, met Hendrik Meinsma trouwen, de huisschilder, en, heel veel later, theologie gaan studeren.

Er is in dit dorp geen mens boven een zekere leeftijd, of hij heeft voortdurend leegloop en teruggang meegemaakt – althans wat het dorpsleven betreft. Van de ruim vijfhonderd Jorwerters in het begin van de eeuw waren in 1995 nog maar driehonderddertig over. In de bevolkingsgrafiek van het dorp is slechts één minimale opleving te zien, in de jaren zeventig: toen er aan de rand van het dorp zestien nieuwbouwwoningen werden neergezet.

Zo is het bijna alle kleine dorpen vergaan. Achteraf gezien stonden de meeste rond 1870 aan hun top, zowel in bedrijvigheid als in inwonertal. Als de kleine dorpen daarna al groeiden, dan bleef die toename ver achter bij de rest van Nederland. De natuurlijke aanwas van de bevolking – het verschil tussen geboorte en sterfte – werd voortdurend tenietgedaan doordat er zoveel mensen wegtrokken.

Die gestage neergang heeft twee onderbrekingen gehad. In de jaren dertig en veertig waren er crisis en oorlog die verdere leegloop blokkeerden, in de jaren zeventig was er de toenemende welvaart die voor stadsmensen voor het eerst een keuze opende die voorheen alleen aan de rijken was voorbehouden: de levendigheid van de stad, of de prettige woonomgeving van het platteland. Bij drommen verhuisden de natuurliefhebbers naar buiten, en hun aantal compenseerde ruimschoots de uitstroom van de plattelanders naar de stad. Met name de grotere dorpen profiteerden van deze nieuwkomers. Toen de economische omstandigheden in het begin van de jaren tachtig slechter werden en de woningmarkt instortte hield de stroom weer op.

Na 1983 nam de bevolking in de helft van de Friese plattelandsgemeenten zelfs in absolute aantallen af.

Deze cijfers zijn overigens nog geflatteerd. Tot na de Tweede Wereldoorlog leefde een aanzienlijk deel van de plattelandsbevolking namelijk niet in de dorpen zelf, maar in het buitengebied. In Funs en andere buurtschappen 'zweefde het van de kinderen', zoals de ouderen zeiden. Vroeger sliepen de ongetrouwde knechten en meiden meestal op de boerderij zelf – soms in een hokje boven de stallen – en de arbeiders met gezinnen zaten in een huisje daar vlakbij. Dit patriarchale systeem bleef met name bij de veeboeren lang in zwang. Wie graan, bieten of aardappels verbouwde kon nog wel een ploeg losse arbeiders huren als het op oogsten aankwam, maar vee, daar moest je permanent bij in de buurt blijven.

In het midden van de jaren vijftig verdwenen de trossen arbeiderskinderen die iedere morgen uit het buitengebied naar de Jorwerter dorpsschool trokken. Er kwamen machines, de band tussen boeren en arbeiders werd afstandelijker, de arbeiders kochten fietsen, de kinderen moesten steeds langer naar school en langzamerhand werd het wel erg verleidelijk om van de vlakte naar de dorpskern te trekken. En vandaar was de stap naar de stad niet zo groot meer.

Die leegloop gold niet alle dorpen. Toen een onderzoeker ooit de inwonertallen van de dorpskernen in de Friese Zuidwesthoek vergeleek met die van honderdvijftig jaar geleden stuitte hij op een opmerkelijk feit: er bleek in de rangorde van de dorpen in al die tijd nauwelijks iets gewijzigd te zijn. Dorpen die een bepaalde status hadden bleken die bijna niet meer prijs te geven. Wat wel een gigantische verandering had ondergaan waren de verschillen in aantallen bewoners. Net als tussen de grote en kleine boeren was ook tussen de diverse dorpen een klapbrug-effect ontstaan: de grote waren groter geworden, de kleintjes steeds kleiner.

Vooral na 1950 begon de bevolking van het platteland zich te concentreren in de grotere plaatsen. Dat was ook de bedoeling van het overheidsbeleid: daar was immers voldoende draagvlak voor scholen, winkels en bedrijven, en daar moesten ook bijna alle woningen gebouwd worden.

De gevolgen van dit beleid waren spectaculair. Bij een provinciaal onderzoek uit 1964 bleek dat sinds 1950 in bijna alle kleinere Friese dorpen de bevolking was teruggelopen, en wel volgens de simpele regel: hoe kleiner het dorp, hoe groter het percentage vertrekkers.

In het uitgestrekte weidegebied rondom Jorwerd lagen ruim honderd kleine dorpen: bij vijf van de zes was het inwonertal in die veertien jaar met tien tot vijftien procent gedaald, bij de dorpjes met minder dan tweehonderd inwoners zelfs met bijna twintig procent.

'Wil het platteland als zodanig zijn functie naar behoren blijven vervullen en tegelijk bevrijd worden van het gevoel van achtergesteld te worden, dan dient men de verdwijning van de kleinere kernen niet met verontrusting gade te slaan, doch hierin juist een gunstig symptoom te zien,' schreef een tweetal rapporteurs van de Landbouwhogeschool Wageningen in 1957, en ze verkondigden daarmee aardig de opvattingen van de doorsnee bestuurder in die dagen. Weliswaar toonden niet alle dorpen beneden de vijfhonderd inwoners tekenen van verval, maar het leek bijna geen beleidsmaker raadzaam daar nog veel investeringen aan te wagen.

De aandacht concentreerde zich zo op de grotere plaatsen. En in de kleine dorpen ontstond, net als in de verwaarloosde stadswijken, een fatale neergang: er was niet genoeg werk, het aantal inwoners liep terug – en het waren vaak niet de minsten die vertrokken –; post, openbaar vervoer en andere voorzieningen liepen achteruit, daardoor werd het dorp steeds onaantrekkelijker voor nieuwkomers, winkels begonnen hun deuren te sluiten, nu begonnen ook de ouderen onrustig te worden, kortom, er ontstond in die dorpen iets wat leek op gettovorming, maar dan in het kleine en het brave. En het gebeurde in een totale stilte. Geen haan kraaide ernaar.

*

Riemer de Groot kwam aan het eind van de jaren veertig als soldaat terug uit Indië. Hij stapte Jorwerd binnen, vertelde hij, en het dorp viel als een blok op zijn lijf. Hij had het nooit eerder zo gevoeld. Zijn eerste herinneringen kenden alleen maar geborgenheid: dat zijn vader de bestellingen klaarmaakte voor de klanten, dat er een stuk paardenrookvlees aan de balk hing, dat hij achter tussen de kazen rommelde. Zijn ouders hadden hem naar de School met de Bijbel in Hijlaard gestuurd, maar verder had hij nooit anders dan het dorp gekend, en op zomerdagen had hij net als alle andere jongens in de vaart gezwommen, rond de Hoop op Welvaart van Durk Siesling.

Maar toen kwam de oorlog. Riemer moest onderduiken, daarna Indië, en toen hij na vijf jaar in het dorp terugkwam tuimelde hij, naar eigen zeggen, in een diep gat. 'Ik dacht toen vaak: wat doe ik hier eigenlijk? Maar je wist niet beter. Je hielp in de zaak, je bracht met de transportfiets kazen bij andere winkeliers, je had je beslommeringen, je moest wel.' Hij trouwde met zijn Lieske, en in 1953 nam hij de kruidenierswinkel annex kaasopslagplaats van zijn vader over om er nooit meer uit weg te gaan.

Die eerste jaren ging alles voorspoedig. De transportfiets met de grote leren handbeschermers werd vervangen door een auto en de omzet groeide gestaag. 'De concurrentie viel in die tijd wel mee,' zei Riemer. 'Je had vroeger de verticale prijsbinding, en dat betekende dat een pak Douwe Egberts-koffie bij de winkel in de stad evenveel kostte als bij ons. Je had dus altijd een vast inkomen, want er was een vaste winstmarge.'

Over de omzet had hij ook niet te klagen, want de huishoudens waren nog groot. 'Er was niet zoveel geld in het dorp, maar er waren wel veel monden, en het grootste deel van het gezinsinkomen ging in die tijd nog op aan levensmiddelen. Bovendien kocht iedereen uit het dorp bijna alles bij een van de eigen kruideniers. Er is weleens een schoolmeester geweest die in de stad naar De Gruyter ging, want die gaf tien procent korting, maar dat was toch een uitzondering.'

Bakkers, slagers en kruidenierswinkels vormden in het toenmalige Jorwerd de sociale centra van alledag. Ook in de kruidenierswinkel van Riemer en Lieske werd heel wat afgekletst. Toen Lieske trouwde beloofde ze zichzelf dat ze nooit van haar zouden kunnen zeggen: 'Die roddelt als een broodloopster' – want dat waren de kampioenen op dit punt. Ze had haar eigen ethiek: 'Je had klanten die je stevig in het boek had staan, die hun schulden gulden voor gulden moesten afbetalen, maar nooit mocht je daarover praten.'

De sociale controle was streng, en dat bracht voor een dorpsmiddenstander zo zijn eigen problemen met zich mee.

In de eerste plaats leidde de dorpsroddel tot hoge kwaliteitseisen: een klant was kostbaar, en als je hem rotzooi aansmeerde was je niet alleen de klant kwijt, maar een halve dag later ook je reputatie bij de anderen.

In de tweede plaats was er het krediet, ofwel 'het boek'. De meeste klanten in een dorpswinkel betaalden eens per week. Dat was een heilige traditie, ook in Jorwerd, maar het was wel een vorm van klantenbinding die de kleine winkeliers regelmatig slapeloze nachten bezorgde. 'Ik weet nóg van wie ik geld moet hebben,' zei Lieske. 'Je zat er zo voor honderd gulden in als iemand een paar keer niet betaalde,' zei Riemer.

Er zijn gevallen geweest waarbij Riemer nog net op het nippertje voor de deur van een vertrekkende klant stond. 'Ik zei, ik heb nog een rekening. Hij zei, hoeveel, en hij gooide zo het geld op tafel. Ik dacht, dat is van mij. Maar het mislukte ook weleens, en dan zat je al gauw voor een paar honderd gulden in het schip. En dat was wat, bij een weekomzet van onder de duizend gulden.'

De verkoop steeg langzaam maar zeker. Riemer en Lieske sloten zich aan bij de Vrijwillige In- en Verkooporganisatie, de VIVO, er werd gemorreld aan de verticale prijsbinding, de winstmarges werden kleiner, de grote gezinnen verdwenen, maar er kwam meer welvaart en de mensen besteedden meer. 'We kregen allerlei reclamespul. We verspreidden een folder, dat stimuleerde ook aardig de verkoop. Het assortiment nam almaar toe, en voor al die voorraden moesten we zelfs een stuk van het pakhuis voor de winkel gaan gebruiken.'

De eerste signalen van verandering begonnen zichtbaar te worden in de dorpen, maar Riemer verdubbelde zijn omzet.

*

Ogenschijnlijk ging het almaar beter met het dorp. Het schildersbedrijf van Gais en Hendrik Meinsma leverde in de eerste jaren van hun huwelijk weinig meer dan een krap bestaan. In de zomer liep het goed, maar in de winter was het moeilijk om voldoende binnenwerk te vinden. Hendrik zwierf dan van klusje naar klusje. Hij begon alvast maar aan de luiken van de boerderijen die hij in de zomer helemaal onder handen zou nemen, of hij schilderde voor een zacht prijsje de machines van de boeren. Gais moest wennen aan het zuinige leven in de winter, Hendrik tobde meer. Gaandeweg kwam er echter meer schot in de zaak, en zo verging het ook de andere middenstanders.

Bakker Klaas de Jong, die van een sportief leven hield, was in het begin van de jaren vijftig de eerste Jorwerter die zich een douche permitteerde. 'Spannend was het allemaal,' herinnerde Gais zich. 'Nieuwe dingen op het dorp. Als iemand zo driest was om daar een apart kamertje voor in te richten, dan ging je daarheen. Een kraan waar zomaar warm water uit kwam'. Gais ging speciaal bij de bakker op bezoek om de douche uit te proberen, en zo waren er meer.

Durk Hofstra, een los arbeider, moest en zou ook zo'n ding hebben, maar het geld had hij er in de verste verte niet voor. En dus nam hij een emmer, tikte honderd gaten in de bodem, lauw water erin, en zo kon het ook.

Er hing in die wederopbouwjaren in de dorpen eenzelfde soort opwinding als aan het eind van de vorige eeuw. Er werd overal gas en waterleiding aangelegd. Met verbazing zagen de ouderen hoe de houten 'húskes' vervangen werden door 'elektrische' wc's. De 'tontsjekar' verdween – hoewel in sommige kleine dorpen dat symbool van achterlijkheid nog tot in de jaren zeventig zou rondrijden, een wekelijkse vernedering voor de inwoners.

Bakker De Jong was ook de eerste Jorwerter die zich een televisie aanschafte. Weer werd iedereen uitgenodigd om de nieuwigheid te bewonderen. Als er op woensdag- en zaterdagmiddag een kinderprogramma was stonden wel dertig paar klompen voor de deur. Bij voetbalwedstrijden en andere evenementen werd het toestel in het raam gezet. Na Klaas de Jong volgde al snel de notaris, daarna het hele dorp.

De auto begon zijn opmars. In 1919 was er, volgens een gemeentelijke opgave, één personenauto in het dorp, die van notaris Kingma Boltjes, in 1954 waren er drie, een jaar later stonden er vijfentwintig geparkeerd. Zelfs Hendrik Meinsma haalde zijn rijbewijs – al had Gais met medeweten van het halve dorp de oproep voor zijn examen onder zijn kussen verstopt en hem, om zijn zenuwen te sparen, pas op de ochtend zelf verteld dat hij examen moest doen.

Ten slotte begonnen de Jorwerters te nippen aan een verschijnsel dat tot dan alleen voor de dominee, de notaris en het schoolpersoneel was weggelegd: vakantie.

Riemer de Groot was een van de eersten. Al vanaf het begin van de jaren vijftig ging hij iedere zomer een weekje zeilen. 'Dat kostte me wel een week omzet, maar aan het eind van het jaar merkte je er niets van.' In 1958 ging de familie voor het eerst naar de Veluwe. Daarna naar Zuid-Limburg, wel twintig jaar achter elkaar. Daarna begonnen ze het buitenland te ontdekken: Israël, Zwitserland, Zuid-Tirol, Spanje. In de jaren zestig volgde de meerderheid van het dorp. 'De wereld zien, dat is het mooiste,' zei Riemer.

In de zomer van 1978 maakten acht oudere Jorwerters, Durk Siesling, Oebele van Zuiden, Tjitse Tijssen, Kees Jellema en hun vrouwen de eerste vakantiereis van hun leven. Een tiendaagse Rijnreis. Het was een hoogtepunt. 'Je kunt je niet voorstellen hoe mooi het was,' vertelde Oebele van Zuiden later. 'Ik heb niets dan staan loeren, naar die bergen, naar alles. Het was fantastisch. En alles verzorgd. Koffie en thee zoveel we wilden.' Folkert ging nooit. 'Vakantie, daar dacht je niet eens aan. Het werk moest doorgaan.'

*

Er vond nog een verandering in die jaren plaats, een verandering die in geen statistiek terug te vinden is, maar die minstens zo ingrijpend was als de komst van de auto en de televisie. Bijna overal veranderde het dorpsbeeld.

In Jorwerd zelf werd de stinkende haven gedempt, er kwam een handvol parkeerplaatsen en even waren er wilde plannen om van een stuk van de pastorietuin een pleintje te maken voor de zweefmolen op de jaarlijkse merke, maar daar wist Gais een stokje voor te steken.

In veel naburige dorpen sloeg de moderne tijd met harde hand toe. Er werd gezaagd en gehakt, verwilderde hoekjes verdwenen, straatkeien werden overdekt met asfalt en vervallen arbeidershuisjes werden vervangen door strakke woningen van gele baksteen. Veel boerderijen verloren in die jaren hun strakke kop-hals-rompsilhouet: er werden silo's naast gebouwd, schuren, ligboxstallen, en overal schitterde het glanzend zwarte plastic van de kuilbulten. Nieuwe wegen werden aangelegd, oeroude vaarten werden gedempt, versmald of door de bouw van lage, vaste bruggen onbevaarbaar gemaakt.

De variëteit aan dorpen en landschappen begon zo langzaam te vervagen. Er ontstond een soort standaarddorp, een confectiemodel dat 'modern' was, en dus goed, en waaraan al het andere ondergeschikt werd gemaakt.

Opvallend was de teruggang van het bomenbestand. In het begin van de jaren vijftig konden veel dorpen nog betiteld worden als lommerrijk. Ze stonden vol eiken, beuken en lindebomen, groot en hoog, niet zelden honderd of honderdvijftig jaar oud. Twintig jaar later was daar vaak weinig meer van over. Als de bomen al niet voor het verkeer gevallen waren, dan waren het wel de omvangrijke ruilverkavelingen die als stormen over het land waren gegaan. In de meeste dorpen werden ze vervangen door het soort beplanting dat ook in de stadsplantsoenen furore maakte: heesters, coniferen, het soort ondefinieerbare gewassen dat gemakkelijk met motortrimmers in het gareel was te houden.

Een plaats als De Knipe, ten oosten van Heerenveen, langgerekt en bepaald door hoge bomen en een dromerige vaart in het midden, werd zeker voor de helft uitgekleed tot een kale doorgangsweg. Daarmee was niet alleen het uiterlijk van zo'n dorp ernstig aangetast. Ook het beeld dat een dorpsgemeenschap van zichzelf had, het dorp als dorp, veranderde door een dergelijke ingreep op subtiele wijze, zoals het zelfbeeld van een mens verandert als een been wordt geamputeerd of het gelaat geschonden.

Een van de eersten die het veranderende tij aan den lijve ondervond was de man die de oorspronkelijke slagader van het dorp beheerde: de beurtschipper Durk Siesling, die met zijn Hoop op Welvaart (vijftig ton) op en neer voer van het dorp naar de wereld. Door alle nieuwe dammen kon hij vanaf het midden van de jaren vijftig alleen nog via een enorme omweg naar Sneek varen, en naar Leeuwarden werd het ook steeds moeilijker.

Durk had vanaf zijn geboorte, in 1916, gevaren. Hij was opgegroeid op de eikenhouten boeier die zijn grootvader had laten bouwen. Ze vervoerden mest, bieten, zand, terpaarde en turf in het soort tjalkjes waar nu nog de toeristen op rondtuffen.

'Op mijn vijftiende was ik al kostwinner,' vertelde hij. 'Mijn vader overleed vroeg, en mijn moeder stond er alleen voor. Als jongen voer ik met een extra praam turven naar een klant helemaal achter Sneek. Om twaalf uur 's nachts op, de hele dag bomen en lossen, om twaalf uur 's nachts weer terug, in vierentwintig uur uit en thuis. En maar ploeteren, in je eentje. Dan mis je wel wat, als je je vader mist.'

Durk Siesling was in 1957 een van de laatste schippers die overging op een motorboot. Hij was jarenlang een zeiler tegen wil en dank omdat de familie te arm was voor jaagpaarden of opdrukkertjes. 'Als ik zo met het schip het dorp uit voer zag je de mensen denken: wat mooi, zo rustig op een schip, zo stil onder het zeil. Maar als ik mijn leven lang in het dorp kolen had gesjouwd was het makkelijker geweest.'

Het werk werd er niet lichter op toen ook op het platteland het zwaartepunt van het vervoer verschoof van het water naar de weg. Bij vaste bruggen, en die kwamen er steeds meer, moest altijd de hele mast naar beneden. 'Als we met turf voeren, gingen we 's ochtends om half vier weg, en dan tot 's avonds laat door. Bij bieten voeren we ook wel 's nachts, bij het licht van de maan.'

Storm en noodweer was hij gewend. Eénmaal had hij een aanvaring, bij Birdaard, een ander schip vloog over zijn kostbare opduwer, de motor ging draaiend het water in, totaal aan gort, een hele herfst had het hem gekost, een advocaat in Rotterdam moest tweehonderd gulden hebben voordat hij iets deed, hij had er nooit één cent van teruggezien.

Rond 1950 ging in Jorwerd de 'bruine brand' eruit, na 1970 viel er ook in de 'zwarte brand' weinig meer te verdienen. 'In de vakanties gingen de vrouw en de kinderen nog mee. Later kwam de vrouw 's avonds wel met de bus naar me toe om eten te brengen en me een poosje gezelschap te houden. Daarna was er een tijd dat de zoon me op zaterdag met de auto van het schip kwam halen, voor het weekend. Maar er waren ook veel nachten dat je 's avonds voor een dichte brug belandt, je zet het eten op, ondertussen maak je het schip aan kant, je zwabbert de gangboorden, je eet, en dan de kooi maar in. En dan lig je wat te wachten tot de volgende ochtend. Nee, er is niet veel aan, alleen.'

In 1974 vervoerde de Hoop op Welvaart zijn laatste vracht. 'Je bent wat weemoedig zo'n dag. En ja, dan is het gebeurd.'

*

Dit alles speelde zich af in een periode waarin het woord 'modern' op sommige Jorwerters een grote aantrekkingskracht begon uit te oefenen. Meubels die niet 'modern' waren gingen zonder veel problemen met de vuilnisman mee. Oudere voorwerpen mochten alleen blijven als ze modern waren: een kruiwagen in de tuin, een houten wagenwiel aan de muur, balken in het plafond waar ze nooit hadden gezeten (waar ze wél zaten waren ze met zachtboard weggetimmerd), boerenkachels, een koperen pomp.

Vrouwen als Lamkje hadden sokken gestopt tot ze uit elkaar vielen, en het zou me niets verbazen als ze nog ondergoed gebruikten dat afkomstig was uit de uitzet die ze in de jaren dertig van hun moeders hadden meegekregen. Hoewel de welvaart almaar toenam leek er voor hen nog altijd een ijzeren scheiding te bestaan tussen huishoudgeld en bedrijfsgeld.

Het nieuw verdiende geld werd in veel huishoudingen voor een belangrijk gedeelte besteed aan het ideale compromis: de doe-het-zelfsector van gazonmaaiers, slagboormachines, werkbanken, slijptollen, lasapparaten, hogedrukspuiten, elektrische schroevendraaiers, betonmixers, motorzagen en wat verder maar nodig was voor burenhulp, zwart werk en het permanent verfraaien van het eigen nest.

Veel geld werd ook besteed aan auto's. Voor bepaalde dorpelingen hoorde bij het ideale leven dat iedere jongen boven de achttien een eigen auto had – voor meisjes golden andere regels. Minder aandacht werd aan kleding besteed. De meeste ouderen waren weinig modebewust – al hadden ze allemaal wel een goed pak of een zondagse jurk voor bijzondere gelegenheden. Buiten de deur eten was voor die generatie hoogst ongebruikelijk. Ook bij feesten beperkte men zich meestal tot taart, koffie, pils en borrelhapjes. Omvangrijke schranspartijen, zoals elders op het platteland gebruikelijk, waren in Friesland uitzondering.

Bij de jongeren begon dat in de jaren zeventig te veranderen. Ze kregen meer tijd, ze waren hoger opgeleid, ze werkten in de stad en op kantoor, en meestal beschikten ze ook over meer geld. Ze gingen ieder weekend uit dansen, ze gaven veel meer uit aan kleding, ze gingen soms zelfs buitenshuis eten, en ook de rest van hun bestedingspatroon werd sterker beïnvloed door modes en trends.

Voor de Jorwerter middenstand was het buitengewoon moeilijk, zo niet onmogelijk, om op deze nieuwe situatie in te spelen. Het werk van de timmerman en de loodgieter konden de meeste doe-het-zelvers nog niet zo snel overnemen, maar schilderen en witten bleken geen probleem te zijn. Aanvankelijk weigerde schilder Meinsma om aan doe-het-zelvers verf te verkopen. 'Je helpt de mensen alleen om jou het brood uit de mond te stoten,' zei hij altijd. Andere tradities veranderden echter ook – de ongeschreven plicht om in het eigen dorp te kopen bijvoorbeeld – en zo moest Hendrik Meinsma wel toegeven.

Bovendien gingen de uurlonen omhoog, en dat betekende dat er sneller gewerkt moest worden, met grote rollers en andere nieuwigheden. In de ogen van Hendrik, een zeer minutieus man, was dat een gruwel, 'een vloek voor het ambacht' noemde hij de verfrollers. Maar met de verdiensten ging het niet slecht.

Riemer de Groot breidde het assortiment nog verder uit, met nieuwe wasmiddelen, nieuwe soorten koffie en thee, nieuwe koeken en biscuitjes. Zijn omzet ging aanvankelijk mee omhoog in de welvaartsgolf, al werd het voor hem op den duur steeds moeilijker om tegen de variëteit van de winkels in het naburige Leeuwarden op te bieden: vijf soorten koffie in plaats van één, acht soorten zeep in plaats van drie, vijftien soorten koek in plaats van vijf, en dan wilde iedereen ook nog alles beter en verser.

Bovendien kwamen op de verpakkingen uiterste verkoopdata te staan, daarna kon je de spullen weggooien. 'Zelfs al zou het hele dorp bij ons gekocht hebben, dan waren er nog niet genoeg mensen,' zei Riemer. 'Met nog geen vierhonderd inwoners is er gewoon niet genoeg omzetsnelheid voor een moderne winkel. In Mantgum kon het net. Hier in Jorwerd niet.' Aan een koeling voor melk en verse waar durfden ze niet meer te beginnen.

Volgens Riemer en Lieske was het opheffen van de verticale prijsbinding voor merkartikelen de eerste stap naar beneden. 'Toen verdween onze vaste winstmarge en konden ze in de stad gaan stunten.'

Daarna kwam de auto. 'Als de mensen niet zo gemakkelijk naar de stad hadden gekund was het nooit zo hard gegaan.'

En toen kwam de Miro.

De Miro was in het begin van de jaren zeventig iets waar iedereen heen moest, een hal bij de stad waar de winkel van Riemer en Lieske wel honderd keer in kon, en waar alles te krijgen was wat een mens maar kon verzinnen. 'Je merkte het direct als mensen naar de Miro waren geweest. Dan namen ze niet zoveel meer.'

Maar Riemer had het er niet bij laten zitten, en hij had zijn klanten tot de orde geroepen, voor zover hij daarvoor althans de middelen had. Hij vertelde over een klant van hem, een boerin, die opeens niet meer kwam. 'Ik zag dat ze naar de stad geweest was. Ze stond bij ons flink in het boek, maar ik zei er nooit iets van. Totdat een van haar jongens zich liet ontvallen: "Ja, ús mem is nei de Miro." Toen heb ik haar opgebeld. Ik zei: "Ik heb u een paar weken niet gezien." "Ja, ja," zei ze, "dit en dat." "En 't jonkje zei al: Mem is nei de Miro." Zij weer: "Ja, ja, dit en dat." Ik zei: "Vrouw, nu moet je even goed luisteren. Je bent helemaal baas waar je je eigen boodschappen doet. Maar dat moet je niet met mijn geld doen." De volgende dag stond ze alweer bij me in de winkel.'

Toen Riemer en Lieske merkten dat er steeds minder vertegenwoordigers in de winkel kwamen beseften ze dat de teruggang niet te stuiten was. In de jaren vijftig kwam er bijna elke dag wel één, in de jaren zeventig zag je ze nog zelden. Ook dat soort stierf uit.

⋆

Verval is zelden het gevolg van een openlijke confrontatie. Het is bijna altijd een complexe en verraderlijke gang, een proces dat van onderaf plaatsvindt, terwijl aan de oppervlakte nog niets te merken is. Zoals steden op de top van hun bestaan al dikwijls alle elementen van hun neergang bevatten, zoals handelsmaatschappijen, banken en grote bedrijven vaak nog een laatste bloei doormaken, weelderiger dan ooit, terwijl de signalen die hun ondergang aankondigen al hoorbaar zijn, zo verging het ook de smid, de timmerman en de andere middenstanders van dit kleine dorp.

Zoals gezegd, de welvaartsgolf van de jaren zestig en zeventig gaf de oude dorpseconomie aanvankelijk een nieuwe impuls. Timmerman Emke Dijkstra maakte overuren bij de opkomst van de ligboxstallen en bij de nieuwbouwprojecten in Mantgum, Oosterlittens, Weidum en in Jorwerd zelf, en op een gegeven ogenblik had hij zelfs een man of vijftien in dienst.

Gais en Hendrik kochten een wasmachine en een betere radio. De schilders van verschillende dorpen begonnen samen te werken. Toen de Jorwerter kerk gerestaureerd werd klaarde Hendrik de klus samen met een neef, en die neef hielp op zijn beurt Hendrik weer aan werk in andere dorpen. De scholen deed hij samen met de dorpsschilder van Weidum. In de zomer kon je beiden 's ochtends door het land zien fietsen: Hendrik voorop, dan vijf meter ladder, en dan de schilder van Weidum, verfbussen aan het stuur, de ladder op de schouder. Hun gelach was uit de verte te horen.

De vrachtrijder kreeg het druk met het aanslepen van ijskasten, wasmachines, tv-toestellen en strijkijzers. Ook de dorpssmederij van Hendrik van der Veer deed goede zaken in deze nieuwe witgoed-branche. Hoewel hij weinig in voorraad had kochten de meeste Jorwerters hun nieuwe kachels en frigidaires het liefst bij hun eigen smid, deels uit gewoonte, deels uit loyaliteit, deels ook omdat het niet meer dan handig is als degene die de zaak kan installeren en repareren vlak om de hoek woont.

De dorpsbewoners plachten hun keuze te doen in een toonzaal van de grossier in Leeuwarden – soms ging de smid mee voor advies – en een paar dagen later werd het artikel in kwestie door de vrachtrijder thuisbezorgd, tot tevredenheid van alle partijen. De smid had zijn provisie, de vrachtrijder zijn rit en de klant had een service die hij nergens beter zou kunnen vinden.

Wat het begin van een nieuwe bloei leek, was echter alleen

maar een overgangsfase, een uitstel van executie. Aan het eind van de jaren zeventig was het hele dorp voorzien van al het witen bruingoed dat maar denkbaar was. En omdat de smid niet van goedkope rotzooi hield zag het er niet naar uit dat er snel veel nieuws aangeschaft zou moeten worden. Bovendien verscheen een ander probleem aan de horizon: de techniek zelf.

De smid van Jorwerd was, zoals veel dorpssmeden, een echte generalist. Hij besloeg paarden, hij repareerde dakgoten, hij legde kachels aan en voor de complete revisie van een tractor draaide hij zijn hand niet om. Op sommige Friese ijsbanen reden nog jarenlang afgedankte Renault-4-auto's rond, door hem op ingenieuze wijze herschapen in veegborstelmachines. En ook zijn tot baanveger omgebouwde Harley-Davidson was een ongekend succes. Hij hield van de techniek om de techniek, maar toch was de techniek hem uiteindelijk te snel af.

Het einde van de dorpssmederij had, in tegenstelling tot de slagerij van Lamkje en de VIVO van Riemer de Groot, weinig te maken met omzet, import en mobiliteit, maar alles met technische vooruitgang, toenemende complexiteit en de daaruit voortvloeiende specialisatie.

Het probleem van de smid laat zich misschien gemakkelijker vertalen in een beeld. Haal maar eens de kap van een oliekachel uit 1970 en de kap van een compacte cv-brander uit 1995. Wat zien we? Bij de oliekachel ontwaren we een paar kranen, een schoorsteenklep en een simpel maar uitgekiend vlottermechanisme. Als er iets kapotgaat – wat overigens zelden gebeurt, omdat er vrijwel niets is om kapot te gaan – zijn een paar tikken en wat gerommel aan de vlotter meestal voldoende. Maar bekijk nu eens het cv-brandertje van een kwarteeuw later. We staren in een wirwar van draden, relais, thermostaten, automatische kleppen, elektronische stuursystemen, membranen, koppelingen, pompen en dubbele beveiligingen, een volgepropt industrieel minicomplexje van pijpen en elektronica. Daar nu lag het probleem van de dorpssmid.

Voor Van der Veer begon het allemaal met de massale invasie van de gaskachels. Tot het begin van de jaren zeventig plaatste hij vrijwel alle kachels in het dorp. De kolenhaarden vormden voor hem sowieso geen probleem, en ook voor de oliekachels was niet veel meer nodig dan een tang, een rolletje dunne olieleiding, plus een flinke dosis handigheid en gezond verstand. Voor de rest had hij met niemand iets te maken.

Toen de gaskachels opkwamen begon de provinciale gasleverancier allerlei eisen te stellen ten aanzien van techniek en veiligheid. De smid moest bijscholingscursussen volgen om de status van erkend gasinstallateur te verkrijgen en dat was iets waar hij absoluut geen zin in had.

Kort daarna ontstonden niet alleen formele, maar ook praktische problemen. De zuinige en comfortabele cv-installaties werden populair, ze werden meer en meer ook in de kleinere dorpswoningen geïnstalleerd en ze begonnen overal de olie- en gaskachels te vervangen. De moderne branders waren echter zo gecompliceerd dat ze alleen onderhouden en gerepareerd konden worden door monteurs die een opleiding van soms jaren achter de rug hadden, en die de hele dag niets anders deden dan cv-keteltjes aansluiten en repareren.

Iets soortgelijks gold voor de landbouwmachines, de andere tak van de smederij. Toen het in het begin van de jaren vijftig gedaan was met het beslaan van de talloze paarden verdween voor de smid een belangrijk stuk werk. De machines vulden die leemte. Iedere dorpssmid kon de belangrijkste mechanieken op een boerderij anno 1970 zonder problemen repareren: trekker, maaimachine, melkmachine, mesttransporteur en nog zo wat zaken.

Dat gold niet meer voor de trekkers en melkmachines die na de jaren zeventig op de markt verschenen. Dic zaten zo vol techniek en elektronica dat alleen goedgeschoolde jongeren ze nog de baas konden. Een gewone, ouderwetse smid kwam daar nauwelijks meer aan te pas. De boeren werden ook in dat opzicht steeds afhankelijker van ongrijpbare economische krachten in de buitenwereld. Voor melkrobots en andere technische hoogstandjes kwamen zelfs alleen nog maar deskundigen van de fabriek zelf langs.

Ook in Jorwerd werd de generalist zo door de specialist verslagen. Steeds minder mensen in het dorp hielden zich bezig met het maken van concrete dingen en met het afleveren van producten. Steeds meer mensen werden rijk met woorden, met papier en met ongrijpbare zaken. En van lekke dakgoten alleen kon de smederij niet blijven draaien.

*

Zo gingen de meeste winkels in Jorwerd uit als een kaars. Van de klanten werd niet eens afscheid genomen. Het was gewoon algehele uitverkoop, en op maandag was er weer een winkel dicht. 'Je voelde het aankomen als je pakken gevulde koek kreeg waar de schimmel op stond,' zei de onderwijzer.

Toen de eerste dorpswinkels sloten werd dat nog beleefd als een natuurlijke gang van zaken. Veel van die nerinkjes waren uit nood geboren, de laatste restanten van de crisis van de jaren dertig. Bovendien siepelde al jaren allerlei bedrijvigheid van de dorpen naar de grotere plaatsen, dat was men wel gewend. Ook de meer serieuze sluitingen verliepen zo geruisloos en geleidelijk dat de meeste dorpsbewoners pas beseften dat hun hele middenstand verdwenen was toen het allemaal gebeurd was.

Het waren, net als bij de kleine boeren, geen drama's. Het waren geen jongeren in de kracht van hun leven die failliet gingen, maar oudere, bijna gepensioneerde mensen die, zoals de oude notaris het uitdrukte, 'stilletjes capituleerden voor de stroom van de tijd'.

Een aantal dorpsbewoners probeerde bewust de eigen winkeliers en bakkers trouw te blijven en voerde binnen het gezin een klein gevecht tussen sociale normen en de eigen portemonnee. 'Wij moeten van het dorp leven, dus het dorp moet ook van ons leven,' zei timmerman Dijkstra altijd tegen zijn kinderen, en de meeste oude Jorwerters vonden dat ook. 'Maar dan moeten ze hier wel verse spullen hebben,' sputterden de jongeren zachtjes tegen. 'En eerlijk gezegd is het in Leeuwarden wel héél veel goedkoper!'

'Ergens anders kopen, dat hoor je niet te doen,' zei Gais Meinsma tegen haar kinderen. Toen er nog twee bakkers waren haalde ze het brood om de dag bij de één, en dan weer bij de ander. 'Je proefde aan het brood welke dag het was. Die geur van de bakkerijen in het dorp, die zal ik nooit vergeten.'

Maar er waren er ook die de laatste winkelsluitingen beleefden als de bevrijding van een sociale druk die in de loop der jaren wel heel beklemmend was geworden.

Zo verdween in Jorwerd iets wat eeuwenlang een essentieel onderdeel was van het boerenbestaan: de eigen economie, binnen de grote economie. De grenzen tussen die twee vervaagden, in de dijk van trouw en traditie vielen steeds meer gaten, en opeens was de dorpseconomie weggespoeld en leek het alsof die nooit had bestaan.

Riemer de Groot sloot zijn VIVO in 1988. Een klein beetje uitverkoop, en toen was het voorbij. Het vreemdste was nog dat opeens zijn contacten met andere mensen waren verdwenen.

'Je treft ze nog wel,' zei hij, 'maar de mensen hebben geen tijd meer voor je. Je hebt ze immers niets meer te bieden.'

Een deel van zijn winkel had hij intact gelaten, vlak achter de voordeur, als een soort klein levensmuseum voor zichzelf. Daarachter speelde de zon op het bruine bankstel, de klok tikte de tijd weg, en de kat lag te spinnen onder het wandbord: 'Doch Uw Vader weet dat gij deze dingen behoeft'.

De vrachtrijder hield ermee op in 1974. De schilder in 1978. Het timmerbedrijf in 1979. De smid in 1986.

Veel kleine aannemers in de omliggende dorpen kwamen in moeilijkheden toen de importgolf van de jaren zeventig voorbij was en de bouwgolf van de ligboxstallen voorbij was. Voor timmerman Emke Dijkstra lag het probleem omgekeerd: hij had niet te weinig maar te veel werk. Emke Dijkstra was namelijk een echte ambachtsman. Wat hij het liefste deed was meewerken met een paar knechts, zelf op de steiger staan, zelf metselen, en dan de administratie in het weekend afwikkelen. Toen de andere aannemersbedrijven groeiden en de concurrentie steeds harder werd, weigerde hij mee te doen aan die wedloop. Hij bouwde zijn bedrijf langzaam af tot een eenmanszaak, hij deed nog een poos speciaal werk voor een timmerman in Weidum – restauraties, draaitrappen, kerkbanken, raamsponningen – en op zijn zestigste hield hij het definitief voor gezien.

Met de schilder ging het anders. Hendrik Meinsma speelde in zijn vrije tijd accordeon, hij was een levendig en sociaal mens en de motor achter een groot aantal activiteiten in het dorp. Maar hij was ook een tobber. Toen er in het dorp steeds minder werk voor hem was werd er van alle kanten bij hem op aangedrongen om zijn bedrijf op te geven. Loondienst, saneringsfondsen, hij vond het allemaal even vreselijk, en almaar schoof hij een definitieve beslissing voor zich uit. 'Ik wil het niet, en dan hoor ik het ook niet,' zei hij vaak.

Hij was amper zestig en hij voelde zichzelf veel te jong voor allerlei overbruggingsregelingen. En om je als zelfstandige over te geven aan een werkgever, dat was in zijn ogen de bezegeling van zijn falen. 'Het bedrijf brokkelde steeds meer af, en voor hem was dat de oorzaak van zijn somberheid,' zei Gais. 'Maar ik denk dat hij ondertussen van de hele maatschappij weg groeide.'

De toneelvereniging ging een dagje uit, feestelijk. Die nacht werd hij weer overvallen door een golf van paniek. Gais probeerde hem te kalmeren. Om half acht stond hij op. Gais, vermoeid, bleef nog even liggen.

Toen ze hem een uur later riep om koffie had hij het gedaan, in zijn werkplaats, uitgerekend de plek waar hij altijd zo gelukkig was geweest.

*

Vooral de kleine dorpen kwamen in een neergang terecht die zichzelf versterkte en die nauwelijks te stuiten leek. Omdat bewoners, bedrijven en winkels verdwenen stak ook de overheid minder energie in het gebied. Het intieme politiebureau in Mantgum, waarvandaan brigadier Riekele Bekkema en zijn twaalf collega's in de jaren tachtig nog met de fiets door de dorpen reden, was opgegaan in almaar grotere eenheden, totdat de politiemensen zelfs elkaar nauwelijks meer kenden. Vroeger kwamen ze zeker twee keer per dag in Jorwerd, ze wisten nog elk weggetje en iedere auto met een vreemd nummerbord werd genoteerd. Vijftien jaar later reden ze er op zijn hoogst nog éénmaal per week even doorheen.

Ook de andere openbare diensten slonken. Nogal wat postagentschappen werden opgeheven en vooral de lagere scholen kregen het zwaar – als er een nieuw gezin in Jorwerd werd gesignaleerd was steevast de eerste vraag die werd gesteld: 'Hebben ze kleine kinderen?'

De plattelandsbestuurders spraken in die jaren over 'dweilen met de kraan open'. De bevolking liep almaar terug – soms vlugger, soms langzamer, maar altijd terug – waardoor de basis voor gemeenschappelijke voorzieningen permanent in gevaar was. En tegelijk verkeerde de rest van het land in een koorts van grootschaligheid, waardoor men nauwelijks meer oog had voor andere waarden. Of, zoals een burgemeester ooit tegen me zei: 'Je werk als plattelandsbestuurder bestaat voor het grootste deel uit het overeind houden van de laatste bus, de laatste winkel, de laatste school'.

Het was een opeenstapeling van ontwikkelingen die het dorp trof, en het een versterkte het andere: én de verdwijning van het openbaar vervoer, én de problemen rond scholen, winkels en postkantoren, én het opheffen van de zuivelfabriek met alle activiteiten daaromheen, én de schaalvergroting van de landbouw. Maar er was voortdurend één constante ondertoon: de suprematie van geld en markt boven al het andere.

De school was misschien nog wel het belangrijkste ijkpunt in dit proces. Het was in veel gevallen het symbool van de dorpsgemeenschap, het was een kruispunt van activiteiten en ontmoetingen, en dikwijls was de school ook het laatste bastion in het gevecht om het voortbestaan van het dorp.

De bevolking van de meeste dorpen verouderde sowieso – de wegtrekkers waren gemiddeld jong – maar dat proces kwam in een stroomversnelling wanneer de school te weinig leerlingen kreeg en dreigde te worden opgeheven. Grote, jonge gezinnen begonnen het dorp dan te mijden, de laatste fut verdween, en het einde van de lagere school werd door de meesten beschouwd als het einde van het dorp als gemeenschap. Vandaar ook dat voor het voortbestaan van de school vaak met hand en tand werd gevochten. Iedere dorpsvereniging die een verlanglijstje mocht indienen bij de gemeente vroeg altijd in de eerste plaats om nieuwe huizen, 'voor de school'.

Later kwamen steeds meer kleine dorpen erachter dat 'nieuwbouw' lang niet altijd hetzelfde betekende als 'grote gezinnen'. Koopwoningen kwamen vaak in handen van welgestelde ouderen die rustig wilden gaan wonen en van wie de kinderen al lang de deur uit waren. En in het straatje met huurwoningen bleven huizen soms lang leegstaan waardoor er een goedkoopte-eiland ontstond dat vooral alleenstaanden, snelle verhuizers en andere 'goedkope' huurders aantrok. Van sommige dorpsverenigingen hoorde ik zelfs dat ze er géén nieuwbouw meer bij wilden. Het gevecht om voorzieningen had hun alleen ellende en frustraties opgeleverd. Er was geen café en geen winkel meer, maar ze hadden een zelfgebouwd dorpshuis en wat hen betreft was het zo wel goed.

Er ontstond zo een neergaande spiraal die, ik schreef het al, in de verte deed denken aan het proces van gettovorming in de grote steden – al gebeurde het hier allemaal stiller, bedaarder en aardiger. Uit de *Kansarmoede-atlas* die het Nederlands Instituut voor Zorg en Welzijn in 1994 presenteerde bleek dat niet alleen bepaalde stedelijke gebieden wat betreft armoede en werkloosheid ernstige risico's liepen, maar ook sommige stukken van het platteland. Wie de kaarten doorbladerde zag aan de verschillende kleurschakeringen in één oogopslag waar in Nederland de meeste werklozen, de meeste ouderen, de meeste arbeidsongeschikten en de meeste mensen met lage inkomens woonden, en waar al die ontwikkelingen elkaar op een negatieve wijze versterkten.

De grote steden waren op alle kaarten duidelijk zichtbaar: als kleine kratertjes van problemen lagen ze daar, omgeven door een ring van uiterst welvarende voorsteden en forensengemeenten. Maar plaat na plaat bleek ook hoe met name het noordelijke platteland in de gevarenzone terecht was gekomen: de inkomens waren er gedaald terwijl ze elders stegen, de werkloosheid was er binnen één decennium verkleurd van lichtpaars naar donkerblauw en de migratie was veranderd van groen in geel – wat betekende dat steeds meer mensen wegtrokken. De gemeente waarin Jorwerd lag was, wat de inkomens betreft, binnen één decennium van donkergroen naar lichtgeel verkleurd – van de hoogste categorie naar de een na laagste. Deze verpaupering viel echter nauwelijks op omdat de uitkeringstrekkers op het platteland overal verspreid woonden, in tegenstelling tot de concentraties in de steden. De armoede was hier stil en weinig luidruchtig.

*

Al deze veranderingen vonden vrij snel achter elkaar plaats, en bij veel Jorwerters brachten ze niet zozeer verontrusting teweeg, eerder een licht gevoel van onbehagen. Die onvrede explodeerde tegen het eind van de jaren zeventig in een stevige ruzie binnen de dorpsgemeenschap die later de geschiedenis zou ingaan als het 'conflict over Ons Huis'. Het was een kwestie die handelde over de exploitatie van het nieuwe dorpshuis, maar die in wezen ging om het draagvlak van de nieuwe dorpseconomie, nu zo dun als het ijs van twee nachten.

Het draaide allemaal om de oude bewaarschool. Daar kwam sinds jaar en dag een aantal dorpsverenigingen bijeen. Het gebouwtje was van de Kerk, maar omdat de onderhoudskosten de pan uitvlogen hadden de kerkvoogden voorgesteld om het voor één gulden aan de vereniging Dorpsnut over te doen. Veel Jorwerters zagen daar wel wat in. Het gebouw kon worden opgeknapt en daarna fungeren als dorpshuis, een plek waar alle verenigingen konden vergaderen.

Eef en Jan van het café keken daar uiteraard anders tegenaan. Zij vreesden, en niet zonder reden, dat twee publieke gebouwen te veel van het goede was. Alles wat de voorstanders van het dorpshuis wilden kon volgens hen immers ook in Het Wapen van Baarderadeel plaatsvinden, met zijn kleine vergaderzaaltje en zijn enorme bovenzaal. 'Wij hebben al moeite genoeg om één bedrijf gaande te houden, en laat het dorp daar dan ook alle vergaderingen, feesten en partijen concentreren. Meer dan één café kan het dorp gewoon niet trekken,' zo ongeveer luidde hun redenatie.

De voorstanders van het dorpshuis benadrukten dat er niets zou veranderen: de toneelclub en de andere verenigingen beloofden ook in de toekomst in het café te vergaderen, en alleen de clubs die al in Ons Huis zaten zouden er blijven zitten, en verder niets. Eef en Jan zagen op lange termijn toch een concurrent verschijnen in het alsmaar leger wordende dorp, en ze zetten de hakken in het zand: er mocht volgens hen sowieso geen dorpshuis komen.

De affaire escaleerde, en scheurde de dorpsgemeenschap als een Jorwerter Dreyfus-zaak. De kloof liep dwars door alle geledingen. Eef en Jan, min of meer in paniek, mobiliseerden hun familie, de meer vooruitstrevende Jorwerters schaarden zich rondom het dorpshuis. Er volgden schermutselingen. De toneelclub, waarin veel voorstanders van het dorpshuis zaten, mocht opeens niet meer in de bovenzaal van het café optreden. Er was gedoe met de kaatsclub, waar Jan op een sneue manier uit het bestuur werd gestemd. De sfeer in het café raakte verziekt. Oude tegenstellingen, waar men vroeger nooit hinder van had, kwamen naar boven, oud, jong, import, autochtoon, iedereen werd opeens gedwongen openlijk een keuze te maken.

Eef en Jan raakten ten slotte in een isolement. Het dorpshuis kwam er. Er werden ingewikkelde afspraken gemaakt over wat wel en wat niet in het dorpshuis mocht gebeuren en Eef bewaakte die protocollen nauwgezet. De vrouwenvereniging mocht, koffie en thee mochten, een begrafenis was op het randje.

Uiteindelijk betaalden ze een hoge prijs voor het conflict. Veel klanten hadden ze tegen zich in het harnas gejaagd, en zoiets komt in een dorp nooit meer helemaal goed.

*

Toen ik uiteindelijk de laatste winkelier van Jorwerd, Sikke Kooistra, had opgespoord – hij was inmiddels naar elders verhuisd – trof ik iemand die met een nuchtere bitterheid terugkeek op de vijfendertig jaar die hij in het dorp had rondgeploeterd. Hij was blij dat hij ervanaf was, zei hij.

'Jorwerd was een leuk, levend dorp toen we er kwamen. Toen we opstapten was het gebeurd. Het was een aflopende zaak geworden. Je moest er op het laatst van alles bij doen. En dat hebben we te danken aan onze regering. Alles wat klein was moest weg.'

Het middenstandsbestaan was zijn noodlot geweest. Hij had er nooit van gehouden. 'Altijd maar dezelfde route venten. Dinsdag de burgemeester, woensdag de notaris, en je moest je klanten niet één dag overslaan, of je was ze kwijt. Maar ja, je had een gezin achter je.'

In 1953 was hij in Jorwerd met een groentezaak begonnen. 'Mijn vader was inkoper, mijn broers ventten met de auto, en ik zat in de wilde handel, zoals dat heette. Ik zette dan een wijk op, die namen mijn broers over, en ik ging dan weer verder. Maar na een paar jaar werd mijn ene broer verpleger en de andere buschauffeur, en mijn vader begon een nertsfarm. Toen bleef ik alleen over.'

De Kooistra's waren altijd mensen van de wilde handel gebleven. Ze hielden, naast de nertsfarm, ook een poosje een patatfabriekje en een hondenkennel erop na, ze zaten wat in de autohandel, knapten zo nu en dan een oude boot op en scharrelden soms zelfs in huizen. 'Aan het eind van de jaren vijftig betaalde je voor een groot pand zo'n zesduizend gulden, en voor de kleintjes gaf ik soms niet meer dan twaalfhonderd. Die verkocht ik dan weer voor achttienhonderd, nou, dat was een hele winst.'

Ook hij zag in de jaren zeventig de problemen opdoemen. 'Ik zette in de week gemiddeld één zak suiker van tien kilo om, de supermarkt draaide er zo dertig, veertig zakken doorheen.' Maar ook bij hem leek het in die jaren ogenschijnlijk nog uitstekend te gaan. 'We draaiden heel leuk in die tijd. We trokken veel naar ons toe, en dat werkte goed.'

Hij had bijvoorbeeld na Kerstmis altijd een leuk handeltje in overgebleven kerstkransen en kerststaven. 'Die vlogen over de toonbank. Ik kocht dan zo'n partij voor een kwartje per stuk, en ik verkocht ze weer voor een gulden. Daar maakte ik meer winst op dan op mijn hele kerstverkoop.'

Ieder jaar als Sikke Kooistra naar de boekhouder ging zag hij dat de omzet gedaald was. Maar telkens was er ook weer een ander die ermee ophield. 'Dan bleef je omzet wel ongeveer gelijk, zo'n jaar. Dan stopte de daling even.'

Zijn collega-kruideniers, Riemer en Lieske de Groot, waren sociaal voelende mensen en zij gingen duidelijk gebukt onder de ontrouw van 'hun' Jorwerters. Kooistra maakte zijn medeedorpelingen geen verwijten. Daarvoor was hij te veel een nuchtere handelaar. 'Mensen, jullie zijn me niets verplicht,' zei hij altijd. 'Zelf zou ik misschien ook wel naar een ander gaan.' Bovendien bleven met name de oude Jorwerters hem aanvankelijk trouw.

Waar hij wel moeite mee had waren de kapsones van de nieuwkomers. 'Die zijn begonnen de boel af te breken. Daar had ik geen connectie mee. En bij elke koffievisite gingen ze ook nog eens aan de andere Jorwerters uitleggen hoe goedkoop de Miro was.'

Een andere probleemgroep waren de jonge stadsvrouwen die met Jorwerter jongens trouwden. 'Die wilden dingen waarvan je wist dat het op een dorp niet zou lopen. Dan hadden ze weer iets op de televisie gezien, ik moest dat dan bestellen, per dozijn, ze kochten er één van, en met de rest bleef je zitten.'

Het waren echter vooral de incidentele kopers die hem het zuur naar de lippen joegen. 'Dan stond er op zo'n zondagochtend opeens zo'n beukertje van een jaar of zes bij de achterdeur: "Ja, mem heeft vergeten een pak lucifers uit de Miro mee te nemen." Ik heb die jongen het pak lucifers in de handen geduwd, maar een paar maanden later stond die mevrouw nog in het boek. "Was ik helemaal vergeten, maar ja, ik kom hier ook zo weinig." Ik moest mijn handen aan de toonbank vasthouden, anders zou je zo'n mens toch zo omdraaien en in de rug de deur uit schoppen!'

In 1985 was in een derde van de Nederlandse dorpen geen kruidenierswinkel meer aanwezig. In de buurt van Jorwerd kon je zelfs nog maar in één op de vijf dorpen de gewone dagelijkse boodschappen doen zonder het dorp te hoeven verlaten. Een dokterspraktijk was slechts in één van de drie dorpen te vinden.

Met de scholen was het al niet veel beter gesteld. Het lot van zeker de helft van de dorpsscholen – inclusief die van Jorwerd – hing voortdurend aan een zijden draadje.

Het openbaar vervoer was over het algemeen verbeterd, behalve voor de kleine dorpen – wat opvallend was, omdat juist daar de inwoners voor de meeste voorzieningen de bus in moesten. Een kwart van de dorpen in Nederland had geen busverbinding meer. Ook in Jorwerd was in 1973 de bushalte opgeheven, en hoewel een paar jongere Jorwerters op een avond de bus nog demonstratief hadden gekaapt was hij nooit meer teruggekomen.

Vooral ouderen, vrouwen en scholieren bleken daardoor nog maar weinig mogelijkheden te hebben om zich zelfstandig te verplaatsen. Jongeren fietsten meestal naar school, maar huisvrouwen en ouderen waren gedwongen om iedere keer weer een lift te vragen aan familie, buren of kennissen. De teruggang van het openbaar vervoer maakte hen nog afhankelijker dan ze al waren.

Driekwart van de dorpsbewoners bleek desondanks tevreden tot zeer tevreden te zijn, zo kwam uit enquêtes naar voren. Men was duidelijk bereid omwille van het prettige leven op het platteland enige reistijd voor lief te nemen.

In de kleine dorpen gebeurde dus niet hetzelfde als in de probleemwijken van de stad. Hoe slecht de situatie er op papier ook voorstond, de dorpsbewoners beleefden het blijkbaar anders dan de bewoners van stadsbuurten. De huizen vervielen niet, er ontstond geen verloedering en uit alle onderzoeken bleek dat de overgrote meerderheid van de dorpelingen voor geen goud wilde verhuizen.

Blijkbaar kon de sociale structuur van de dorpen veel meer opvangen dan men veronderstelde. Dorpen bleken ook in de moderne tijd meer te zijn dan enkel economische samenlevingsverbanden. De inwoners voelden zich met hun dorp verbonden, wilden zich ervoor inzetten, zagen hun dorp als een deel van een bestaan waarvoor ze gekozen hadden en dat verdedigd moest worden. Er bleken nog andere waarden te bestaan.

In het midden van de jaren negentig begon in de kleine dorpen de bedrijvigheid zelfs weer enigszins toe te nemen. Het verschil tussen grote en kleine dorpen werd iets minder. De verandering van de bevolking van het platteland bleek niet te vatten in één simpel model: de eeuwige uitstroom van het kleine dorp naar de grotere plaats.

Ligging werd bijvoorbeeld een minstens zo belangrijk gegeven: in de uithoeken van het land, zoals het uiterste noorden van Friesland en Groningen, bleef het tobben met de kleine dorpen, maar als ze dichter bij de Randstad lagen ging het beter. Overal werden dorpshuizen gebouwd en sportterreinen aangelegd. Rijdende winkels doorkruisten een groot deel van het platteland, en vingen zo het gemis aan een dorpskruidenier althans gedeeltelijk op. Er ontstonden coöperaties van dorpswinkels die op een of andere manier de saneringen hadden overleefd.

Ook veel dorpsscholen bleken, ondanks alles, de bezuinigingsgolven redelijk te doorstaan. Er vonden wel sluitingen plaats, maar uiteindelijk gingen in de steden veel meer scholen dicht dan op het platteland. Het vervoersprobleem werd, althans gedeeltelijk, opgelost door kleine busjes die op afroep reden, en in sommige dorpen maakte men zelfs plannen voor de aanschaf van een gemeenschappelijke 'dorpsauto'. In de allerkleinste dorpen was soms zelfs weer een toename van de bevolking merkbaar.

Nieuw was ook de verandering van het overheidsbeleid. In de jaren zestig regeerde de twee-procentnorm: kleine dorpen mochten met niet meer dan twee procent groeien, anders zou het ruimtelijk beleid een chaos worden. Maar in het midden van de jaren zeventig begon het tij te keren. De dorpen begonnen in opstand te komen tegen de systematische achterstelling van alles wat klein was en buiten de grootse plannen viel.

In sommige provincies bleef het accent op de zogenaamde kerndorpen liggen. Maar elders verschoof de nadruk duidelijk naar het ondersteunen van alle dorpen, groot en klein.

In Jorwerd zelf was van die nieuwe dynamiek nog weinig te merken – hoewel het er ook niet slecht ging. Sinds het najaar van 1993 deed zelfs de rijdende winkelwagen uit Mantgum het dorp niet meer aan, en alleen het café en de rondrijdende groenteboer gaven in de *Leeuwarder Courant* het dorp nog hun zegen voor het nieuwe jaar.

Maar de meeste Jorwerters leken zich welgemoed bij die situatie te hebben neergelegd. Men klaagde erover dat het dorp stiller was geworden en minder gezellig sinds het verdwijnen van de winkels, maar de praktische problemen die daaruit voortvloeiden had men onderling opgelost. De boodschappen voor de ouderen werden gedaan door de kinderen, de kruidenier in Mantgum bracht weekbestellingen tot aan de deur, de forensen-buurvrouw nam haar vriendinnen mee naar de stad, een andere buurman pikte ze op de terugweg weer op van het station, kortom, wat op papier rampzalig leek had men in de praktijk uitstekend geregeld via een soepel netwerk van burenhulp en informele zorg.

De dorpsgemeenschap bleek taaier te zijn dan veel rapportenschrijvers ooit vermoed hadden, en de sociale samenhang werd door al deze kleine en grote problemen eerder versterkt dan verzwakt. Wat verdwenen was lag vooral op andere terreinen: intimiteit, gezelligheid, beslotenheid.

*

In 1979 bracht de natuur de Jorwerters nog éénmaal bijeen tot het knusse dorp van vroeger dagen.

Op dinsdagavond 13 februari begon het fel te vriezen en tegelijk stak er een storm op uit het oosten. Een ijskoude poolwind loeide over de Friese vlakten. De ijzel ranselde de straten, de daken en de bomen van het dorp, en toen kwam de sneeuw, steeds meer en steeds dichter. 'Dit zal wat worden,' zeiden de mannen die in Het Wapen van Baarderadeel om de kachel zaten, terwijl de vlokken tegen de ruiten joegen.

Zo nu en dan ging iemand even naar buiten om poolshoogte te nemen – al was het nauwelijks mogelijk om in de wind staande te blijven. De jonge notaris en de onderwijzer reden zichzelf vast toen ze met eigen ogen wilden zien hoe hoog de sneeuwduinen in het buitengebied waren. Met man en macht lukte het om half drie 's nachts de auto los te krijgen. Wie daarna vastraakte had geen schijn van kans.

De volgende ochtend meldde de Hilversumse radio dat er 'in het noorden enige sneeuwbuitjes gevallen waren'. In werkelijkheid stond de sneeuw tot aan de dakgoten. Niemand kon het dorp in of uit. Het hele noorden van Nederland was één grote, stuivende vlakte. Die dag bleef de sneeuwstorm voortrazen, met zo nu en dan orkaanachtige uitschieters, en het werd alsmaar kouder.

De dag daarop leek het even wat rustiger te worden. Het café fungeerde als crisiscentrum. Iedereen die een schep kon vasthouden verzamelde zich daar. Ingesneeuwde huizen en boerderijen werden ontzet, er werden paden gegraven naar de voordeuren, en een speciale 'sterke-mannenploeg' probeerde een weg te banen naar de buitenwereld omdat het brood in het dorp begon op te raken. Tegen de avond stak de wind weer op, en op de uitgegraven paden vormden zich nieuwe sneeuwbergen.

In het dorp werd alles bij alles gelegd. De zoon van Riemer en Lieske de Groot, net geopereerd, kreeg opeens vreemde, hoge koortsen, maar noch een dokter noch een ziekenauto konden het dorp bereiken. In het café werd gezamenlijk gekookt. Met man en macht probeerde Sikke Kooistra het dorp van brood te voorzien. Met de trekker van Sake Castelein werd een tocht ondernomen naar de spoorlijn bij Mantgum, en via de trein kon toen het nodige worden aangevoerd. 'En wie stonden vooraan bij de winkel om brood te schreeuwen?' herinnerde Kooistra zich met grimmig genoegen. 'Dat waren degenen die ik anders nooit zag. Nou, zei ik, donder dan nu ook maar op!'

In de laatste jaren had Sikke Kooistra van zijn winkel een kleine zelfbediening gemaakt. Je kon er alles krijgen: van kruidenierswaren tot touw, spaden en klompen toe. 'Zelfs boekjes hadden we, de Kameleon-serie, poëziealbums, Dinky Toys, handdoeken, theedoeken, gasflessen, wist ik veel wat ik allemaal had. Eén grote rotzooi was het op het laatst.'

Zijn winkel was in de loop der tijd uitgegroeid tot een soort bezemwagen van de plaatselijke middenstand. Durk Siesling hield op. Kooistra nam de brandstof en de gasflessen over. Het textielzaakje van het dorp stopte. Kooistra nam het kleingoed mee. Caféhouder annex handelaar Tijssen deed de deuren dicht: de klompen en het boerengerief gingen naar Kooistra. De slagerij van Lamkje sloot. Kooistra kocht een diepvries en maakte, naar eigen zeggen, 'daarna nog een leuke omzet met de vleeswaren'.

Sikke Kooistra was van alle middenstanders de meest gewiekste, en zijn gevecht tegen de nieuwe tijden was lang en hevig. Hij vond telkens nieuwe dingen uit, en bovendien had hij er nog een baan bij genomen: monsternemer op de melkfabriek. Maar ook hij werd eenzaam. Zelfs de prijzen van de dorpsfeesten, die hij al die jaren geleverd had, begonnen de Jorwerters van buiten het dorp te betrekken.

In 1986 kreeg hij maagkanker. Hij stond krimpend van de pijn achter de toonbank en dat maakte hem er niet vriendelijker op. 'Ik was blij met een klant, maar ik was altijd nog blijer als-ie weer wegging. En altijd bellen om een gasfles: net als je zelf zat te eten, moest je die weer brengen. En altijd de prijzen vergelijken met die van de stad. Op een gegeven moment dacht ik: jongens, jullie zoeken het maar uit!'

Niet lang daarna stopte hij ermee. Zijn zoon heeft het nog een poosje geprobeerd, maar ruim een jaar later was het zelfs met Kooistra's allesomvattende super-minimarkt definitief over en uit. De enige bewoners die nog in het dorp zelf werkten waren de notaris, de bankdirecteur, de schooljuffrouwen, Sake Castelein, de groenteboer, de cafébaas en de dominee.

Sikke Kooistra is naar elders verhuisd. Zijn zoon begon een melkzaak in Drachten.

De ene zoon van Riemer en Lieske de Groot vloog uit, de andere woont nog steeds thuis, altijd in de boeken, altijd op zijn kamer.

De zoon van Durk Siesling ging bij het provinciale energiebedrijf werken als beveiligingsbeamte. Ik zag hem op een foto in een gekleurde folder, achter een enorm regelpaneel vol knoppen en monitoren. 'Dagelijks verwerken we gemiddeld duizend verkeersbewegingen,' liet de tekstschrijver hem zeggen.

Gais Meinsma werd kleiner, haar gezicht werd gelooider, het haar sloot ze in een strakke vlecht rondom het hoofd, maar haar ogen bleven dezelfde. Ze ging op haar vijfenzestigste studeren. 'Denk niet dat ik nu, na zeventien jaren, geen geluk meer vind in mijn leven,' schreef ze me laatst. 'Daarvoor is het leven te goed.'

VIII

INTERMEZZO: DE TOREN EN DE HOUTEN GEZICHTEN

Op zaterdagochtend 25 augustus 1951, om zeven minuten over vijf, stortte de toren van Jorwerd met donderend geraas ineen. Zomaar, uit zichzelf, na negenhonderd jaar sneeuw, zon, regen en wind, gewoon uit pure torenmoeheid. Dat was een voorteken, of een keerpunt, of gewoon slecht onderhoud – het is maar hoe je het wilt zien.

De notaris reed die ochtend op de Solex naar zijn werk – hij was net in Jorwerd begonnen. 'Toen ik in de buurt van het dorp kwam kreeg ik een eigenaardig gevoel. Pas na een minuut of wat drong het tot me door dat er iets niet meer stond, dat er iets onvoorstelbaars gebeurd was.'

Peet was al op het land aan de gang. 'Er hing een dikke mist die ochtend. Toen die optrok zagen we het opeens: "Waar is verdomme onze toren!" Folkert had de avond tevoren nog in de nok zitten voegen. "Het viel me al op dat er nieuwe scheurtjes in het metselwerk kwamen." De koster vertelde dat de gewichten van de klok niet helemaal goed hingen. "Dat zijn net schietloodjes. Allemaal tekens dat de toren al werkte."'

Het moment zelf was voor de dorpsbewoners alsof er een vliegtuig neerstortte. Gais en Hendrik lagen nog op bed, en Hendrik dacht dat zijn hele verfwinkel de vaart in donderde. De slager stond net buiten te plassen toen de klap kwam, en de steigers knallend ineenkraakten en de dikke steenbrokken zich in de graven op het kerkhof boorden. Levenden werden niet geraakt.

'Gelukkig waren onze winkelglazen niet kapot,' zei Lamkje. 'Want die waren duur!'

Om half acht was, volgens het krantenverslag, de koster alweer rustig bezig met het knippen van de heg rond het kerkhof.

Op de foto's is voornamelijk een grote hoop stenen en latten te zien, alsof er een bom is gevallen, en daaromheen staat een dertigtal mannen, vrouwen en kinderen stil te kijken. De wijzerplaat van de klok steekt nog schuin uit het puin, de wijzers op het fatale tijdstip, zoals dat ook bij aardbevingen en andere rampen wel gebeurt.

Die minuut waarin de toren instortte en die iedereen heeft onthouden geeft ons meer dan alleen een krantenverslag en een puinhoop. We hebben, dankzij deze kleine ramp, opeens één bepaald tijdstip uit de recente dorpsgeschiedenis waarnaar talloze verhalen wijzen, we hebben als het ware een bevroren minuut uit de augustusmaand van 1951 in handen die, vertraagd afgedraaid, van alles vertelt over het dorpsleven van toen.

Allereerst is daar het tijdstip zelf. Wat opvalt aan de verhalen is dat er in 1951 om vijf uur 's morgens al flink wat mensen aan het werk waren. De middenstand sliep nog, of was net bezig wakker te worden, maar overal uit het veld kwamen, volgens de verslagen, melkers toestromen die de klap gehoord hadden.

De dagindeling van de Jorwerters was in 1951 duidelijk een andere dan in 1995. In 1951 begonnen de boeren om een uur of vier, en de rest van het dorp volgde, zij het met enige vertraging, die vroege werktijden van de boeren. Om een uur of zes was het dorp volop in beweging, 's avonds werd de *Leeuwarder*

Courant gelezen, er was een kaartclub of een toneelvereniging, en om een uur of half tien lagen de meeste Jorwerters op bed.

Veertig jaar later zou de toren in een compleet slapend dorp gevallen zijn. De dagindeling van de Jorwerters was in 1995 grotendeels aangepast aan het stedelijke leven. Sake Castelein begon, net als de meeste andere boeren, pas om half zeven met melken. Gais Meinsma stond pas om een uur of zeven op. Rond half acht vond 'de uittocht der gladiatoren' plaats: dan startten de forensen hun auto's om naar hun werk te gaan. 's Avonds zagen vrijwel alle huiskamers blauw van de tv, tot een uur of elf. De krant werd minder gelezen.

Het tweede opvallende element in alle verhalen over het ineenstorten van de toren is het grote geluk dat niemand werd geraakt omdat het allemaal zo vroeg gebeurde, in tegenstelling tot de drukte die normaal op straat heerste.

Rond 1951 hingen de mannen nog rond bij de brug of bij het scheve hek van de notaris. De vrouwen hadden een eigen bank, waar ze de hele zomer zaten te haken en te breien.

Er was het 'jûnpraten', het 'avondpraten', de buurman die schijnbaar doelloos nog even langsschoof om over het weer, het vee en de wereld te praten, gesprekken die soms meer op rituele formules leken, een aaneenrijgsel van meteorologische waarnemingen, informatie over het land, de dieren en de mensheid, gezegden en al vaak vertelde verhalen die juist in hun onnieuwheid het bestaande bevestigden en veilig stelden. De bakkers, de kruideniers en de andere winkeliers en werklieden veroorzaakten een voortdurend komen en gaan. Veertig jaar later zou, met enige overdrijving, de toren rustig elk moment van de dag kunnen instorten zonder een levende ziel te raken.

Het derde element is ten slotte het verhaal van de wederopbouw van de toren, en de eensgezindheid waarmee die paar honderd Jorwerters na de ramp als bezetenen geld inzamelden, toneelstukken, shows en andere bedelacties organiseerden, de oude stenen schoonbikten en kans zagen om binnen drie jaar het symbool van hun dorp weer in volle luister overeind te krijgen.

Wat dit betreft was het dorpsleven na veertig jaar minder sterk veranderd. In dorpen was de onderlinge solidariteit en de betrokkenheid bij elkaar nog altijd sterker dan in de stad. Burenhulp was, merkte ik in Jorwerd, meer dan een gunst, het was een ijzeren wet. Op de kinderen werd door iedereen een oogje gehouden. Bejaarden werden zonder mankeren door de buren naar dokter en ziekenhuis gereden. Het was niet ongewoon dat ouden van dagen in hun laatste jaren door familie in huis werden genomen. Een moeilijke jongen werd door de buurt mee opgevangen. Toen een gezin in de bijstand terechtkwam, stond het hele dorp klaar met duizend kleinigheden. Doden werden er nog door de dorpsgenoten afgelegd. Gais vertelde dat ze ramen stond te lappen, de eerste keer dat ze het moest doen. 'De bode van de begrafenisvereniging kwam langslopen. Hij draaide zich om en zei: "Jij helpt haar wel even, hè." Nou, dan is het een witte schort zoeken en erheen.'

Ik hoorde een verhaal over een boer die lange tijd met rugklachten in het ziekenhuis verdween, zijn vrouw en kinderen in trotse ontreddering achterlatend. Hun buurman liet niets merken, maar hij hield de boel goed in de gaten. Hij keek naar het vee en naar het land, en zo nu en dan liet hij een aanwijzing los, meer niet. 'Die koe moet eruit, daarmee moet je doorfokken, hier moet omheining komen, dit stuk land moet meer kunstmest hebben.' Zo werd onder een beginnend drama al bij voorbaat een sociaal vangnet getrokken. En nooit werd er een woord aan vuil gemaakt.

Die sterke onderlinge betrokkenheid, die je in dorpen overal ter wereld aantreft, is niet meer dan logisch in een kleine gemeenschap waar iedereen elkaar kent. Anonimiteit ontbreekt, iedereen heeft een naam, en omdat veel dorpen nogal afgelegen liggen is men altijd op elkaar aangewezen, in goede en kwade tijden. Burenhulp fungeert daarbij vaak als een soort onderlinge verzekering, als een vorm van risicospreiding, als een handige manier om werktuigen, diensten en arbeidskrachten uit te wisselen, kortom, als een economie zonder geld.

Maar vooral is die traditie van solidariteit – zoals trouwens vroeger ook in de volksbuurten van de grote steden – voor dorpen altijd een beproefde manier geweest om collectief te overleven. Op veel plaatsen bestonden vroeger gemeenschappelijke stukken land, bij belangrijke gelegenheden werden op grote schaal geschenken uitgewisseld, bij oogsten en andere gebeurtenissen werden collectieve werkploegen gevormd, seizoenarbeiders trokken meestal gezamenlijk op met anderen uit hun dorp en zelfs kwam het voor dat men collectief emigreerde van het dorp naar de stad. Het dorp was, kortom, vaak een direct verlengstuk van de familie.

Dat hele complex van traditionele banden werd nog eens versterkt door het 'wij'-gevoel: 'wij' tegenover 'zij'; 'wij', de Jorwerters, tegenover 'die' van Weidum en 'die' van Mantgum. En als er in Jorwerd één symbool bestond van dat alles, dan was het wel de toren.

*

Er zijn grote tradities, de tradities van een land, de tradities waarvan men zich bewust is, de tradities van denkers en historici. En er zijn kleine tradities, de tradities die nauwelijks een naam hebben, de talloze handelingen die ingesleten zijn als een voetpad door het gras. Wie van de laatste soort iets wilde proeven kon zijn hart ophalen op de Leeuwarder veemarkt.

Die vrijdagse markt werd sinds de jaren zestig gehouden in een hal met de omvang van een hangar, en de cafés, waar de meeste handel gedreven werd, waren zelf ook weer kleine hallen, tientallen meters lang en breed. De ruimtes waren grotendeels kaal, afgezien van de toonbanken met koffie, drank en broodjes, maar om half acht 's ochtends stonden ze al blauw van de sigarenrook. Aan de tafels zaten de handelaren, de Beerenburg met suiker onder handbereik, de pils zo uit het flesje. De veehal zelf was gevuld met geloei, met gebrul met erbarmelijke uithalen, met verschrikkelijk leed.

Boeren kwamen hier niet veel meer – ze hadden er de tijd niet voor, ze hadden geen knechten meer om de boel aan over te laten. Ook de kwaliteit van het vee dat er verkocht werd was niet om over naar huis te schrijven – een goede gebruikskoe was allang verkocht bij de boer zelf, onderhands, en de rest werd meestal buiten de markt om verhandeld voor de export en de slagerijen.

'Als je alle aow'ers en uitkeringstrekkers eruit zou gooien, dan zou het hier knap stil worden,' grapten de kooplieden aan mijn tafel. Maar toch was er nog altijd een spel gaande van duizend oude regels waar geen buitenstaander iets van snapte.

Om te beginnen was daar de kleding van de doorsnee veekoopman. Klompen en een wandelstok of een rotting hadden ze vrijwel allemaal. Maar verder droegen ze alle soorten jassen en hoeden die maar denkbaar waren. Er waren er die daaronder een stofjas of een overall droegen, maar er waren er ook die in een keurig blauw pak rondliepen, vol mestspatten, met een stropdas en een wit overhemd, en daaronder weer een paar klompen. Weer een ander liep in een T-shirt en een strohoed. Een dikke man kwam voorbij in een zwarte stofjas, met een zeilpet op. Verderop stond een jongen met klompen, een spijkerbroek, een oude pet, een leren jasje en daaronder een grijs vest. Zwaaiend met zijn rotting keek hij rond naar wat handel, en ondertussen floot hij een liedje. Soms was er even wat gedruis, een kleine oploop, een onbegrijpelijk ketsen met de handen, wat geroep.

Iedereen maakte hier zijn eigen theater, iedereen schiep een eigen beeld: de runderhandelaren degelijk, de schapenhandelaren klein en sjacherend, de paardenhandelaren drinkend, de handelaren voor de dood snel.

Ik belandde aan tafel bij Van der Zweep en zijn vrienden, een gezelschap van oudere kooplieden. 'Heb je niet wat pinken voor me?' 'Niks.' 'Maar het veld staat vol.' 'We zullen eens zien.' Het was een slappe dag, begreep ik. De slagers, die hier grootafnemer zijn omdat ze elke week duizend stuks vee nodig hebben, hadden onderling een prijsafspraak gemaakt. Veel kooplieden dreigden minder voor hun vee te krijgen dan ze betaald hadden. 'Ze komen straks wel over de brug, hoor,' zei Van der Zweep rustig. 'Ze moeten die duizend koeien toch ergens vandaan halen.'

Een oude boer met een rood, pokdalig gezicht kwam langs om af te rekenen. Twintig pinken, zesentwintigduizend gulden in een witte envelop. Van der Zweep pakte de envelop aan en stak hem blind in zijn binnenzak. 'Die man gaat liever dood dan dat-ie mij een kwartje te kort doet,' zei hij, toen de boer weer in de menigte verdwenen was.

'Heb jij nog halve pinken, Sietse?' 'Ja, maar die heb ik zelf nodig.' 'Heb je niet wat over?'

Een secretaresse van een grote exportfirma kwam bij ons tafeltje langs. Ze bracht de cheques en de computerafschriften van de laatste transacties. Ze kende iedereen, en iedereen kwam altijd op de vrijdagse markt, en zo ging het vlugger dan met de post.

Van der Zweep had er de smoor in: vroeger konden ze direct

doorlopen naar de bankfilialen op de bovenverdieping van de markt, om de cheques om te wisselen voor contant geld. 'Nu kun je er geen kwartje meer krijgen,' mopperde hij. 'Cheques, papieren, het is alleen maar trager en ingewikkelder geworden.' Het streed met al zijn principes: als de beesten van het erf af gaan, dan moeten ze betaald zijn.

Toen op een vroege vrijdagochtend in 1993 een overval op een van de bankfilialen maar ternauwernood was verijdeld – de bankrovers hadden zich door het dak naar beneden gezaagd, maar de geldauto was nog niet geweest – waren de banken met deze service gestopt.

Alleen onderling betaalden de kooplieden nog contant. En Van der Zweep wist ergens een bankfiliaal waar hij zijn duizendjes nog altijd kon halen. Want vertrouwen bleef onmisbaar in deze wereld. 'Als een koopman één keer niet kan betalen, dan weet de volgende week de hele markt het.'

In de hal stond het laatste vee, schonkig, stronterig, met rode viltstiften waren de nummers van de slagerijen al op de flanken geschreven. Gejammer vulde de hele ruimte. Achterin werden de kuddes naar de veewagens gedreven. Sommige varkens vertrokken voor een dodenrit naar Italië, om daar geslacht te worden en hier weer terug te komen als keurig verpakte Parmaham.

Eén koe lag te hijgen, op een rare manier ineengezakt, het schuim op de bek. Een andere liep los, maakte een paar laatste sprongen, stroffelde over de gladde mest op het beton. Niemand keek naar het dier om, en later zag ik het dicht tegen een groepje lotgenoten aankruipen.

'Klaske, mogen we nog een rondje?' Klaske maakte mijn dag goed. Ze zag eruit als Doris Day in 1953.

*

Een echt dorp heeft iets tijdloos. De vergaderingen van de vrouwenvereniging van Jorwerd verlopen nog eeuwig en altijd op dezelfde manier: een lied, een stukje uit de bijbel, iemand leest iets voor uit een Fries vertelboek, dan een kopje thee, hersengymnastiek of een ander spelletje, nog even iets zingen, en dan weer naar huis.

Feestavonden van het dorp hebben een vast patroon, met een paar schetsjes, een toneelstuk en een loterij. De toneelstukken hadden ook in 1955 opgevoerd kunnen worden, of in 1935, het gaat altijd weer om een jonge knecht, een boer, een dorpsgek, een fat uit de stad en een meisje, maar iedereen heeft er altijd weer plezier in. De merkedagen kennen een ijzeren programma – op vrijdagmiddag spelletjes, op vrijdagavond stoelendans op het kaatsterrein, daarna toneel en feest, en op zaterdagochtend om acht uur klokluiden om iedereen uit z'n bed te krijgen voor het tippen.

Bepaalde spelen, bepaalde feesten, driemaal om de kerk bij een begrafenis, het hoort allemaal bij de vaste rituelen die juist in hun onveranderlijkheid maken dat de gemeenschap zich één blijft voelen. Hoe strak die regels zijn merk je als er een afwijking dreigt: als Cor Wiedijk bij een begrafenis per ongeluk fout de kerk om draait, als het op de merke een keer giet van de regen en voorgesteld wordt om de stoelendans over te slaan en de ouderen bijna in opstand komen, als de jongeren voorstellen om het tippen op een ander moment te laten plaatsvinden en ze tegen een betonnen muur aan lopen.

Het is dan ook niet verwonderlijk dat Jorwerd zich na die 25ste augustus 1951 met zoveel energie inzette voor de herbouw van de toren. De orde moest haastig weer hersteld worden. De timmerman bouwde een spaarpot in de vorm van een miniatuurtorentje. De Bussumse Radio-koorvereniging Pro Musica onder leiding van Lex Karsemeijer zong voor Jorwerd. Folkert speelde een zak geld bij elkaar. Piet Douma, de klokken- annex fietsenmaker van het dorp, peuterde de onderdelen van het torenuurwerk weer uit het puin – hij haalde ze zelfs uit de bestrating van de nieuwe weg die met de resten van de toren was aangelegd. In de notaristuin werd door het hele dorp een toneelvoorstelling opgevoerd – het begin van de traditie van het Iepenloftspul.

De herbouw van de Jorwerter toren was, kortom, één grote uitbarsting van dorpssolidariteit, vermengd met een flinke scheut chauvinisme – want het ging per slot om hét eenheidssymbool van de Jorwerters. En in 1995 zou dit alles waarschijnlijk nog zo zijn gegaan. Ondanks de verstedelijking, de individualisering en de televisie was Jorwerd wat dat betreft niet sterk veranderd – nog altijd niet.

Eenzelfde bindende rol speelde de eigen Friese taal.

Er woonde in Jorwerd één jongeman die weigerde dienst te nemen in het leger, omdat, zo had hij de minister van Defensie in het Fries geschreven, het risico hem te groot was dat het Nederlandse leger nog eens tegen Friesland ten strijde zou trekken. Soms ook werd iemand die Hollands sprak met spot bejegend, alsof hij te nette kleren had aangetrokken. Maar door de meeste dorpelingen werd de tweetaligheid met elegantie gehanteerd.

De dorpskrant bleef – zij het na enige discussie – in het Fries gesteld. 'Je schrijft een Hollandse krant toch ook niet in het Engels omdat er een paar Engelsen in Nederland wonen.' Wel werd de in het Nederlands aangeboden kopij in het Nederlands afgedrukt, en ook belangrijke mededelingen werden in het Hollands gedaan.

Desondanks was de bereidheid om de eigen taal van het dorp te leren de toetssteen voor iedere nieuwkomer. Een van de importvrouwen vertelde me dat ze zich altijd buitenstaander was blijven voelen, totdat ze, na een jaar of tien, perfect Fries had leren spreken. 'De mensen praatten wel Nederlands tegen me, maar je voelde dat ze zich daar niet lekker bij voelden,' zei ze. 'Als je Fries leert is dat een signaal dat je hier blijvend wilt leven en wonen.' Maar nog steeds werd ze soms betrapt op een woord dat ze op de cursus had geleerd, en dat geen levend mens ooit meer gebruikte.

In de taal, in de herhaling en in de herbeleving ligt een gevoel van saamhorigheid verborgen dat over de tijden wordt heen gedragen.

In Jorwerd aten bijna al mijn buren nog tussen de middag warm – ook degenen die niets meer met het boerenbedrijf van doen hadden. Veel oude boeren stonden nog altijd rond een uur of vijf op, alsof een geheimzinnig weksignaal hen genadeloos het bed uitdreef. Terwijl het al direct na de komst van de koeltank mogelijk werd om, pakweg, om half zeven aan het werk te gaan in plaats van vijf uur – de melkbussen hoefden immers niet meer om zeven uur aan de weg te staan – duurde het zeker één à twee decennia voordat de boeren ook werkelijk van die vrijheid gebruik begonnen te maken.

In de dorpen van vroeger was dat gezamenlijke levensritme vaak uitgegroeid tot een systeem van gedetailleerde protocollen, die de samenleving lieten voorttikken als het mechaniek van een klok. Niets werd aan het onvoorspelbare overgelaten. Overal stonden regels voor. Bijvoorbeeld bij wie en wanneer men op bezoek ging, wie uitgenodigd werd bij bruiloften en begrafenissen, wie op kraamvisite kwam, wat er dan gegeten en gedronken moest worden, hoe nieuwe buren moesten worden ingehaald, wie bij bepaalde gelegenheden voor paarden moest zorgen, alles volgens een ingesleten patroon van langdurige wederkerigheid. Maar ook de tijden van opstaan en van zaaien, planten en oogsten lagen vast, en de methodes van werken, alles volgens één grote ongeschreven standaard.

Dat mechanische karakter was kenmerkend voor bijna alle boerendorpen ter wereld.

Bij Poolse herders was het grazen, melken en bewerken van de melk vastgelegd in allerlei magische formules en ceremonies, bewaakt door een *baca*, een opperherder, en iedere afwijking daarvan stond gelijk met het oproepen van ongeluk. Datzelfde gold voor het gebruik van nieuwe technieken. Lucifers mochten niet gebruikt worden in de melkhutten, vuur mocht men daar alleen maken met de traditionele vuursteenmethodes, anders ging het mis met de melk.

In Rusland klaagde Tolstojs herenboer Stepan Lewin in *Anna Karenina* over zijn dorpelingen dat ze maar één ding konden: alle vooruitgang verpesten. 'De banden van de wielen verkopen ze, en ze verdrinken het geld: zij gooien schroeven in de dorsmachine om die onbruikbaar te maken. Zij hebben een afschuw van al die dingen die in hun ogen onnodig zijn.'

In Nederland strooiden, in diezelfde periode, de meest vooruitstrevende boeren de eerste kunstmest uit bij nacht – uit angst voor de roddel van de rest. Zelfs het feit dat we nog steeds boerenkaas uit Zuid-Holland eten heeft met de kracht van de vroegere dorpsregels te maken. Terwijl overal in het land de boeren rond 1900 hun melk naar de melkfabriek begonnen te brengen, bleven de boerinnen ten zuiden van het IJ stug hun eigen kazen maken.

Economisch was voor dat verschil geen verklaring te vinden. Volgens een sociologisch onderzoek uit de jaren vijftig bleek echter die zelfkazerij in Zuid-Holland – die de boerinnen handenvol werk bezorgde – sterk samen te hangen met de plaatselijke opvattingen over wat 'hoort' en wat 'niet hoort'. Voor een vrouw was het rondom Woerden, Leiden en Gouda een grote eer om bekend te staan als een 'goede kaasmaakster'. En die waarde wilde men niet opgeven.

*

Strak was het dorpsmechanisme ook ten aanzien van de omgang met geld. Toen Tolstojs herenboer de stad bezocht 'fladderden de bankbiljetten hem als een zwerm kleine vogels uit de hand'. Telkens bedacht hij dat een diner 'de waarde vertegenwoordigde van negen kwartmaten haver' die zwetende en zuchtende arbeiders hadden gemaaid en in schoven gebonden, gedorst en gewand, gesorteerd en in zakken afgewogen.

Zo verging het ook de Jorwerters. Ook bij hen bleef een zekere schroom om geld uit te geven. Veel oudere dorpelingen bleven zuinig. Eef van het café bijvoorbeeld, en daar was ze trots op ook. Ze hield van mooi, goed, en degelijk spul. 'Wij hebben nog steeds de meubels waarmee we dertig jaar geleden getrouwd zijn,' vertelde ze me. 'Anderen hebben al vier keer nieuwe meubels genomen.' Ze vond dat verkwisting. 'Je koopt iets nieuws als het oude op is en niet meer gerepareerd kan worden, en als je iets heel moois wilt hebben dan spaar je ervoor, zo heb ik dat geleerd. Ik kan niets weggooien, geen eten, niks.'

Eef, zoals gezegd, was de dochter van een arme boer die ook in vee handelde, en geld was er weinig. Of, beter gezegd, er waren bij haar thuis twee strikt gescheiden geldstromen. Er moest natuurlijk altijd geld zijn voor de markt en de veehandel, maar dat werd zorgvuldig apart gehouden van het gezinsbudget. En als er wat over was werd het opgepot.

Eef: 'Geld was handel, en het diende om stroppen op te vangen. Geld uitgeven deed je niet.' Haar moeder had nog jaren na het overlijden van haar vader de veehouderij voortgezet, en toen ze er uiteindelijk mee ophield merkte ze dat ze, na dat eindeloze ploeteren, eigenlijk best rijk was. 'Ga nu eens iets leuks kopen, een paar dingen die je altijd gewild hebt, het kan nu,' hadden haar dochters gezegd, en ze hadden haar meegetroond naar het winkelcentrum in Leeuwarden. Maar ook voor haar was het alsof de vogels uit haar hand vlogen. Zij had enkel maar geklaagd over de duurte van alles, en wat voor verkwisting het was, en alleen omdat de dochters haar voorkeur voor mooie dingen kenden zat ze nu heel tevreden tussen haar nieuwe spullen.

Een boer houdt van cycli in natura, de producten moeten van hand tot hand gaan, niet het geld. Geld dient niet om te circuleren, maar als verzekering voor slechte tijden, rampen, ziektes en misoogsten. Vandaar dat zelfs rijke boeren zelden royaal zijn. Veel oudere boeren die met hun bedrijf ophielden hadden dan ook grote moeite met het feit dat ze opeens steenrijk waren. De nieuwe omgang met geld bracht ongekende problemen mee.

In Jorwerd vertelde men over een oude boer in de buurt die zijn bedrijf van de hand had gedaan. Volgens de berekeningen van de mannen in het café moest hij bij die transactie meervoudig miljonair zijn geworden, alleen al vanwege het forse melkquotum en de flinke lap grond die hij te gelde had gemaakt. Iedereen wachtte dan ook met spanning af wat hij zou gaan doen.

Er gebeurde niets. Hij was gewoon in zijn immense kop-hals-rompboerderij blijven wonen. Hij had nooit een auto gehad, en nu kocht hij er ook niet een. Hij bleef gewoon alles op de fiets doen.

Kennissen overtuigden hem ervan dat hij toch ook eens met de vrouw op vakantie moest. Vakantie, zomaar niets doen en geld uitgeven, dat was iets wat ze nog nooit gedaan hadden. Het werd een weekje Appelscha, en ze waren er helemaal opgewonden van. Een etentje in de stad met de kinderen was een sensatie waar ze dagen over praatten. 'Die oude boeren weten absoluut niet hoe ze geld moeten uitgeven,' zeiden ze in het café. 'Dat kunnen ze beter aan ons overlaten!'

Lamkje vertelde me duizend en één verhalen. Over de ziektegeschiedenis van haar man, en over de studie van haar kinderen, en over het einde van het bedrijf, en over haar eigen ziekte. Pas later realiseerde ik me dat ze almaar over geld had gepraat. Over studiekosten, over ziekenhuiskosten, over de begrafenis. 'Ik heb wel vijf doosjes met pillen, dat is vijf keer één gulden!' Alle belangrijke gebeurtenissen, alle moeite, alle pijn, alle vreugde, het werd bij haar omgezet in geld, omdat voor al het andere nauwelijks ruimte was.

*

En dan waren er de portretten, de eeuwige portretten die overal in de huiskamer hingen. De gezichten van hout, arm aan uitdrukking, bang voor het tonen van gevoelens. De echtparen vergroeid en geslachtloos. De handen zwaar in de schoot, als werktuigen en gereedschappen. De kleding zwart.

Ze waren meestal getrouwd op de klassieke voorwaarden: de man moest hardwerkend en sober zijn, de vrouw moest liefst wat land of geld meebrengen, en als ze daarbij een flink stel handen had en goed met de knip kon omgaan, dan was ze een zeer aantrekkelijke partij. En als ze ook nog bekend stond als 'mooi en willig', dan gold ze als ideaal.

Hun portretten hoorden bij spreekwoorden als: 'Het beste stuk huisraad is een goed wijf'. En: 'De boer bij de kij (koeien), de vrouw bij de brij (pap)'. Hun taken waren al die jaren strikt gescheiden, door datzelfde stelsel van onveranderlijke regels. Daarbij had het productieve werk buitenshuis altijd voorrang boven het meer consumptieve werk – koken, kleren maken – binnenshuis. 'Als het maar in de stal blijft!' riepen boerinnen vroeger als er een koe doodging of er een andere financiële strop was. Ze bedoelden daarmee: zolang een probleem het bestaansniveau in het voorhuis niet raakt hebben we niets te klagen.

Wij weten nauwelijks wat zich achter die 'houten' gezichten aan emoties heeft afgespeeld, want het waren meestal mensen die enkel spraken door hun arbeid, hun oogsten en hun vee. In de ogen van veel stedelingen waren ze bovendien grof en onbeschaafd. Daarmee zagen ze over het hoofd dat onder het nuchtere verstandshuwelijk van veel boerenechtparen wel degelijk gevoelens van respect, genegenheid en kameraadschap konden schuilgaan.

Het klassieke boerenhuwelijk was gewoon een ander soort huwelijk dan wat zich sinds de negentiende eeuw in de stad had ontwikkeld, niet beter, maar ook niet slechter. Het was minder romantisch, het was ook minder ijl. Het ging niet, zoals dikwijls in de stad, uit van een strikte scheiding tussen huis en bedrijf, tussen het privé-bestaan en de rest van de wereld.

Het huwelijk van de portretten was een onderdeel van een veel breder leefsysteem van familie, boerderij, vee, oogst en dorp, en de gevoelens die de echtelieden voor elkaar koesterden waren daar onlosmakelijk mee verweven. Hun genegenheid was gebaseerd op elkaars werk en vakmanschap, op gedeelde vreugde en trots over oogst, vee, paarden en boerderij, op het samen doormaken van moeilijke jaren, op dezelfde hoop en verwachting. En liefde en tederheid werden uitgedrukt in dingen die met dat leven vermengd waren. 'Je bent zo heerlijk, mijn grote lieve schat,' schreef ooit een Franse boerenminnaar op een briefkaart, 'en je bent zo fris, dat ik je met niets anders kan vergelijken dan met een groot veld kool.'

Robert Redfield somde in een van zijn boeken de kenmerken van 'een goed leven' en 'een goed mens' op, in de visie van een boerencultuur: 'Een grote gehechtheid aan de geboortegrond; een respectvolle houding tegenover oude gewoonten; een beperking van individuele strevingen ten gunste van familie en gemeenschap; een zeker wantrouwen ten opzichte van het stedelijke leven, vermengd met waardering; een sobere en aardse ethiek'.

Die kenmerken waren zichtbaar in alle dorpsculturen die hij bestudeerd had, of ze nu in Zuid-Amerika of in Surrey lagen. Hij verklaarde dat waardensysteem vanuit een voortdurende omgang met de natuur. 'Boeren vinden in het leven een doel omdat de opeenstapeling van hun ervaringen met de natuur – inclusief het lijden, de vreugde, de dood – daaraan een betekenis geeft. En die vindt een boer iedere dag terug in zijn werk en in de rest van zijn leven. Er vindt in zo'n bestaan een soort leerproces plaats: waarom komen kinderen ter wereld, waarom groeien ze op, trouwen ze, werken ze, lijden ze en sterven ze. Er is een soort zekerheid dat alle werk niet voor niets is; dat de natuur – of God – daar op een of andere manier deel aan heeft.'

Het was dit universele stelsel van onuitgesproken geboden dat als een tweede dimensie onder het boerenbestaan lag. Het was een orde die vaak vervat was in regels van Kerk en godsdienst – maar die in wezen gebaseerd was op de normen van de boerentraditie. Het was een orde waarbinnen de tijd geen almaar voortgaande lijn was, maar een cyclus als de natuur zelf. Het was een orde waarbinnen het leven niet een doel was, zoals in de stad, maar een tussenspel, met idealen in het verleden en met verplichtingen in de toekomst.

En bovenal was het een orde die onkreukbaar was – en de plot van ieder plattelandsboek, van de *Odyssee* tot en met de streekromans van Reinder Brolsma draait dan ook altijd om dat ene thema: het herstel van deze Goddelijke Orde. Alleen op die manier kon men in de chaos van de natuur het noodlot te lijf. Alleen zo kon men rampen, ziektes, misoogsten en ander onheil bezweren – afgezien van de eeuwige dood, het noodlot van ieder mens. En zelfs die kon overwonnen worden, omdat een mens in onsterfelijkheid kon voortleven, dankzij dochters en zonen.

*

Nu is de oude kloof tussen stad en boerenland grotendeels gedicht, en beide leefculturen vullen elkaar meer aan dan dat ze elkaars tegenpolen zijn.

Met de jaren heeft het dorp niet alleen een zekere rust en traditie verloren, maar ook veel van zijn isolement, zijn benauwdheid, zijn repressie, zijn wreedheid, armoede en gebrek. En als één soort mensen zich daarvan bewust is, dan zijn het de dorpsbewoners zelf. Niemand wil nog terug naar het melken in de koude novemberregens, of het beulen in het hete hooiland, of de angsten voor overstromingen, ziektes en plagen. Niemand wil terug, en een beetje boer omringt zich tegenwoordig met de nieuwste technologie.

Toch is het opvallend hoe hardnekkig stad en platteland in sommige opzichten van elkaar blijven verschillen. Waarom heeft men in de stad de neiging om almaar het nieuwe te zoeken, terwijl men op het platteland zich nog altijd liever schurkt in oude gewoonten? Waarom kiest de stad voor snelheid en het land voor traagheid?

Tijdens mijn Jorwerter maanden belandde ik op een middag bij Thom de Groot. Thom was een van de laatste boeren die om principiële redenen weigerde om zijn koeien en schapen te voorzien van de beruchte felgele plastic oorflappen. Zijn 'Actiegroep Gewetensbezwaarden Oormerken' telde aanvankelijk meer dan tweeduizend aanhangers, maar op het laatst waren het er niet meer dan tweehonderdvijftig. Bijna alle Nederlandse boeren waren gecapituleerd voor dit registratiesysteem.

We zaten aan de keukentafel in de eeuwenoude boerderij van de familie, midden in het weidse Friese land achter Grouw. Thom was razend. Hij kwam net terug van een hoorzitting bij het Landbouwschap in Den Haag. 'Het was net een tribunaal,' vond hij. 'De heren hadden precies een halfuur tijd voor ons, daarna gingen ze dineren. Een collega hoorde ze nog lachen achter de deur, waarschijnlijk om ons, stomme boertjes.'

Terwijl de heren aten was Thom teruggereden naar zijn uitpuilende stallen vol jongvee, zijn mestbult, zijn snel slinkende hooivoorraad, zijn kippen, katten, schapen en lammeren die overal tussendoor liepen, zijn vijftienurige werkdag, zijn slapeloze nachten, zijn principes en zijn boerderij, zo vol als de ark van Noach.

Weinig mensen voelden zo aan den lijve wat de macht van de landbouwdictatuur inhoudt als Thom. Langzaam maar zeker werd zijn bedrijf gewurgd. De kalveren, al twee jaar lang onverkoopbaar omdat ze geen oorflappen hadden, waren ondertussen volwassen geworden. Zijn bedrijf, geschikt voor ongeveer vijfentwintig koeien, was uitgegroeid tot het dubbele. Officieel mocht hij vee zonder oormerk alleen rechtstreeks afvoeren naar het slachthuis, maar de kosten van zo'n speciaal transport plus keuring waren bijna net zo hoog als de opbrengst van de koe. Bovendien had hij melkvee, geen vleeskoeien.

Alles waar het bij een boerenbedrijf om draaide werd bij Thom de Groot langzaam gesmoord: stalruimte, land, mest, melkquotum, voer, arbeid, kapitaal, zelfs zijn erkenning als biologisch boer liep gevaar. 'Ik moest pas nog voor tweeduizend gulden aan hooi bijkopen,' vertelde hij, 'anders halen we het voorjaar niet.'

Een van zijn koeien moest naar de noodslachting. Maar het beest mocht niet van het erf af. Hij rekende me de verliezen voor, vijftien-, twintigduizend gulden, afgezien nog van al het vergeefse werk. Hij zei: 'Je strijdt tegen een macht waar je geen grip op hebt.'

Hij wist dat het einde naderde. Door alle drukte konden het afgelopen najaar een paar stiertjes uitbreken en enkele hokkelingen – kalveren bijna nog – dekken. Een van de slachtoffers van deze 'verkrachting' had net gekalfd – veel te jong nog. Het kalfje lag op wat stro, midden in het looppad van de stal, nauwelijks groter dan een hond. 'Het is geen blijvertje,' meende De Groot. De kippen scharrelden eromheen, het kalf trok stuipend met de poten, gaf kleine, blaffende geluidjes. 'Ik weet niet wat ik heb,' zei Thom de Groot. 'Je krijgt zo'n haat ineens. En dat gevoel heb ik nog nooit gehad.'

'Het conservatisme van boeren draait niet om het behoud van macht, maar om het behoud van waarden,' schreef John Berger, nadat hij jaren met zijn buren in de Franse Alpen lief en leed had gedeeld. Als Thom de Groot praatte over zijn gewetensbezwaren, had hij het over 'iets van binnenuit'. 'Wij hanteren bepaalde normen in ons leven en werk. Ook een dier moet je in zijn waarde laten. Maar nu worden we in een hoek gezet, en we kunnen geen kant meer op.'

Ieder ambacht heeft zijn eigen normen en zijn eigen esthetiek, of het nu gaat om timmerlieden, advocaten of veefokkers.

Oude dorpstimmerlieden werkten vroeger zelden of nooit van tekeningen of blauwdrukken. Hun hele technische kennis was gebaseerd op hun geheugen en beperkte zich tot de herhaling van een paar basismodellen, met een aantal variaties daarop. Rituelen, routines en tradities zijn in die situatie een minstens zo effectieve manier om kennis over te dragen als gewoon onderwijs – niet voor onze dynamische stedelijke samenleving, maar wel voor de statische wereld van het oude platteland, waar de toekomst gezien werd als een onveranderde voortzetting van het heden, en het heden als een natuurgetrouwe kopie van het verleden. Die kennisoverdracht van de traditie was simpel, sterk en altijd en overal dezelfde: via verhalen – vaak in de vorm van korte, kernachtige, ritmische spreekwoorden en gezegden – en via duidelijke, praktische voorbeelden.

Hetzelfde gold voor het boerenambacht. Traditie was bij de boeren bovendien een uitstekende methode om de niet-rationele kennis over te dragen die onmisbaar is bij het werk met beesten en natuur. Een jeugdige boer moest immers niet alleen leren om vlot te melken, kundig zijn werktuigen te repareren, een stevig stek te slaan en nog duizend andere vaardigheden meer, hij moest ook leren op zijn intuïtie te vertrouwen, hij moest leren 'zien' dat een koe ziek was, 'voelen' dat het weer omsloeg, 'weten' dat de oogst van het land moest. En daarbij waren de opeengestapelde ervaringen van generatie op generatie onmisbaar, ondanks alle onzin en bijgeloof die daar in de loop der tijden tussen was geslopen.

Laten we nog eens terugkeren naar de kleine traditie van Van der Zweep en zijn medekooplieden, naar hun ingesleten betaalgedrag en hun opvallende hang naar contanten. Die traditie leek op het oog alleen maar onhandig: iedere handelaar was gedwongen om altijd met een enorme tuit geld rond te lopen, met alle gevaren van diefstal en beroving.

Toch had dat betalingsritueel een buitengewoon praktische achtergrond. Het was natuurlijk handig voor de belasting. Het was tegelijk een uiterst effectieve manier om symbolisch het risico over te dragen van de boer naar zijn afnemers. Omdat vee 'levende handel' is kan er altijd van alles mee gebeuren, ook tijdens het transport. Zodra het geld overhandigd was, was de boer van dit soort risico's af. De contante betaling gaf de koopman ook een alibi om nog even bij de boer langs te komen, om nog eens te hengelen naar andere handel, en de boer hield op dezelfde manier een vanzelfsprekend contact met de kooplieden.

Maar vooral was het een vorm van stil protest. 'Cheques betekenen alleen maar: nog meer controle op de koopman, nog meer controle op de boer,' zei Van der Zweep, en de meeste handelaren in dat Leeuwarder marktcafé dachten er net zo over. Contant betalen was in hun ogen de daad van een zelfstandige ondernemer die lak had aan de machtige instellingen van de stad en de haast van de tijd.

Het was hetzelfde stille verzet dat maakte dat Sikke Kooistra stelselmatig weigerde om Ginger Ale in zijn assortiment op te nemen. 'Dat spul drinken wij in Jorwerd niet,' zei hij als de onderwijzer er weer eens naar vroeg.

Het was datzelfde gevoel van eigenwaarde dat Lamkje dreef om haar lege slagerij nog altijd even netjes bij te houden als vroeger: de toonbank keurig schoon, daarop de rode weegschaal, daarachter de grote snijmachine en de gehaktmolen. Ze waren blijven staan, rood en statig in de wit betegelde ruimte, als een tribuut aan de overleden slager, een verzet tegen de tijd.

En het was diezelfde trotse eigenzinnigheid die de Jorwerter toren onmisbaar maakte voor het dorp, en zijn afwezigheid ondenkbaar en onvoorstelbaar.

Een boer hield aan zijn tradities vast, schreef John Berger, 'niet alleen omdat die manier van werken proefondervindelijk de meeste kans op succes bood, maar ook omdat hij, door dezelfde routines te herhalen, door dezelfde dingen te doen als zijn vader en de vader van zijn buurman, een continuïteit van overleving voor zichzelf schiep'. Als een boer zich verzette tegen de introductie van een nieuwe techniek of werkmethode was dat dan ook niet omdat hij de mogelijke voordelen niet zag – zijn conservatisme was niet dom of lui – maar omdat de risico's voor hem te groot waren: als de techniek faalde was hij immers niet alleen zijn investering kwijt, maar hij was ook afgesneden van de routine van overleving, die rustige stroom van traditie in een wisselvallige wereld.

Het conservatisme van boeren had volgens John Berger dan ook niets te maken met het conservatisme van een heersende klasse of een brave burgerij. Het ging immers niet om het handhaven of verkrijgen van bepaalde privileges. Het conservatisme van boeren, zo schreef Berger, 'was een conservatisme, niet van macht, maar van betekenissen'.

Het was een poging om de levenservaringen van voorgaande generaties boeren te behouden in een tijd van voortdurende en onherstelbare veranderingen.

Het was, in hun ogen, het bewaken van een oude schat.

IX

DE GOEDHEID VAN AKKE VAN ZUIDEN

De oorlog was langs het dorp gestreken zoals alle grote gebeurtenissen, als iets wat in de verte gebeurde en waarvan slechts een enkele rondvliegende scherf de gemeenschap raakte.

Hendrik Meinsma, Klaas de Jong en nog een paar mannen moesten naar Duitsland om te werken. De verenigingen werden stilgelegd, de ijsclub sloot, de toren zweeg, de klokken waren neergetakeld en meegenomen.

Er waren een paar goed en er waren een paar fout, maar toen de dominee moest onderduiken tussen het dakbeschot van de kerk kon hij 's avonds nog rustig een ommetje lopen. Niemand zou hem verraden.

Er kwamen Hollanders om aardappels, er kwamen hongerkinderen uit Amsterdam, er kwamen onderduikers, zo nu en dan kwam er een Duitse auto, en iedereen in het dorp was dan plotseling vergeten waar Kees Greijdanus woonde.

Op een zondagmorgen verscheen de dominee weer op de kansel. Kort daarop – het was een stralende zondag, midden in april – zei hij in zijn preek: 'De bevrijding is nabij.' 's Middags fietsten een paar meisjes uit het dorp naar de grote straatweg. Ze zagen tanks en soldaten die chocola en sigaretten uitdeelden. Op de terugweg plukten ze grote bossen bloemen, zo vroeg was de lente dat jaar, en thuis vertelden ze wat ze gezien hadden.

Die zondagavond was het lauw als in de zomer. Iedereen had zich verzameld op het kaatsterrein, er werden spelletjes gedaan, en er werd gedanst. Er was geen muziek, maar iedereen zong, 'Rosa, Rosa, bloemen op je hoed', en zo danste het hele dorp al zingend bij een mondharmonika, onder de bomen en onder de sterrenlucht.

Gais vertelde me de geschiedenis, vele jaren later, op een koude middag, bij de kachel en de thee, terwijl de regen tegen de ramen kletterde.

'Wij wisten op onze boerderij vrij goed wat er in Duitsland aan de gang was, al voordat de oorlog begon. Er kwamen voortdurend mensen bij ons op het erf met allerlei soorten handel, en die hadden ook altijd verhalen. En op een keer was er een man, hij kwam na het eten, en die was net in Duitsland geweest. En die vertelde maar en vertelde maar. Over wat Hitler allemaal deed, dat hij bezig was de wegen tweemaal zo breed te maken, en dat alle fabrieken op oorlogssterkte werkten, en wat daar verder allemaal broeide. En ik heb daar zo naar staan luisteren dat ik bijna te laat op school kwam. Ze praatten maar en ze praatten maar, mijn vader en die man, en het maakte zo'n indruk op me dat ik het nooit meer vergat – en ik was negen.'

Zodra de oorlog uitbrak hadden ze een heel joods gezin in huis gekregen. De Rozenbergs uit Leeuwarden. Een meneer, een mevrouw, een oude Duitse dame, een blonde dochter en een donkere dochter. Op 10 mei 1940 kwamen ze al naar Jorwerd, omdat ze bang waren dat de Duitsers hun huis zouden bombarderen. Twee maanden zouden ze bij de Greijdanussen blijven, en Gais sloot een hechte vriendschap met een van de dochters, Erna.

Vader Greijdanus raakte na de bezetting al snel in de gevangenis, en via Scheveningen en Amersfoort belandde hij in Vught. Zijn lijfspreuk was: wie bekent vraagt om straf. Ten slotte werd hij weer vrijgelaten. 'Het was november toen hij terugkwam. Hij had een hele vreemde lucht bij zich.' Nooit zou Greijdanus over die ervaring praten.

Niet veel later werd Gais van school genomen. Thuis was ze te hard nodig. Haar moeder kreeg weer een kind, en Gais moest de melkbussen schoonmaken en 's avonds helpen bij het melken, en op maandag wassen, op dinsdag bleken, op donderdag de slaapkamers doen, en op vrijdag en zaterdag de hele rest.

Erna Rozenberg en haar familie waren inmiddels gaan zwerven, van het ene adres naar het andere, en daarna raakten ze weg in Buchenwald. 'Door hun angst, door de manier waarop zij bedreigd werden, ben ik de Duitsers gaan haten,' zei Gais.

Er kwamen onderduikers bij de Greijdanussen, twee jongens. Ze sliepen op de pakhuiszolder. ''44-'45 was een winter waarin we niet veel eten hadden. Er werden overal in het dorp bomen omgekapt, want er was nergens brandstof meer, en stroom was er evenmin. Je ging vroeg naar bed, met alleen een drijvertje in een schoteltje met olie. Eigenlijk was het best gezellig, want echte honger was er ook niet, melk en aardappels waren er altijd genoeg.'

Het was algemeen bekend wie onderduikers had, maar verraden werd er niemand. 'Er was één officiële NSB'er in het dorp, een boer, maar dat was een echte goedzak.' Geen mens ging na achten de deur meer uit, die laatste winter, en het was vooral de broeierige sfeer in het dorp die haar op den duur begon te beklemmen. 'Verraad was niet het probleem, maar eerder de onderlinge haat en nijd.'

Ze belandde in de illegaliteit. 'Ik was toen zestien. Ik bracht kleine wapens weg die in een fietstas konden, met klompen en een overall erbovenop. Het was heel argeloos, zoals het ging. Zo'n jong boerenmeisje, dat was niet verdacht. Ik fietste maar wat, ik kende die anderen ook niet, ik voerde mijn eigen eenmansactie.

Vooral het laatste jaar ging het om grote ladingen. Als je voor de radio hoorde dat er die en die "boodschappen" afgeleverd werden, en je was daarbij betrokken, dat was natuurlijk machtig interessant. Maar het gevoel dat me toen vooral dreef was: we komen hier uit, maar er moet wel wat gebeuren.'

Gais was een van de meisjes die op die legendarische aprilzondag in 1945 naar de straatweg reden, en de Canadese soldaten zagen die chocola uitdeelden. Ze deed mee met het bloemen plukken, ze lachte die avond bij de spelletjes, ze danste met de mondharmonica onder de sterrenhemel, 'Alle mooie meisjes zijn zo zoet', en niemand wist dat ze zwanger was, dat wist zij alleen.

'Hij was getrouwd, hij had het moeilijk, je leefde zo in het klein, en dat soort dingen gebeurde dan. We leefden met de dag. Ik had zelf veel vertrouwen in die relatie. Ik dacht: dat gaat wel goed. Maar het ging niet goed.'

Maandenlang liep ze er alleen mee rond. 'Pas in juli heb ik het mijn ouders verteld, en in augustus ben ik een poosje uit het dorp weggegaan. Ik kon niet thuis bevallen, zover was het toen nog niet. Uiteindelijk is het in een ziekenhuis gebeurd, ik weet nog dat ik naar huis belde, het was om half zes: "Het kind is er, het is een jongetje, hij heet Cornelis, en ik ben goed."

Mijn ouders hadden het er eerst moeilijk mee, maar ze accepteerden het volkomen. Bovendien: mijn jongste zusje was anderhalf, die kleine Cor kon zo mee in de rij. Mijn vader zei: "Die redt zich er wel mee," en daar was ik hem heel dankbaar voor.'

In het dorp heerste eigenlijk eenzelfde gevoel van vertrouwen. 'Van geroddel en gepraat heb ik nooit hinder gehad. Iedereen ging gewoon door, men nam het zoals het was. Ik nam Cor gewoon mee op straat, hij ging mee naar feesten, in de draaimolen, alles. Hij heette later ook altijd Cor van Hendrik en Gais, nooit: Cor van Gais.'

Hendrik kwam ze in 1946 tegen, een kleine, donkerblonde, beweeglijke man, die heen en weer bewoog tussen de twee kanten van zijn karakter: zijn tobberigheid en zijn vrolijkheid. Meestal was hij vrolijk. Hij was in de oorlogsjaren weg geweest, en bovendien scheelden ze acht jaar. 'We moesten optreden bij een revue, en hij kon goed zingen en accordeon spelen. We oefenden in de stal. Het geweldige van Hendrik was dat hij alles prima vond. "Als we ooit gaan trouwen, dan beginnen we met z'n drieën," zeiden we altijd.'

Na de bevalling had de man in kwestie nog voorgesteld om van zijn vrouw te scheiden en met haar te trouwen, maar dat wilde ze toen niet meer. 'Met de kerst wilde hij nog eens praten, maar ik zei: "Ik heb dit kind, ik zorg ervoor, en mijn vader vindt het best."'

*

Gais vertelde me dat allemaal op de laatste middag van het najaar. Die avond begon het hard te vriezen. Op het veld was de lucht donkerpaars, met hier en daar een paar gele vegen van het laatste licht. De maan stond dun en scherp boven de horizon, zo'n typische sinterklaasmaan, zo'n maan van een lange, koude decembermaand. Binnen was het dorp opeens besloten en knus, de mensen op straat riepen elkaar vrolijk toe dat het koud werd om de neus, dat alles nagekeken moest worden, dat het in het weekend gemakkelijk zeven graden onder nul kon worden, dat de schaatsen uit het vet konden. De komst van de vorst was het gesprek van de dag, sjaals gingen om, dikke kleren kwamen uit de kast, en zo werd Koning Winter langzaam het dorp binnengehaald.

De volgende ochtend was het landschap verstijfd. De schapen stonden stil tegen de koude zon, vijftig grijswitte beelden in een weiland, als aan het gras vastgevroren. Op de sloten lag een wafeldun laagje ijs. In een open stuk stond een reiger, ook roerloos. Alleen de ganzen doorbraken de betovering: snaterend kwamen ze opeens vanuit de verte opzetten, ze waren zeker met vijftig, drie grote vluchten ineengeweven, met hun eeuwige onderlinge gekwaak scheerden ze over. In het dorp kraaiden de hanen in de vrieslucht.

In het café draaiden de gesprekken 's avonds alleen nog maar om schaatsen en nog eens schaatsen. Was er nog genoeg water om de ijsbaan goed op peil te krijgen? Wisten we wel dat de ijsbaan scheef lag, en dat op sommige plekken dus wel een meter water moest staan om op andere plekken ten minste twintig centimeter te hebben? En dat, nog erger, de ijsbaan eigenlijk lek was? In het bestuur van de ijsclub waren deze problemen al uitentreuren besproken, maar ze waren er nog niet uit.

Aan de bar hadden ze het ondertussen over een jongen uit een naburig dorp, 'een van die mannetjes van D.', die, een jaar of dertien oud, al een keer jeugdkampioen van Friesland was geweest. Met zorgelijke liefde werden zijn prestaties gewikt en gewogen, alsof het een jonge fokstier was. Niemand had nadrukkelijk naar hem gekeken, laat staan met hem gepraat, maar alle schaatskenners hielden hem in de peiling.

'Hij heeft een beste slag,' zei een van de mannen. 'Alleen zijn bochten, dat is een probleem.' 'Dat komt omdat hij links is,' meende een ander. 'Links is altijd extra lastig, daar moet hij hard op trainen.' 'Ja, dat moet je overwinnen.' 'Maar hij kan wel wat, dat mannetje, wis en waarachtig.'

In het dorpshuis, enkele tientallen meters verderop, vergaderde ondertussen de vrouwenvereniging. Er kwamen merendeels oudere dames bij elkaar – voor Lamkje was het een van de voornaamste uitjes – en later zou dan het volgende verslag in de dorpskrant verschijnen:

Na de inleiding, het zingen en het verslag waren we alweer aan ons eerste kopje thee toe. Na de pauze kwam iedereen met een poëziealbum op tafel. Daarop stelde ons oudste lid voor om elk daar een paar versjes uit voor te lezen. De ene las een versje voor van een vroegere schooljuffrouw en de andere eentje van een domineesdochter of een evacué uit Jorwerd. De eerste bladzijden waren meestal door de ouders volgeschreven. Dit is een van de versjes:

Rozen mogen u omgeven
Bloemen, even schoon en zacht
Ze verspreiden geur in 't leven
En verdrijven alle klacht
Zonder door'nen gene rozen
Is een spreekwoord waar en klein
Mochten er voor u veel rozen
En maar weinig doornen zijn
28-03-1912

Hierna nog eventjes praten en onderwijl een kopje thee drinken. Daarna gaan we verder met het voorlezen van ons boek en zingen dan nog een vers. Zo konden we op deze avond nog wat van onze schooljaren proeven. Want de poëziealbums circuleerden het meest op school. Met elkaar hadden we weer een prettige avond. En ieder ging weer voldaan naar huis toe.

De volgende ochtend waren de daken van het dorp wit van de poedersneeuw. De huizen stonden dicht rondom de kerk gekropen, de takken van de bomen waren kaal en zwart, als op een wintertafereel van Bruegel.

Maar 's avonds was er weer een nieuwe club: de dansclub, of de kaartclub, of de toneelclub, of het zangclubje, of de biljartclub. Of er was een vergadering van het Iepenloftspul, of de bejaardenvereniging, of Amnesty International. Of er was een lezing van het Nut over speelgoed in vroeger tijden, of natuurgeneeswijzen, of een reis naar Zuid-Amerika. Of de kaatsclub Hâldt Moed hield zijn jaarvergadering: 'Verslag kascommissie, alles goed bevonden en twee nieuwe leden benoemd'.

Ruim driehonderd mensen in totaal, maar Jorwerd wist zichzelf tijdens zo'n winter aardig bezig te houden.

Overdag was, zolang de vorst aanhield, de ijsbaan vol moeders en kinderen. Overal op de sloten en de vaarten was het gekras van schaatsen te horen. In het land rende een eenzame haas. Zo nu en dan stond hij even recht op zijn achterpoten, keek om zich heen, dan was het weer rennen, over stukken veld, door de bevroren sloten, zigzaggend over de vaart, weer even recht overeind, de oren gespitst, dan in volle vaart richting dorp. Bij een boerderij hing de was te drogen: rood, bruin, blauw, wit, tegen het witgroene land. Achter het erf lag de mestbult te dampen.

De torenklok sloeg drie slagen. Over de vaart liep een lapjeskat met aarzelende pootjes. Oebele van Zuiden kwam met de andere ijsmeesters terug: met een soort pikhaak hadden ze overal gaten gemaakt om de dikte van het ijs te meten. Ze vormden, met honderden anderen over alle dorpen, de geheime samenzwering van oude mannen die men de ijswegencentrale noemt, en die een enkele keer plotseling uitbloeit tot een Elfsteden-spektakel.

'Ik heb in veertig jaar niet meegemaakt dat het zo vroeg al zo mooi ijs was,' zei Oebele tevreden. Midden over de dorpsstraat waggelde een koppel eenden. Ik liep met hem mee, en we sloegen linksaf, naar de nieuwbouwwoningen. 'Als het nog even doorvriest is het overal dikker dan tien centimeter, dan hoeven we niets meer te meten.' Oebele was een gedrongen man met een vriendelijk rood hoofd, begonnen als arbeider, geëindigd als boer, en nu tevreden gepensioneerd in een rijtjeshuis met een bloemperkje voor en achter. We stommelden naar binnen en gelijk al hing een kleinkind aan de telefoon: 'Pake, ik heb een prijs gewonnen!'

Oebele en Akke, zijn vrouw, begonnen me hun leven uit de doeken te doen. Ze vertelden hoe ze in 1944 bij het dorp kwamen wonen, hij als arbeider met nog drie anderen op Groot Battens, bij Meindert Algera, de boerderij waar in 1912 de eerste melkmachine van Friesland stond te tjoeken. 'De boer was toen nog boer,' zei Oebele. 'Wij kregen de koffie in de stal.'

Hij bleef er, met een paar onderbrekingen, tot 1952. Toen was het opeens over en uit met Algera. 'Dat kwam zo,' vertelde Oebele. 'Ik ben negenenveertig jaar altijd om vier uur 's morgens begonnen. Ik was altijd de eerste. En op één ochtend versliep ik me en ik was om tien over vier in de stal. En toen stond de boer in de staldeur, en hij zei: "Godver, zullen we vanmorgen nog aan de gang?" Ik zei: "Ik ben hier al zo lang, zoiets heb ik niet verdiend. Ik ga me ergens anders bestellen." Nou, die boer had wél spijt.'

Akke: 'Hij kwam thuis, hij was nog wit om de kop.'

Oebele: 'We hebben het er nooit meer over gehad. Op die twaalfde mei hebben de boer en ik afgerekend, we hebben nog een dikke sigaar gerookt, en daarna hebben we in volle harmonie afscheid genomen.'

Daarna werkte hij drie jaar op het Tjirkenêst, bij boer Fopma, de buurman. 'Fopma had een simpel bedrijfje, hij fokte niet of zo. Ik heb toen voor hem een stier gekocht – hij wilde er eerst niets van weten – maar het volgende jaar hadden we wel een stel prachtige kalveren. "Nu ermee naar de keuring," zei ik. Hij: "Ik wil niet naar de keuring, want daar keuren ze niet het vee maar de boeren." Maar zijn vrouw zei: "Doe nu maar wat Oebele zegt, want hij heeft er verstand van." Zo ben ik toch gegaan, naar Mantgum. Ik stond voor de heren, en ik zag dat mijn kalveren in een mooi vak werden gezet. In één en dezelfde keuring haalde Fopma zo een A-prijs en een B-prijs. Nou, ik heb nog nooit zo hard gefietst om dat thuis te vertellen. Maar Fopma wilde er niet heen, en de medailles wilde hij ook niet. "Die zijn voor jou," zei hij.'

De Fopma's hadden geen kinderen of andere opvolgers. 'Op een maartse ochtend in 1955 kwam de boer in de stal. "We denken dat we er maar mee ophouden," zei hij. "De vrouw en ik hebben het er gisteren over gehad." Ik zei: "Dan weet ik niet wat ik moet doen, want kans op de boerderij heb ik toch niet." Toen zei hij: "Waarom zou jij die níet krijgen, en een ander wel?" En hij zei: "Maar ik wil wel één ding: dat je het hier overneemt zoals het hier ligt." Daarna moest er met de rentmeester gepraat worden, en met de eigenaresse, een mevrouw uit Wassenaar, en er werd navraag naar mij gedaan. Veertien dagen later kwam de rentmeester langslopen. Ik haalde diep adem en ik dacht: nu is het zover. Hij gaf me een hand en zei: "Van Zuiden, mevrouw vindt het ook prachtig." Nou, ik ben jankend naar huis gerend van vreugde. Je bent opeens boer! En van dertig koeien! Ons soort mensen, het soort dat nooit meer dan een stuk of zes koeien in de stal had! En de eerste die me feliciteerde was mijn oude boer, Algera. En hij zei ook: "Als je ergens mee zit, of je hebt hulp nodig, je komt maar." Dat was mooi van hem, en daarna zijn we altijd goed gebleven. Nu brengen we hem zijn eten, met tafeltje-dek-je.'

*

Al was in Jorwerd iedereen voor God gelijk, het was onderhuids wel degelijk een samenleving met rangen en standen. Wat Oebele en Akke van Zuiden deden was in de jaren vijftig nog vrij ongebruikelijk: ze fietsten gewoon door de hele dorpshiërarchie heen.

Ook Jorwerd kende zijn regenten, zijn managers, zijn oude en nieuwe rijken en zijn oude adel. De Kundersma's, de Casteleins en de Algera's waren vooraanstaande familieclans die heel wat in de melk te brokkelen hadden. Deze oude boerengeslachten werden zo'n beetje beschouwd als de dorpsadel, de dragers van de eigen dorpsmentaliteit, en dat effect werd nog versterkt doordat bij deze veeboeren de knechten en meiden vanouds vaak intern woonden, en de arbeiders vlak bij de boerderij. Het dagelijkse gebeuren in de bebouwde kom lieten ze meestal over aan degenen die daar woonden – de ambachtslieden, de middenstanders en de arbeiders – maar daaromheen heersten, zoals in veel dorpen, een paar met elkaar verzwagerde boerenfamilies. En als het erop aankwam zetten die de toon.

Die exclusiviteit van de boeren tegenover de dorpsbewoners uitte zich op allerlei manieren. Er waren dorpen met dansclubs waar alleen boerenzoons en -dochters mochten komen. Bepaalde ijswedstrijden – het 'spekrijden' – waren weer alleen voor arbeiders toegankelijk. Bij het Jorwerter Nut bestond aanvankelijk een ballotage – en die kwam erop neer dat arbeiders er niet welkom waren. Zoals in alle gemeenschappen ter wereld werd zo de dorpshiërarchie uitgedrukt in het uitsluiten van sommige groepen van bepaalde kennis, in het bezitten van bepaalde gebruiksvoorwerpen, in het eten van bepaald voedsel en in het wonen in bepaalde huizen.

Oebele had zich in zijn jonge jaren een keer als knecht verhuurd in Abcoude, omdat hij daar de helft meer verdiende dan hier. 'Die boer had tachtig appel- en perenbomen. Maar dacht je dat wij als arbeiders er ooit een appel van kregen? Alleen de boerin stopte ons weleens wat toe. Op een avond zei hij tegen ons: "Wat ik nu gezien heb, dat heb ik nog nooit gezien: een boerenvrouw die gearmd over straat loopt met een arbeidersvrouw!" Abcoude!'

Toen Oebele en Akke boer en boerin werden, ging binnen Jorwerd opeens een andere klasse voor hen open, alsof ze van sergeant plotseling waren gepromoveerd tot kapitein.

Oebele: 'Voor 1955 was je Oebele en Akke, niks meer. Na 1955 werd het opeens: Van Zuiden.'

Akke: 'Ik kwam in de manufacturenwinkel, zegt die vrouw: "Akke – o nee, ik moet nu vrouw Van Zuiden zeggen."'

Oebele: 'En je werd uitgenodigd bij de boeren om op koffievisite te komen, wat anders nooit gebeurde. We kwamen dan te "buren", en we moesten een slag over het erf maken en kijken hoe alles erbij stond, en we kregen allemaal boerenpraat te horen, zelfs over arbeiders, welke je wel en welke je niet moest nemen. Maar er was ook een boer die zei: "Wat moet zo'n arbeider op die plaats opeens als boer te klooien!"'

Akke: 'Als je op een uitvoering van het Nut kwam dan zat daar die hele stoet boerinnen met oorijzers voorin, met al het goud en zilver op het hoofd en aan de borst, en het was allemaal: "O, vrouw Van Zuiden, kom hier zitten, of hier." Maar ik zei: "Ik zit bij Aaltsje, daar zit ik anders ook altijd."'

Oebele: 'De arbeiders van de meelfabriek kwamen met voer. Die kregen nooit wat van de boeren. In de koude schuur moesten ze hun brood maar opeten, en de hele dag hadden ze niks te drinken. Bij ons kwamen ze altijd binnen, ik vergat niet dat ik zelf ook zo gezeten had. Later stopten ze ons altijd het beste stro toe.'

Oebeles voorganger, Fopma, hield niet van moderne fratsen, maar Oebele haalde er alles uit wat erin zat. 'De oude Sije Hogerhuis was arbeider bij ons. We hadden een flinke lening en dat moest allemaal terugverdiend worden, maar het lukte. Met andere boeren zijn we stieren gaan fokken. De eerste stier was Erik, die ging voor vijfenzestighonderd gulden naar Polen. De tweede was Carlos, die ging voor negenduizend naar Frankrijk. Dat stak aardig op.'

Uiteindelijk vormde het succes Oebeles revanche. 'Diezelfde boer die had gezegd waarom een arbeider op die plaats moest komen klooien, diezelfde boer stond een paar jaar later wel voor de deur met een koe – of die eens onder onze stier mocht. Dat heb ik nooit willen hebben. We waren niet vergeten wat hij toen zei. En uiteindelijk kwam ik in de raad van commissarissen van de zuivelfabriek, en daar kwamen al die andere boeren niet aan toe.'

In 1978, toen de melkbussen eruit gingen, hielden Oebele en Akke ermee op. 'We moesten toen een melktank kopen, en een melkhok laten bouwen en voor de melkauto moest een hele nieuwe weg aangelegd worden. Ik was tweeënzestig. We hebben toen met elkaar om de tafel gezeten, met de jongens en de meisjes. Er moest voor meer dan twee ton geïnvesteerd worden, en wilde je uit de kosten komen dan moest er ook meer land bij. Mijn oudste zoon wilde me wel opvolgen, maar hij zei: "Zoveel schulden erbij, als het zo moet heb ik minder interesse." Hij had ook al een goede betrekking. De kinderen waren allemaal weg. Als er gemolken moest worden stonden we er samen voor. Ik zei: "Ik ben al vanaf mijn dertiende aan het werk – laten we nu maar eens een plan maken." Daarna hebben we ernaar toegeleefd.'

De boeldag was op zesentwintig april 1978, en uiteindelijk was het minder moeilijk dan ze dachten.

Oebele: 'Mijn dochter en de kleinkinderen stonden te huilen. Die vonden het erg. Maar verder was het een mooie boeldag, behalve toen het allemaal afgelopen was en het vee de auto in ging. Toen dacht ik wel: daar gaan mijn mooie koeien!'

Akke: 'Toen we hier in de nieuwbouw kwamen, toen zaten we opeens tegenover elkaar, en we dachten: wat moeten we hier nu doen? We hadden allemaal nieuwe spullen.'

Oebele: 'Wij waren de ruimte gewend. Op de boerderij zag je de zon opkomen, en dan was het zo mooi, en dan zeiden we tegen elkaar: "Kun je je voorstellen dat er mensen zijn die nu nog in bed liggen?" Maar sinds we hier wonen komen we ook niet meer zo vlot van bed.'

Het trommeltje met medailles werd uit de kast gehaald. CARLOS, EERSTE PRIJS FRIESE MAATSCHAPPIJ VAN LANDBOUW AFDELING BAARDERADEEL 1964. TIETSJES PAUL, DERDE PRIJS, 1961. En helemaal onder in het blikje lag daar die ene goudgekleurde medaille die het begin van alles vormde, met daarop twee koeien en een boerderij en een boodschap die later nooit meer iemand zal begrijpen: 1954, FR. MIJ. V.L. ÂFD. BAERDERADIEL, IE PR. B. KLASKE 5 V.D. BL G. FOPMA.

*

Op een van die donkere middagen in november nam Gais me mee naar de zolder van de school, waar het naar mottenballen rook en waar alle kleren hingen van veertig jaar toneel in de notaristuin. Er stonden meterslange rekken, met honderden pakken, rokken, mantels, jassen, zwarte capes, ridderkleren, monnikspijen, en feestjurken. Er waren dozen vol schoenen, vakken met enkel handschoentjes, hele stellingen met accessoires, alles waarmee de oude gezichten uit het dorp tot een onbekende grootheid verheven konden worden. En Gais vertelde maar. 'Dit waren de kostuums van de dansers uit *Een halve gare heer.* Deze schort met stekels was gemaakt voor de dienstmeisjes, in een stuk waarin de man des huizes van geen enkele vrouw af kon blijven. Dit hebben we speciaal gemaakt voor *Don Quichotte.* Die capes kregen we van de begrafenisvereniging van Baard, die waren van de dragers, die gaan we vast nog weleens gebruiken. Dit was de jas van Ollie B. Bommel.'

Terwijl ik op die schoolzolder rondliep dacht ik na over een verschijnsel waarover mijn vrienden in de stad het altijd hadden als ze praatten over dorpen, en dat ik maar zal aanduiden als dorpsbeklemming.

Ik realiseerde me dat toneelstukken, maskerades en verkleedpartijen natuurlijk niet voor niets op dorpsfeesten zo populair waren: het was dé manier om er even uit te zijn met toch dezelfde mensen, om even met de vaste rollen en patronen te schuiven, om de knecht boer te laten zijn en het melkmeisje Assepoester. Het was de manier om de dorpsbeklemming voor een ogenblik te doorbreken.

Het stond buiten kijf dat een stedeling het in een dorp soms Spaans benauwd kon krijgen. De gordijnen die wegschoven als iemand langskwam, het snijdende zwijgen bij het binnentreden van een café, de kleine gebaren en opmerkingen. Het was de keerzijde van de medaille: al die solidariteit, zorgzaamheid, en burenhulp had als onvermijdelijke tegenhanger een grote mate van sociale controle. Die dorpsbeklemming kon van plaats tot plaats sterk verschillen, maar boven ieder dorp hing altijd een groot driehoekig oog: wij, het dorp, zien alles.

Wij zien hoe de dominee buiten in de tuin eet, en wat hij eet, en met wie. Wij zien hoe het staat met onze zieke schoenmakersvrouw die voor het raam ligt weg te teren – zoals ze zelf trouwens ook weer als alwetend oog fungeert, zolang het kan.

Wij zien de visites. Wij zien wie bij wie in de winkel staat, en we tellen de klompen voor de deur. Wij zien wie laat op is, of wie een vriend of vriendin te slapen heeft. Wij bonken op de deur: 'Ids, waarom ben je niet bij het tippen?' Wij weten ieders plaats. En omdat we boven op elkaar zitten horen we alles.

Wanneer stedelingen klaagden over de in hun ogen 'beklemmende' sfeer op een dorp, raakten ze onbewust het meest essentiële verschil tussen stad en platteland. Wat zij 'dorpsbeklemming' noemden was in wezen niets anders dan een andere verhouding tussen individualiteit en collectiviteit.

In Jorwerd waren de huizen en de deuren overdag gewoon open, en je kon zo bij de mensen naar binnen stappen. Toch stuitte het oog hier op zijn grenzen. Aan een paar subtiele signalen – de manier van begroeten, de stoel die wordt aangeschoven – merkte de binnentreder onmiddellijk of hij welkom was, en voor hoe lang. De 'deurgrens' was dus gewoon naar de keuken en de huiskamer verschoven.

Ook in een dorp bleek wel degelijk privacy te bestaan, alleen lagen de verhoudingen en de codes anders dan in een stad. Over geldzaken wist men opvallend weinig van elkaar – die bleven zelfs voor de kinderen vaak verborgen. De Jorwerters waren, in gesprekken, over het algemeen openhartiger dan de doorsnee stedeling, en regelmatig hoorde ik zelfs meer dan goed voor me was. Maar tegelijk wist ik zeker dat talloze geheimen van dit dorp achter de deuren en ramen bleven.

In een stad waren de verhoudingen zakelijker en simpeler dan op een dorp, omdat een stad zich grotendeels op individualiteit baseerde. Het was de individuele stedeling die werd aangesproken, die conflicten schiep en vrede sloot, die zich opdofte omdat hij anders in de anonimiteit van de massa verdween en die zich volgens de laatste mode aankleedde omdat hij anders als een achterlijke sukkel werd gezien. In kleine, overzichtelijke gemeenschappen was dat allemaal niet zo nodig, omdat men elkaar toch wel kende.

De mensen leefden ook anno 1995 nog vlak naast elkaar in deze provincie. Ziekte en dood waren minder ver en anoniem dan in de stad, en het leven was dichterbij. In de *Leeuwarder Courant* stonden vrijwel alle dodelijke ongelukken nog in extenso beschreven: een jongeman die met zijn broertje in een auto tegen een boom vloog, een scholier die door het Sneker lokaaltje werd gegrepen, een steekpartij in een disco. En iedere keer golfden in de dagen daarna de rouwadvertenties over de pagina's, en de doden leerden we steeds beter kennen: ouders, schoonfamilie, ooms, tantes, grootouders, vrienden, ouders van vrienden, buren, de school, de medecursisten, de collega's, de oud-collega's, de buurkinderen, de vrienden van het café, niet zelden één of twee dozijn advertenties voor één persoon, zwartgerande monumentjes van solidariteit.

Kleine dorpen bestonden nog in de twintigste eeuw omdat de oude ruimtelijke ordening – gebaseerd op boeren, op kleine winkels en op loopafstanden – zich nu eenmaal niet zo snel kon aanpassen aan de moderne tijd. Dat was een geluk bij een ongeluk.

Ongemerkt had zich binnen onze hoogontwikkelde samenleving een nieuwe tweedeling ontwikkeld: die tussen snellen en langzamen. De langzamen waren niet zielig of achtergesteld, ze waren wel 'onhandig'. Het waren bijvoorbeeld degenen die te langzaam waren voor de hedendaagse sociale contacten en netwerken – waardoor ze banen niet konden krijgen of vasthouden. Het waren de mensen die moeite hadden met het moderne relatiepatroon – waardoor hun vriendschappen vastliepen. Het waren soms de gezinnen die de discipline misten om te midden van een consumptiemaatschappij de tering naar de nering te zetten – en die zo wegzakten in criminaliteit of zich bijna onoverkomelijke schulden op de hals haalden. Het waren ook de jongens en meisjes die zich niet konden redden in het gecompliceerde en vaak weinig gedisciplineerde onderwijs – waardoor ze geen enkele school afmaakten.

Deze langzamen en onhandigen waren er altijd geweest en zouden er altijd blijven. Voor hen was er vroeger meestal werk op een laag niveau – maar het was wel werk. Er was weinig zorg – maar het was wel zorg op een manier die ze verstonden. Er waren relaties die in de ogen van een stadsmens weinig variatie boden – bijvoorbeeld het eeuwig en enkel omgaan met familieleden – maar die familie wás er wel.

Het platteland was jarenlang een oase voor onhandigen. De dorpen boden hun steun en structuur. Meer nog: de dorpen gaven hun de waarde die hun toekwam, want van langzamen en onhandigen viel veel te leren – al waren dat zaken van een andere orde dan de gangbare.

De collectiviteit was, kortom, op het platteland sterker, de individualiteit zwakker. In Jorwerd hoorde ik ouderen regelmatig over zichzelf in de derde persoon spreken. Veel boeren hadden het over 'de vrouw' terwijl hun echtgenote ernaast zat, vrouwen spraken hun man aan met 'de boer' of met zijn achternaam, kinderen werden in de derde persoon aangesproken – 'Hij moet mooi zitten gaan!' – en bij Lamkje was het: 'Geert wil zeker wel een boterham.'

Het woordje 'ik' was op het platteland niet populair. Tekenend is een scène uit de documentaire *Het is een schone dag geweest*, waarin de filmer Jos de Putter het laatste boerenjaar van zijn vader in Zeeuws-Vlaanderen vastlegde. Op een gegeven moment zit de oude De Putter aan de ontbijttafel, het is vroeg in de ochtend, hij kauwt zijn brood, luistert naar de land- en tuinbouwberichten, het is een van zijn laatste dagen als boer, en zijn zoon vraagt hem: 'Vader, wat vindt u daar nu persoonlijk van?' De vader zwijgt een minuut, nog een minuut, nog een minuut, de camera blijft draaien, en dan zegt hij: 'Hoe bedoel je, persoonlijk?'

*

De Jorwerters kenden één jaarlijkse uitbarsting van collectieve gevoelens die al het andere in de schaduw stelde: de merke. De merke was – en is – het feest van en voor de dorpsgemeenschap, en buitenstaanders worden er slechts mondjesmaat bij toegelaten. Er wordt niet voor geadverteerd, er worden geen grote aanplakbiljetten in de omgeving opgeplakt, men weet het of men weet het niet – en die kennis bepaalt tegelijk de grens tussen insiders en buitenstaanders.

In die dagen wappert de Friese vlag van de toren, de zwaluwen vliegen gierend om de kerk, de straten zijn versierd, bij het kaatsveld staan een draaimolen, een gebakkraam en een schiettent, en buiten is het veld bezaaid met madeliefjes.

Voor de kerk spelen de kinderen met een grote springbal. Voor de pastorie is een hardloopwedstrijd aan de gang met aan het eind een ingenieuze constructie, waarbij de winnaar met een plankje een raket omhoog moet laten springen. Bij de boerderij van Castelein doen de kinderen iets met balken en emmers. En bij de buren lopen ze met z'n allen op superlange latten, een soort langlaufen, maar dan met z'n zessen.

Uit het café klinkt de muziek van de matinee. Het is half een 's middags. De mooie dochters van Sake Castelein zitten al aan tafel, met fantastische maskers van zilverpapier. De band heet Cheers, de zangeres Jackie, en ze zal ons weleens mores leren.

Ze beweegt armen, benen en bovenlijf alsof ze de gang dweilt, en haar gezicht staat op werken en niets anders. Als een gymnastieklerares dwingt ze ons het feest door de strot. Pas als we allemaal als gekken met onze armen omhoog staan te zwaaien op het lied 'My Bonny Comes over the Ocean' en 'Helaloe, Helaho, Hehe' kan er een flets glimlachje af.

Er wordt veel in groepen gedanst: in polonaises, in ringen, allemaal op de hurken, ja, u ook, – 'Van je heie heie heie en je vrije vrije vrije' – en dan weer omhoog. Hopla. De twist: de zangeres maakt de gang weer schoon, de vloer schudt en de dorpsjeugd begint een soort kikkerdans. Glazen breken, een pruik valt op de grond, gedoe met waterpistolen. De twee sterkste jongens van het dorp hebben een van de vrouwen in een teil gezet en zwaaien haar rond alsof ze een veertje is. Folkert danst ondertussen met de wilde blonde dochter van de Casteleins, Wiepkje, alsof het de gewoonste zaak van de wereld is, en dat is het natuurlijk ook.

Dan is er polonaise: 'Putje in, putje uit, putje in, putje uit, zo gaat-ie goed, zo is het zoals het moet.' We lopen de deur uit, we lopen om het kerkhof heen, hossend en zingend, langs de graven van Jan en alleman, en dan is er eten voor iedereen in de notaristuin.

In de vooravond is er de traditionele stoelendans. Het regent, het gras van het sportveld is kletsnat en Lamkje zit in haar scooter onder een paraplu te rillen. Maar het moet, die stoelendans, want het is een ritueel waar vooral de ouderen aan hechten. Op de maat van de muziek lopen de mannen rondjes en de vrouwen staan als een stokstijf groepje op het veld en fungeren als levende stoelen. Bij een van de vrouwen wordt een balletje in de hand gemoffeld en wie haar vastpakt bij het staken van de muziek is af. Zo wordt de groep steeds kleiner, en aan het eind wacht voor de winnaar een oranjekoek. Vervolgens zijn de vrouwen aan de beurt.

Een ander spel: het snel doorgeven van emmers water. Daarna iets met kruiwagens. Een loterij, met als prijzen handdoeken, ovenwanten, een bedsprei, een zelfgemaakte taart, een fruitmand, een fietspomp, een mapje met gele servetjes, een krultang, een fles wijn, een radio, een kaas en een mandje met droogbloemen. Lamkje wint een streng knoflook.

Op de hoek van twee straten is een vuur aangestoken. Alle dorpskinderen worden aangespoord om briefjes te schrijven met datgene waarvoor ze het meest bang zijn, en die vervolgens in de vlammen te gooien. De kinderen zitten ernstig op de rand van de stoep te schrijven. Ze schrijven op: 'grote spinnen', 'zwaarden', 'spoken', 'donder en bliksem', 'racisme', 'de onthoofden', 'UFO's', 'slangen', 'vampiers', 'kinderlokkers', 'moordenaars', 'de Hogere School' en 'om dood te gaan'.

Er is toneel in de bovenzaal van het café: een pantomime met een auto, het lied 'In bos en open veld' wordt door iedereen meegezongen, Gosse Gûchel goochelt bij een boer een horloge weg – tot oprechte woede van zijn vrouw –, Ymke van der Heide gaat verkleed als Dolly Parton en een jongen en een meisje voeren een Gert en Hermien-show op met een wc-borstel als microfoon en echte duiven, vastgeplakt op het toneel. In de zaal zitten de mannen links en de vrouwen rechts en alleen de middentafel is gemengd.

En dan is het opnieuw dansen, ditmaal met de Jafro's: twee middelbare mannen, een middelbare vrouw, een twintigjarig punkmeisje en een immense synthesizer, die polka's spelen, en de valeta. De ouderen draaien in het rond op de plankenvloer alsof het gisteren was dat ze elkaar voor het eerst leerden kennen.

Zo verloopt de Jorwerter dorpskermis, altijd weer, in 1995, in 1990, in 1980, in 2010 – al weten we dat mensen en tijden veranderen.

*

De sterke gemeenschapszin van de Jorwerters maakte vanouds bepaalde zaken ingewikkeld. Het handeldrijven, het innen van rekeningen, maar ook het trouwen en verlieven was op een dorp vaak een gecompliceerde aangelegenheid. Een huwelijk ging niet alleen om liefde en genegenheid, het was ook een afscheid van de familie, een overgang van een grote collectiviteit naar een nieuwbegonnen, kleine collectiviteit, en iedereen nam daaraan deel. Vaak werd in gezamenlijkheid het huis gekozen, gebouwd en ingericht. Gezamenlijk werd ingesprongen als het nieuwe bedrijf van de grond moest komen. Gezamenlijk werden de ouders weer geholpen bij de oogst of de grote schoonmaak.

In een stad was een relatienetwerk een adresboek waaruit je kon kiezen: voor dit ga ik naar deze, voor dat bel ik gene. In een dorp ontbrak die keuzemogelijkheid grotendeels. Als op de Jorwerter merke Folkert of een van de andere bejaarden met een van de jonge meisjes aan het dansen sloeg keek niemand daarvan op, omdat ze allen onderdeel waren van hetzelfde geheel. Boeren als Fedde en Minne zouden elkaar in de stad vermoedelijk zelfs niet aangekeken hebben, maar de afgelegen plek waar het lot hen beiden neerzette maakte alles anders. Je buren waren een gegeven, er was maar één café, en je moest het met Folkert, Sake, Gais, Cor, Bonne, Riemer en al die anderen doen, of je dat nu leuk vond of niet.

Dat dwong een mens tot veelzijdigheid – en het bestaan in een dorp was dan ook vaak minder in hokjes en vakjes verdeeld dan het leven in een stad. Marieke Treep, een van de Jorwerter importvrouwen, had het in dat verband over de lessen die ze van het dorp geleerd had: 'Vrienden van me uit Amsterdam weten echt van een heleboel dingen niets af, omdat ze altijd in dat gesloten kringetje blijven zitten.' 'In het dorp slepen ze je altijd wel ergens met de haren bij, al is het maar een toneelstukje,' zei Wiepkje Castelein. 'Wanneer in de stad repeteer je avonden lang samen met zeventig- en tachtigjarigen? Zelden toch?'

Je kon in een stad weglopen voor het gewone leven, je verstoppen in de massa, in de anonimiteit, of in exclusieve kringen. In een dorp kon dat nooit.

Soms splitste een dorp zich weer in kleinere 'geestelijke' dorpen. Heel Nederland werd bijvoorbeeld decennia lang beheerst door de indeling in katholieken en protestanten. Omdat er rondom Jorwerd maar weinig katholieken woonden, ging het in deze streken vooral om 'de gereformeerden' tegenover 'de openbaren', ofwel 'de fijnen' ('finen' in het Fries) tegenover 'de staatsen'.

Die kloof was zeer diep. 'Fijne' kinderen speelden meestal niet met 'staatse' kinderen. 'Fijnen' en 'staatsen' hadden eigen scholen, eigen korfbalverenigingen, eigen kruideniers, eigen bakkers, eigen gemeentepolitici en eigen kranten – het *Friesch Dagblad* en de *Leeuwarder Courant.*

Zelfs in de jaren zestig kenden sommige dorpen nog twee dorpsfeesten, een 'Oranjefeest' voor de 'fijnen' en een kermis annex merke voor de 'staatsen'. Kinderen scholden elkaar uit: 'Jouw vader is van het verkeerde feest'. En nog in de jaren zeventig mislukte hier in de buurt een belangrijke fusie tussen twee landbouworganisaties, omdat de 'fijnen' erop stonden dat er voor de vergaderingen gebeden zou worden. De staatsen: 'Het is hier verdomme geen kerkdienst!'

Die verstarring in clans en geloven had één voordeel: het gaf helderheid en overzichtelijkheid in een sociaal gecompliceerde situatie. Het is niet toevallig dat die scheiding tussen 'staatsen' en 'fijnen' in de dorpen op zijn hevigst was in de eerste helft van deze eeuw, toen arbeiders, kleine boeren en kleine middenstanders ieder op eigen wijze een emancipatieproces hadden ingezet. Men begon wat meer te verdienen, kinderen begonnen 'door te leren', de contacten met de stad werden intenser, en de arbeiders en de 'kleine luyden' kregen politieke aspiraties. Er raakte, kortom, in de dorpen van alles in beweging, en de oude orde werd grondig verstoord.

De 'fijne' en 'staatse' zuilen waren in die situatie niet alleen een voertuig voor emancipatie, maar ook een poging om de dorpswereld opnieuw te ordenen – zij het volgens enigszins andere normen en met andere leidslieden en met uiterst benauwende omgrenzingen.

In Jorwerd zelf merkte ik van deze godsdiensttwisten weinig meer, en volgens de oudere bewoners had dit soort zaken er ook nooit zo'n rol gespeeld. Jorwerd was vanouds een hervormd dorp met een staatse school, en alleen echte 'fijnen', zoals de kruideniersfamilie De Groot, waren naar Hijlaard gegaan voor christelijk onderwijs. Verder had Riemer de Groot gewoon met de andere kinderen meegespeeld.

Maar, zo hoorde ik later, toen hij naar de christelijke ulo in Leeuwarden ging fietste hij meestal alleen naar de stad. En er waren er ook wel in het dorp die niet in zijn winkel kochten omdat hij 'fijn' was en er niet echt bij hoorde.

Ook Oebele van Zuiden had het als niet-gelovige soms niet gemakkelijk gehad: 'Als de kerkvoogdij land uitgaf en je was geen lid van de kerk, o nee, dan kreeg je niks, daar hoefde je niet eens over te prakkizeren.'

*

Er was nog een aspect dat de dorpsbeklemming groot kon maken: een stad heeft afwijkingen nodig, het platteland regelmaat. Het was niet voor niets dat men in dorpen de dingen graag rustig en stil hield: als er eenmaal een stevige ruzie losbarstte raasde zo'n conflict al snel als een voetzoeker door familie-, buren- en vriendengroepen, en het einde was vaak een onontwarbare kluwen van knallen en vuur.

De ruzie over het café en het dorpshuis beheerste Jorwerd jarenlang als een soort veenbrand. Eef en Jan Dijkstra, de eigenaren van het café, hoorden tot de ene familiegroep, de voorstanders van het dorpshuis tot een andere groep, maar al die mensen zaten samen ook weer in andere besturen: van de ijsclub, van de toneelvereniging, van het Dorpsnut.

En zo werd het conflict uitgevochten op steeds meer terreinen, die er oorspronkelijk niets mee te maken hadden. Voorstanders van het dorpshuis die niet meer welkom waren in het café richtten zelfs een eigen kaartclub op. Nog vijftien jaar na de kwestie vonden er schermutselingen plaats tussen de eigenaren van het café en het bestuur van het Iepenloftspul. Het café klaagde over de overlast, het bestuur over de kwaliteit van de koffie die het café aan de bezoekers serveerde. De ingeschonken kopjes werden zorgvuldig nageteld.

Ook het conflict tussen Cor Wiedijk, Bonne Hijlkema en de andere bewoners van Funs – het begon, begreep ik, met een geschil om het onderhoud voor de toegangsweg – leek onontknoopbaar. De betrokkenen kende ik niet anders dan als aardige, open mensen, maar als we op dit heikele onderwerp kwamen werd er gezwegen, of kwamen er zinnen als: 'Zij kijken me niet aan, dan weet ik wel hoe laat het is.' 'Ik heb ze niets misdaan.' 'Het stoort ons niet.' 'We wonen hier goed op onszelf.' 'Het is jammer, maar goed.'

Er was een dorp dus veel aan gelegen om dit soort conflicten te voorkomen. Daarom kende bijna elke kleine gemeenschap een aantal onuitgesproken principes die samenhang gaven aan het geheel en waaraan vrij strikt de hand werd gehouden.

Bijna overal ter wereld bestond bijvoorbeeld in kleine gemeenschappen het principe van de wederkerigheid – zij het vaak via ingewikkelde omwegen en over een lange termijn. Vaak was er daarnaast het principe dat jongeren ondergeschikt waren aan ouderen. Dan was er het principe van de familieband. Van de burenhulp. En bovenal was er het meest klassieke dorpsprincipe: de voorrang van de gemeenschap boven het individu.

Het was dat laatste principe dat maakte dat men in veel traditionele dorpen niet hield van individualistisch gedrag. Als iemand wat meer aandacht besteedde aan zijn of haar uiterlijk, of zich wat anders gedroeg, vond men dat al gauw belachelijk. 'Als je in Jorwerd de deur uitstapte keek je altijd even in de spiegel hoe je eruitzag,' zei Wiepkje Castelein. 'Je was altijd bang dat ze dingen wisten.'

Zoals een stad het moet hebben van verandering en vernieuwing, zo hebben veel plattelandssamenlevingen zich eeuwenlang kunnen handhaven door stabiliteit en voorspelbaarheid. In een stad werden kinderen uitgelachen omdat ze níet met de mode meegingen, in een dorp omdat ze wél met het nieuwe meededen.

Soms wordt dan ook verondersteld dat de plattelandsrepressie alles te maken had met overleving: het was voor kleine, afgezonderde samenlevingen van groot belang om iedereen binnen boord te houden. Een te grote individuele vrijheid bracht te veel onberekenbaar gedrag met zich mee, en was daardoor een te grote aanslag op de sociale zekerheid. De natuur zelf was immers al grillig genoeg.

Nu moet ik zeggen dat de sociale druk in Jorwerd me in alle

opzichten meeviel. Het was duidelijk merkbaar dat in deze streken al eeuwenlang een sterke verbinding met de stad had bestaan, en het systeem van de duizend geboden had zijn meeste kracht al sinds generaties verloren.

Bovendien bestond er in Jorwerd – wellicht onder invloed van de betrekkelijke welvaart en van een reeks verlichte dominees en schoolmeesters – vanouds een open en vrij liberale geest. Zoals somberheid en conservatisme zichzelf in de loop der eeuwen kunnen versterken tot een zwarte draaikolk die blije mensen wegslingert en zwartkousen meezuigt, zo was in Jorwerd het omgekeerde gebeurd: want ook openheid trekt meer openheid aan, en tolerantie meer tolerantie.

Maar er bleven talloze andere dorpen over, bevolkt met duizenden schoonmoeders met dunne, snel bewegende lippen, door het driehoekige oog nog met strenge hand geregeerd. En daarbij heerste nog altijd het 'plattelands soort van slapend wantrouwen' – zoals de Brabantse dokter Barends het tachtig jaar geleden noemde. Zelfs in Jorwerd gaf men elkaar dikwijls ongevraagd tekst en uitleg van elke bijzondere handeling, van alles wat niet geheel normaal zou kunnen lijken. Je vertelde waarom je achter het weiland van de buurman langs liep. 'Dat is wat meer uit de wind.' Je legde uit waarom je de dokter uit zijn bed belde voor een ziek kind. 'Toen ging ze zo raar blauw zien.' Je verklaarde waarom je met een splinternieuwe auto kon rondrijden. 'Mijn baas least elk jaar een stel andere wagens.'

Zo bestond er in de meeste dorpen een kleine, informele veiligheidsdienst, en mede dankzij dit informele systeem van rekening en verantwoording kon je er vaak rustig je fiets zonder slot laten staan. Maar de keerzijde was dat iedere plattelander zich sneller dan een stedeling afvroeg: 'Wat zullen de mensen hiervan zeggen?'

Overal waar mensen samenwonen en -werken wordt die vraag gesteld, maar in een dorp stelde men die vraag vaker, en omdat de marges zoveel smaller waren, met meer angst.

*

Zou het zo blijven in Jorwerd?

Het Jorwerter straatleven werd in de jaren zeventig nog beheerst door een hele reeks oude mannen en vrouwen. Door Sije Hogerhuis bijvoorbeeld, de knecht van de Van Zuidens, kampioen dammen van de provincie. Door oude Kees. Door Jan Siesling, die dag in, dag uit bij zijn broer Durk de maaltijden gebruikte. Door oude Ale en oude Mientje, een Duitse vrouw met o-benen. Door oude Hans, een man met een enorme kop, oren uit een tekening van Roald Dahl en een ochtendrochel die over de hele straat te horen viel: 'gaooch, gaooch, godver, gaooch, gaooch.' 'Oude Hans is ook weer aan het voorgloeien,' zeiden ze dan in het dorp.

Soms liepen ze met z'n vijven of zessen naast elkaar, en later stonden ze dan op de brug te praten. Oude Kees paste ondertussen op zijn kleindochter: hij had het kind een touw rond het middel gebonden om het uit de buurt van het water te houden. Vijf oude mannen, een stukje paktouw, en een kind. Maar op het kind na zijn ze allemaal van straat verdwenen.

Sije Hogerhuis leefde nog toen ik in het dorp woonde. Hij was negenennegentig jaar oud. Hij woonde in een klein huisje in de buurt van de school, en hij betaalde de huur die hij dertig jaar geleden ook betaalde: zes gulden per week.

Elke ochtend liep Akke van Zuiden om half tien naar hun oude arbeider, ze hielp hem uit bed, stak de kachel aan, redderde de boel een beetje, deed wat boodschappen, om twaalf uur kwam ze met het eten, om vier uur kwam ze weer even, ze deed zijn was, en 's avonds om zeven uur hielp ze hem er weer in. Dat deed ze al zestien jaar lang.

Bij vakanties sprong één buurvrouw weleens bij, en verder stopte Akke de ijskast van Sije dan flink vol, verdeeld in nauwkeurige porties, voor acht dagen in het vriesvak en voor twee dagen in de ijskast, plastic bakjes met worteltjes, gehaktballetjes en pannenkoekjes toe, daar moest hij zichzelf dan maar mee redden.

'We kennen hem per slot al veertig jaar,' zei Akke. 'Iedere zondag kwam hij hier, kreeg-ie een sigaar en twee slokjes. Hij had altijd bij zijn moeder gewoond, daar had híj weer eindeloos voor gezorgd.'

Onlangs kreeg Sije nieuwe buren. Import. Ze namen zelfs niet de moeite om bij hem op bezoek te gaan. Hulp, dat konden ze wel vergeten. Ook de andere buren stonden tegenwoordig niet meer te trappelen. 'Ja, dat is anders nu, hè,' zei Akke. 'Maar ik weet niet beter.'

'Het hoort zo,' meende Oebele. Maar Akke gaf toe dat het haar wel eens te veel werd, vooral als hij 's nachts problemen had.

De taaie dorpsbanden werden langzaam losser.

In 1993 bleek uit een onderzoek van twee Amsterdamse sociaal-geografen in de gemeenten Littenseradiel en Boarnsterhim – waar ook Jorwerd in ligt – dat er een sterke scheiding begon te ontstaan tussen de jongere en de oudere dorpsvrouwen. Terwijl maar weinig oudere vrouwen buitenshuis werkten, hadden de jongere vrouwen duidelijk een ander, moderner levenspatroon. 'Hun arbeidsparticipatie is betrekkelijk hoog,' zo schreven de rapporteurs in hun eigen taal, 'ze hebben een relatief hoog beroepsniveau, werken weinig in vrouwenberoepen en hebben overwegend omvangrijke deeltijdbanen ver van huis.'

Dit alles had echter ook een keerzijde. Volgens de onderzoekers stelden deze jonge plattelandsvrouwen steeds hogere eisen aan hun woonomgeving, maar sociaal hadden ze er minder belangstelling voor. 'De Friese plattelandskernen zullen daardoor hun sociale spankracht verliezen,' zo voorspelde hun rapport.

Oebele van Zuiden meende dat de dorpsgemeenschap was veranderd door de import. 'Dat is mijn ervaring. Ze zijn anders, stadser, groeten minder. Ze wonen hier wel, maar ze hebben hun werk buiten het dorp, en het dorp zelf interesseert ze niet meer.'

Ids Meinsma, de jongste zoon van Gais, in Jorwerd opgegroeid, weet het aan de economische binding. 'Negen van de tien mensen zijn voor hun broodwinning niet meer afhankelijk van het dorp. De kroeg zou geen cent verdienen als het allemaal hier vandaan moest komen. Twintig jaar geleden zou dat nog geen probleem geweest zijn.'

Marieke Treep zag de rol van de vrouwen veranderen. 'Een goede huisvrouw, daar werd hier vroeger met veel respect over gesproken. Dat was een belangrijke functie binnen het dorp, en daar hoorde bijvoorbeeld ook de burenhulp bij. Maar naarmate meer vrouwen werken verdwijnt dat allemaal. Ik sjouw ook niet meer met m'n laatste krachten naar die of naar die.'

Sikke Kooistra, de vroegere kruidenier, gaf de auto de schuld. 'Toen er geen auto was móést alles in het dorp gebeuren. De kermis, daar leefde zo'n heel dorp naar toe. Volgend jaar komt dit, volgend jaar dat, daar praatten ze al een jaar van tevoren over. Nu gaat het jongvolk zelfs in Groningen uit dansen.' Zijn vrouw: 'Het is de tijd hè, de tijd.' Hij: 'Het is niet te houden.'

Een van de signalen dat er in de kleinere dorpen iets veranderde was het toenemend aantal berichten in de krant over de verwaarlozing van het vee. Als een boerenbedrijf, door welke omstandigheden ook, zo in de versukkeling raakt dat dierenbescherming en justitie eraan te pas moeten komen, dan zegt dat iets over het sociale vangnet in een dorp – of, beter gezegd, over de gaten daarin.

Een bevriende journalist van de *Leeuwarder Courant* had me verteld dat hij, toen hij weer zo'n bericht moest opnemen, verontrust een kennis in het betreffende dorp had opgebeld: 'Wat is er, bliksem nog aan toe, bij jullie in het dorp aan de hand, dat de buren elkaar zo laten zitten?' In een gezond dorp gebeurde dat soort dingen volgens hem niet.

In Jorwerd was de lichte onttakeling van de gemeenschap te merken aan de vermindering van de belangstelling voor de merke. De draaimolen was daar vroeger dé sensatie. Vlak na de oorlog werd die nog per vrachtschip aangevoerd en de dorpsjeugd liep de draaimolenboot dan al kilometers door de weilanden tegemoet. In de jaren zestig waren Ids Meinsma en zijn vriendjes er niet bij weg te slaan, vanaf het eerste moment dat de vrachtwagen het dorp binnenkwam. Maar in de jaren negentig kwamen de kinderen er met hun mountainbikes hooguit even kijken, en in de merke-commissie was al geopperd om de draaimolen maar te vervangen door 'iets actievers', een springmatras of iets dergelijks.

'Het was vroeger één gemoedelijke massa met elkaar,' vertelde Oebele. 'We dansten de polka, de valeta, al die oude dansen. Nu komen we nog wel tussen de middag, dan komt het hele spul bij elkaar in de bovenzaal van het café, maar voor ons ouderen is er verder weinig meer aan.'

'Alle dames gingen naar de kapper om er wat netjes op te staan,' zei Lamkje. 'En je kocht een lapje, en er werd gedanst, nou!'

Folkert: 'En boven in de draaimolen waren vrijershokjes.'

Ids: 'De merke is nog steeds populair, maar hét feest, zoals vroeger, dat is het niet meer. Dat heeft niet alleen met de stad te maken, ook de Jorwerters zijn meer op zichzelf gericht. Het is "wel" leuk, "wel" gezellig, en je doet er "wel" aan mee, maar het moet de vakantieplannen niet in de war sturen. Dat was in de jaren zestig, en zelfs in de jaren zeventig, ondenkbaar. Dat is iets van de laatste tien jaar.'

Heel geleidelijk verschoof de merke van een zelfgemaakt feest naar een meer consumptieve aangelegenheid. De Bonte Avond was volgens de meeste ouderen nog maar een fletse afspiegeling van wat het vroeger was geweest. 'Daar hoeven we ook niet meer te komen,' vonden de bejaarden nadat een van de boeren van Funs met een beha aan op het toneel had rondgesprongen. De vrijwilligers die zich al jaren voor de merke hadden uitgesloofd wilden er ook vanaf, maar er was niemand van de jonge generatie die het wilde overnemen. Het aantal deelnemers aan de gezamenlijke maaltijd nam drastisch af. De drie gouverneurs van het dorp – Gais, de bankdirecteur en de notaris – lieten zich er niet meer zien.

Er was in de kranten nog een ander soort berichten dat me opviel tijdens die wintermaanden. In de *Leeuwarder Courant* doken met grote regelmaat meldingen op van tachtig- en negentigjarige automobilisten die wegens riskant rijgedrag van de provinciale wegen geplukt werden. Soms hadden ze zelfs geen rijbewijs meer, maar toch bleven ze rijden. Rustige wegen, boerenkoppigheid, er waren allerlei motieven te bedenken achter dit verschijnsel. Er was nog een reden: noodzaak.

Oebele van Zuiden legde me dat uit: 'Ik ben nu bijna tachtig, ik rij nog, maar als ik niet meer kan rijden moeten we echt ergens anders heen verhuizen. De enige manier om nog wat mensen te zien is in het bejaardenhuis. Daar zitten we vlak bij alles wat er maar is, je krijgt je eten, hulp als dat nodig is. Bovendien: als de vrouw overblijft is ze alleen. Ze kan niet meer weg. Wat moet ze dan?'

Akke: 'Dat zouden we vroeger anders gedaan hebben.'

Zelfs de Van Zuidens durfden niet meer op het dorp te vertrouwen.

*

Net zoals de dorpssolidariteit bij nader inzien een vrij ingewikkelde machinerie was, zo was ook de ontbinding daarvan een proces dat niet alleen te verklaren viel in termen van 'stad', 'import', 'auto' en 'individualisme'.

Allereerst was daar de rol van de overheid. Terwijl de kranten en de politiek bol stonden van verhalen over 'zelfzorg' en 'zelfredzaamheid' was het opvallend hoe weinig de gemeente in de praktijk inspeelde op de mogelijkheden die het dorpsgevoel nog altijd bood.

De meeste grote veranderingen in Jorwerd – de demping van de haven, de nieuwbouw – waren bijna allemaal het idee geweest van de bewoners zelf. Later werd dit soort initiatieven nauwelijks meer gehonoreerd. Het pad naar het kaatsland was bijvoorbeeld één grote modderpoel, maar toen Willem Osinga voorstelde om dat met een handvol mannen op een paar zaterdagmiddagen in orde te maken – er waren nog ergens wat tegels over, en de gemeente hoefde alleen maar een lading zand te leveren – ging dat mooi niet door. Later heeft de gemeente het zelf gedaan. Kosten: dertigduizend gulden. 'Daar hadden we heel wat andere dingen voor kunnen doen in het dorp,' mopperde Osinga.

Een tweede niet onbelangrijke factor in de ontbinding van de dorpssolidariteit was de rol van de televisie.

In de negentiende eeuw had de Franse overheid, als onderdeel van de nieuw te vormen nationale staat, een manhaftige poging gedaan om vanuit Parijs het platteland te 'civiliseren'. Om dit doel te bereiken werd in ieder dorp een gendarmerie gebouwd, plus een jongens- en een meisjesschool, waar volgens straffe regels taal, rekenen en geschiedenis werden gedoceerd. De invloed van deze poging om van de boeren brave burgers te maken is gigantisch geweest.

Aan het eind van de twintigste eeuw gebeurde iets soortgelijks, maar nu met de boerenbevolking over de hele wereld. Ditmaal waren niet de gendarmes en de scholen de dragers van de nieuwe 'cultuur', maar de elektronica. En deze overval werd niet meer beheerst door de regels van de overheid, maar door die van de markt.

In Jorwerd kwam de televisie geleidelijk, ingebed in talloze andere veranderingen. De zegetocht van het nieuwe medium was vooral zichtbaar aan het dalende bezoekersaantal van de Nutslezingen. In zekere zin werkten de tv en het Dorpsnut als communicerende vaten. De zaal van het café kon gemakkelijk honderd mensen verstouwen, en die zaten er vroeger ook. Maar rond 1995 kwamen er vaak niet meer dan vijfentwintig Jorwerters, hooguit vijftig.

Willem Dijkstra, de zoon van de aannemer die samen met Ids opgroeide in het dorp, zei het zo: 'Vroeger gebeurde alles van belang binnen het dorp. Nu gebeurt alles buiten het dorp.' Marieke Treep: 'Het is geen gesloten cultuur meer. Iedereen kijkt de hele dag tv. In het café bleven de gespreksonderwerpen vroeger strikt beperkt tot het territorium van het dorp, en nu praten ze over buitenlanders en van alles en nog wat. Het dorp lijkt minder neutraal te worden.'

De journalist-antropoloog Richard Critchfield zag in de jaren tachtig het televisietoestel alle dorpen die hij bestudeerde binnendringen. Op het platteland van Brazilië zag hij het nieuwe medium oprukken, in Marokko, Polen, Soedan, Vietnam, Bangladesh, in India, Nepal, Egypte, op Java, overal waar zijn onderzoeken hem brachten. Het tempo was verbijsterend. In de meest afgelegen Ghanese dorpen was in het begin van de jaren negentig bijna niemand te vinden die niet weleens een voetbalwedstrijd op de televisie had gezien, of de Golfoorlog. Zelfs in de verste gehuchten van Mongolië hadden de technici en de ontwikkelingswerkers satellietschotels gebracht, nog eerder dan water, groter dan de tenten waarin de dorpelingen woonden. En de wereld van MTV en CNN spoelde hun bestaan binnen, hun bestaan van kamelen en naakte armoede.

Critchfield, de dorpskenner bij uitstek, signaleerde in diezelfde jaren een opmerkelijke verandering bij dorpelingen die hij langdurig had meegemaakt, iets in hun mentaliteit, schreef hij. 'Ze voelden dat de toekomst niet langer een herhaling zou zijn van het verleden, zoals het altijd geweest was, maar dat die een radicale verbetering kon inhouden van het bestaan.'

Tegelijk zag hij ook hoe de universele televisiecultuur in de dorpen binnen de kortste keren de zaken overnam. Hij noemde Griekenland als voorbeeld: binnen twee decennia waren de banden van dorp en eiland vervangen door een mengeling van eigenheid en een universum dat voornamelijk op Athene was gericht. Hij citeerde een zwarte dorpsjongen uit de Verenigde Staten: 'Er was een tijd dat, als een jongen een meisje zwanger maakte, hij met haar moest trouwen. Dat was de manier waarop we zijn opgegroeid. Maar je ziet op de televisie hoe het anders gaat, en je denkt: hé, zo kan het dus ook, dat is ook oké. En je merkt dat je verandert.'

'De grote macht van de televisie is de manier waarop dit medium woorden door beelden weet te vervangen,' schreef Critchfield. 'Zien is geloven, en dat heeft geen enkele vertaling nodig.'

Welke invloed de komst van de televisie op de Jorwerter gemeenschap heeft gehad valt nooit precies na te gaan – de stad lag altijd al dichtbij, en de mensen veranderden toch wel. Maar het staat als een paal boven water dat het bombardement aan nieuwe spelletjes en soapseries diepe sporen naliet. Ook wat betreft de tradities, de starheid en de dorpsbeklemming.

In 1986 verscheen Gais als eerste vrouw op een vergadering van de begrafenisvereniging. Altijd was dat een pure mannenaangelegenheid geweest, het soort vergadering dat om acht uur begon en kwart voor negen eindigde met een Beerenburgertje. Maar nu hadden de vrouwen stapels vragen. Waarom moet een man altijd door twee mannen afgelegd worden, en waarom niet door de vrouwen die zo'n man altijd verpleegd hebben? Toen er een keer een man midden in de nacht stierf kon de bode zelfs geen tweede man vinden om hem af te leggen, waarom moest het dan toch? Waarom bestelde de bode altijd de bloemen? Waarom hoorde alles zo, zoals het hoorde?

Terwijl in de jaren zeventig de Jorwerter jeugd alleen omging met de Jorwerter jeugd – iets anders was ondenkbaar – gingen de kinderen in de jaren negentig ook om met jeugd uit Mantgum en Weidum en Leeuwarden.

De dorpsbewoners inclusief de ouderen, raakten gewend aan andere modes, leefwijzen en culturen. Waar vroeger die ene vreemdeling die zich 'stads' gedroeg overal werd nagekeken, trokken nu avond aan avond hele volksstammen aan hen voorbij die even vreemd waren.

Niet alleen de televisie verbreedde de blik, ook de bezigheden van de mensen werden minder eenzijdig. Boeren en boerinnen werden gedwongen om, naast hun bedrijf, naar andere activiteiten om te zien, en dat bracht hen in aanraking met nieuwe mensen en nieuwe werelden. Yke Castelein was bijvoorbeeld uitgegroeid tot een begrip in de wereld van de quilten, de kunstzinnige lappendekens. Ze was naar de kunstacademie in Utrecht geweest, en haar werkstukken waren zelfs in een Japans tijdschrift afgedrukt.

Er kwamen kunstenaars in de buurt wonen, en Hollanders die verliefd waren geworden op een boerderij even buiten het dorp, en iemand als Willem Osinga, die nauwe contacten had in Texas, die voor zaken even naar Milaan op en neer vloog, maar die evenzogoed de volgende avond weer in Het Wapen van Baarderadeel met Willem Wonder stond te oreren.

En Gais, Gais die als kind zelfs bang was om naar school te gaan – 'zulke hoge deuren, zulke grote lokalen, zoiets hadden we bij ons buiten nooit gezien' –, Gais begon als vrijwilliger gezinsverzorgsters te begeleiden, ging trainingen en cursussen volgen, haalde een rijbewijs, kreeg een vaste aanstelling en werd langzamerhand een werkende vrouw. 'Het was natuurlijk fijn om eindelijk eens wat extra te kunnen kopen. Maar het gaf ook een goed gevoel om voor anderen te kunnen zorgen, vooral omdat er toen zo goed voor mij is gezorgd, toen met Cor.'

Maar Hendrik had er weleens moeite mee, als ze het in het café over zijn Gais hadden, die altijd maar op stap was.

*

Het was op een koude winteravond, dat Ids Meinsma op de televisie kwam. Hij bleek zich ingeschreven te hebben voor de Staatsloterijshow. Hoofdprijs: één ton. Iedereen sprak erover, over Ids, en vooral over die ton. Het was een stille avond.

Er werd sneeuw verwacht. De deur van Het Wapen van Baarderadeel klapte, en dan golfde wat gepraat mee naar buiten. De boerderijen stonden als donkere vlakken in het landschap. Alleen in de stallen glommen hier en daar een paar gele lampen. Op de ijsbaan schaatsten vijf kinderen in het laatste licht. Hun nylon schaatspakken weerkaatsten blauw en roze tegen de sneeuw. Hun stemmen schalden over het bevroren land, en de ijsvloer deed het gekras in de bochten tienvoudig weergalmen, alsof het een reusachtig trommelvlies was.

Folkert kwam het café binnen. Hij had al een poosje met het telefoonnummer van een van de kinderen van Eef en Jan in zijn zak gelopen, een jongen die tegenwoordig helemaal in Engeland woonde. Hij had het raar gevonden, dat je zo kon doordraaien naar Engeland, alsof je naar Leeuwarden belde. Nu meldde hij, terloops maar trots, dat hij het toch gedaan had. 'Ik heb even naar Engeland gebeld' – en voorlopig waren ze daar niet over uitgepraat.

Daar schoof Willem Wonder aan de bar, mopperend en scheldend. Zijn autoradio was uit zijn auto gegapt, met slede en al, het moeten vakmensen zijn geweest. Een ruitje was ingeslagen. Het was in de stad gebeurd, toen zijn vrouw naar de cursus Dieren-EHBO was. 'Daar was ik toch al op tegen. Als het nu computerkunde was geweest.' 'Ja, de stad,' zei Eef. 'Het is altijd de stad.'

Daarna zat het hele café aan de televisie gekluisterd. Alle Meinsma's waren naar de showhal gekomen – tot uit Duitsland toe waren familieleden aan komen rijden.

Terwijl heel Jorwerd ademloos toekeek stapten Ids en zijn vriendin vlot heen en weer over het scherm, ze reden met een gepantserde jeep een twintig meter hoge toren van blikken omver, regen 0-nummers aan elkaar, klauterden en renden als graalridders voor het cijfer 1, manœuvreerden met plastic letterkubussen, gokten met dure auto's en contactsleuteltjes, puzzelden een onbegrepen wachtwoord bij elkaar, klommen, klemden ringen om toverstaven en joegen naar duistere doelen.

X

DE STAD, HET KASTEEL, EN HET DORP

Sinds de onfortuinlijke Wattie van Hania in 1569 op Groot Hesens in zijn slaapkamer om zeep was geholpen, leek het met het overheidsgezag in Jorwerd niet al te best gesteld. De Jorwerters dopten het liefst hun eigen boontjes. Ik weet niet hoe het was in de tijd van de grietmannen en al die andere heerschappen, maar aan het eind van de twintigste eeuw zag men zelden meer een officiële gezagsdrager in het dorp.

Vroeger fietste de directeur van de gemeentewerken nog weleens op een zondagmiddag door Jorwerd om te kijken naar illegale bouwsels. Ook was er ooit een poging gedaan om de sluitingstijden van Het Wapen van Baarderadeel te controleren – de binnentredende agenten troffen de notaris, Folkert en een oude boer, en die werden vervolgens het café uit gejaagd. En één keer was er een grote politie-inval bij Hendrik Meinsma, toen die vergeten was om de wapenvergunning van het startpistool van de ijsclub te verlengen. 'Daar hebben we de Baader-Meinsmagroep,' brulden ze door het café toen hij weer terugkwam van het bureau. Voor het overige redde men zichzelf.

Toen de dorpskinderen op oudejaarsavond telkens weer de brievenbus molden hadden Harry Kaspers en Wytse Blanke ze gewoon bij elkaar gehaald en een uur lang op ze ingepraat. Volgens het verslag in het dorpskrantje was daaruit naar voren gekomen dat:

— *zoiets gebeurt als je wat drank op hebt*
— *wij vervelen ons in Jorwerd soms*
— *dat acht personen met de brievenbus bezig zijn geweest*
— *het is bespottelijk wat er gebeurd is en*
— *zoiets moet nooit weer*

Tot in de jaren tachtig viel het dorp onder het politiebureau Mantgum, toen onder Grouw, weer later vielen de Jorwerters onder Bolsward, en precies wisten de meesten het niet meer. Ze hadden nog weleens om politie gebeld toen iemand een verdachte auto had gezien, maar het koppel agenten dat uit Leeuwarden aan was komen rijden had niet eens meer de weg kunnen vinden.

Een van de politiemannen die vroeger Jorwerd onder hun hoede hadden heette Riekele Bekkema. Ik had gevraagd of ik een keer met hem op patrouille mocht, en zo vormden wij op een nacht samen het enige overheidsgezag in de platte driehoek die vlak bij Leeuwarden begon en ergens bij Stavoren eindigde, zo'n achttienhonderd vierkante kilometer aan boerderijen, landwegen en dorpen. Alleen in Sneek en rondom Joure reed nog een surveillancewagen, verder hadden we het rijk alleen.

Het was een rustige avond. We waren naar Warns gejakkerd, veertig kilometer uit de route, voor iets wat loos alarm bleek te zijn, we hadden in Bolsward een ruzie aangehoord over een voetbal in een tuin en er was een melding over een buurman die met zijn auto moedwillig over de fiets van de andere buurman was gereden. De motor zoemde, nu en dan kraakte de mobilofoon, de zaklantarens lagen onder handbereik, en zo reden we maar wat.

Riekele Bekkema haalde ondertussen herinneringen op aan Mantgum en Jorwerd. 'In die tijd was je er nog echt bij betrokken,' zei hij. 'Als er iets was werd je gebeld, en je ging ernaartoe, of je dienst had of niet. Nu doe je je werk van acht tot zes, je doet wat je gezegd wordt, en je gaat weer naar huis. Van hogerhand vindt men dat het zo beter is.'

Zijn werkgebied bestreek nu meer dan vijftig dorpen en twee kleine stadjes. Omdat er veel te weinig politie te water was, draaide de 'landmacht' 's zomers ook voor de meeste problemen met watertoeristen op. Geen dorp had nog een eigen politieman, het was allemaal gecentraliseerd en gestroomlijnd vanuit de centrale regelkamer in Leeuwarden. 's Nachts was zelfs het politiebureau van Sneek niet meer bemand.

'Ik kende vroeger alle jongens die bushokjes vernielden,' zei Bekkema. 'Je had jaren dat er op een dorpsschool opeens een rotklas tussen zat, die jongens bleef je tegenkomen. Ook als ze ouder werden en van de lagere school af waren. Je hield rottigheden in zo'n dorp, een paar jaar lang. En dan was het opeens over. Dan had je het weer in een ander dorp. Maar alles is nu geregionaliseerd en gestroomlijnd. Ik ken die jongens niet meer.'

Terwijl Riekele Bekkema later die avond op het lege politiebureau van Bolsward aan de slag was met het nodige schrijfwerk had ik de dagrapporten van het weekend doorgelezen.

In Workum was een fiets gestolen – *Heb idee van de dader, wordt nagetrokken.*

Een zekere Klaas K. was op het bureau geweest om aangifte te doen van mishandeling door een zekere Rommert F. Ik las: *Rommert vertelde getuige K. dat de kop van K. hem niet aanstond en ja, dan moet je iemand in elkaar trappen.*

In het Julianapark was een man opgepakt wegens het betasten van twee minderjarige meisjes en het houden van schunnige praatjes, *dit geheel conform de aard van de verdachte.*

In Pingjum had een boerderij in brand gestaan.

Uit de Poimar-supermarkt in Bolsward was een pakje sigaretten van f 4,60 gepikt. De later aangehouden daderes *reageerde met waterlanders.*

Daarna hadden we weer door die verre, uitgedunde politieregio gereden. 'Ik wil niet klagen,' gromde Bekkema. 'Maar als ik in Weidum zit, en er is een steekpartij in Stavoren, dat is vierenvijftig kilometer en drie kwartier verder.'

Hij legde uit dat ze er 's nachts echt overal alleen voor stonden: aanrijdingen, diefstallen, kleine ruzies, maar ook dodelijke ongevallen, zelfmoorden en grote vechtpartijen. 'Mijn collega's in Joure draaien bij zo'n zware melding hun neus ook wel die kant op, maar die zitten meestal tientallen kilometers ver weg. En aan de andere kant is de zee, en daarvandaan hoef je geen hulp te verwachten.'

Midden in de nacht, om één uur, terwijl de dorpen sliepen, kwam alles wat nog wakker was bijeen in de kantine van het politiebureau van Sneek. De bemanningen van de drie politieauto's die 's nachts de halve provincie bestreken hielden hun traditionele eetpauze, met kroketten, frikadellen en slaatjes uit de naburige snackbar. De mannen uit Sneek en Joure stoer, Bekkema en zijn vrouwelijke collega wat rustiger. Er werd gesproken over bijklussen, seks en promotie. Een van de grootste rampen die je op zo'n nachtelijke dienst kon overkomen was een verhanging of een dodelijk ongeluk, begreep ik van mijn tafelgenoten. 'Je moet er eerst heen om de boel te redderen, dan moet je het leed aanzeggen, en dan ben je de rest van de nacht bezig met papierwerk.' 'Maar als er een dronken zes-en-twintiger over de weg komt zwaaien ben je ook niet jarig,' mompelde Bekkema. 'Bloedproeven, rijbewijs innemen, midden in de nacht ergens in de provincie een hulpofficier opduikelen en dan moet je ook nog ergens zo'n arrestant kwijt zien te raken terwijl alles dicht is.'

De monitoren van de cellen gaven een verstild beeld, de televisie deed iets met een linkse en een liberale politicus, en verder was het gebouw leeg en hol.

Later reden we opnieuw kriskras door de streek: Weidum, Mantgum, Jorwerd, Oosterend, Spannum. 'Tja, waar moet je met die ene auto in zo'n gebied in hemelsnaam naar uitkijken?' In Scharnegoutum roken we brandlucht bij een boerderij. We keken op het erf, schenen in de schuur en in de stallen, de waakhond begon te blaffen, maar de rest van het huis bleef in diepe rust. We vonden niets. Achter in de politieauto lagen grote stafkaarten van het buitengebied met alle denkbare dijkjes en landweggetjes – na alle reorganisaties waren de regio's nu zo groot dat hele stukken ook voor de ervaren politieman 'terra incognita' waren geworden.

Twee uur. We reden door de zuidwesthoek. De maan stond hoog in de lucht, en uit de sloten en meren trok een dikke nevel omhoog. 'Mist,' zei Riekele. 'Het kan hier 's nachts potdicht zitten. Het enige dat je dan kunt doen is bidden dat je geen melding krijgt.'

De sterke arm van de stad leek de dorpen aan hun lot over te laten. Pas in het uur van de wolf zou het eerste leven weer op de weg verschijnen: de melkrijder, de post, de auto's van *De Telegraaf*.

*

Boeren zitten vast aan hun land, en dat simpele feit heeft ze door de eeuwen heen altijd extra kwetsbaar gemaakt. Boeren golden in de ogen van stedelingen als onnozel of naïef – maar wat konden ze daaraan doen als ze nauwelijks weg konden om zelf informatie in te winnen? Ze golden als lijdzaam – maar organiseer maar eens verzet als je door je werk gedwongen bent in kleine eenheden te wonen, verspreid over het land. Ze golden als een gemakkelijke prooi – maar hoe kun je vee en akkers verbergen voor roofridders, belastinginspecteurs en EG-bureaucraten?

De boer was, zoals Robert Redfield schreef, bijna overal ter wereld min of meer gegijzeld door delen van de samenleving die hem zowel vreemd als bekend waren. Hij hield zijn tradities in ere door compromissen te sluiten, door zijn graan in de stad te verkopen, door zijn belasting te betalen, door priesters en politieke leiders te respecteren, door het beleid van zijn standorganisaties door dik en dun te volgen, door achter ecokeurmerken aan te lopen, door te erkennen dat er buiten zijn gezichtsveld mensen waren die de dingen beter wisten dan de mensen in zijn dorp. Maar altijd waren er die andere dimensies van het bestaan: het leven op de paden en de ruige heide, of het leven in de schrikwekkende stad of op het machtige kasteel.

Er bestaat een buitengewoon interessant onderzoek naar de invloeden van het stadsleven op boerenculturen. Tussen 1918 en 1920 publiceerde het Amerikaans-Poolse sociologen-duo William Thomas en Florian Znaniecki een analyse van honderden brieven van Poolse boeren die naar Amerika waren geëmigreerd. Zij zagen in die correspondentie tussen de vertrekkers en de thuisblijvers langzaam een paar verschijnselen sluipen die typisch 'stads' waren, en die de traditionele leefregels van het platteland ondermijnden.

In de eerste plaats signaleerden ze in die briefwisselingen een langzaam groeiend individualisme. Ze beschreven bijvoorbeeld het geval van een tweetal zoons die ondanks hun emigratie naar Amerika nog steeds onder de plak zaten van hun vader thuis. De ene broer was de 'goede' zoon. Hij onderwierp zich, gaf toe aan de nukken van de vader en daarmee handhaafde hij de oude normen van familie-solidariteit, ook in de stad. De andere broer 'wilde niet deugen'. Bij hem leidde de tirannie van de vader tot rebellie, hij brak uit, hij individualiseerde.

De tweede fundamentele verandering die Thomas en Znaniecki in de brieven van geëmigreerde boeren waarnamen was een toename van het hedonisme – het idee dat het niet slecht is om geld voor je plezier uit te geven. Daaraan gekoppeld signaleerden ze een opvallend streven naar succes, een ambitie die soms kon ontaarden in slaafsheid of streberigheid.

En de derde factor die de plattelandsnormen volgens hen snel ondermijnde was de gestage omzetting van alle normen en waarden van 'kwalitatieve' naar 'kwantitatieve'. Niet de aard van een voorwerp, maar de prijs werd steeds belangrijker. Niet de waarde van een handeling telde, niet de vreugde van een activiteit, maar het nut en de opbrengst.

Nu was, het is al eerder gezegd, het Nederlandse platteland een speciaal geval. Zeker in de kustprovincies waren de verschillen tussen boeren en stedelingen vager dan elders in Europa. Er waren natuurlijk wel muren en poorten en wallen die de steden in juridische zin afscheidden van het omliggende land, maar in sociaal opzicht was er eerder sprake van een geleidelijke overgang: van grote steden, via kleine steden en middelgrote dorpen, naar de kleinste gehuchten. Beide werelden trokken als het ware gezamenlijk op, zonder al te veel van elkaar te willen weten.

De gevoelens van de meeste Jorwerters over de stad waren dan ook ambivalent. Aan de ene kant was de stad dichtbij, aan de andere kant veraf. Nog in 1970 bleek uit een enquête in de buurtdorpen – Jorwerd zelf viel net buiten het onderzoeksgebied – dat de helft van de bewoners zelden of nooit bezoeken aflegde buiten het eigen dorp. Slechts tien procent ging weleens in de stad op bezoek – in dorpen als Huins en Lollum was dat zelfs maar drie procent. Maar tegelijk bleek, volgens de volkstelling van een jaar later, dat meer dan de helft van de Jorwerter beroepsbevolking toen al buiten het dorp werkte, en de overgrote meerderheid verdiende de kost in de stad.

Bij de meeste Jorwerters trof ik in de jaren negentig nog altijd diezelfde dubbelzinnigheid. Aan de ene kant hadden ze vrijwel dagelijks met de stad te maken, maar aan de andere kant bloeiden de anti-stadsgevoelens welig.

Er waren er die ronduit een hekel hadden aan stedelingen. 'De mensen in de stad drinken alleen maar fris,' zei Cor Wiedijk. 'Maar als er oorlog komt hebben ze ons wel nodig.' Anderen vonden de stad vooral een treurig oord. Wiepkje Castelein, die naar Leeuwarden was verhuisd, vond het vreselijk om al dat steen om zich heen te voelen. 'Als er ijs is merk je daar in de stad nauwelijks iets van. In het dorp heeft iedereen het over niets anders.'

Wiebe, mijn buurman, vertelde dat hij gek geworden was van het geraas van de snelweg. 'Ik ben, toen ik in Friesland ging wonen, gewoon op de kaart gaan kijken welk dorp in de buurt van Leeuwarden het verst van de autoweg af lag.'

Marieke vond het in de stad te chaotisch en te druk worden. Of beter: zij werd er te chaotisch en te druk van. Hier voelde ze zich geborgen. 'Als je in de wintermaanden naar de stad moet reis je altijd het dorp uit, het donker in.'

Lia, de vrouw van de onderwijzer, zei: 'Je kunt overal de knop omdraaien en er is muziek. Maar waar kun je nog een knop omdraaien, en het is stil?' Ze vond het stinken in de stad, en toen ze er nog woonde probeerde ze zoveel mogelijk buiten te eten, dan zat ze tenminste tussen het fluitekruid. 'In de stad was ik bang, hier niet.'

'Als ik in zo'n flat zou wonen, ik sprong eruit,' zei Folkert.

*

Aan het eind van de jaren zestig ontstond een nieuwe kaart van Nederland – geen afstandskaart, maar een tijdkaart. En op die kaart lag Jorwerd nauwelijks verder van Amsterdam dan Leeuwarden of Heerenveen. Dat maakte ook voor sommige stedelingen de overstap naar het dorpsleven tot een reële mogelijkheid.

Marieke was een van hen. Ze had behoefte gehad aan stilte, en aan een wat menselijker gemeenschap, en aan het eind van de jaren zeventig was ze uit Amsterdam naar Jorwerd gekomen. Toen ze die eerste weken 's ochtends haar zoontje naar de bus bracht voor de kleuterschool in Weidum stonden alle moeders in een kring te praten. Als Marieke hen groette zwegen ze. Na enkele weken begonnen een paar terug te groeten. En ten slotte werd de kring geopend als ze eraan kwam – maar toen was ze wel driekwart jaar verder.

De meeste nieuwkomers belandden aanvankelijk in het nieuwbouwwijkje dat in 1970 en 1971 gebouwd was op het oude land van de kerk. Het geheel omvatte één straat – de *Pastorijfinne* – met blokjes doorzonwoningen, plus nog een handvol losse panden. Het geheel was min of meer aan het oude dorp vastgeplakt.

De eerste keer dat ik door het buurtje liep was de dag van het grootvuil. Her en der lagen plastic vuilniszakken, kapotte tuinstoelen, matrassen, oude vloerkleden, kastjes, een kapot gipsen tuinbeeld en bij één huis waren twee oude televisietoestellen buitengezet.

Het was half een, iedereen at en de straat was voor de katten. Jan Dijkstra was bezig brandhout te zagen, en door het hele dorp was dat te horen. De man van de gemeente was aan het harken. Een vrouw zeemde de ramen. Een handvol schapen wrong zich blatend door de dorpsstraat.

De klok had een paar dagen eerder geluid voor een kind, en bij een van de nieuwbouwhuizen stond nu een houten ooievaar in de tuin, voor de deur hing een bloemenkrans en in de kamer was een guirlande van felicitatiekaartjes te zien.

De overburen hadden een nieuwe, gietijzeren brievenbus gekocht, grijs, met daarop in rood reliëf een posthoorn gedrukt. Rondom het erf waren bruine meerpalen geplaatst, met een wit geschilderde ijzeren bolder, ze stonden ook rondom de parkeerplaats, als een kleine haven op het droge. Veel huizen hadden grote naamborden van pottenbakkerswerk of van ruw gezaagde boomstammen, met de namen er ingebrand. 'Peter en Riekie' stond met grote letters op een van de voorgevels.

Nu was men in het dorp aan het verschijnsel import wel gewend. Altijd al waren arbeidersfamilies van plaats naar plaats getrokken, en Jorwerd was zelfs zeer in trek omdat de lonen er hoger waren en je er gemakkelijker werk kon krijgen.

Maar de importgolf die in de jaren zeventig het dorp binnenkwam had een ander karakter. Het waren mensen als Armande, die na haar scheiding een tweede thuis vond in het dorp, als de onderwijzer, die verzot raakte op de donkere sneeuwluchten en het verre landschap, als Marieke, die hier voor twee jaar een huis huurde, met de zoon van de timmerman trouwde en nooit meer wegging.

Hun motieven waren niet meer gebaseerd op economische noodzaak. Ze hadden eerder te maken met het feit dat het in Jorwerd zo mooi en prettig woonde, dat de kinderen er veel minder gestresst waren dan in de stad, dat een tuin zo leuk was, en dat het pendelen best meeviel. Het was een keuze geweest uit vele mogelijkheden, en de meeste nieuwkomers kwamen aanvankelijk niet omdat Jorwerd hun iets heel speciaals te bieden had, of omdat ze van het dorp afhankelijk waren.

Dat gaf deze import tegelijk ook iets vrijblijvends: regelmatig zagen de Jorwerters de nieuwbouwhuizen van bewoner wisselen – een verhuisfrequentie die ze vroeger alleen kenden van de armste losse arbeiders. Dat gaf de nieuwbouw het odium van vluchtigheid. Als iemand van buiten een oudere woning opknapte en betrok werd er uitvoerig gewag van gemaakt. Maar een vers aangekomen stelletje in de nieuwbouw, daar haalde iedereen de schouders over op.

Zo ontstonden in wezen twee dorpen: het kleine, losse nieuwbouw-Jorwerd, en daarnaast het oude, grote gesettelde Jorwerd.

Dat nam niet weg dat de eerste importgolf na het gereedkomen van de nieuwbouw op het dorp afkwam als een invasie. Opeens waren er zo'n vijftig zielen rond de Jorwerter toren bij gekomen, op een totaal van hooguit driehonderd zielen.

'We liepen voortdurend tegen vreemde figuren op,' herinnerde Ids Meinsma zich. 'Weer een die we niet kenden, weer een nieuwe, zou ook wel uit de nieuwbouw komen. Alleen al die hoeveelheid, dat was een schok.'

Gais beleefde de import als een verrijking van het dorpsleven, juist omdat de motieven en de voorkeuren van de nieuwkomers zo anders waren dan zij gewend was. Vroeger waren er alleen op zondagmiddag vrouwen in het café, nu kwamen de importvrouwen ook op vrijdagavond nog een pilsje drinken.

Op Gais maakte die vrijheid grote indruk. 'Ik vergeet nooit dat zo'n nieuwkomer zei: "Mensen, jullie weten niet half hoe mooi dit café is. Dat je aan het eind van de dag een plek hebt om elkaar te ontmoeten!" Het was de import die ons de ogen opende voor de speciale sfeer van het dorp. Ik ben in die tijd ook meer naar het café gegaan. Daar had je hele leuke gesprekken, daar zaten ze niet meer enkel te zuipen en te schreeuwen.'

Marieke had bij wijze van experiment in Jorwerd een huisje gehuurd. Daarna zou ze wel verder zien. Haar eerste indruk van het dorp was de kleinheid. Toen ze zich voor het eerst in het café waagde viel het stil. 'Ik heb toen maar diep adem gehaald, en ik heb die weg afgelegd, naar de tap. Later zeiden de mensen dat ze het zo leuk van me vonden, hoe ik dat deed. Maar ze lieten dat toen niet merken.' Het dorp deed haar denken aan een reeks gesloten linies, en ze had sterk het gevoel dat ze moest vechten voor een eigen plek.

Willem was in het dorp opgegroeid, in de jaren zestig, hij hoorde bij de generatie van Ids. Ze hadden zich nooit verveeld. 'Dat rondhangen, dat je nu op het schoolplein ziet, dat kenden we helemaal niet. We waren altijd bezig, met kaatsen, voetballen, hutten bouwen.' Toen hij een jaar of vijftien was gingen ze in het café biljarten, en met grotere groepen deden ze nog weleens een straatspel, ook met de meisjes. Later gingen ze uit, naar de instuif in Beers, of het dorpshuis in Weidum, of naar de disco in Grouw, altijd met dezelfde ploeg, altijd hetzelfde geoudehoer. Een enkele keer trokken ze 's nachts weleens naar Leeuwarden om nog een broodje shoarma te eten, maar dat deden ze stiekem want Leeuwarden was gevaarlijk. Stadsmeisjes vonden ze opgetut, en ze stonken een uur in de wind. 'En er was ook niet mee te praten.'

Marieke was naar Jorwerd getrokken met allerlei ideeën over kleinschalig samenleven. De werkelijkheid was uiterst eenzaam. 'Je was een inbreuk op de dorpscultuur, en dat voelde je. Je werd BOM-moeder genoemd, weet ik wat allemaal, en niemand vroeg hoe de vork werkelijk in de steel stak. Dat kwam voort uit een soort bescheidenheid, maar het had wel tot gevolg dat de geruchten welig tierden.'

Er waren een paar mensen in het dorp die haar zo'n beetje onder hun hoede namen. 'Op dansavonden wilde in het begin niemand met me dansen, maar Ids vroeg me altijd.'

En verder was het een kwestie van doorzetten geweest. Marieke was heel bewust in de merke-commissie gaan zitten, had allerlei kinderspelen helpen organiseren. En toen had ze Willem leren kennen.

Marieke viel een beetje buiten alle hokjes. Dat merkte ik toen ik de indeling van de Groningse socioloog C.D.Saal op de Jorwerter import probeerde toe te passen. Saal had in 1972 als een van de eersten de stedelijke import op het platteland in kaart proberen te brengen, en hij onderscheidde daarin drie types nieuwkomers.

Het eerste type noemde hij de 'stille genieters en rustzoekers' – de geslaagde zakenlieden, vutters, kunstenaars en anderen die een oude boerderij hadden gekocht en zich in het groen hadden teruggetrokken. Het dorp merkte weinig of niets van hen, net als de rest van de wereld, en dat was ook precies de bedoeling.

De tweede soort noemde hij de 'pragmatische dualisten' – mensen die wel graag op het land wilden wonen, maar tegelijk bepaalde stedelijke eisen stelden. Bijvoorbeeld wat betreft winkels, scholen, zwembaden en dergelijke. Deze pragmatische dualisten, zo noteerde Saal, bemoeiden zich vaak flink met het dorp, voerden actie voor scholen en tegen snelwegen, en waren opvallend genoeg vaak de grootste tegenstanders van verdere uitbreidingsplannen van het dorp. *Sudeten-Friezen* werd dit soort importtypes in Friesland wel genoemd, en als ze een coalitie sloten met de autochtone *Diep-Friezen* konden ze een bestuurder het leven aardig onmogelijk maken.

De derde categorie werd volgens Saal gevormd door de 'van-twee-walletjes-eters' – de mensen die in allerlei opzichten nauw met de stad verbonden bleven, en die alleen op een dorp woonden omdat het er mooier en goedkoper was. Hun hele sociale netwerk was in de stad gebleven. En de vierde soort – nauw daaraan verbonden – noemde hij de 'noodforensen' – degenen die door de woningnood in de steden naar een dorp waren verbannen. Dorpsbewoners-tegen-wil-en-dank, zo zou je ze ook kunnen betitelen.

In Jorwerd liepen die categorieën een beetje door elkaar. Ik kende er een enkele stille genieter, vrij veel pragmatische dualisten – hoewel de meesten lang niet zoveel kapsones hadden als Saal suggereerde –, en in de nieuwbouw kwamen en gingen ondertussen de van-twee-walletjes-eters en de noodforensen.

*

'Als een vreemdeling uit de eigen streek zich vestigt, en hij is aardig en toeschietelijk, dan mag hij spoedig alles wat een dorpsgenoot ook mag: het vrij binnenstappen van de huizen, het tot de orde roepen van de kinderen en hij mag hen zelfs kleine bestraffingen toedienen,' schreef P.A. Barentsen aan het begin van deze eeuw over zijn toenmalige dorp in Brabant. 'Anders is het gesteld met "bekende vreemden", notabelen die in ieder dorp wel rondlopen, zoals de pastoor, de burgemeester en de notaris. Met hen gaat men nooit gemeenzaam om, maar ze worden vanaf een afstand zeer kritisch bestudeerd.'

De onderwijzer, van wie ik in deze geschiedenis al een paar keer repte, heette in werkelijkheid Douwe de Bildt. Hij werkte op de school van een naburig dorp, maar hij was in Jorwerd de gangmaker bij talloze toneelstukken, feesten en andere belangwekkende gebeurtenissen. Hij had een vierkant postuur, een prachtig krullende baard en een goedlachse natuur. Zijn vrouw was wat smaller, ze heette Lia Duinker, en vanuit een kantoortje in hun oude Jorwerter huis verstrekte ze tuinadviezen. Ze woonden met hun twee kinderen in de vlakte buiten het dorp, tussen een paar bomen aan de vaart.

Douwe kwam in 1971 op de vrachtwagen van Tjitse Tijssen het dorp binnen. Hij was twintig, hij zat op de HAVO, hij had via een schoolvriend in de vakantie een Jorwerter boer geholpen, en op een dag stapte hij naar de dominee, of hij er op kamers kon. Zo begon het.

Direct de volgende ochtend werd hij om half zeven wakker gebonkt door Hendrik Meinsma, die daar aan het schilderen was: ‘Lig je nu nog in je nest te stinken?’ ’s Avonds raakten ze samen aan de Beerenburg, en dat werd het begin van een hechte band tussen die twee. De rest van de dorpelingen keek in het begin wat vreemd tegen de jonge nieuwkomer aan, maar Hendrik en Gais werden voor Douwe een tweede vader en moeder. En vooral werden ze voor hem de sleutel voor zijn verdere leven in het dorp.

Net in diezelfde tijd begon ook de oude dorpsbeklemming af te brokkelen en Jorwerd beleefde op zijn eigen manier de provo-, hippie-, seksuele, vrouwen-, en new age-revolutie, en dat allemaal zo’n beetje door elkaar heen. Terwijl de import binnenkwam begonnen de jongeren binnen het dorp zich te roeren, samen met degenen die wat minder traditioneel dachten. Het waren de Jorwerters die zich al wat losgeweekt hadden van het ouderwetse dorp of die – zoals Folkert – altijd al buitenbeentjes waren geweest.

Die twee stromen kwamen samen in het café. Het zat er elke avond vol. De schilder kwam er, de timmerman, de notaris haalde er om twaalf uur ’s nachts nog een afzakkertje en Durk Siesling deed Tarzan na. ‘Ben jij Jane?’ riep hij naar de passerende vrouw Boonstra. 'Dan sleep ik je mee naar het Raarderbos!'

Douwe bracht er in het begin al zijn vrije tijd door. 'Het was een soort *Coronation Street*. Je hoorde de meest fantastische verhalen.' Geen mens bleef thuis voor de televisie. 'We wisten allemaal dat Folkert vreselijk kon liegen. We kenden allemaal de waarheid. Maar wat kon hij prachtig vertellen!'

Douwe werd eigenaar van een woninkje bij de brug. Hendrik schilderde het in precies dezelfde kleuren als de kroeg, 'anders werd Douwe maar onwennig.' Jan Dijkstra timmerde de vloer. Weer een ander legde de elektriciteit aan en maakte een wc in een bedstee. 'Het enige dat ik zelf hoefde te doen was zo nu en dan een krat bier binnenzetten,' vertelde Douwe. Zo werd hij door zijn vrienden van het café het dorp in gedragen om er nooit weer vandaan te gaan.

Later trok Lia bij Douwe in. Ook zij koos bewust voor een leven op het platteland. 'Kinderen en ruimte om je heen voelen, dat wilde ik.' In de wintermaanden gaf ze een naaicursus in het café, alle vrouwen namen hun naaimachines onder de arm mee, en op het biljart werden de lapjes geknipt.

De vrijwillige brandweer, bestaande uit een rode handkar, een spuit en een paar brandweeruniformen, groeide uit tot een kleine feestvereniging. Ieder jaar gingen Douwe, Hendrik en de andere brandweermannen in het schip van Durk Siesling een dagje varen met een krat Beerenburg aan boord. Toen de patatbakkerij van Sikke Kooistra in brand vloog stond Hendrik Meinsma ergens anders in het dorp op een ladder te verven. 'Brandt het goed?' riep hij naar beneden. 'Nou, dan hoef ik ook niet meer te komen.' De laatste brand was een smeulpartij in de mestvaalt van Sake Castelein. Daar maakten ze zo'n keet van dat de brandweerploeg van Mantgum het definitief overnam.

Het waren jaren waarin alles kon gebeuren. Er werd een

speelweek georganiseerd voor de Jorwerter kinderen, met de hele week hutten en pannenkoeken. De matinee van de merke werd één grote verkleedpartij. Aan de Pastorijfinne kwam een homo wonen, en een BOM-moeder, en een gescheiden man en een gescheiden vrouw, er kwamen wilde tuinen en sommigen hingen zwarte, wijdmazige gordijnen voor de ramen. Even verderop in de straat kwam een afsplitsing van het Leger des Heils, bestaande uit één familie en één kostganger, allen keurig gekleed in eigengemaakte uniformen.

Op 24 december 1971 werd in de kerk van Jorwerd het eerste alternatieve kerstfeest gevierd, onder het motto 'Voor het stervende kind'. Ik vond een oud krantenknipsel met het programma. Door de straten van het dorp zou een protestoptocht gehouden worden tegen het oorlogsgeweld, in de kerk zou de film *Z* gedraaid worden, de popgroep Earth People zou optreden, er zou een alternatief kerstdiner gehouden worden en voor de liefhebbers werd er bovendien 'alternatieve chocola' verkocht.

Wiepkje Castelein had in 1978 nog een breiclub, met vijf vriendinnetjes, elke week een andere steek, elke week tien centimeter verder. Ze speelde cowboytje, bouwde hutten, de jongens voetbalden en voeren in omgekeerde autodaken door de sloten. Drie jaar later maakte ze in een geheim schriftje de volgende reeks notities:

> *17 juli 1981. Jellum disco.* 'Ik denk dat ik toen mijn eerste pilsje dronk.'
> *26 september 1981. Met Sietse en Daan naar Fuck in Weidum.* 'Wisten mijn ouders veel wat dat betekende.'
> *10 oktober 1981. Disco in Jorwerd.* 'Met m'n vriendje, maar we praatten nauwelijks met elkaar, we waren veel te verlegen.'
> *30 oktober 1981. Disco in Weidum.* ''s Nachts op de fiets terug.'

23 januari 1982. Fuck in Weidum. 'Ik denk dat ik in de maanden daarvoor een tijdje huisarrest heb gehad.'

30 januari 1982. 't Holt in Deinum. 'Dat was heel bijzonder, daar heb ik hard voor moeten zeuren.'

27 februari 1982. 't Holt, optreden bzn. 'Ik had toen een vriendinnetje met oudere broers...'

27 maart 1982. Disco in Jorwerd. 'Ik begon langzamerhand door te breken als feestbeest. Na de merke was er geen houden meer aan. Ik ging ook steeds verder weg.'

25 juli 1982. Treemter in Grouw. 'Thuis waren ze kwaad, want ik mocht niet, het was veel te ver.'

Op de volgende pagina's van het schriftje zien we de bands, de disco's en de feesten snel in frequentie toenemen, tot bijna ieder weekend, terwijl tegelijk de actieradius van de jeugdige Wiepkje almaar wijder wordt: Brainbox in Wommels, Doe Maar in Irnsum, Golden Earring in Grouw. 'Je kende op het laatst iedereen. Je móést erheen, je kon het niet missen.'

Wiepkje leerde haar vriend Pier kennen via de band Fuck. 'Hij kwam uit Weidum. De jongens hadden hun eigen ploeg, meestal van het eigen dorp, en ze hadden hun vaste plaats aan de bar. Ze praatten over vrouwen en voetballen en de wereld, het ging over niks, het was een soort springen van het ene losse onderwerp naar het andere waar geen buitenstaander iets van snapte.'

De jongens dronken veel – en een tijdlang was het zelfs een sport om, razend over de kleine weggetjes, met een dronken kop de politie af te schudden, dat hield pas op toen een stuk of wat jongens zich doodgereden hadden. Maar als ze aan de bar naast een meisje belandden, kwam er nauwelijks een woord uit.

Alleen: Pier had een band, en hij speelde over heel Friesland. 'Ze kenden in die tijd misschien vier nummers, maar dat belette ze niet om in Het Wapen van Baarderadeel de hele avond door te spelen, almaar diezelfde vier nummers. Machtig vonden we dat.'

Leeuwarden bleef nog lang gevaarlijk en riskant. 'Zelfs op de MAVO vormden we een dorpsklas ín de stadsklas. Die stadskinderen waren veel brutaler dan wij. We gingen er niet graag uit.'

*

Rond 1600 waarschuwde de volksdichter Brederode de 'Heeren' en 'Burgers' al: 'Mijdt der Boeren Feesten: sy zijn selden soo soet.' Hij beschreef de verschillende fasen van zo'n kermis: 'Daar worden zo eschrangst, gedroncken, gesongen, gedreumelt en gedangst, gedobbelt en gekangst. Men riep om wijn, het most soo sijn. Elck Boerman was en Langst.'

Vierhonderd jaar later was daar nog altijd weinig in veranderd. Op de pinkstermarkt in Oudeschoot werd om een uur of zeven 's ochtends met het innemen begonnen, om een uur of twaalf begon het schreeuwen, om een uur of een het vechten, en rond twee uur lagen de jongens lam tegen de gevels en stoepen, anderen zigzagden over de weg, trekkend en duwend, soms stompend en slaand, zonder hun krachten te kennen. Daarna kon het wonderbaarlijke thuiskomen beginnen.

Op dergelijke markten en partijen kwam ook iets naar voren dat weinig meer met het oude boerenleven van doen had, en dat ook niets te maken had met de modegrillen van de stad.

Terwijl de stedelingen van Den Haag tot Istanbul zich min of meer conformeerden aan de trends die de televisiewereld dicteerde, gingen veel plattelandsjongeren daar op een dwarsige manier mee om: sommige elementen werden eruit gepikt, maar veel van de heersende modes liet men ook lopen. Ze hadden zich, net als in de stad, onderverdeeld in genootschappen en sekten, afhankelijk van smaak, muziekkeuze en merkentrouw. Alleen noemden ze zich hier niet 'disco's', 'aso's' en 'studs', maar 'housers', 'braven', 'karrenvolk', 'relaxten', 'kritisch alternatieven', 'computerfreaks' en 'boeren'.

Van de tv-series namen ze wel een Rambo-achtige houding over, maar de 'bekende' merken waar stadsjongeren uiterst gevoelig voor waren – Nike, Levi's, Oilily – deden hen doorgaans niets. Ook rappen en graffiti leken aan de plattelandsjeugd grotendeels voorbij te gaan. Wel werd dan weer uit die golf aan tv-vertier en -informatie feilloos een aantal elementen van de Texaanse boerencultuur gepikt: het aantal dorpsbands dat countrymuziek speelde liep in de tientallen, zo niet honderden, grote Amerikaanse auto's genoten immense populariteit en op elke markt zag je wel een paar mensen rondlopen met Texaanse cowboyhoeden.

Voor een belangrijk deel had dit soort non-conformisme te maken met het eenvoudige feit dat vrijwel alle modes en trends uit de stad kwamen, en ook weer bedoeld waren voor stedelingen. Met hoge hakken kwam je niet ver op het land, aan een Italiaans pak had je op de trekker evenmin veel en een flitsend caféleven lag ook niet voor het oprapen in de polder.

Wie op het platteland woonde bekeek van nature de reclame, de tv-shows, de kranten, de folders en al het andere dat vanuit de stad kwam dan ook met een zekere afstandelijkheid. Toch werd de dooddoener 'Dat is toch niet voor ons soort mensen' in de jaren negentig steeds minder gehoord. Er was een nieuwe kreet in opkomst, een geuzenroep: 'Daar doen wij niet aan mee.' Dat kleine zinnetje zei nogal wat. Het niet meedoen met de stad was jarenlang grotendeels een kwestie van niet kunnen, hetzij om financiële redenen, hetzij om praktische. Nu was het vaker een kwestie van niet wíllen.

Decennia lang was het platteland vrijwel uitsluitend negatief bekeken, niet in de laatste plaats door de plattelandsbewoners zelf: het was alles wat niet-stad was. En de plattelandscultuur was simpelweg een cultuur die (nog) niet-stedelijk kón zijn, wegens geldgebrek, communicatieproblemen of algehele achterlijkheid.

Naarmate de steden echter meer in de problemen kwamen werd men zich op het platteland bewuster van de eigen waarden. Een Achterhoekse boerenpopgroep, Normaal, oogstte waanzinnige successen met zijn liederen over 'höken', 'brekken', 'angoan', 'daldee'jen', 'zoepen', 'met de wieven rotzoo'jen en veur de konte sloan' en 'keettrappen'. Vrij vertaald kwam dat op hetzelfde neer als het 'drincken' en 'dreumelen' van Brederode. In het optreden van Normaal – en bijvoorbeeld ook de Noordlimburgse groep Rowwen Hèze – werd een cultuur van plattelandsjongeren uitgedragen waarover verder niemand sprak: de zuip-, naai- en ploetercultuur van een jeugd die de modes van de stad niet kon en wilde volgen, die door de week alles op alles moest zetten, die verbaal niet begaafd was maar wel loeisterk, en die één keer per week, op zaterdagavond, totaal uit het dak ging.

Zij gaven de dwarse, eigenzinnige cultuur van de jonge boeren opnieuw een gezicht, en daarmee een eigen bestaan, en een eigen zelfbewustzijn, los van de opgelegde wereld van stad en tv.

Het opvallende aan de uitbraak van dorpsjongeren als Wiepkje en Pier was, dat ze tegelijk weer terugkeerden tot hun *roots*.

De jongens gingen bijvoorbeeld meestal uit in 'ploegen', groepjes die jarenlang samenbleven. Niet zelden ontstond zo'n ploeg al op de dorpsschool, ze fietsten samen in lange colonnes naar de middelbare school in de stad, ze gingen samen naar feesten en pas als de eersten trouwden begon het gezelschap uit elkaar te vallen.

De onderlinge voertaal in de ploegen was vrijwel altijd Fries, het liefst zelfs nog een bijzonder dialect binnen Friesland, zoals het Bildts of het Stellingwerfs. Het Fries was ook de taal waarin de liederen en de balladen gezongen werden. Piers band inspireerde anderen. Na Fuck kwam Storing en dat was weer de grondlegger van de zogenaamde Bildt-rock. Daar kreeg bijna ieder dorp op den duur een eigen band, en rondom de schuren en schoollokalen waar gerepeteerd werd ontstond een heel eigen jeugdcultuurtje, met een eigen taal en een eigen sfeer, dorps en toch van de wereld.

In plaats van de traditionele bindingen begon zo een nieuw bewustzijn te ontstaan, een nieuwe gehechtheid aan het dorp en alles wat daaromheen hing. In Jorwerd werd bijvoorbeeld gezamenlijk actie gevoerd tegen het opheffen van bushaltes en de sluiting van de school, men maakte zich gemeenschappelijk druk over aanslagen op het dorpsaanzicht, men zette alles op alles om de oude klapbrug in ere te herstellen, het Iepenloftspul in de notaristuin werd ieder jaar luisterrijker, op de merke was het – ondanks de teruglopende aandacht – altijd vol, en de jongeren organiseerden zelfs een eigen jaarlijks popfestival bij het dorp, MUKPOP. Men moest samen standhouden tegen de stad, en dat schiep banden.

Die toegenomen dorpstrots was een algemeen verschijnsel op het platteland – soms was de term 'dorpsnationalisme' zelfs beter op zijn plaats. Overal rondom Jorwerd was een streven merkbaar om dorpen uit te rusten met iets eigens, iets speciaals dat het dorp deed onderscheiden van andere plaatsen.

Zo wilde men in Beers een vijftien meter hoog stalen bouwsel neerzetten dat een 'luchtspiegeling' zou weergeven van de vroegere Unia-state. In Tjerkwerd werd voor een dorpsfeest het oude Walta-slot weer in miniatuur opgebouwd. Bij Drachten deed men pogingen de fundamenten van een oud klooster op te graven. In Jorwerd liet de dominee een speciaal kerkzegel maken – het zag eruit alsof het al honderden jaren bestond. Grouw en Terhorne streden om de vraag op welk dorp de populaire jongensboekenserie *De Kameleon* was geïnspireerd. In Grouw wilde men een standbeeld neerzetten, in Terhorne een themapark. Elders maakte men plannen om verloren kasteelpoortjes te herbouwen en oude dorpsvaarten weer uit te graven. In weer andere dorpen werden bouwvallige dorpskerken hersteld – één dorp van nog geen vierhonderd inwoners hoestte zonder mankeren zeventigduizend gulden op. En overal werden dorpen hernoemd tot de oude Friese namen, Grouw werd Grou, Terhorne werd Terherne, Jorwerd werd Jorwert, richtingborden werden vervangen, overheidspapieren herdrukt.

Al die gevoelens werden versterkt en opgeschud door rituelen, door dorpsfeesten, kermissen, optochten, kleding, taalgebruik, boekjes met oude ansichtkaarten, fanfares, de ijsclub, de dorpsgek, kortom, door zaken en gebeurtenissen waarin herkenning en herhaling de belangrijkste elementen vormden. En de banier waaronder dit alles plaatsvond was de Friese taal, die vaker dan ooit weerklonk tijdens kerkdiensten, in officiële stukken en bij andere zaken van belang.

Een belangrijke rol in dit proces speelde het verenigingsleven in de dorpen. Ik vond in het gemeentearchief een lijst uit 1923, met de elf Jorwerter dorpsverenigingen. Anno 1995 verkeerden, op twee na, alle op die lijst voorkomende clubs nog in volle bloei en er was er zelfs nog een aantal bij gekomen.

Jorwerd was daarin niet alleen. Ondanks auto en televisie stond in veel kleine dorpen het verenigingsleven er in vergelijking met vijftig jaar geleden nog altijd redelijk goed voor. Er was echter wel een verschil in doelstelling. Terwijl de klassieke negentiende-eeuwse verenigingen – zoals het Jorwerter Dorpsnut – sterk gericht waren op het stimuleren van de algemene ontwikkeling van de leden en het doorbreken van het dorpsisolement, richtten de meeste verenigingen zich in de twintigste eeuw vooral op het eigen kleine dorp: het waren vooral de feest- en reisverenigingen die bloeiden, en de ijs-, dam-, en kaatsclubs, en de bejaardensozen en toneelverenigingen.

De nieuwe dorpstrots deed denken aan de opkomst van de buurtsentimenten in de grote steden, aan de buurtacties in de jaren zeventig, aan het 'wij-samen-tegen-de-rest' van de oude wijken in de jaren tachtig. Al in de jaren dertig was de Amsterdamse Jordaan in een serie films verromantiseerd tot een dorp in de stad waar iedereen elkaar kende en de buren voor elkaar door het vuur gingen. Met de werkelijke Jordaan hadden die films – met titels als *Bleke Bet* en *De Jantjes* – weinig van doen. Amsterdam had al decennia van modernisering achter de rug, het was toen al een drukke en anonieme stad. Maar wellicht waren die films daarom ook juist zo razend populair: ze toverden een illusie waarvan iedereen droomde, ze schilderden een buurt die al jaren verdwenen was, maar waarnaar grootouders en kleinkinderen nog altijd hun heimwee meedroegen.

Zoiets was er ook aan de hand met de nieuwe dorpstrots.

Die trots was duidelijk iets anders dan de vroegere dorpsbinding. Die dorpsbinding was een systeem van tradities, een onderdeel van de statische samenleving die overal op zijn retour was. De dorpstrots was iets betrekkelijk moderns. Uit enquêtes onder dorpsbewoners bleek bijvoorbeeld dat ook mensen met een progressieve levensstijl zich in het algemeen sterk met het eigen dorp verbonden voelden. Het was een verschijnsel dat, net als het Jordaan-sentiment in de jaren dertig, juist door alle veranderingen werd aangejaagd.

Het was bovendien een uiting van het 'regionalisme' en 'communalisme' dat in heel Europa weer ontwaakte, de nieuwe saamhorigheid op het platteland tussen mensen die op het eerste gezicht weinig gemeen hadden en die zich onder andere uitte in allerlei taalkwesties, in de opkomst van lokale en regionale partijen en in een afkeer van centraal gezag in zijn algemeenheid.

*

Er was nog iets opvallends: bijna alle nieuwelingen die ik sprak beschouwden Jorwerd in de eerste plaats als het dorp van degenen die er al woonden. Het was het dorp van de anderen, en daar sloten zij zich bij aan. Er was een soort onuitgesproken overeenkomst: niemand hoefde zich aan te passen, maar men liet het dorp wel in zijn waarde.

Dat betekende overigens niet dat Jorwerd daarmee direct de open gemeenschap was geworden die stedelingen gewend zijn. Wie ongehuwd samenwoonde werd aanvankelijk niet toegelaten op de dansclub voor echtparen. De merke bleef – ondanks de letterlijke betekenis van 'markt' – een in zichzelf gekeerd gebeuren, waar een vreemdeling wat scheef werd aangekeken. Ook Cor Wiedijk kreeg enig weerwerk toen men hem tot bode van de begrafenisvereniging wilde benoemen, want al woonde hij hier al zestien jaar, 'hij kwam hier niet vandaan'.

Nu deden de 'arrogante Hollanders' in sommige dorpen hun faam inderdaad eer aan. Sommigen leken hun visie op het platteland voornamelijk ontleend te hebben aan bepaalde televisiereclames, en wensten niet te accepteren dat een koe scheet, dat een boerderij weleens naar mest stonk en dat een dorpssmid weleens een lasapparaat moest aanzetten. Anderen waren nog maar nauwelijks verhuisd, of ze begonnen hun stedelijke wooneisen al aan de nieuwe omgeving op te leggen. En met de Hinderwet in de hand konden ze nog een eind komen.

In het naburige Poppenwier was bijvoorbeeld het stokoude dorpscafé de nek omgedraaid door de nieuwe buren die landelijke rust eisten, en daarvoor desnoods naar de Raad van State wilden wandelen. In Britsum had een advocaat het traditionele lijkpad geblokkeerd omdat die toegang hem, naar hij zei, rechtens toebehoorde. In Birdaard wilde een importfamilie de smederij annex rijwielhandel weg hebben, 'vanwege het lawaai van slijpen en lassen', hoewel de smid al zestig jaar in het dorp zijn werk deed en al veertig jaar een vergunning had.

In Jorwerd deed dat soort excessen zich niet voor, maar men had soms wel moeite met de lichte vervreemding die de import meebracht. De oudere dorpsbewoners hadden niet anders meegemaakt dan dat iedereen een concreet beroep had. Maar nu zaten ze opeens avond aan avond in het café met mensen van wie ze geen idee hadden wat ze overdag deden.

Dat Keimpe buschauffeur was, dat wisten ze allemaal, want iedereen zag hem regelmatig rijden. Maar wat Gijs van Woudenberg daar in Amsterdam met al die computers deed, en waarom Willem Osinga naar Milaan moest, en wat Frans Langemeijer precies uitvoerde als manager bij de kinderbescherming, ze hadden geen idee.

Veel importmensen leidden zo twee halve levens – een Jorwerter leven, en eentje in de grote wereld. En voor de Jorwerters ontstond zo opnieuw de tweede dimensie van het bestaan: de dimensie van de stad, de dimensie van het schrikwekkende kasteel, en de dimensie van het veilige dorp waarbinnen niemand iets wist – noch wilde weten.

Dat ging, net als bij een gecompliceerd huwelijk, goed zolang al die werelden elkaar niet al te zeer raakten. Maar er was een grens: de kinderen. De Jorwerter school was decennia lang nog een echte dorpsschool: de kinderen werden er klaargestoomd voor de MAVO, de landbouwschool of voor een bepaalde vakopleiding, maar voor de stad en het kasteel was het onderwijs niet bepaald geschikt. Er was dus een probleem.

Het beleid van de school werd bepaald door een oudercommissie die voortkwam uit het oude dorp. Die commissie pakte de toenmalige hoofdonderwijzer vrij hardhandig aan – en niet ten onrechte. Maar net als bij het conflict rond 'Ons Huis' breidde de ruzie tussen het schoolhoofd en het bestuur zich al snel uit tot allerlei kringen die er niets mee te maken hadden.

Toen Douwe – die les gaf in een naburig dorp – in Jorwerd probeerde te solliciteren werd hem toegevoegd: 'Jij kunt er niets aan doen, maar omdat het hoofd voor je is, zijn wij tegen je'. En toen men door de ouders daarvoor ter verantwoording werd geroepen kwam op de vragen geen antwoord. 'Dat is geheim,' werd er gezegd. Of: 'Dat bespreken we onderling.'

De tegenstellingen kwamen in 1985 tot een uitbarsting. Op grond van de nieuwe Wet op het Basisonderwijs moest iedere basisschool voortaan beschikken over een medezeggenschapsraad. Op de meeste dorpen was dat geen enkel punt: de oudercommissie werd vrijwel automatisch omgezet in zo'n nieuwe medezeggenschapsraad.

In Jorwerd werd echter besloten om het formeel te spelen. Iedereen verzamelde zich in de school, er werd gestemd, de stilte was om te snijden, en toen de uitslag kwam bleek dat de vroegere oudercommissie compleet was weggevaagd. De leden dropen af, het was weinig eervol allemaal, en het zou jaren duren voordat de wonden van die avond weer geheeld waren.

Het conflict rond de dorpsschool was in zekere zin een cruciaal moment in de Jorwerter geschiedenis, zoals veldslagen en presidentsverkiezingen dat kunnen zijn in het leven van grote staten.

In de eerste plaats was het conflict een botsing tussen de nieuwe en de oude elites van het dorp, tussen degenen die op een moderne manier betrokken wilden worden bij belangrijke kwesties, en degenen die de zaken via de traditionele netwerken wilden afwikkelen.

In de tweede plaats vormde het conflict een bijna onvermijdelijke fase in het proces van verandering dat het dorp doormaakte. Zo'n verwarrende tijd uit zich bijna altijd in een of meer dorpsruzies: wat moeten we met al die nieuwkomers; waarom verdwijnen opeens alle winkels; waarom zien we elkaar niet meer; wat zoeken onze kinderen in de stad? Meestal ontstaat er na zo'n conflict een nieuw evenwicht, soms past het dorp zich compleet aan de nieuwkomers aan, soms ook kiest het voor een nieuw isolement.

In de derde plaats maakte het schoolconflict op een ongenadige manier duidelijk hoe de getalsverhoudingen binnen het dorp sinds het begin van de jaren zeventig waren verschoven. Uiterlijk was Jorwerd rond 1985 nog vrijwel hetzelfde dorp als in 1971, maar wie naar de cijfers keek zag dat gaandeweg steeds meer huizen door nieuwkomers waren betrokken. Veel oudere families waren verdwenen, de jongeren naar de stad, de ouderen naar bejaardenhuizen.

Ids Meinsma nam eens de moeite, toen ik hem ernaar vroeg, om precies na te gaan wie er verhuisd waren sinds hij van school was. In gedachten liep hij de straten van het dorp af en telde: dat huis, dat huis, die is weg, die is weg, die woont er nieuw, en die en die, hij zette de ene turf na de andere. De uitslag verbaasde ons allebei. Het kwam erop neer dat volgens zijn privé-statistiek zeker de helft van het dorp er pas de afgelopen twintig jaar was neergestreken, en misschien wel driekwart.

Zoals er na enkele jaren ongemerkt een nieuw lichaam wordt gevormd omdat lichaamscellen zich eens in de zoveel tijd vervangen, zo was hier in stilte een heel ander dorp ontstaan.

*

Ondertussen ging het komen en gaan voort. Iedere uitgave van de dorpskrant had in de rubriek 'Even voorstellen' wel weer een of twee nieuwkomers: een onderhoudsmonteur bij de Frico, een ambtenaar bij de gemeente, een verpleegkundige uit Leeuwarden, een Groninger echtpaar waarvan de man iets met computeropleidingen te maken had en de vrouw aankomende secretaresses begeleidde, een manager in software-opleidingen uit Hilversum, een studente en een projectmanager uit Sneek, een onderhoudstimmerman uit Wirdum, een bankemployé uit het Bildt, een oudere dame uit Gerkesklooster, een Leeuwarder exploitatiemanager bij Van Gendt en Loos.

'Het wonen in Jorwerd bevalt prima,' schreven ze. 'Lekker rustig en een mooi uitzicht.' 'Mijn hobby's zijn lezen, breien, borduren en puzzelen.' 'Maaike pielt graag met bloemen, houdt van handwerken en lezen.' 'Het lijkt of de tijd hier heeft stilgestaan.'

Hun komst werd mede in de hand gewerkt door het beleid van de overheid.

De overvolle Randstad begon mensen uit te stoten. Terwijl de bevolking toenam vertoonden de inwonersstatistieken van de grote steden een langzame maar gestage daling. Steeds meer Nederlanders prefereerden een half stadse, half landelijke omgeving. Ook de landelijke onderzoeken naar verhuiswensen signaleerden zo'n vluchtneiging. De meerderheid van de grotestadsbewoners zou, als het mogelijk was, het liefst in een kleinere plaats willen wonen. Slechts een kwart prefereerde de grote stad. Buiten de Randstad was dat precies andersom. Bijna driekwart van de geïnterviewden in de kleinere plaatsen was zeer tevreden en wilde niet weg. Slechts een op de twaalf zou liever naar een grote stad in het westen willen verhuizen.

De gevolgen van dit alles begonnen duidelijk merkbaar te worden. De IJsselmeerkust tussen Lemmer en Harlingen raakte in trek als alternatief voor het Gooi, en daarnaast werden veel Duitsers – die thuis zand en bos genoeg hadden – aangetrokken door het karakteristieke Friese kleilandschap van hoge luchten en kale vlakten. Douwe kocht in het begin van de jaren zeventig zijn huisje nog voor duizend gulden bij de notaris. Vijfentwintig jaar later was het zeker het honderdvoudige waard.

Overal werden bungalowprojecten uit de grond gestampt – steeds vaker in de vorm van nepboerderijtjes, compleet met rieten daken en plastic uilenborden. Op maar liefst vijf plaatsen in Friesland bestonden plannen om prestigieuze landgoederen aan te leggen, met tuinen, bossen en waterpartijen, en uiteraard fraaie woongebouwen voor de gefortuneerde kopers. Nu de landbouw wegzakte moesten immers andere functies voor het platteland gevonden worden, en andere soorten werkgelegenheid. Veel bestuurders en projectontwikkelaars zagen het platteland zo het liefst veranderen in een typische woonprovincie, een fraai en rustig alternatief voor de Randstad, het Florida van de Lage Landen, maar dan kouder en natter.

Die nieuwe immigrantenstromen en de veranderingen die ze binnen de dorpen teweegbrachten vielen nauwelijks te meten. Er bestond echter één ijkpunt: de taal.

Ondanks alle aandacht voor de Friese taal was in veel dorpen het Nederlands in opmars, en het beste was dat hoorbaar op de schoolpleinen. De onderwijzers die ik sprak signaleerden rond het midden van de jaren tachtig een duidelijke omslag – althans in de importdorpen. Voor die tijd leerden de nieuwe kinderen uit zichzelf zo gauw mogelijk Fries om mee te kunnen spelen, daarna begonnen de Friese kinderen Nederlands te leren. Uit peilingen van de Fryske Akademy bleek dat in 1980 een derde van de Friese jongeren onder vrienden nooit meer Fries sprak. In 1993 was dat al meer dan de helft. Een woord als 'dongje' – mestrijden – kenden veel Jorwerter kinderen niet meer.

Ook de leeftijdsopbouw veranderde. In veel dorpen bleven de jongeren wegtrekken omdat opleidingen en carrièremogelijkheden elders lagen. De oudere genieters stroomden daarentegen toe. Veel oud-Friezen die in de vut terechtkwamen probeerden hun dromen te verwezenlijken door een oud dorpshuis te kopen. Niet zelden vroegen de verkopers prijzen die tienduizenden guldens boven de werkelijke waarde lagen, in de hoop een idiote Amsterdammer te strikken die opeens in Friesland wilde wonen. Vaak lukte dat.

In dorpen met een wat omvangrijker import ontstond zo niet zelden een tweede elite van vutters, managers, wetenschappers, hoge ambtenaren en andere gefortuneerden. De Hollands sprekenden stichtten eigen genootschapjes, koortjes en schaakclubs, ze dronken als getapte jongens mee op het dorpsfeest, en daarnaast hadden ze hun eigen tuinpartijen waar het gewone volk allesbehalve welkom was.

En dan waren er de zogenaamde tweede huisjes. Van die anderhalve artistiekeling die een oud arbeidershuisje kocht had vroeger niemand last, maar dat werd anders toen het stille genieten in sommige streken massale vormen begon aan te nemen. Volgens een inventarisatie in de *Leeuwarder Courant* stonden in de winter van 1995 in Woudsend veertig van de vierhonderd woningen leeg, in Wymbritseradeel hadden van de bijna zesduizend woningen bijna vierhonderdvijftig een recreatiebestemming, in Gaasterland stonden driehonderdvijftig van de bijna vierduizend huizen als tweede woning te boek, in het dorpje Langweer waren er 's winters vijftien tot twintig lege gaten.

De tweede-huisjeszoekers besteedden hun rijkdom meestal nauwelijks in het dorp zelf, zodat de plaatselijke economie er weinig aan had. Ze steunden de school niet, ze deden meestal niet mee met de verenigingen en de Kerk en driekwart van de tijd stond hun huis als een koud gat in de dorpsstraat. Bovendien dreven ze de huizenprijzen flink op, met als gevolg dat de eigen dorpsjeugd vaak nauwelijks meer aan een redelijk huis kon komen.

Zo werd, wat een vreugde was voor de stedelingen, een kwelling voor de dorpen.

*

Toen ik met Riekele Bekkema door de donkere Friese vlakte reed was de stad ver weg, en tegelijk dichtbij.

De stad was dichtbij in Sneek, toen aan het begin van de avond binnen één uur opeens drie gevallen van amok, krankzinnigheid en overspanning werden gemeld, en Bekkema moest inspringen om deze werkloze, gescheiden en anderszins ontwrichte mensen in te sluiten en te kalmeren. Niet dat zoiets nooit op een dorp voorkwam, maar niet drie keer binnen een uur.

De stad was dichtbij toen we midden in de nacht tegen een klusje in Oosterwierum aan liepen. In het enige huis waar nog licht brandde zat een jonge ontdane importvrouw die haar moeder uit Apeldoorn te logeren had gehad. Ze hadden ruzie gekregen over de kinderen – 'Juist daarom was ik hierheen verhuisd, ik dacht dat ik het nu wel aan zou kunnen!' – en vervolgens was de moeder met haar boze kop de donkere weg op gelopen. Een bus kon ze niet meer nemen, ze was nergens meer te bekennen, misschien liep ze nu wel door het land te dwalen. We keken tevergeefs naar haar uit.

De stad was dichtbij in de toegenomen rijkdom. Vroeger was er hooguit eens per maand een inbraak in het ressort van Bekkema, nu was het een paar keer per week raak. Vroeger waren de daders meestal beroepsinbrekers, nu waren het vaak jongeren die op zo'n manier even een kastekort aanvulden, voor de disco of voor drugs. 'Vroeger lieten die beroepsdieven de boel meestal netjes achter,' zei Riekele Bekkema met lichte weemoed. 'Nu maken ze er een bende van.'

De stad was dichtbij doordat de veekooplieden niet meer veilig met contant geld konden rondrijden, door de toegenomen vernielingen vanwege het afnemen van de sociale controle, en het gezag, en nog zo wat. Bekkema: 'Een regel is niet meer een regel, er moet nog iets meer aan de hand zijn willen we optreden.'

De stad was ook dichtbij door de regelneven en de notaschrijvers die bedacht hadden dat de veiligheid op het platteland net zo goed gewaarborgd kon worden door het werkgebied van Rieke Bekkema en zijn collega's te vergroten van honderdvijftig vierkante kilometer tot achttienhonderd vierkante kilometer, en die meenden dat te kunnen compenseren met een extra mobilofoon en een handvol stafkaarten in de achterbak.

Maar elders bleef de stad veraf. Er was criminaliteit – maar in de ogen van een stedeling was het allemaal nog vrij onschuldig.

Er was roof, geweld, dronkenschap, en verkrachting – maar dat was er altijd al geweest. Er was ontwrichting en verstoring van het bestaande – maar toch bleven de dorpen dorp.

In Jorwerd waren bij een toneeluitvoering op een keer alle geparkeerde auto's opengebroken, en sinds een jaar of wat bleven er minder voordeuren openstaan, maar voor de rest waren de toenemende gevoelens van onveiligheid grotendeels langs het dorp heen gegaan.

In tegenstelling tot sommige andere dorpen was de algemene voertaal er nog altijd Fries – al ging de dorpsjeugd, onder invloed van een paar toonaangevende importkinderen, wel steeds meer Nederlandse woorden gebruiken.

Tweede-huisjesproblemen kende het dorp niet omdat de gemeente al jaren een vooruitziend beleid had gevoerd. In de dorpskernen waren tweede huisjes volledig taboe, en in het buitengebied werden recreatiewoningen slechts een enkele keer, onder stringente voorwaarden, toegestaan. Alleen de kantine van de ijsbaan werd in de zomer weleens door een Hollandse familie gehuurd, maar dat was dan ook alles.

Veel van de dorpsjongeren die in de jaren zeventig volop meededen aan de merke, het Iepenloftspul, de speelweken en de andere festiviteiten waren uiteindelijk naar de stad vertrokken. Ze hadden zich eerst losgemaakt van het traditionele familieleven, en daarna maakten ze zich ook los van het traditionele territorium.

'Tien jaar geleden hadden we hele zangavonden in het café, met Folkert en zijn accordeon,' zei Wiepkje. 'Leeftijd maakte daar niets uit. Dat is allemaal afgelopen. Nu hebben die kinderen van zestien, zeventien zelfs geen eigen bands meer.'

De import kreeg na de dolle jaren een terugslag. De meesten stonden met iedereen op goede voet, maar de tijd van de innige beslotenheid was voorbij. Voor hen waren het vooral de grote rituelen – de merke, het Iepenloftspul – die het dorp nog bijeenhielden.

Douwe en Lia hadden zich enigszins teruggetrokken uit het dorpsleven. Nog altijd speelde Douwe de hoofdrol in de notaristuin, in de zomer van 1995 voor de zoveelste keer. Ditmaal was het de rol van Anatevka, maar dan helemaal in het Fries, in een compleet nagebouwd Russisch dorp, met koren en dansers en levende muziek, en echte koeien in de stal, zonder oormerken. En verder genoten ze nog elke dag van de eenzaamheid, van het licht, van het zwemmen in de vaart, van de vrijheid voor de kinderen, van de niet-stad.

Ook bij hen was op een dag de projectontwikkelaar langsgekomen. In deze regio was er eigenlijk maar een van dat soort, een zekere Johan de Jong, een bolle man die plannen rondstrooide als duivenvoer en die de halve provincie intimideerde met zijn donkerblauwe streepjespakken en zijn enorme auto's. Hij was een snelle ster die meestal ook weer haastig uit een gemeente verdween, maar altijd wel een paar duidelijke sporen trok.

De Jong was een krachtdadig ondernemer. Hij hield van een wild stukje speculatie, hij had in allerlei dorpen met grond en bungalows gescharreld, in het Bildt had hij hele villaparken gepland, en opeens stond hij ook bij Douwe en Lia aan de vaart.

'Hier moet een eetboerderij komen,' had hij gezegd, 'en die bomen moeten plat.' Daarna had hij zich met een klein cameraatje in een bootje gehesen, zich puffend naar de overkant geroeid en een paar foto's genomen.

'Ja, een bistro,' zei hij toen hij weer terug was. En daarna had hij zijn droom geschetst: van hier tot aan Mantgum zou de boel volgebouwd moeten worden, de vaart zou uitgebaggerd worden, en uiteindelijk zou er een groot forensendorp moeten verrijzen, met een open verbinding naar het Snekermeer.

'Ja, zo moet het worden,' zei de bolle man beslist, en in zijn donkerblauwe pak beende hij heen en weer over het erf van Douwe en Lia, alsof hij het al als zijn bezit verworven had.

Nu wil ik de vrome mannen prijzen,
Onze vaderen, naar hun geslachten,
Aan wie de Allerhoogste veel glorie gaf,
En die groot waren in vroegere tijden.
Mannen van rijkdom, steunend op hun kracht,
Vreedzaam wonend in hun oord.
Zij allen stonden bij hun tijdgenoten in ere,
En waren in hun dagen beroemd;
Sommigen van hen verwierven een naam,
Zodat men van hen met lof bleef gewagen.
Toch waren er anderen, die men niet meer gedacht;
Zodra ze vergingen, was het uit.
Ze zijn, als waren ze er nimmer geweest,
En hun kinderen eveneens.

Jesus Sirach 44:1-2, 6-9

XI

EEN EILAND IN DE TIJD

Ooit bracht ik een winter door in de ban van een tweetal omvangrijke boeken. Ik las ze in bed, ik las ze onder het eten, ik las ze wanneer ik maar kon, mijn haren recht overeind, en van schrik leerde ik ook nog Fries. Het waren de vertellingen van een oude schipperszoon. Die verhalen gingen ongeveer zo:

Een jong meisje vroeg haar vrijer hun bruidsboeket te plukken in het Betoverde Gat. De jongen trok naar het moeras en werd daar door een tovenaar veranderd in een slang.
Het meisje ging hem zoeken en vond hem bij de tovenaar. Die liet haar dienstmeidenwerk doen en op een dag wilde hij bij haar slapen. Het meisje zei ja, maar lokte de tovenaar uit het moeras naar de heide, waar de betovering niet werkte. Ze begon de tovenaar te kietelen, waardoor hij zo moest lachen dat hij zijn mond wijd opensperde. De betoverde slang zag zijn kans schoon, en schoot in de buik van de tovenaar.
Het meisje bond hem aan een boom en liet hem honger en dorst lijden. De slang leed mee, maar wilde niet uit zijn buik, totdat het meisje naast de tovenaar ging zitten, haar rokken opschortte en in de heide piste. Zodra de slang dat geruis hoorde kroop hij uit het achterste van de tovenaar en veranderde weer in de jongeman.
Samen gooiden ze de tovenaar in het moeras en ongehinderd leefden ze verder.

Einde verhaal, en zo stonden er honderden van dit soort geschiedenissen in die twee boeken. Het waren de laatste originele Friese volksverhalen die de verteller, Steven de Bruin, zo'n zestig jaar geleden had opgepikt. De Bruin had als jongetje avondenlang stiekem achter de bedsteedeurtjes van de kajuit meegeluisterd als de familie of de visite aan het vertellen sloeg. Omdat hij een geheugen had als een bandrecorder zag hij kans om honderden van die verhalen vrijwel woordelijk te onthouden: over de hellewagen van de dode Friese koning, die 's nachts donderend door de lucht reed terwijl de vorst zijn vurige bijl naar de aarde wierp, over oeroude heuvels op de heide, vol betoverde potten goud, over schippers die een duistere opdracht kregen om 's nachts uit te varen, het schip vol zielen van pasgestorvenen, fluisterend, onzichtbaar.

Ik leerde die vreemde verhalen van Steven de Bruin kennen dankzij de Friese dichter en wetenschapper Ype Poortinga. In het begin van de jaren zeventig had hij zich gerealiseerd dat in de Friese bejaardenhuizen een goudmijn aan overgeleverde sagen en vertellingen lag, maar dat hij er snel bij moest zijn, want met deze ouderen stierven ook de verhalen uit. Rond zijn zestigste was Poortinga daarom met het project van zijn leven begonnen: hij nam rijles, leerde een bandrecorder bedienen, en al snel reed hij met zijn Dafje van dorp naar dorp, op zoek naar vertellers en verhalen.

De resultaten waren adembenemend. Bejaarde huisvrouwen, met hooguit een paar jaar lagere school, kwamen met oeroude legendes over grafgeschenken, ooit van hun grootmoeder gehoord. Oude boerenknechten gebruikten soms termen die al eeuwen geleden verdwenen waren. Wodan en andere Germaanse goden bleken in vreemde gedaantes altijd voortgeleefd te hebben, net als de Griekse dodenschipper Pharon en de dodenrivier de Styx. En via een ongeletterde schipper kwam, na vele generaties doorvertellen, zelfs weer een bijzondere variant op het Orpheus-en-Euridice-thema boven water.

De verhalen waren ongekuisd, soms waren ze ronduit goor of krankzinnig, en nergens hadden ze de gladheid en de polijsting van die van klassieke sprookjesvertellers als Andersen en Grimm. Maar juist in hun simpele ruwheid waren ze even betoverend als de scherven en brokken van een pas ontdekte archeologische vindplaats. Sinds die winter wist ik niet beter, of ons gezamenlijke geheugen reikte honderden, misschien wel duizenden jaren diep, dieper dan onze geschreven kennis, dieper dan ons bewustzijn, dieper dan we ooit dachten.

*

Dat hij de koestal kende en de schuur, de tuin en de weide?
Dat hij in het maaiershok was en met de mannen in het hooiland?
Dat hij de geur kende van het hout waar aan de weg het heiblok gaat,
Van de boot die langs de fuiken voer en van de taan in 't vissermansachterhuis?
Dat hij de huizen kende met stenen vloeren
En de lege zwartberookte zolders?

Iedere gemeenschap heeft behoefte aan een collectief geheugen. Zo'n geheugen bindt, verklaart, geeft nieuwe dimensies aan het dagelijks leven. En naarmate een gemeenschap meer bedreigd wordt, zal de behoefte aan zo'n gezamenlijk geheugen groeien. De vraag is alleen of het nog wel het collectieve geheugen van de gemeenschap zelf is, dat wordt vastgelegd, of dat het de beelden zijn van anderen. Hoe kleiner of hoe marginaler zo'n gemeenschap is, hoe groter dat risico.

Wat Jorwerd betreft lag het collectieve geheugen in de eerste en de laatste plaats bij de kerk. Het gebouw was vermoedelijk ergens in het begin van de twaalfde eeuw neergezet dankzij de zendingsdrift van een naburig klooster, en het had nog altijd dezelfde ruig gemetselde muren van veldkeien en tufsteen. De bonte fresco's van Maria's en heiligen waren al sinds generaties overgepleisterd en vervangen door reformatie en nuchterheid. Nu waren er slechts sobere en witte wanden te zien, bruine banken en een preekstoel met een zandloper. Maar de balken in het gewelf waren nog altijd de ruwe, halve boomstammen van weleer. Dat was het oudste gebouw van het dorp.

Met andere historische zaken was men hier minder eerbiedig omgegaan. Nog in 1952 was het oudste pand van Jorwerd, het achttiende-eeuwse grietenijhuis – 'een eenvoudig van kleine gele steen opgetrokken gebouwtje met een zadeldak tussen twee ingewerkte halsgevels' – neergehaald om er een pronte nieuwbouwwoning voor in de plaats te kunnen zetten. Niemand had er een traan om gelaten.

De terp was jaren geleden al grotendeels afgegraven omwille van de vruchtbare terpaarde, en dat gold ook voor de meeste andere terpen en oude 'stinzen' – versterkte boerderijen – waarmee het Friese land vroeger bezaaid lag. Op de kaart van de cartograaf Schotanus uit 1718 stonden ongeveer honderdtwintig 'hege wieren', extra hoge terpen die ook als stins konden dienen. Op de kaarten die de latere cartograaf Eekhoff tussen 1849 en 1850 maakte waren ze nog bijna allemaal te zien. In 1995 waren er welgeteld vijf over.

Eigenlijk was het verleden van het dorp alleen op het kerkhof te vinden, de plek waar de Jorwerters al zeker duizend jaar hun doden begroeven. Ik vond in het gemeentearchief een inventarisatie uit 1973, en alle grote families van het dorp lagen er: de Kingma's, de Kundersma's, de Hoogenbrugs, de Sieslings, de Greijdanussen, de Hallema's. Sommige namen kwamen al meer dan twee eeuwen in het dorp voor. De familieleden van Gais, de Greijdanussen, woonden sinds 1781 in het dorp. De familie van Durk, de Sieslings, kwamen sinds 1813 onafgebroken in de registers voor. Maar het bleef bij namen.

Bouke Sijkes Kundersma, 1894-1918: *Rust zacht gij lieve doode / Te vroeg hierheen gebracht / In 't korte leven hebt gij / Uw plichten steeds betracht.*

Eelkje Oene Hoogenbrug, 1846-1871: *Bezie o wandelaar dit graf / In stille eenzaamheid / De vrouw die God mij eens gaf / Is hier terneer geleid / Zij stierf gelaten in haar lot / Met biddend opzien tot haar God.*

Dat wisten we nog van Bouke Sijkes en Eelkje Oene, maar veel meer was het niet.

*

Hoever reikt het begrip 'mensenheugenis'? Zijn de ouderen werkelijk 'levende boeken', zoals de Franse historicus Michelet ooit schreef, boeken die 'ongelukkig genoeg iedere dag dichtgaan? Zijn het annalen die zichzelf niet altijd kennen, maar die duizenden antwoorden vinden, die iets kunnen leren aan degene die ze weet te raadplegen?'

In de buurt van Jorwerd lagen een paar dorpen die vierhonderd jaar na de Reformatie nog duidelijk herkenbaar waren als katholieke enclaves in een verder protestants gebied – gewoon omdat daar na de hervorming een ondergedoken priester was blijven hangen en zijn werk had voortgezet.

In een paar zeventiende-eeuwse processtukken die Jolt Oostra had opgedoken las ik over een fantastische burenruzie bij het Jorwerter notarishuis. Het 'beurzen', het rondhangen daar op de stoep, bleek in 1698 al een geliefd tijdverdrijf te zijn. Tot in de jaren vijftig van deze eeuw zijn de Jorwerters daarmee doorgegaan, bijna drie eeuwen lang, zelfde tijd, zelfde plaats.

Het tippen werd hier zeker twee eeuwen lang gespeeld. Alle ingrediënten lagen immers op elk boerenerf wel voor het grijpen: een stok, een oud wagenwiel en een balletje – vroeger waarschijnlijk een kalken ei. Ooit was het overal in de Friese weidestreek een populaire bezigheid op zondagmiddagen in de zomer. Nu was het een zeldzame attractie geworden, die alleen nog in Jorwerd en misschien één of twee andere dorpen te zien was.

Want dat was de andere kant: tradities verdwenen aan het eind van de twintigste eeuw even snel als plantensoorten in een Nederlands weiland – tenzij ze kunstmatig in stand werden gehouden. Aparte rouwkleding – tot in de jaren vijftig normaal – was in onbruik geraakt. Het plechtig 'aanzeggen' van een sterfgeval werd in dezelfde periode gestaakt. Tot in de jaren zestig zaten vóór in de Jorwerter kerk vrouwen met achttiende-eeuwse oorijzers, het hoofd verstopt onder de kanten floddermutsen. Daarna was dat soort attributen alleen in musea en antiekzaken te zien.

Tot de Tweede Wereldoorlog werden op de Jorwerter merke nog geregeld de 'skotse trije' en de 'iispolka' gedanst. Gais vertelde dat ze als jonge meisjes vaak wat lacherig stonden te kijken als de ouderen opeens begonnen te 'skotsen'. Maar na de oorlog – er was een paar jaar geen merke gevierd – was dat voorbij. De traditionele volksdansen werden alleen nog opgevoerd als toneelstukjes, door speciaal daarin getrainde groepen.

Ik weet nog van een winterzondag bij een vriendje. We speelden in het hooi, de stal was warm en intiem, het vee schuifelde, emmers rammelden, we dronken met de hele familie om een houten tafel plechtig een beker warme melk en 's avonds in de bus naar huis werd door de passagiers gezongen. Dat was ergens aan het eind van de jaren vijftig. Dertig jaar later waren de stallen open en wijd geworden en de welige geur van de mestvaalt en het hooi was verdwenen. Om die zondag hing een stemming die oud en eeuwig leek als de wereld, en toch was die op een of andere manier verloren gegaan.

Een andere herinnering: de route die de vrachtrijder Tjitse Tijssen jaar na jaar reed. In de zomer van 1827 noteerde Doeke Wijgers Hellema in zijn dagboek, niet zonder verbazing, dat ze bezig waren om tussen Zwolle en Leeuwarden een straatweg aan te leggen. Op 5 november, toen het werk vrijwel af was, ging hij er kijken. De oude weg 'was altoos een moeras', zo schreef hij. 'Toen men van dezen aan te leggen weg begon te spreken, zagen de Friezen dit werk genoegzaam aan voor een hersenschim en geloofden dat het onuitvoerbaar was, ja, dat het wegens de moeilijkheid van de aanvoer der materialen onmogelijk zou zijn – en ziet! Thans is er een straatweg!'

Diezelfde straatweg werd, in enigszins aangepaste vorm, honderd jaar later nog gebruikt. Ik herinner me dat we er als jongens over fietsten, het hobbelen van de klinkers, de wind in de hoge bomen die zich bogen in een eindeloos lange rij.

Begin jaren zestig kwam er een gloednieuwe autoweg, om de dorpen heen, het nieuwste van het nieuwste. Nauwelijks dertig jaar later lagen er overal in het groene land enorme zandbulten voor alwéér een nieuwe weg, een vierbaansweg ditmaal.

De landwegen waarmee onze Wirdumer boer was opgegroeid waren vier-, vijfhonderd jaar oud. De straatweg die hij zag aanleggen ging bijna anderhalve eeuw mee. De autoweg was al binnen één generatie afgeschreven.

De laatste weken die ik in Jorwerd doorbracht vroeg ik me vaak af hoe al deze veranderingen de dorpsgeschiedenis zouden ingaan. Hoe zou later verteld worden over de vier merkwaardige decennia waarin opeens alle knechten en meiden van de boerenerven verdwenen, waarin na duizenden jaren de samenwerking tussen mens en dier verbroken werd door de komst van de tractor, waarin andere belangen de landbouw verdrongen, waarin de bedrijvigheid in het dorp binnen tien jaar was weggesmolten?

Hoe zou deze vreemde tijd beschreven worden? Zou er later nog verteld worden over de stilte en de ontberingen, over de warmte van de oude stallen, over de bel en het geschuifel in de dorpswinkels, over de goedheid van Akke van Zuiden?

De wijze waarop de meeste Jorwerters hun eigen geschiedenis bekeken viel nog het beste te vergelijken met een omgekeerde piramide: wat kortgeleden plaatsvond werd breed en groot uitgemeten, maar na een jaar of twintig versmalde de aandacht snel. Het instorten van de toren wist iedereen nog, over de oorlog werd altijd verteld, en Folkert kon me in extenso verslag doen van de grote brand op 15 augustus 1930, toen maar liefst vier boerderijen tegelijk afbrandden, door hooibroei en storm. 'Het was kwart over twaalf. We zaten te eten. Komt opeens iemand bij ons voor de ruiten; de plaats van Van der Hem staat in brand...'

Maar de meeste verhalen en herinneringen in Jorwerd bleken daarna op te houden. Het waren niet veel meer dan stenen die hooguit over de golven van één, twee generaties sprongen en dan voorgoed in de vergetelheid verdwenen.

Durk Siesling – hij was sinds het plotselinge overlijden van zijn Aaltsje stiller en eenzamer geworden – had me weleens verteld dat zijn grootvader nog eindeloos met zand had gevaren voor de bouw van 'het spoor', rond 1885. 110 jaar dus. Van de oude notaris hoorde ik dat zijn grootvader al in 1890 de Elfstedentocht had geschaatst. Er was toen nog niets georganiseerd, ze hadden gewoon een briefje met de handtekeningen van herbergiers. 105 jaar. En in een naburig dorp konden ze nog steeds exact de plek aanwijzen waar in 1887 de veelbelovende zoon van de plaatselijke predikant door het ijs zakte en verdronk. 108 jaar.

Terwijl de tijd in alle rust voorbijgleed bleek het collectieve geheugen van het dorp opvallend kort van memorie, en selectief bovendien.

De charismatische dominee Hille Ris Lambers zette twintig jaar lang de toon in het dorp met zijn boeken over de Chinese filosofie en de zanguitvoeringen van zijn mooie dochters Heleen en Annie. Achter in de tuin begon de ondiepe plas. Waar we elkaar 's avonds onder takken vonden.

Ik zag tussen de regels van Slauerhoffs poëzie soms het oude Jorwerd nog opduiken, maar omgekeerd was de band niet zo sterk. In het dorp waren de dichter, de dominee en zijn dochters na tachtig jaar vergeten – behalve dan bij Gais, de dominee, de onderwijzer en nog een handvol intellectuelen.

Ik had er Folkert naar gevraagd: het enige dat de ouderen zich van de familie Hille Ris Lambers herinnerden was het strontgas – moerasgas dat hij opving uit dezelfde 'ondiepe plas' die Slauerhoff beschreef en die in de jaren zestig was omgetoverd tot een parkeerplaatsje. 'Die dominee Lambers had in de eerste oorlog kans gezien uit de stinkvaart gas te vangen, bliksem nog aan toe,' zei Folkert. 'En op dat strontgas kookten ze ook nog.'

Op een avond ging ik op bezoek bij Philippus Breuker, vroeger onderwijzer, later hoogleraar Friese taal- en letterkunde in Amsterdam, maar altijd geïnteresseerd in alles wat er om hem heen gebeurde. Breuker woonde in het naburige dorp Bozum, hij had de hele geschiedenis van de gemeenschap uitgespit en eigenlijk was hij daar nog steeds mee bezig.

‘Wat concrete gebeurtenissen betreft reikt het collectieve geheugen niet verder dan ongeveer honderd jaar,’ was zijn ervaring. Hij vertelde me hoe hij een familie ontdekt had die al sinds de vijftiende eeuw onafgebroken in zijn dorp had gewoond, van vader op zoon, vijf eeuwen achter elkaar, tot vandaag toe. Maar de mensen zelf hadden geen idee over hun afkomst, laat staan dat ze wisten hoever die terugging.

‘Ik kwam van alles tegen over ongelukken, ruzies, diefstallen, van alles, gewichtige zaken, vaak nog geen honderd jaar geleden gebeurd. Maar als ik de kleinkinderen en de achterkleinkinderen van de hoofdrolspelers ernaar vroeg wisten ze niets meer. Er was hier een dominee die de hele provincie in rep en roer bracht door het einde van de wereld te voorspellen – om precies te zijn: op 8 mei 1774 – en waarover zestig jaar later in Friesland nog zou worden geschreven. Ik heb jaren geleden nog een betachterkleinkind van hem gesproken, een stokoude man, geboren in 1875. Maar dat hij van zo’n legendarische voorvader afstamde, hij had er nooit van gehoord.’

Er waren natuurlijk uitzonderingen. De Jorwerter notaris wist te vertellen dat zijn betovergrootvader in 1830 voor de dienst werd opgeroepen, een remplaçant had genomen, en dat die arme jongen door de Belgische oorlog negen jaar lang voor honderd gulden in dienst had moeten blijven. 165 jaar. Mijn vriend de krantenman had rond 1820 een betovergrootvader die volgens de familieoverlevering ‘zo afgrijselijk hard kon schaatsen dat hij iedereen de baan af joeg’. Hij trok het na in de leggers van de *Leeuwarder Courant*: tien jaar lang was deze Hantsje Jans blijkens de hardrijderslijsten inderdaad niet te berijden. 175 jaar. En Breuker had ooit een oude boer ontmoet die wist te vertellen dat bij een overstroming, lang geleden, ‘het water tot de oude dijk van de Middelzee stond’ – wat bij diezelfde vloed die Hellema beschreef in 1825 inderdaad was gebeurd. 170 jaar. Maar verder was hij nooit gekomen.

Toen de Franse historicus Emmanuel Le Roy Ladurie aan de hand van een reeks gedetailleerde inquisitierapporten het dagelijkse bestaan probeerde te reconstrueren in het middeleeuwse dorp Montaillou stuitte hij op precies hetzelfde verschijnsel. 'De inwoners van Montaillou leefden op een soort eiland in de tijd,' zo omschreef hij dat beperkte geheugen. De herinnering van de boeren die rond 1320 leefden bleek niet verder te reiken dan een paar verhalen uit de tijd van de vorige graaf, die in 1302 was gestorven. Le Roy Ladurie trof in de genoteerde gesprekken slechts éénmaal een hint naar een gebeurtenis die rond 1240 had plaatsgevonden. Of, zoals een van de toenmalige boeren zei: 'Er is geen andere tijd dan de onze'.

Ook de Poolse antropoloog Kazimierz Dobrowolski signaleerde in 'zijn' dorpen een opvallend gebrek aan collectieve herinneringen – alleen oorlogen, hongersnoden en overstromingen bleven nog weleens hangen. Volgens hem kwam dat omdat alles doorverteld moest worden – geschreven werd er nauwelijks in de dorpen – en de generaties elkaar te snel opvolgden om de oude verhalen goed door te geven. Historische gebeurtenissen werden meestal kriskras door elkaar verteld, zonder een duidelijke chronologie, waardoor feiten die in werkelijkheid ver van elkaar af lagen tot één beeld werden omgesmeed – de *Ilias*, de *Odyssee* en andere heldenverhalen zijn waarschijnlijk ook zo ontstaan. Bovendien waren de oude tijden dikwijls zo arm en woest dat latere generaties zich dat 'onbeschaafde' verleden vaak ook niet wílden herinneren.

Dorpen hebben gewoon eén slecht geheugen, en daar zullen we mee moeten leven, meende Philippus Breuker dan ook. Uiteindelijk moet je het toch van archieven en andere geschreven bronnen hebben. En kijk eens, twee aardewerken schaaltjes, begin zeventiende eeuw. Hier in de boomgaard gevonden, nog geen decimeter onder de grond, pal onder een boom, misschien ooit een zomer gebruikt voor de kippen en in het najaar achtergelaten en vergeten. Ik mocht ze even vasthouden. Elegante bruine bakjes, met drie kleine pootjes, gaaf alsof ze zo uit de winkel kwamen. Dat is toch ook prachtig?

*

Hebben dorpsgemeenschappen dan werkelijk zo weinig herinneringsvermogen? Kan het lief en leed van generaties boeren, kan zo'n schat aan kennis en ervaring verdwijnen als sneeuw voor de zon?

De klassieke manier waarop levenslessen tot voor kort werden overgedragen was het vertellen, het mondeling verbreiden van ervaringen, het overleveren van geslacht op geslacht. Terwijl er in de stad allang werd geschreven en gedrukt, werd op het platteland nog eeuwenlang verteld. Wie weleens een echte dorpsverteller bezig heeft gezien weet niet wat hem overkomt: het ene verhaal tuimelt over het andere, er worden spanningen opgebouwd, er wordt geacteerd en geïmiteerd, de avond vliegt om en niemand taalt meer naar boek of televisie. Echt vertellen is een gave, een techniek die bijna is vergeten.

In zijn boek over Montaillou drukte Le Roy Ladurie een paginalang verslag af van een gesprek tussen twee etende mannen in een keuken, dat over niets anders ging dan de kwaliteit van de kaas, het brood, de vis en de vrouw die de olie perst. Het was weinig anders dan het conversatiepatroon dat gewoonlijk het Jorwerter café beheerste en dat men gewoonlijk aanduidt met de term 'ouwehoeren': het springen van associatie naar associatie, het herhalen van kleine verhalen die juist in hun herkenning een gevoel van geborgenheid geven, het elkaar koesteren en vlooien als apen in de zon.

Het was het herhalen van het verhaal over de notaris, hoe die helemaal gek met auto's was. Dat ze hem een keer op een warme zomermiddag in een weiland rondjes hadden zien rijden onder een sproeiinstallatie, urenlang. 'Ja, ik wou eens zien of mijn ruitenwissers het nog deden.' En de keer dat de notaris helemaal uit Luxemburg naar het café belde, om Beerenburg. En dat de onderwijzer prompt zijn eend startte om er twee flessen Beerenburg en een fles oude klare te bezorgen.

Het was het verhaal van Folkert over Hitler. 'Er woonde in Baard een Dijkstra die voor de SS aan het Oostfront vocht. En hij vocht zo goed dat hij uitgenodigd werd door Adolf Hitler. Hij mocht een wens doen. "Ik wil weleens met u vissen." Nou, prompt stond Dijkstra uit Baard de volgende ochtend met Hitler aan de Wolga te vissen.' Zo verliepen ongeveer de caféverhalen. Maar echt vertellen is nog iets meer.

Vertellen is de literatuur van de arme en de ongeziene. Het is dé manier waarop belangrijke ervaringen via geheugensteuntjes als ritme en poëzie soms betrekkelijk ongerept door de tijd geloodst kunnen worden. Maar het kent ook, net als literatuur, diepere lagen van wijsheid, schoonheid en poëzie. Een volksverhaal heeft zo soms iets van een kathedraal, een kunstwerk dat in generaties is opgebouwd.

Kathedralen waren soms de vertellingen die Ype Poortinga met zijn bandrecorder op de valreep uit de bejaardentehuizen wegsleepte. Of die een andere grote verzamelaar, de hulpprediker Adam Jaarsma, nog tussen 1965 en 1980 op het Friese platteland wist op te sporen – hij vond ruim zestienduizend verhalen. Maar het is de vraag of zo nog eens het ineenstorten van de Jorwerter toren zal worden doorverteld. Of het verhaal van de dominee, die zich in het kerkbeschot verstopte voor de Duitsers. Of de winter van 1979, toen de sneeuw tot de dakgoten stond.

Met alle veranderingen was ook de mondelinge overdracht van geschiedenis en levenservaringen in de knel gekomen. Dat lag niet alleen aan het vertellen zelf. Ook de vertelmomenten waren sterk afgenomen. In het moderne Jorwerd waren veel minder gelegenheden dan vroeger om delen van het collectieve geheugen op te frissen.

De verandering van het verschijnsel 'tijd' speelde hierbij een belangrijke rol. In het begin van de twintigste eeuw had 'tijd' een compleet andere inhoud dan aan het eind: er was veel langdurig en eentonig werk, het reizen duurde lang, de boerenarbeid was sterk seizoengebonden, tijd en leven vielen grotendeels samen. Bovendien moest veel arbeid gezamenlijk verricht worden. En dan waren er die donkere, eindeloos lange winteravonden op de boerderijen. De goede oude tijd zat, kortom, vol saaie uren, waarin een goed verhaal goud waard was. Had Steven de Bruin niet als klein jongetje de mooiste verhalen opgepikt als zijn vader ergens op vracht lag te wachten of met een slap windje door een lang veenkanaal kachelde?

De mondelinge overlevering was zo niet alleen overwoekerd door de moderne communicatie maar ook verpieterd omdat haar belangrijkste voedingsbodem verdwenen was: de lange, vervelende dagen met elkaar van vroeger, waarin de wijzers van de klok almaar trager leken te gaan.

Maar zelfs al werd er verteld, dan was het nog de vraag hoever via die weg het geheugen reikte. En ook: in welke mate de overgeleverde verhalen toebehoorden aan het dorp en de mensen zelf. Want bij nader inzien bleken lang niet alle volksverhalen ook échte volksverhalen te zijn.

Sagen en sprookjes hebben een eigen orde, die samenhangt met de manier waarop dit soort verhalen vroeger is doorverteld. Er bestaat zelfs een internationaal classificatiesysteem van alle bekende sprookjes en volksverhalen, een soort streepjescode van het mysterie. Die indeling kent tientallen categorieën en subcategorieën: dierenverhalen, legendes, sprookjes, grappige verhalen, enzovoorts. Hans en Grietje vallen bijvoorbeeld onder de categorie AT 327A: wondersprookjes, subcategorie bovennatuurlijke tegenstanders. Het verhaal van de pissende vrouw en de betoverde slang van Steven de Bruin staat bekend als AT 285B. Orpheus en Euridice gelden als een variant van het verhaaltype AT 306.

Een aantal jaren geleden heeft de letterkundige Jurjen van der Kooi een nauwkeurige inventarisatie gemaakt van de door Poortinga en anderen verzamelde verhalen, en hij kwam daarbij tot de verrassende conclusie dat bij deze mondeling doorvertelde verhalen in zeker één op de acht gevallen sprake was van regelrechte nep-antiek: het waren verhalen die pas waren gaan circuleren nadat ze ooit via een krant, een volksalmanak of een andere schriftelijke bron waren geïntroduceerd. Van sommige verhalen die Poortinga uit de mond van een of andere bejaarde boerin had opgetekend vond hij zelfs bijna de letterlijke tekst terug in een scheurkalender uit de vorige eeuw.

Volgens Van der Kooi waren de meeste volksverhalen dan ook niet het restant van een rijke vertelgeschiedenis die langzaam door het lezen verdrongen was, maar was eerder het omgekeerde het geval: het zogenaamde sprookje was juist het resultaat van de alfabetisering en de toename van het lezen.

Dat alles nam niet weg dat er verhalen waren, verteld door een oude boerenarbeider of een bejaarde schipper, die van onverklaarbaar ver weg kwamen, gaaf en onverwacht als de schaaltjes van Philippus Breuker. Verhalen die zo hard, erotisch of bizar waren dat ze met geen mogelijkheid in de romantische negentiende-eeuwse verteltraditie pasten. Verhalen die zo groot in aantal waren, dat ze onmogelijk allemaal uit de volksalmanakken of de kranten geplukt konden zijn.

Er moet wel degelijk in Nederland sprake geweest zijn van een omvangrijke mondelinge overlevering. Dat kan ook bijna niet anders. Voor de komst van het boek en het schrift moest iedere geschiedschrijving het hebben van het almaar opnieuw doorvertellen van verhalen, een voortdurende reconstructie van de tijden van weleer op basis van het geheugen. De Griekse heldendichten waren daarop gebaseerd, en ook delen van de joodse religieuze regels, en sommige volken kennen nog steeds de discipline van de geleerde en doorvertelde collectieve herinnering, een mondelinge wijze van overdracht van geschiedverhalen die eeuwen her kan gaan.

Eigenlijk was het met vertellers als Steven de Bruin niet veel anders: ze kwamen bijna altijd uit dorpen en families waar al een oude verteltraditie bestond. Ype Poortinga sprak, in navolging van een Ierse collega, zelfs van 'dynastieën van verhalenvertellers', die vooral bij het 'lossere' volk werden aangetroffen – schippers, handelaars, rondtrekkende seizoenarbeiders – en in streken – zoals de arme heide – waar de verscheidenheid aan mensen groot was. Maar ook hij erkende dat het idee van het 'collectieve verhaal' dat alleen maar onder de heg lag te wachten om ontdekt te worden romantische onzin was.

'Vertellen is een artistieke prestatie,' schreef Poortinga, en daarom kan een oud verhaal nooit los worden gezien van de verteller: 'Toen oom Haring op de stoel zat te wippen om met een nog net even sterker verhaal te komen dan zijn voorganger klonk dat verhaal stellig anders dan wanneer we het nu uit een boek voorlezen.'

Die situatie was in 1976, toen Poortinga dit schreef, al bijna niet meer te reconstrueren. 'De grootste vertellers zijn nu al vaak geïsoleerde figuren,' zo was Poortinga's ervaring, en hij was er in zijn hart van overtuigd dat hij wel degelijk de laatste generatie grote vertellers te pakken had.

*

In Jorwerd was tot in de jaren vijftig vertellen nog een dagelijkse bezigheid. Iedere dag hingen er mannen en jongens rond bij de brug of bij de herberg. Daar werd veel geouwehoerd, maar er waren ook avonden dat er echt werd verteld.

De Bonte Dinsdagavondtrein, rond 1955 een uiterst populair radioprogramma, schoot voor de eerste maal een bres in die gewoonte. Toen kwam de tv, met verhalen waarvoor geen fantasie meer nodig was. En toen kwamen de jongeren die het zelf allemaal beter wisten.

Ids Meinsma en Willem Dijkstra herinnerden zich dat er tot in de jaren tachtig na het kaatsen nog oude verhalen verteld werden, en dat vonden ze prachtig, hoewel ze toen pas een jaar of zestien waren. Bij de volgende generatie dorpsjeugd was ook die traditie voorbij.

Zo verdween de verteller uit Jorwerd. En daarmee verviel een van de belangrijkste middelen van de dorpsgemeenschap om iets eigens over te dragen, onafhankelijk van boeken, tv en andere media van de stad. Het dorp verloor zo niet alleen zijn hart, het verloor ook gaandeweg zijn herinnering.

Op een zomermiddag in 1994 zag ik de dominee samen met Gais en een metselaar iets herstellen wat eeuwen geleden gebroken was. De rest van het dorp vierde merke, maar daar stoorden die drie zich niet aan. De dominee had de oude altaarsteen van de kerk teruggevonden, de steen die ergens in de tijd van Wattie van Hania bij de Reformatie uit de kerk was gesmeten en die daarna eeuwenlang voor de achterdeur van de pastorie had gelegen. Hij had hem wat opgelapt, en op die middag tilde hij hem voorzichtig de kerk weer in. Van kloostermoppen had hij een simpele verhoging laten maken en zo werd, na ruim vierhonderd jaar, die oude altaarsteen weer op zijn plaats gelegd.

Gais had in een nis een kaars aangestoken, de vlam bewoog zachtjes in de verstilde kerk, buiten zong en danste het dorp, geen mens had verder weet van deze historische gebeurtenis en toch voelden we ons een beetje plechtig.

Om ons heen lag het kerkhof. De houten paaltjes van de kindergraven die er in 1973 nog stonden, het vers voor Eelkje Oene Hoogenbrug, – *Zij stierf gelaten in haar lot* – de steen van Antje Kalma (1856-1884) – *Haar leven was op aard tot steun / Voor echtgenoot en kinderen / Maar God riep haar van hier / Dat kan geen mens verhinderen* – ze waren allemaal verdwenen want ook op een kerkhof gaat het leven voort.

Maar de madeliefjes bloeiden rond het graf van Wiepke Algera, de boer van de eerste tjoekende melkmachine. En ook rond de ouders van Riemer de Groot – *Mijn tijden zijn in uw hand.* En Tjitse Tijssen lag er, met zijn vrouw. En Fopma, de boer die Oebele van Zuiden de kans van zijn leven gaf. En Lamkje en haar man. En Hendrik Meinsma. En Aaltsje Siesling, in een permanente bloemenzee lag Aaltsje, zomer en winter, altijd was Durk ermee in de weer. Zo vertelde hij zíjn verhaal.

Al myn libbens freugden sitte yn de prunusbeam mei in inkeld giel
blêd dat trillet,
Yn de wolkens dy't út it suden it loftrom lâns skowe,
Yn de blommen fan de attinsje dêr de sinne op skynt:
It is de ljochtskyn fan it wetter dat yn de leie stiet,
De tyljens geur fan de rûchskerne yn it foarjier,
It sjongende lûd fan de rotgânzen op de waad.

Mar it is ek memme fleurige jonkheid sa't hja meiïnoar yn de
moanneskyn de opfeart del ride,
It is heite bliidskip as er yn de poëzij fan de dichters syn leafde
belibbet,
It is pake en beppe ljochte útgong as hja hân by hân de jonge maitiid
yn 'e mjitte gean.

O, en faaks is it eat fan de dream fan de fromme
As er de ingels har blanke wjokken iepen tearen sjocht.

OBE POSTMA

Alle vreugden van mijn leven zitten in de prunusboom met een enkel
geel blad dat trilt,
In de wolken die uit het zuiden het luchtruim langs schuiven,
In de bloemen van de hortensia waar de zon op schijnt:
Het is de lichtglans van het water dat in de slenk staat,
De welige geur van de mestvaalt in het voorjaar,
De zangerige roep van de rotganzen op het wad.

Maar het is ook moeders zorgeloze jeugd zoals ze in de maneschijn
samen de vaart uit schaatsen,
Het is vaders blijdschap als hij aan de poëzie van de dichters zijn hart
ophaalt,
Het is het licht geluk van opa en oma als ze hand in hand de jonge
lente tegemoet gaan.

O, en misschien is het iets van de droom van de vrome
Als hij de engelen hun blanke vleugels ziet openvouwen.

VERTALING JABIK VEENBAAS

XII

EPILOOG

Misschien, dacht ik veel later, misschien was het niet eens het schoolconflict dat in Jorwerd een einde maakte aan de goede oude tijd, en ook niet de ruzie tussen het café en het dorpshuis, en ook niet al die nieuwe import. Misschien was het wel eerst en bovenal de dood van Hendrik Meinsma waarmee het allemaal begon.

'Het menselijk verstand,' schreef Leon Tolstoj, 'kan zich de opeenhoping van oorzaken die aan een verschijnsel voorafgaan niet indenken. Maar de drang tot het opsporen van oorzaken ligt in de menselijke ziel opgesloten. En als het menselijk verstand niet in de talloze dooreenlopende omstandigheden van het leven een oorzaak kan ontdekken, zoekt het zich het eerste, het beste, het meest begrijpelijke, en zegt: dat is de oorzaak.'

Toen Hendrik Meinsma in de zomer van 1978 steeds somberder werd zeiden sommigen: 'Hij kan het niet aan dat hij met zijn eigen zaak moet ophouden.' Anderen zeiden: 'Hij is altijd al een tobber geweest.' En dat klopte ook wel een beetje. In de zomer liep hij bijna elke avond door het dorp, samen met Gais, en als hij ergens aan het schilderen was en hij had die dag verf gebrand, dan moesten ze er steevast langs om te kijken of er niet een smeulend plekje was achtergebleven. Anders kon hij niet slapen. Hij vertrouwde het nooit.

Diezelfde tobber was ook een vrolijke man. Hij was altijd op

zoek naar leuk gezelschap, thuis maakte hij veel plezier, en altijd speelde hij op zijn accordeon. Hij genoot van de nieuwe openheid in het dorp, tegelijkertijd ontstond bij hem het gevoel dat de dingen hem ontglipten, alsof zijn werk en zijn ambacht niet meer telden, alsof het oude familiebedrijf langzaam de vaart in schoof. Tenminste, dat denkt ons menselijk verstand, nu, achteraf.
Zijn enige vreugde in die tijd was een zeilbootje, dat hij schuurde en lakte, en koesterde als een kind. Op een dag wilde hij het cadeau doen aan zijn beste vriend, de onderwijzer. 'Ben je mal,' zei die.

Toen het scheepje te water werd gelaten moest opeens de hele familie opdraven voor een groepsfoto: vrouw, kinderen, hij en het bootje. Dat moest.

Daarna was het alsof de fut uit hem wegliep. Toen ze op een zondagochtend wilden gaan varen kon Hendrik de buitenboordmotor niet aan de praat krijgen. Hij was daarna de hele dag van slag. De volgende zaterdag zou het gezelschap van het Iepenloftspul een afscheidstochtje maken naar Zeist. Op de valreep wilde hij niet mee – totdat ze hem ten slotte toch wisten over te halen. Die nacht kon hij niet slapen. Keer op keer maakte hij Gais wakker om te praten, totdat Gais tegen de ochtend insliep.

Toen ze om een uur of negen koffie had gemaakt en hem uit de werkplaats wilde roepen kreeg ze geen antwoord. Ze liep naar binnen, en toen wilde ze alleen nog, zoals ze later zei, 'dat er een gat was waar ik in kon kieperen, maar er was alleen beton'.

Het werden voor Gais dagen van enkel verwarring. Alles draaide, in haarzelf, maar ook in het dorp om haar heen. Er waren mensen die absoluut niet wisten wat voor houding ze moesten aannemen. Er waren buren die bang waren om bij haar langs te gaan om afscheid te nemen. En dan de kinderen. 'Het was een ramp voor ons,' zei Gais. 'Maar het was ook een ramp voor de gemeenschap.' Dat maakte alles ook zo gespleten. 'Want wie moest wie eigenlijk helpen?'

De avond voor de begrafenis werd een soort afscheidsavond gehouden, met de onderwijzer en nog een paar goede vrienden. De volgende dag werd Hendrik zijn huis uit gedragen, naar het kerkhof aan de overkant, met slechts een handvol mensen om hem heen. Daarna was er thee. 's Avonds waren er herinneringen.

Daarna kwam de openbaarheid weer, stap voor stap, de lange weg van blikken, soms een vraag. De mensen steunden Gais, 'maar,' vertelde ze, 'het dorp vroeg ook iets van mij. Want tegelijk was het een soort proef, werd er gekeken hoe ik ermee omging, hoe ik dat deed.'

Ze praatte erover met wie er maar over wilde beginnen, en dat hielp. Ze zei altijd: 'Jullie vinden het moeilijk. Ik vind het heel moeilijk. Maar we gaan wel door.' En verder was er altijd nog het land, en de luchten, en de steun van een boerenhek.

*

De maanden waren voorbijgegaan in mijn Jorwerter huis, en er was een tussentijd aangebroken, een niemandsland tussen winter en lente. Er woei een koude wind over de velden. De lucht was helder. Er zat nog geen blad aan de bomen, het riet was geel, de sloten waren grijs van de modder. De eenden die op de weilanden graasden hielden hun koppen plat tegen de kilte uit het noorden. Tussen de blonde wolken rolde de ene bui na de andere op het dorp af, golf na golf, roetzwart soms, hagel en regen kletterden neer, en dan scheen de zon weer, fel en hard.

Er zat groei in de grond, zeiden de boeren, maar veel was er niet van te zien. Rondom de toren vlogen de spreeuwen kwetterend in het rond, de notaristuin stond vol platgewaaide sneeuwklokjes en op de muur bij Ons Huis stond: FUCK ME BABY en LICK MY DICK en I LOVE YOU, ALIE TERPSTRA.

Ik zat bij de kachel en las hoe de socioloog A.J. Wichers in 1965 het grondpatroon van de Nederlandse plattelandscultuur zag.

De plattelandsbevolking heeft zich geheel en al ingesteld op de onontkoombaarheid dat men moet bestaan van de bodem en deze moeizaam moet bewerken, zo schreef hij. Men is dit lot zelfs lief gaan hebben, van de grond en het vee gaan houden, terwijl arbeid, soberheid en zelfs armoede als deugden zijn gaan gelden.

Wat betreft huwelijk, gezin en seks gelden de meest strenge regels, vervolgde hij. Dit komt omdat vroeger de middelen van bestaan schaars waren, en er dan een stevige orde nodig is om te kunnen overleven. Vrouwelijke behaagzucht wordt bijvoorbeeld streng veroordeeld, het huwelijk is monogaam en een sterk zakelijke aangelegenheid. Als men eenmaal getrouwd is geldt het huwelijk in de eerste plaats als een arbeidsgemeenschap, waarin men strikt loyaal is.

Doordat bijna iedereen met hetzelfde bezig is – namelijk veeteelt en akkerbouw – is volgens Wichers de dorpssamenleving een vrij natuurlijk geheel. De grenzen hiervan vormen vaak ook de geestelijke grenzen van de bewoners, zodat ze weinig van de buitenwereld weten. Tegelijk fungeert de dorpssamenleving als een sociaal vangnet, en als controledienst. Te veel individualiteit is immers een gevaar voor de orde.

De buitenwereld bestaat uit een andere, onbekende orde: die van heren, stedelingen en zwervers. Tegenover de eerste twee staat de boer met een mengeling van ontzag en wantrouwen, de laatste bestrijdt hij. Dat zou hij ook wel willen met de heren en de stedelingen, maar uit een ervaring van eeuwen weet hij dat hij bij zo'n conflict zelf uiteindelijk de rekening betaalt.

Wat de toekomst betreft, daarvan heeft de boer hetzelfde beeld als van het heden en het verleden, zo meende Wichers. De opvoeding van de jeugd bestaat dan ook voor een groot deel uit disciplinering. Het overwicht ligt geheel bij de oudere generatie – wat logisch is, want in een samenleving die nauwelijks verandert heeft die verreweg de meeste ervaring. Bovendien bestaat er een duidelijke 'teruggeefverhouding': jongeren moeten iets terugdoen voor de ouderen. Verlaten doet men de plattelandscultuur niet snel: de cirkel blijft gesloten.

Aldus Wichers anno 1965.

Zo zag dus in grote lijnen de geestelijke wereld eruit van generaties boeren en dorpsbewoners, en ook de oudere Jorwerters waren min of meer volgens deze waarden opgevoed. Wichers wist dat hij net op tijd was, dat hij bezig was een stokoude cultuur te beschrijven die bezig was snel uit Nederland te verdwijnen, maar nooit vermoedde hij in welk tempo die onttakeling zou plaatsvinden.

Dertig jaar later werden in Nederland jaarlijks drieduizend boerenbedrijven opgeheven. Volgens schattingen van de EG zou binnen één generatie de helft van de landbouw in Noord-Europa verdwijnen. Van de veeteeltbedrijven was het laatste decennium meer dan een derde gestopt.

Dertig jaar later waren er speciale 'versiercursussen' om jonge boeren aan de vrouw te helpen omdat vrijwel geen meisje meer boerin wilde worden. In de boerenvakbladen werd met vrouwen geadverteerd: Dames uit Polen en Rusland zijn graag bereid een serieuze boerenvrijgezel terzijde te staan. Gratis fotobrochure. Amor: tel xxx.

Dertig jaar later werd in de Engelse landbouwbladen een advertentiecampagne gevoerd onder het motto: '*Stop the Killing Fields. Take it seriously*'. Op een foto zat een jonge moeder met twee kinderen op de achterbank van een begrafenisauto. '*Every week someone on the farm leaves his family.*' In Nederland werden zelfmoorden niet per beroepsgroep geregistreerd, maar de signalen uit de wereld van kerken en hulpverlening waren eveneens onrustbarend. Met name de Brabantse bisdommen signaleerden opvallend veel zelfmoorden onder varkenshouders. Onder de Engelse boeren was het percentage zelfmoorden het hoogste van alle beroepsgroepen.

Dertig jaar later was voor de boerenzoons en boerendochters de opvolging geen automatisme meer, maar een punt van zware discussie. De boerenvrouwen ontdekten dat ze keuzes konden maken, en zelfs moesten maken. Er kwamen meer vrouwelijke bazen op het erf – bij één op de dertig boerderijen stond een vrouw aan het hoofd. Maar in de boerenfamilies begonnen ook echtscheidingen voor te komen.

*

'Ja, die telefoontjes krijgen we,' zei Hanneke Meester van de Hulpdienst. 'Boeren die zo aan het eind van hun Latijn zijn dat ze alleen nog het zwarte gat zien. Zo'n man zegt dan: "Als ik er een eind aan maak is er wel een mooie levensverzekering."'

Ik was op bezoek gegaan bij de SOS Telefonische Hulpdienst voor Agrariërs, een landelijke vrijwilligerscentrale waar boeren en boerinnen via de telefoon anoniem hun hart konden luchten. Alleen het bestaan van zo'n hulpdienst zou Wichers verbaasd hebben: boeren zijn gewend hun eigen boontjes te doppen, en al helemaal als er problemen zijn. De meeste boerenfamilies hebben dan een onstuitbare neiging om in hun schulp te kruipen. Het personeel wordt ontslagen, het gezin wordt een bolwerk en de boer schaamt zich en vertoont zich niet meer. Als honderden boeren en boerinnen per jaar zo'n hulpdienst bellen, dan moet er dus wel heel wat aan de hand zijn.

'Pas nog had ik een boerin aan de lijn die zich vreselijk ongerust maakte over haar man,' vertelde Hanneke Meester. 'Ze zei dat hij de hele dag in bed lag, dat hij niet meer met haar praatte, dat hij de telefoon niet meer aannam, dat hij nergens heen ging om hulp. Ze zei: "Als hij naar achteren loopt heb ik de neiging om achter hem aan te gaan, want ik ben als de dood dat hij zich iets aandoet." Zulke telefoontjes krijgen we regelmatig.'

Veel gesprekken gingen over schaamte. Een echte boer voelt zich verantwoordelijk voor alles op het bedrijf, ook als het misgaat. Boeren die stopten werden daarom dikwijls als slechte boeren beschouwd – vooral door henzelf. Er waren zoveel bedrijfssluitingen dat hun verstand zei: hier is veel meer aan de hand dan alleen slecht vakmanschap. Maar gevoelsmatig beleefden ze het wel zo. Ze moesten bedanken voor de boerenorganisaties waarvan ze hun leven lang lid waren geweest, net als hun vaders en grootvaders. Ze kregen nog wat hulp om de financiële situatie af te wikkelen, en daarmee was het af. Maar voor de boer begon het dan pas. Sommige ex-boeren probeerden de oude sfeer nog een beetje vast te houden met wat schapen en paarden. Maar de anderen belandden zonder pardon in een rijtjeshuis in het dorp.

'Boer-zijn is geen beroep, het is een leven,' zei Hanneke Meester. 'Het is verbonden met grond, natuur, beesten, met alles. Een boer gaat 's avonds nog altijd even langs het vee om te kijken of alles goed gaat. Als je dat verliest, verlies je je leven. En je krijgt het gevoel: dit is het einde van alles.'

Er waren cursussen voor bedrijfsbeëindigers, en vaak merkten boeren daar pas dat ze lotgenoten hadden. 'Het is vaak alsof er een kurk van de fles vliegt,' vertelde Hanneke Meester. 'En als ze eenmaal begonnen zijn met praten houdt het nooit meer op: over hun emoties, over hoe schuldig ze zich voelen, hoe ze denken dat ze nagewezen worden door anderen, hoe ze in de steek zijn gelaten.'

Dat was ook de algemene klacht van veel ex-boeren over de boereninstanties. Die negeerden de geestelijke ontworteling van de boeren totaal. Voor hen telden alleen de cijfers.

Bovendien: de mannen hadden iets op te houden. Meestal waren het vooral de vrouwen die over dit soort dingen begonnen te praten, maar tot hun verbazing kregen Hanneke Meester en haar collega's vanaf het begin bijna net zoveel mannen aan de telefoon als vrouwen. 'Wij vragen weleens op zo'n bijeenkomst: waarom gaan jullie niet naar je buurman. Die zit toch met dezelfde problemen. "Dat kan niet," zegt zo'n boer dan, "want dat is mijn collega-concurrent. Zodra ik bij hem binnenstap zie ik hem denken: komt-ie om mij, of komt-ie om me van mijn land af te helpen."'

Hanneke Meester vertelde dat ze weleens een telefoontje had gekregen van een man die in zijn hele omgeving nog de enige boer was. 'Die man was doodsbang. Die zag voor zijn ogen dat er geen boer meer overbleef. Boeren voelen zichzelf heel dicht betrokken bij alle basisdingen: het land, de natuur, de voedselvoorziening. Die vragen zich dagelijks af wat er in godsnaam allemaal aan de gang is.'

De milieubeweging zou een natuurlijke bondgenoot van de boeren hebben moeten zijn, maar het tegendeel was meestal het geval. Veel boeren die belden hadden er geen goed woord voor over. 'Wie leeft nu eigenlijk dicht bij de natuur? Wie is er altijd mee bezig geweest?' Ze vonden dat de milieumensen de boel verpestten en alleen aan hun eigen salarissen dachten. In de Achterhoek woonde zelfs een milieufreak die namens Milieudefensie bezwaar indiende tegen alle hinderwetvergunningen die de boeren aanvroegen. De boeren konden zijn bloed wel drinken.

In de telefoontjes die bij Hanneke Meester en haar collega's binnenkwamen liep een duidelijke breuk tussen de jongeren en de mensen van boven de veertig. 'Jongeren zijn ondernemender, ze hebben vaak al wat van de maatschappij gezien voordat ze op het bedrijf kwamen, ze hebben stages gelopen en soms hebben ze eerst heel ander werk gedaan, als bouwvakker of onderwijzer of wat dan ook. Vroeger kwam je als zoon bij je vader werken en daar bleef je rondhangen totdat je zelf de boerderij overnam. Je wist niet beter. Na de oorlog was het: produceren, produceren, er was honger en de economie moest opgelapt worden. De ouderen voelen zich dan ook volkomen de dupe van de loop der dingen.'

Ze kreeg dagelijks het ene wanhoopsverhaal na het andere te horen. Over een echtpaar dat moest stoppen om gezondheidsredenen. Het was een bedrijf dat prima draaide, maar in de huidige omstandigheden was er niemand te vinden die het wilde overnemen. De boerderij stond twee en een half jaar later nog altijd te koop en de boer was bijna failliet vanwege alle rente en aflossing. 'Die mensen hebben straks niks meer.'

Of over een jonge boer die belde en die een vriendin had. 'We zijn dol op elkaar, maar zij heeft een vaste baan, en ze wil in deze omstandigheden geen boerin worden. Hoe moet dat nou?'

Of over de opvolging. Over een boer die zelf geen kinderen

had en het bedrijf aan een neef wilde overdoen die al jaren meewerkte op de boerderij. En hoe de rest van de familie dat dan uit alle macht tegenwerkte, omdat hun erfdeel daardoor bedreigd werd. En, aan de andere kant, over boeren die zich kapot zwoegden omdat de beslissing om te stoppen almaar werd uitgesteld – en ook vaak om financiële redenen door familieleden werd tegengehouden.

Of over banken en boeren, die elkaar dikwijls als drenkelingen omklampten omdat ze allebei met te veel geld in deze half failliete boedel verstrikt zaten. 'De bank is vaak degene die uiteindelijk de streep trekt. Boeren ervaren de bank als de boosdoener, maar meestal neemt de bank alleen maar een beslissing die toch een keer genomen moet worden.'

'Heel belangrijk is dat de boer zélf het besluit neemt om te stoppen,' meende Hanneke Meester. 'Vaak is daar te weinig tijd voor, maar het is van wezenlijk belang. Anders kom je er nooit mee in het reine, dan blijft het altijd een ander die je dit heeft aangedaan.'

Boerinnen zeiden het eerder en eerlijker. 'Wij krijgen regelmatig telefoontjes van vrouwen die zeggen: "En nou wil ik niet meer! Het gaat ten koste van onze relatie, we hebben geen geld meer, we gaan kapot. En nou wil mijn man toch weer naar de bank om nog eens te praten." Vrouwen hebben eerder de neiging om hun laatste energie in de toekomst te steken, in plaats van in een reddeloos verleden.'

*

Als een samenleving snel verandert krijgen ouders en kinderen ruzie. De oude generatie kijkt nu eenmaal anders tegen het leven aan dan de jonge, en dat moet ook, want ze moeten overleven in verschillende werelden. Zulke breuken kunnen ook binnen het eigen leven plaatsvinden, en dan raakt men in conflict met zichzelf.

In een wereld waarin alles vastligt – en dat was Jorwerd tot 1945 – is de kans groot dat wat een mens verwacht ook werkelijk gebeurt. Een vrouw als Lamkje wist ongeveer wat haar levensloop zou zijn, en zo gebeurde het ook. De afstand tussen verwachting en werkelijkheid was niet extreem groot.

Dat kwam ook omdat die verwachting in zekere zin een spiegelbeeld was van wat men al ervaren had, of bij anderen had zien gebeuren. De geschiedenis herhaalde zich, en dromen, verwachtingen en werkelijkheid lagen niet al te ver uiteen – uitzonderingen daargelaten, natuurlijk.

In samenlevingen die grote veranderingen ondergaan is de voorspelbaarheid van de individuele levensloop weggevallen. Gewekte verwachtingen blijken opeens niet meer uit te komen, dubbeltjes kunnen een kwartje worden of zelfs een gulden, maar ze kunnen ook zakken tot een stuiver, of zelfs een cent. De doelen die men zich in de jeugd stelde blijken op latere leeftijd niet altijd haalbaar. Sterker nog: ook de familie-idealen van wederzijdse hulp en opoffering zal een boer soms terzijde moeten schuiven, wil hij kunnen overleven in de wereld van vandaag.

In die maartse weken belandde ik op een ochtend bij een boelgoed, ergens in het land aan een vaart.

De hele inventaris van drie generaties boeren ging daar in één ochtend onder de hamer: trekkers, kranen, wagens, schrikdraadapparaten, melkbussen, schudders, schotelmaaiers, rugspuiten, hekken, prikkeldraad, Aukje 15, Cornelia 73, Janna 31, Marijke 128, schroevendraaiers, een Singer-naaimachine, allemaal ging het in één moeite door.

'En alles in contant Nederlands geld,' riep de afslager. 'Nummer één. De melkketel achter de schuur, wie biedt er geld voor de melkketel?' Hij stond op een wagen, midden op het erf. 'Tien, tien, vijftien, vijftien, vijfentwintig, vijfentwintig, veertig, veertig, veertig, veertig, veertig.' Achter hem, lang, grijs en zwijgend, de notaris, in een lange zwarte regenjas. In een schuur werd koffie verkocht, de makelaar hield kantoor in een stal tussen de strobalen, in de voortuin deed een patatkraam goede zaken.

Het was een heldere voorjaarsdag en de lucht was vol vogels. De hoeve heette Eben Haëzer, en in een lege stal blafte een hond, met gierende uithalen. De meubels waren al uit de kamers weggehaald, het huis was verkocht aan de overburen en nu stond het erf vol, met honderden boeren uit de verre of nabije omgeving.

De familie liet zich niet zien. De zoon, de eigenaar van het bedrijf, was opgenomen in een inrichting en volgens de buren staarde hij alleen nog maar voor zich uit. De jongen had de boerderij van zijn vader overgenomen, was als een bezetene gaan investeren in de modernste machines, had toen wilde plannen gehad om te emigreren naar Canada, en daarna was het misgegaan.

Handelaren zien er altijd net even frivoler uit dan boeren, en dat was ook bij dit boelgoed het geval: ze hadden een sjaaltje om, of een vreemde hoed op, of ze droegen een blauw pak met een vest boven hun groene rubberlaarzen. Op het erf was in de loop van de ochtend een kleine markt in tips, relaties en handelscontacten ontstaan, en naar de felle stem van de afslager werd nauwelijks meer geluisterd. Het publiek deed denken aan een Amerikaanse film: verweerde koppen, vreemde gezwellen, poedersigaren, petten, pommade in het haar, de vrouwen met dienbladen en lange jurken.

'Ik heb de laatste twee weken zeker zo'n vijfentwintig bedrijven bezocht die ermee gingen stoppen,' vertelde een koopman bij de stal met koffie en koeken. 'De oorzaken zijn altijd dezelfde: de milieueisen en de opvolging. En als je dan weer voor tonnen in een mestopslag moet investeren, en je weet dat ze morgen toch weer iets nieuws eisen, en je kunt tegelijk een paar miljoen beuren, ja, dan wordt de verleiding wel groot.'

De enige reden waarom veel boeren die simpele afweging weigerden te maken had te maken met een factor die niet in geld was uit te drukken: de familie. Wie de Jorwerter boerderijenlijst van Jolt Oostra bestudeert ziet de familierelaties heen en weer springen. De boerderijen gingen over op zoons, schoonzoons, dan was er een weduwe, die trouwde weer met een knecht, dan kwam een neef erin, dan weer de kleinzoon, hele ketens van vier, vijf, soms dertien generaties. En zelfs aan het eind van de twintigste eeuw gold voor veel boeren de familie als een soort basiseenheid waarin economische relaties nauw verweven waren met banden des bloeds.

Voor boeren was vanouds het verschijnsel 'tijd' nooit een rechte lijn van het heden naar de toekomst, maar een cirkelgang. Bij een boerderij hoorden daarom kinderen, ze waren broodnodig als arbeidskracht, ze fungeerden als een verzekering voor de oude dag en ze vormden de zekerheid dat de wereld zou doordraaien zoals die was. Kinderloosheid was voor overlevers een regelrechte ramp. Seksuele omgang voor het huwelijk gold op het platteland dikwijls als een omgekeerde zwangerschapstest. Terwijl de steden in de negentiende eeuw steeds preutser werden, werden op de Friese boerderijen verliefde paartjes nog altijd met opzet alleen gelaten als de ouders naar bed gingen. Eventuele gevolgen werden manmoedig gedragen, vaak wenste men die gevolgen zelfs, want het was de enige zekerheid dat er nooit een stilte zou vallen op het erf.

Ook in de moderne tijd kon de landbouw niet bestaan zonder sterke familiebanden. Nog in 1995 werd op vier van de vijf bedrijven vijfennegentig procent van het werk uitgevoerd door de boer en zijn gezin. Van de arbeidskrachten in de landbouw bestond nog altijd een derde uit vrouw, kinderen en andere inwonende familieleden. Volgens de berekeningen van het Landbouw Economisch Instituut zouden de meeste boerenbedrijven forse verliezen maken als ze al het werk van de gezinsleden volgens de normale CAO-tarieven zouden betalen. Alleen met de goedkope arbeidskrachten van het gezinsbedrijf lukte het om voldoende geld over te houden om mee te doen in de investeringsrace.

Er vonden verschuivingen plaats, maar ze gingen langzaam. Sinds 1970 was bijvoorbeeld het aandeel van de vrouwen in het werk met ongeveer een kwart afgenomen, en dat van de kinderen was zelfs gehalveerd. Maar het niet meer opvolgen, en gewoon maar de boel erbij neergooien, en de zaak stoppen vanwege het geld en de erfenis, dat was een breuk in honderd jaar familie en duizend jaar cultuur.

'Een verloskrik. Tien, tien, dertig, dertig, vijftig, vijftig, vijftig, eenmaal, zeventig, zeventig.' Ik moest opeens weer denken aan de film van Jos de Putter, waarin zijn vader op een gegeven moment vertelde over het gemis aan een opvolger. 'Het gevoel een opvolger te hebben drijft je voort, dat is toch de reden waarom je alles doet,' zei hij. En ik dacht aan Sake Castelein, die met hetzelfde probleem zat, en de Wiedijks, die ook alles maar deden voor die jongetjes in de pyjamaatjes. De familie van het boelgoed had die fase achter de rug. Hun zoon had het bedrijf overgenomen, zij het met moeite, hij had grootse plannen gehad, maar na een halfjaar zagen de buren hem zijn bed al niet meer uitkomen.

Bij de meeste andere bedrijven kwam het zelfs al niet meer tot een opvolging. In 1995 zei tweederde van de Nederlandse boeren van boven de vijftig niet over een opvolger te beschikken. Bij een gezond bedrijf was de marktwaarde zo hoog dat een zoon of dochter het zelden of nooit tegen die prijs kon overnemen. Er werd dus minder voor betaald, maar dat betekende dat de andere kinderen een flink deel van hun erfenis moesten laten schieten. De emoties die daarbij loskwamen lagen diep: ze hadden alles te maken met de boerentraditie van continuïteit, van generatie op generatie, en aan de andere kant met de moderne individualisering en het 'kiezen voor jezelf'. En al waren de andere kinderen bereid hun financiële voordeel op te offeren aan de continuïteit van het familiebedrijf – en dat gebeurde geregeld – dan nog rustte op de opvolger een loodzware morele hypotheek. Hij moest nu immers het familieerfgoed door de branding van de tijd loodsen. Veel boerenzoons en -dochters durfden die onzekere toekomst niet aan. En anderen gingen eraan kapot.

Bij bedrijven waar het misging speelde de familiecultuur eenzelfde sleutelrol, maar dan omgekeerd. 'Als het in een bedrijf slecht gaat, worden de kinderen dikwijls in die ondergang meegezogen,' was de ervaring van Hanneke Meester. Ze vertelde over een middelbare-landbouwschool in de omgeving, waar in één week tijd vijf kinderen van school gehaald waren omdat ze thuis aan het werk moesten – vaak op bedrijven die op lange termijn toch niet meer te redden waren. Er kwamen bij haar hulpdienst steeds meer klachten binnen over kinderarbeid. Niet de vrijblijvende hand- en spandiensten van vroeger, maar essentieel werk, en dat voor kinderen vanaf een jaar of acht: trekker rijden, oogsten, helpen met melken, stallen schoonmaken, gewoon alles. Het is uit wanhoop, zei Hanneke Meester, en men schaamt zich, en daarom hoor je er nooit iemand over.

'Soms krijgen we telefoontjes van boerinnen die zeggen: "Ik neem de kinderen mee, en ik ga weg. Ik wil de ondergang van mijn man en zijn bedrijf niet meer meemaken." En ze gaan, dat hoor je steeds vaker.'

Zo viel de boerenstand in stilte tussen wal en schip, tussen gezin en markt, tussen traditie en nieuwe tijd.

Eben Haëzer, tot hiertoe heeft ons de Heer geholpen. Buiten blaatten de lammeren. Het geroep van de afslager weerkaatste over de velden, 'de kaaspers, vijftien, dertig, veertig, veertig, veertig, veertig, eenmaal, andermaal,' en de wind droeg het mee naar de villa's en de Engelse tuinen aan de overkant van het water.

*

De jaarwisseling naar 1996 verliep in Jorwerd stil en eenzaam. De jeugd sleepte niet met karren en landbouwspullen, zoals tot voor kort de gewoonte was. Niemand was op straat. Bijna iedereen zat thuis, bij de televisie en bij zichzelf. In St. Nicolaasga, zo meldde de *Leeuwarder Courant*, was er een nieuwe, vandalisme-vrije kerststal neergezet. De voorgaande jaren waren te veel beelden ontvreemd en vernield. Het kindeke Jezus was doormidden gebroken. Overal in de dorpen werd geklaagd over de spekgladde stoepen – veel mensen strooiden geen zout meer op hun eigen straatje, dat was een zaak voor de gemeente, vonden ze. In Het Wapen van Baarderadeel was het leeg gebleven. Eef had volgens de geruchten staan huilen achter de toog.

Een nacht eerder was de boerderij van Wietse Blanke in brand gevlogen, zonder dat iemand in het dorp het merkte. Wietse had ternauwernood met zijn vrouw en twee peuters door het bevroren weiland kunnen wegvluchten. Tegen de tijd dat de brandweer er was lag de hele zaak al in de as. Vrijwel alles wat Wietse en zijn vrouw bezaten was verdwenen, inclusief twee pony's, twee stierkalveren, een paar katten en de hond waar Wietse altijd zo gek mee was. De familie werd door het dorp opgevangen, en de volgende ochtend begon er al een inzameling van kleren en speelgoed. Maar Wietse liep nog altijd rond op de plek waar zijn huis had gestaan, zoekend tussen de stapels stenen en de dunne sneeuw, en roepend naar zijn verdwenen hond.

Ik was alweer een poos weg, maar terugkomen, dat kon niet anders, met een dorp als Jorwerd. Ooit woonde ik er vlak in de buurt, in Leeuwarden en in het naburige dorp Hardegarijp. Leeuwarden – het was in de jaren vijftig – kende geen zon, de burgemeester heette Adriaan en stalde zijn fiets in de voorkamer, de mensen roken naar sudderlapjes, rechtvaardigheid en natte regenjassen. In Hardegarijp dropen de kale takken van de regen, het meisje van de post – het was ergens in een oude villa – stond achter het loket te huilen en alle muren hadden ogen. Weg, ik moet hier als de sodemieter weg, dat was de enige gedachte die me in die jaren bezielde.

Wanneer de omslag precies gekomen is weet ik nog steeds niet. Met de jaren verdwenen Adriaan en de natte regenjassen, en ik begon me de intimiteit van het oude dorpsstation te herinneren. De winterochtenden waarop we met z'n allen in de wachtkamer om een grote kolenkachel op de klompenexpress zaten te wachten, een diesellocomotief met daarachter een reeks afgetrapte wagens die in hun gloriedagen heel Europa hadden gezien. De buren – wat een ongelofelijk hartelijke, aardige mensen. De dromerige tochten door de besneeuwde en bevroren weilanden. Het landschap.

Ik begon langzaam de Friese kant van mijzelf te accepteren, ik liet mijn grootouders en mijn overgrootouders hun intrek nemen, ik zette de beste stoel voor ze klaar en ik liet ze hun verhalen vertellen: mijn overgrootvader, die bakker was in de Drachtster Compagnie, failliet gegaan tijdens de grote hongersnood rond 1890 omdat hij zijn buren geen honger kon zien lijden; mijn oudoom, onderwijzer, iedere avond op pad als propagandist van de SDAP en de blauwe knoop; mijn grootvader, onderwijzer in Gaasterland; mijn grootmoeder, dochter van een eeuwig dronken veldwachter in Balk, mijn moeder met haar Friese trots en haar helder blauwe ogen.

Ik liet ze hun verhalen vertellen, en ik begon hun taal weer te verstaan, hun zangerige Fries dat je nu bijna niet meer hoort, hun praten in understatements, de subtiele signalen die bij de dorpse omgang hoorden, hun traagheid die geen sloomheid was maar rust.

Die herontdekking was tegelijk vermengd met iets van weemoed. Zoals dat bij alle emigranten gaat was het platteland dat in mijn hoofd bestond in werkelijkheid allang verdwenen. Ook de dorpen waren meegegroeid in de tijd en de vooruitgang.

Toen ik terugkwam en in Jorwerd ging wonen verwachtte ik dan ook de uitkomst van een stille revolutie te beschrijven, iets wat voorbij was en alleen maar opgetekend hoefde te worden. Maar hoe langer ik in het dorp verbleef, des te meer besefte ik dat het eigenlijk allemaal nog moest beginnen. Alleen: niemand wist wát moest beginnen, en waarheen het ging.

Met het verdwijnen van de boerenstand leek de stabiliteit van deze provincie te zijn vervangen door een stille paniek. Iedere avond werd de *Leeuwarder Courant* in de bus geduwd, iedere avond zag ik de voorpagina's en het regiokatern, en nooit zag ik zoveel ingrijpende plannen met rook en vuur gelanceerd worden, scheef gaan hangen, en even later weer worden afgeblazen.

Op het Balkster industrieterrein streek met veel gedruis een Amerikaans bedrijf neer, bouwde er een gloednieuw pand, beloofde binnen anderhalf jaar aan tweehonderd mensen werk te geven en ging binnen het jaar op de fles. In Harlingen presenteerde een projectontwikkelaar plannen voor de bouw van honderdzestig bungalows en de opwaardering van het zwembad tot een 'kuuroord met warme zout- en mineraalbaden' – maar na de lawaaiige start hoorde niemand meer iets van de man.

Bij Leeuwarden bestond een plan voor een omvangrijk afvalcomplex – maar in plaats van vijftien arbeidsplaatsen per hectare bleek het complex maar een tiende van die werkgelegenheid – anderhalve arbeidsplaats per hectare – op te leveren. In Wolvega werd voor miljoenen de mooiste paardendrafbaan van Nederland gebouwd – maar omdat de Friezen wel van paarden maar niet van gokken hielden ging de zaak bij gebrek aan belangstelling al na een paar jaar weer failliet. Zulke dingen gebeuren overal, maar hier gebeurde het net iets te vaak.

Zelfs het Leeuwarder otterpark Aqualutra, waarmee de stad in het hele land propaganda wilde voeren onder het motto 'Kopje onder, Leeuwarden otterstad', werd geen succes. Binnen enkele maanden na de opening stond de provinciale pers bol van de ruzies binnen het 'otterteam'. Al snel belandde de verzorging van de tien overgebleven otters, de ene bever, de acht ooievaars, de bunzingen, de eenden en de ganzen van het park in handen van een aantal vrijwilligers. Ten slotte bleek dat de directeur één otter tam had gemaakt en, voorzien van een tuigje, thuis op zolder had gehouden, ten eigen gerieve.

Het was alsof de provincie geen balans meer wist te vinden tussen zichzelf en de toekomst. Overal dook het soort yuppen op dat allang uit de Randstad was verdwenen, en dat nu goede sier maakte met de zorgen van een snel veranderend platteland.

Aan de Rjochte Grou, in de weilanden tussen Jirnsum en Friens wilde men een strand aanleggen van vierhonderd meter. In Bozum was aan de 'Middelzee-vaarroute' het plan 'Groot-West' gedacht. Bij Lemmer werd het plan 'Port Lemmer' ontwikkeld, voor maar liefst duizend bungalows. In Gaasterland waren plannen voor een groot recreatieproject onder de noemer van 'actieve stiltebeleving' – maar de naburige grasdrogerij stonk zo dat men er bij nader inzien toch maar van afzag. In Staveren wilde men tachtig 'hanzehuisjes' bouwen, compleet met twee 'wachttorens' aan de havenkant.

Na honderden jaren veeteelt en akkerbouw lieten de vertrekkende boeren een leemte achter waar niemand goed raad mee wist. Het ene project na het andere werd bedacht, rijp en groen, nuttig en krankzinnig, alles door elkaar heen. En alles bij elkaar was het net te veel, de taal was net te bombastisch en bijna altijd waren de prognoses zo optimistisch dat zelfs een buitenstaander nattigheid voelde.

In Grouw wilde men bijvoorbeeld, in navolging van San Francisco, aan het Pikmeer een 'Waterfront'-project ontwikkelen. Aan de overkant had men een villapark gedacht, maar van een dusdanige omvang dat zowat alle gefortuneerden van Friesland er gehuisvest konden worden.

Van het gebied tussen Oudemirdum en Rijs bestond een plan voor de aanleg van een omvangrijk bungalowpark, plus een jachthaven in het IJsselmeer, een strand, een wildwaterkanobaan, een restaurant en een bijna tweehonderd hectare groot natuurgebied – maar de gemeenteraad blies het af. Bij Kollum werd een recreatieplan Kollumeroord ontwikkeld, een ‘uniek plan’ voor honderdvijfenzeventig bungalows – alleen kon niemand uitleggen wat nu precies het unieke aan het plan was.

In Beetgum en Beetgumermolen kwamen we onze Johan de Jong weer tegen, nu met een ‘Masterplan Menaldumadeel’, een ‘toplokaasje’ voor tweehonderd royale villa’s, een uitgebaggerde recreatieplas – ‘Het Meer van Hemmema’ – en elf minikastelen die als appartementen verkocht zouden worden.

Er was inderdaad alle reden tot zorg – wat iets anders is dan panisch plannen maken. In de jaren tachtig was het boerenbedrijf en alles daaromheen goed voor een kwart van de totale werkgelegenheid van de provincie. Tien jaar later was een belangrijk deel daarvan verdwenen. De economische groei van de provincie was de laagste van Nederland, en de prognoses waren weinig gunstig. Door de EG was een groot deel van Friesland aangewezen als structureel achtergebleven gebied – wat mooie subsidies opleverde, maar ook iets zei over de ernst van de problemen.

Alom werden advertentiecampagnes gevoerd om de provincie te promoten als aantrekkelijk vestigingsgebied – hoewel een onderzoeksbureau op grond van gesprekken met ruim vijfhonderd ‘Hollandse’ ondernemingen tot de conclusie kwam dat de campagnes op geen enkele manier eventuele verhuisplannen beïnvloedden. Nieuwe bedrijven bleven de omgeving van Schiphol prefereren, en ze meden de leegte van het noorden.

Aan de bedrijven die zich wél meldden zat bovendien al te vaak zo’n luchtje – letterlijk of figuurlijk – dat ze nergens meer in de Randstad terecht konden. Met dergelijke bedrijfsvestigingen dreigde op lange termijn de charme van het platteland te worden verkocht. En dat botste weer met de belangen van de recreatie – die overigens ook maar een maand of vier per jaar werkgelegenheid bood, want Nederland heeft nu eenmaal het klimaat niet mee.

De provincie was zo voor een aantal moeilijke dilemma's komen te staan. Moest het platteland wachten op betere tijden, als een soort boerengetto, als groene reservelong, het Noord-Ierland van de Randstad? Moest de provincie de kop in de wind gooien en met dubieuze bedrijven in zee gaan omdat er met vakantienostalgie geen brood op de plank kwam? Moest men alle hoop vestigen op de aanleg van de magneettrein Schiphol – Hamburg – Berlijn, waardoor het noorden binnen handbereik kwam van de Randstad en Noord-Duitsland?

Of moesten de Friezen het hebben van de – vaak onderschatte – mogelijkheden van het eigen bedrijfsleven. Moest men accepteren dat de jongeren wegtrekken en de ouderen toestromen, met alle gevolgen voor de bevolkingssamenstelling op langere termijn? Moest Friesland dan maar het Florida van Nederland worden, een groene recreatie- annex woonprovincie die in toenemende mate werkgelegenheid put uit het huisvesten, voeden en verzorgen van oudere spijtoptanten uit de Randstad?

In Den Haag werden de problemen van het platteland ondertussen beschouwd als marginale kwesties. Alle aandacht voor de Vijfde Nota Ruimtelijke Ordening was gericht op de Randstad, op de brandhaarden Amsterdam-Schiphol en het Roergebied, en op de zogenaamde 'ontwikkelingsassen' richting oosten en zuiden van het land.

Men praatte voor het Nederland van het jaar 2030 over het Los Angeles-model (laat de steden het zelf maar uitzoeken), of het Hongkong-model (maak de stad meer stad en het platteland meer platteland), of het Zaanstad-model (beperk de groei tot de stedenring Eindhoven, Rotterdam, Den Haag, Amsterdam, Utrecht en Arnhem). Ook waren er ideeën om het platteland tussen Alphen aan den Rijn, Gouda en Woerden prijs te geven en er Hollandstad te bouwen, een compleet nieuwe grote stad met de omvang van Den Haag. Weer anderen zochten het in de regio's Ede-Veenendaal, Arnhem-Nijmegen, Tilburg-Eindhoven of zelfs in een kunstmatig eiland voor de stranden van Zuid-Holland.

Maar alle plannen hadden één ding gemeen: boven de lijn Zwolle-Enschede viel de komende decennia niets grootschaligs te verwachten. 'Wie in de eenentwintigste eeuw rustig wil wonen zal het in de noordelijke provincies moeten zoeken,' schreef NRC *Handelsblad* in de zomer van 1995, en de villa- en bungalow-adverteerders in deze krant hadden dat al eerder begrepen. In interne Haagse nota's werd het platteland afgedaan als 'perifere zones', waar de werkgelegenheidsproblemen op den duur zouden 'verdampen' door de permanente trek van jongeren, slimmen en handigen naar de Randstad.

Voor plattelandsbestuurders waren het zware jaren. Er werd hard en serieus gewerkt aan zaken die allesbehalve onzin waren: aan de verdere ontwikkeling van de infrastructuur, aan de verbetering van waterwegen, aan de aanleg van fietspaden en recreatiegebieden, aan de bouw van nieuwe scholen en opleidingscentra, aan de verbetering van het woonklimaat, aan het zoeken naar nieuwe werkgelegenheid.

Maar tegelijk moest iedere burgemeester zijn eigen rondweg hebben. Iedere gemeente probeerde nieuwkomers te lokken door alles toe te staan wat elders – terecht – verboden was: bouwhoogtes, locaties, milieueisen, aan alles kon een mouw gepast worden. Iedere grotere plaats was wel bezig met de ontwikkeling van een 'megapark' of een andersoortig industrieterrein – en dat terwijl in de provincie al ruim zevenhonderd hectare bedrijfsterrein leegstond, er nog eens negenhonderd hectare in ontwikkeling was, en er in werkelijkheid per jaar maar zo'n vijfenvijftig hectare werd verkocht.

Er leek in sommige dorpen een stemming te hangen van: alles is goed, als er maar gebouwd wordt en als het maar subsidies oplevert.

Het Friese platteland deed me in die laatste jaren soms denken aan het meisje van de post dat in haar angst om 'over te blijven' zich aan Jan en alleman vergaf, en dat was vergeten hoe aardig ze van zichzelf wel niet was.

*

Op een heldere maartse dag was ik nog een keer met Frans Gerritsma meegereden, op zijn dagelijkse ronde door het Gaasterlandse landschap. Frans was een man met een blozende kop die altijd vrolijkheid om zich heen spetterde. Achter in zijn auto woonden de nazaten van Sunny Boy, Buster, Delta Cleitus Jabot en La Belle, verpakt in tientallen dunne rietjes, in een koeltank met vloeibare stikstof, 200 graden onder nul.

Frans was een van de vijfenzestig inseminatoren van het Fries Rundvee Syndicaat, samen goed voor de bevruchting van zo'n vierhonderdduizend koeien per jaar. Rietje uitzoeken, ontdooien, inseminatiespuit verwarmen, rietje op de rug steken om warm te houden, handschoenen aantrekken, de stal in, kaart pakken, koe zoeken, ene arm in de kont, met de spuit de baarmoederhals zoeken – de koe kromt nu de rug, kijkt nietbegrijpend voor zich –, spuiten, gegevens in de minicomputer tikken, en dat zo'n vijfendertig keer per dag, al eenentwintig jaar lang.

'Antje 47,' mompelde Frans. 'Lastig dier.' Antje denderde

door de loopstal, snuivend, glibberend op de gladde betonvloer. Met moeite wist hij haar klem te zetten in een hoek. 'Ik weet nu al dat ik terug moet komen. Een bevruchting wordt niets als zo'n beest vol adrenaline zit.'

De Friezen golden nog altijd als de beste veefokkers van de wereld, maar de beroemde Adema's, Gerards, en Sietskes Keimpes die model stonden voor Us Mem telden niet meer mee. De stierenkaart, de rangorde van de beste stieren van de KI-stations, was daarin ongenadig duidelijk. Het sperma van de Amerikaanse stier Jabot bleek bij een gemiddelde koe nazaten op te leveren met een melkproductie die ruim veertienhonderd liter hoger was. Sunny Boy verbeterde de melkproductie met bijna duizend liter. Helemaal onder aan de lijst kwam pas de eerste Fries-Hollandse stier, Lodder 48. Wie een gemiddelde koe anno 1995 door deze stier liet dekken verláágde de melkproductie, met zeker duizend liter. De stier werd er bijna alleen nog op na gehouden voor hobbyboeren, voor het uiterlijk, als een soort levend museumstuk.

In de stallen zoemden ondertussen de pompen van de melkput, de hekken ratelden en overal hing het ondefinieerbare aroma van verse melk vermengd met hooi. Het vee stond dampend te eten. Trekkers met voer reden langzaam over het middenpad van de ligboxstal. 'Steeds meer boeren houden tegenwoordig hun vee vrijwel permanent binnen, dat is efficiënter,' vertelde Frans. 'Als ze los rondlopen grazen ze op verschillende plaatsen, en dat geeft curves in de melkafgifte.'

Door de ramen viel het ochtendlicht in brede strepen. De katten rekten zich uit op de hooibalen. Maar de stallen waren lang niet meer vol, en steeds vaker moesten we ons bij de deur desinfecteren en speciale laarzen aantrekken. Bij sommige stallen was zelfs al een complete sluis ingericht, zoals je in ziekenhuizen wel ziet. De moderne koe mocht produceren als een melkfabriek, tegen een beetje bacterie was ze niet opgewassen.

We passeerden een campingboerderij. 'Hier wordt niet meer geboerd.' Even verderop hadden ze in de stal een palingmesterij aangelegd. Een andere boerderij, verkocht aan een slager uit Brabant. 'Hier, Runia State, daar woont nu een patser uit Noord-Holland. Bij die boer kweken ze witlof. En daar aan de overkant lag de boer vorig jaar opeens dood tussen zijn koeien.'

Alleen al in het gebied waar Frans dagelijks zijn ronde deed waren de afgelopen paar jaar ruim zeventig boeren gestopt, kleintjes maar ook vrij grote. 'De kleinere boeren worden opgejaagd door hun schulden. Hun kinderen komen thuis van de landbouwschool: "Heit, we moeten quotum kopen, anders is 't niet best." Zo begint de gang naar de bank.'

Hij vertelde over de stress waaronder zijn afnemers leefden.

Over een boer die zijn hond wilde doodslaan omdat het dier een kalvende koe had aangevreten. 'Toen het niet lukte heeft hij het beest aan een trekker gebonden en net zolang geknuppeld tot hij dood was. Toen was hij én zijn koe én zijn hond kwijt.'

Of over de boerin, die op een zaterdagochtend zomaar op het erf begon te huilen. 'Hij ranselt mijn kinderen zo omdat ze niet hard genoeg meewerken, en mij slaat hij ook.' Frans wist niet waar hij kijken moest.

Toen hij er een jaar later weer eens was vertelde de boer dat zijn vrouw net een uur eerder een ongeluk had gekregen. Ze was in de schuur met een ladder achterovergeslagen, op de betonnen vloer. Nu lag ze in het voorhuis. Ja, er was gebeld om hulp. 'Moet je dan niet bij haar zijn?' had Frans gevraagd. 'Nee, ik moet bij het vee zijn.' De koe die gedekt moest worden stond ver weg in het weiland. 'Ik zal dan maar een andere keer terugkomen,' had Frans gezegd, 'want jij kunt nu niet mee.' Nee, het moest nu, en hij zou wel mee. Terwijl ze in het weiland bezig waren zagen ze de ambulance komen en gaan, en zo werd de boerin zonder afscheid naar het ziekenhuis gereden. 'Die boer had zijn vee op het laatst overal verspreid in kleine hokjes, die draaide helemaal dol. Pas vorig jaar, op zijn zeventigste, is hij gestopt. De boerderij is verkocht. Geen van zijn kinderen wilde hem opvolgen.'

Terwijl we door het land reden, het land in de overgang, vroeg ik me af waarom de boeren al deze veranderingen zo gelaten over zich lieten komen. Was het omdat ze het te druk hadden met de overleving van het eigen bedrijf en geen energie meer over hadden voor gemeenschappelijke boerenbelangen? Of waren het de subsidies die ze riskeerden? Of liepen hun belangen te veel uiteen?

In Jorwerd had iedereen daar wel een mening over. Oebele van Zuiden vond dat iedere verstandige boer de schaalvergroting had kunnen zien aankomen. Bonne Hijlkema zei dat elke boer er uiteindelijk alleen voor stond. 'De ene heeft het zo'n beetje voor elkaar, en de andere net niet. En altijd ben je elkaars concurrent.'

Ik herinnerde me een gesprek met Cor Wiedijk. 'Natuurlijk is het onze eigen boerenschuld,' had hij gezegd. 'Wij hebben onszelf laten opjutten, en daarna durfden we niet meer dwars te gaan liggen. Een boer heeft altijd eigen grond en eigen vee en eigen vermogen. En als je dwars tegen alles ingaat weet je dat je veel te verliezen hebt. Je raakt te veel tijd kwijt, je zet te veel op het spel. En dan buig je maar weer.'

Maar misschien had de geringe weerbaarheid van de boeren ook te maken met hun manier van omgaan met tegenslagen: het was het lot, de natuur, het weer. In zekere zin werden de grillen van de politiek op dezelfde manier opgevat als een overstroming of het uitbreken van een epidemie van varkenspest. Je moest je daar in je eentje zo mogelijk tegen indekken, maar verder was er niets aan te doen.

Er was in de buurt een boer geweest die opnieuw had willen beginnen zoals dat vroeger ging, zonder zich iets aan te trekken van melkquota en andere regels, gewoon tegen de wind in. Iedereen had hem gewaarschuwd, vertelde Cor Wiedijk, maar toch kocht hij een boerderij en begon met melken. Al gauw haalde de fabriek de melk niet meer bij hem op omdat hij geen quotum had. Andere boeren in moeilijke omstandigheden kregen in die begintijd nog weleens extra quotum, maar er was geen boer die voor deze nieuwkomer iets wilde inleveren.

'Waarom hielpen we hem niet?' vroeg Cor zich af. 'Nu werkt hij bij een schoonmaakbedrijf,' zei Lies Wiedijk. 'Hij was aan alle kanten gewaarschuwd,' zei Cor. 'Maar hij was in hart en nieren boer,' zei Lies, 'en we hebben hem zo in de prut laten zakken.'

Frans had brood bij zich in een trommeltje, en hij had speciale lievelingsplekjes om dat tussen de middag op te eten. Mij nam hij mee naar Mirns, een minuscuul haventje aan het IJsselmeer.

'Vroeger zat ik altijd bij mijn oom op een bankje in de stal,' zei hij. 'Ik vond het allemaal even prachtig. Het melken, het voeren, het kalveren, het gebeurde met een soort koestering. Mijn oom molk zo'n dertig koeien, en daar had hij een goed bestaan mee. Nu redden alleen de sterkste en meest zakelijke boeren het nog. Het gaat nu om vetgehaltes en eiwitten, met percentages tot ver achter de komma, en met hele computersystemen om het allemaal bij te houden.'

Hij klaagde over de cultuur van de zakelijkheid, die de cultuur van het vertrouwen bezig was te overwoekeren. 'Het gaat nu op het scherp van de snede, ook bij de boeren. Ik ren bij ze in en uit, tijd voor een praatje is er niet meer. Als je je vroeger een keer vergiste met het soort sperma – iets wat elke inseminator weleens overkomt – maakte niemand zich erg druk. Nu komen ze op hoge poten schadevergoeding eisen.'

Hij vertelde over zijn oom, die altijd dezelfde mensen op het erf had: dezelfde veehandelaar, dezelfde smid en dezelfde veevoederfabriek. Het was een vertrouwensrelatie tussen vaste klanten en vaste leveranciers. Bij het familielid dat de boerderij had overgenomen liepen voortdurend nieuwe mensen rond: hij lette allereerst op de prijs, hij calculeerde scherp, speelde ze soms tegen elkaar uit.

Veel stallen hadden nu computerregistratiesystemen en dat maakte het mogelijk om alles nauwkeurig te plannen: de hoeveelheid voer per koe, de melkafgifte, alles. Maar er werd gebalanceerd op subsidies en uitkeringen waarvan de financiering steeds minder zeker was.

Eén op de vijf Nederlandse boeren dacht dan ook aan emigreren. De vakbladen stonden vol advertenties van emigratiebureaus: Canada, maar ook Frankrijk, België en Duitsland. Sommige boeren wilden zich helemaal op het veefokken toeleggen – de grote specialiteit van de Friezen – of op groente en kastuinbouw. Anderen zochten hun heil in minicampings, in boeren-bed-en-ontbijt-kamerverhuur en in het verkopen van 'streekeigen' groenten, fruit, kaas en melk.

Weer andere boeren hoopten aan het werk te kunnen blijven als een soort parkwachter, in de nieuw te vormen natuurgebieden. Daarmee werd een nieuwe afhankelijkheid van subsidies geschapen, alleen waren het nu natuur- en milieusubsidies in plaats van landbouwgelden. En de vraag bleef: wie betaalt dat allemaal, en hoelang, en hoeveel, als die nieuwe natuurgebieden steeds groter worden en het 'natuurlijke' onderhoud door de boeren is verdwenen.

Maar iedereen wist één ding zeker: wat er gebeurd was viel nooit meer terug te draaien.

'De boeren verkopen hun bezit, maar ze verkopen iedere keer ook een stukje platteland. Ze verkopen het voor wilde recreatieprojecten, voor enorme boerderijfabrieken, voor de schaalvergroting, voor niks,' vond mijn vriend de krantenman. Hij was zelf boerenzoon. Van zijn broers werd de één leraar, de ander piloot, hij werd journalist, en ze hadden altijd een beetje te doen met die ene broer die boer was gebleven. 'Dat was altijd degene die het allerhardste moest werken voor het minste geld. Maar sinds een jaar of wat is dat compleet veranderd. Nu is hij de man die het geld heeft, sterker nog, als hij zijn vee en zijn boerderij en vooral zijn land en zijn melkquotum verkoopt is hij vijfvoudig miljonair.'

De sociaal-economische ontwikkeling die ik op het Friese platteland aantrof was met name zo vreemd, omdat hij de inkomenspositie van de eerstbetrokkenen niet aantastte. Het was regen, terwijl de zon bleef schijnen.

De landbouw stierf af in rijkdom. Het verschil tussen kostprijs en melkprijs was dankzij alle EG-subsidies zo groot dat de grotere veehouders fortuinen verdienden. Eén liter melkquotum – dat wil dus zeggen het recht om één liter gesubsidieerde melk per jaar te produceren – kostte in 1995 rond de vier gulden. Voor een gemiddelde koe kwam dat neer op twintigduizend gulden. Voor een doorsnee boerderij op één miljoen. En grote boeren betaalden dat er grif voor. Dat zei iets over hun opbrengsten. Maar het zei ook iets over het gebrek aan mogelijkheden om op een andere manier verder te komen dan via blind doorboeren. Het was ook de toekomst die te koop was, voor vier gulden per liter.

Bij Frans thuis dronken we koffie. Hij koppelde zijn zakcomputer aan de telefoonlijn van de centrale. 'Dertig jaar geleden hingen de boeren een jutezak aan de weg als ze de KI nodig hadden. Nu zijn de bevruchtingsresultaten tot op een tiende van procenten bekend. En ze weten in Leeuwarden en passant ook precies hoe laat ik vanochtend bij welke boer was, en welke resultaten ik boek. Bij mij ligt dat wel goed, maar bij collega's die niet zo handig zijn kan zo'n uitdraai aardig stressverhogend werken.' De printer begon te ratelen: de nieuwe rol opdrachten voor de rest van de dag.

We belandden bij een oude kromgewerkte boer die zowat alles nog met de hand deed. We zagen een klassieke stal met dertien koeien waar alles blinkend schoon was, het stro geel en overvloedig, het vee glanzend, de mestlucht zoet. We kwamen bij de buurman waar de hele stal bedekt leek met een dunne laag stront en de mest in dikke klonten aan de schonken van het vee was geplakt.

Even later stonden we in een enorme ligboxstal met Amerikaanse hoeveelheden vee, alles volautomatisch. We troffen een team van een of ander landbouwblad dat al een halve middag bezig was om twee koeien klaar te maken voor een foto: ze waren gedoucht met speciale veeshampoo, de uiers waren donkerder gemaakt met rouge, de zwarte plekken waren bijgekleurd met verfspray, de witte met bakmeel, de kwast van de staart werd met een stukje touw steviger gemaakt en nu werden nog de laatste plukjes haar weggeschoren.

De zon scheen. Op de mestvaalt lag een dood, pasgeboren kalf. Een vrouw hing winterkleren over de waslijn. 'Wat nu, de meitijd al in het hoofd?' riep Frans. Boven het land kwetterden de vogels.

*

'Er is een verzekering dat arbeid niet vergeefs is; dat de natuur, of God, er deel in heeft,' schreef Robert Redfield. 'Er is een verhaal of een gezegde om ons ervan te overtuigen dat we niets anders moeten verwachten dan menselijke zwakte; in veel gevallen zijn er meer serieuze verhalen die ons uitleggen waarom onschuldigen moeten lijden, of onze geest voorbereiden op de dood.'

Hoewel boeren dus ruzie maakten, kletsten, haatten en bang waren net als ieder van ons, was enkel hun manier van leven al een ordening, en de diepte van zelfs hun eenvoudigste ervaringen kon soms de wereld om hen heen weer een poosje draaglijk en verklaarbaar maken.

Toen het dorp van Lamkje, van Hendrik, van Oebele van Zuiden en van Tjitse Tijssen de stad omhelsde, en geen boeren, slagers en vrachtrijders meer nodig had, toen raakte deze kleine gemeenschap langzamerhand ook los van dit oude waardensysteem. En dat was een proces dat door de invloed van televisie en de nieuwe multimediasystemen nog versneld werd.

In 1995 was bijna de hele gemeente bekabeld, er was keuze uit twintig tv-stations en in de meeste dorpen lagen zelfs de NRC en *de Volkskrant* niet later in de brievenbus dan aan de Amsterdamse Apollolaan. Iedereen werd, ook in de verste boerderijen, geconfronteerd met een storm van geluiden en impulsen, met mensen en gebeurtenissen die ver van hun bed lagen, met handelingen die waren losgemaakt van hun oorzaken en consequenties, met ervaringen die we maar half konden doorleven, omdat ze niet werkelijk gezien of gevoeld werden.

Vroeger geloofden alle kinderen van Jorwerd in spoken, en ook aardig wat volwassenen. Dat was voorbij. Spoken stonden voor het onverwachte, het wilde in de natuur. In die zin was het platteland ook stad geworden: alles was onder controle, alles had men in de hand. Maar godsdienst speelde in dit dorp nog altijd een belangrijke rol, net als burenhulp, de andersoortige omgang tussen ouderen en jongeren en een aantal andere dorpse waarden. En het was opvallend hoe snel ook nieuwkomers uit de stad zich daaraan aanpasten – en daar wellicht ook naar zochten.

In de zomer van 1996 werd opnieuw de Jorwerter merke gevierd. Jan Dijkstra was bijna vijfenzestig, en de geruchten dat het café misschien wel dicht zou gaan werden steeds sterker. De dochter van Eef en Jan wilde een grote manege beginnen, en de bovenzaal zou dan omgebouwd kunnen worden tot een appartement.

Het Iepenloftspul in de notaristuin had zich ondertussen ontwikkeld tot een gewilde attractie voor de modebewuste stedeling. Voor reserveringen waren nu acht telefoonlijnen beschikbaar, en de in totaal zesduizend kaartjes waren binnen twee dagen uitverkocht. Er bestonden plannen om speciaal voor dit soort evenementen op het landje van Sake een parkeerplaats aan te leggen, met tegels en straatlantarens. Voor de sponsors was een dure avond georganiseerd, waarbij het halve dorp verkleed moest rondlopen.

Sije Hogerhuis was overleden, honderd en een jaar oud. Akke van Zuiden had hem tot het laatst toe iedere dag opgezocht, ook toen hij in het bejaardenhuis lag, want daar hadden ze volgens Akke geen tijd om zijn brood goed in stukjes te snijden, en Sijes kunstgebit was er ook zoekgeraakt. Op het kerkhof lag hij een paar passen van Tjitse Tijssen, onder een langwerpig stuk aarde, want een steen was er nog niet.

Vlak bij de ruïnes van het slot Groot Hesens stonden nu twee enorme windturbines te draaien. Er was een paar keer ingebroken in het dorp, en de meeste Jorwerters hielden sindsdien hun deuren op slot. Oebele en Akke van Zuiden dachten er serieus over om te verhuizen. Er was een vruchtbare oogst aan nieuwkomers, en er bestonden zelfs plannen voor de bouw van vier nieuwe woningen.

Wietse Blankes boerderij stond alweer half overeind, en zelf reed hij op de merke rond in een tot arreslee omgebouwd autokarkas, 'getrokken' door een vreemdsoortig paard dat via ingenieuze persleidingen te pas en te onpas een schuimende waterstraal uitpiste, tot grote vreugde van de omstanders.

Ook de rest van het feest was een ongekend succes. Het leek alsof het dorp door een dieptepunt heen was. Douwe de Bildt speelde in een toneelstukje – vermoedelijk uit 1949 of daaromtrent – over een man die voor een dag het huishouden van 'de' vrouw moest overnemen. De kinderen hadden een eigen circusvoorstelling georganiseerd, met Nina Sieslinga – Durks kleindochter Nienke Siesling – als ster van de olifantenshow.

Ids Meinsma was terug verhuisd naar Mantgum. Hij was ondertussen vader geworden van een zoon. Wiepkje Castelein was in verwachting en had de stad ook achter zich gelaten. Ze woonde weer in Weidum. Gais Meinsma werkte als vrijwilligster bij een opvanghuis voor zwervers en drugsverslaafden in Leeuwarden. 'Je blijft toch wie je bent,' zei ze. 'Daar kun je niet omheen.'

In de bovenzaal van Het Wapen van Baarderadeel dronk en danste ondertussen jong en oud door elkaar, Gais en de bankdirecteur, Sake, Yke, Bonne Hijlkema, zelfs Oebele en Akke kwamen overeind toen de band de polka speelde. Een beetje statig en plechtig dansten ze daar samen, alles was precies hetzelfde als altijd, mensen kwamen en gingen, en alles bleef zich toch herhalen.

‘Er is een verzekering dat arbeid niet vergeefs is; dat de natuur, of God, er deel in heeft.’

Zo bleef het dorp voortleven, in de droom van de vrome, in de trage dans van de ouden, in een lichtheid die het voorheen niet kende.

VERANTWOORDING

Ik schreef deze geschiedenis voor een deel in het geboortehuis van Folkert en voor een ander deel in de voormalige keuken van Minne de Koe, en ik denk dat er slechtere plekken te vinden zijn. Maar het was nooit wat geworden als de dorpsgemeenschap van Jorwerd zich niet voor me had opengesteld.

En dat schiep verplichtingen.

Er wordt weleens gezegd dat mensen op het platteland gesloten zijn, maar mij viel eerder het omgekeerde op. Het vertrouwen dat me geschonken werd was overweldigend, het was bijna te groot soms. Ik stuitte daarbij op soortgelijke dilemma's als de Amerikaanse schrijver-journalist James Agee, die in de zomer van 1936 wekenlang bij een paar arme boerenfamilies in Alabama bivakkeerde, hun hart stal – en er vervolgens mee wegliep en het aan de wereld blootstelde.

Zijn boek zou later een klassieker worden onder de titel *Let Us Now Praise Famous Men*. Maar toch erkende Agee dat hij bij de publicatie een gevoel van onbehagen niet kon onderdrukken – hoewel ik geen journalist ken die zo gewetensvol met zijn onderwerp is omgegaan. Hij schreef over zijn 'dierbaren, wier arme levens ik reeds zo verraden heb, en de schok als jullie dit te zien krijgen, de ontreddering – ik durf nauwelijks te denken dat ik jullie ooit in je geliefde ogen zal kijken...'

Zo bar en boos is het tussen mij en de Jorwerters nooit geweest. Maar toen ik zo'n twintig, dertig interviews achter de rug had begonnen mij wel soortgelijke gevoelens te bekruipen als Agee zestig jaar geleden. Ik merkte dat ik in zo'n kleine gemeenschap mijn rol van buitenstaander niet kon volhouden, en dat ik onvermijdelijk in een situatie gleed waarbij ik niet alleen toeschouwer was, maar ook deelnemer. Ik was al snel niet meer, zoals in de stad, enkel aanwezig als journalist, maar ook als buurman, kennis, vriend. Bovendien: mensen legden tijdens de interviews niet zelden hun hele lief en leed op tafel, en dat kweekt banden.

Ik ben dus grote dank verschuldigd aan alle Jorwerters, en vooral aan het immense vertrouwen dat ze in me gesteld hebben. Aan mijn vrienden Armande van Ginkel en Gijs van Woudenberg, die me in het dorp introduceerden en zonder wier hulp, warmte en gastvrijheid dit boek nooit geschreven zou zijn. Aan Wiebe en Willemijn Bakker, die me met zoveel hartelijkheid huisvesting boden. Aan Gais Meinsma, op wie ik altijd kon terugvallen voor goede raad, en die me tijdens het schrijven beschermde tegen feitelijke blunders. En aan al die andere Jorwerters, die hun leven voor me op tafel legden.

Zeer veel baat had ik bij het archief van de gemeente Littenseradiel en het indrukwekkende onderzoek van Jolt Oostra die – mede aan de hand van eerder speurwerk van de vroegere Jorwerter bakker Klaas de Jong – de hele voorgeschiedenis van het dorp doorspitte. Ik had het geluk dat zijn *Toponymy fan Jorwert* net gereed was toen ik aan dit project begon, zodat ik op Oostra's werk kon voortbouwen.

Hans Maarten van den Brink sleepte mij met goede raad en vriendschap door een impasse bij het schrijven van dit boek.

Een grote steun in de rug vormde ook de voortdurende hulp van Hylke Speerstra – schaatser, boerenzoon, oud-hoofdredacteur van de *Leeuwarder Courant* en het *Agrarisch Dagblad* – die mij vooral op het gladde ijs van de landbouwsector behoedde voor al te ernstige valpartijen. Dank ben ik eveneens verschuldigd aan het Fonds Bijzondere Journalistieke Projecten, dat me in staat stelde om zo lang in Jorwerd rond te hangen.

Ten slotte waren daar mijn Friese buren, Johannes en Mientje Lenis. Via hen leerde ik de werkelijkheid van de boerenwereld kennen, in alle toppen en dalen. Zij waren het die mij, door en door stadsmens, in talloze gesprekken leerden wat er gebeurde op het platteland, wat er in de boerenfamilies plaatsvond, wat de stille revolutie betekende, wat overleven inhield in deze tijd. Zij stonden aan het begin van de reeks vrienden en vertrouwden die me inspireerden tot dit boek.

Ik dank hen allen uit de grond van mijn hart.

Amsterdam/Jorwerd/Katlijk, 1993-1996

LITERATUUR

Agee, J. en Walker Evans, *Let Us Now Praise Famous Men*, Boston, 1941.

Barentsen, P.A., *Het oude Kempenland*, Groningen, 1935.

Berger, J., *Pig Earth*, Londen, 1979.

Bieleman, J., *Geschiedenis van de landbouw in Nederland, 1500-1950*, Meppel, 1992.

Bos, J.M., *Archeologie van Friesland*, Utrecht, 1995.

Brunt, L., *Stedeling op het platteland*, Meppel, 1974.

Brunt, L., *Stad*, Meppel, 1996.

Burger, W., 'Ontstaan, ontwikkelingsfasen en funktie van het formele organisatiewezen in een Drentse gemeente', in: H.M.Jolles, red., *Verenigingsleven in Nederland*, Arnhem, 1963.

Castelein, M.H., *Tuolle-prakkesaesjes*, Leeuwarden, ongedateerd.

Castenmiller, P. en Frans Knol, *Convergentie of Divergentie. Sociale en culturele ontwikkelingen in stedelijke en landelijke gebieden*, rapport Sociaal en Cultureel Planbureau, Rijswijk, 1989.

Chotjewitz, P.O., 'Neuland – Leben in der Provinz', in: Kursbuch, nr 39, *Provinz*, Berlijn, 1975.

Cities of Tomorrow, discussienotitie Stichting 'Ontwerpen voor Nederland', Amsterdam, 1995.

Critchfield, R., *The Villagers. Changed Values, Altered Lives, The Closing of the Urban-Rural Gap*, New York, 1994.

Deursen, A.Th. van, *Een dorp in de polder*, Amsterdam, 1994.

Dobrowolski, K., 'Peasant traditional culture', in: Shanin 1971.

Dijkstra, W., *Uit Frieslands Volksleven*, Leeuwarden, 1895.
Eijk, D. van, 'Hongkong aan de Noordzee', in: *NRC Handelsblad*, 15 juli 1995.
Fokkinga, A., *Een land vol vee*, Doetinchem, 1995.
Gelder, B. van, *Nachtboek van een Kerkuil*, in eigen beheer, ongedateerd.
Giesen, K., *Crisis op de boerderij*, Utrecht, 1993.
Groot, J.P., *Kleine plattelandskernen in de Nederlandse samenleving. Schaalvergroting en dorpsbinding*, Wageningen, 1972.
Groot, J.P., *Het kleine dorp*, Baarn, 1974.
Groot, J.P., *Groeiende en kwijnende plattelandskernen*, Den Haag, 1980.
Groot, J.P., 'Dorpsbinding en lokaal bewustzijn', in: P.P.P. Huigen en M.C.H.M. van der Velden, red., *De achterkant van verstedelijkt Nederland*, Nederlandse Geografische Studies, Utrecht, 1989.
Guillaumin, E., *Het landelijk leven*, Parijs, 1922.
Hellema, D.W., *Kroniek van een Friese boer. De aantekeningen (1821-1856) van Doeke Wijgers Hellema te Wirdum*, red. H. Algra, Franeker, 1978.
Jansen, J.C.G.M., 'Ontsnappen aan economische achterstand, een bijzonder probleem', in: H. Diederiks, e.a., *Het platteland in een veranderende wereld*, Hilversum, 1994.
Janszoon, D., *Aantekeningenboek van Dirck Janszoon (1604-1636)*, bew. J.A. Faber, K. Fokkema en P. Gerbenzon, Hilversum, 1993.
Klaver, I., *Herinneringen van een Friese landarbeider*, Nijmegen, 1974.
Kooi, J. van der, *Volksverhalen in Friesland. Lectuur en mondelinge overlevering, een typencatalogus*, Groningen, 1984.
Kronjee, G.H., *Risico op armoede en stedelijke omgeving. Aanzet tot een kansarmoede-atlas van Nederland*, Utrecht, 1994.

Le Roy Ladurie, E., *Montaillou*, Paris, 1978.
Meulen, T. van de, *De Voorstap. Enkele verkenningen naar toekomstige ontwikkelingen, met name op ruimtelijk gebied. Provincie Friesland*, Leeuwarden, 1989.
Meulen, T. van de, *Gruts op Lyts. Evaluatie van het kleine kernenbeleid 1988-1995 van de Provincie Friesland*, Leeuwarden, 1994.
Noordam, D.J., 'Modernisering in de beroepsstructuur van Holland en Friesland in de vroegmoderne tijd', in: Herman Diederiks, e.a., *Het platteland in een veranderende wereld*, Hilversum, 1994.
Nota Landelijke Gebieden, Derde Nota RO, deel 3a, vergaderjaar 1976/1977, 14392, nrs. 1 en 2, Den Haag, 1977.
Oostra, Jolt, Rzn., *Uit de geschiedenis van Jorwerd, Toponymy fan Jorwert*, Franeker, 1993.
Poortinga, Y., *De ring fan it ljocht. Fryske folksforhalen*, Baarn/Leeuwarden, 1976.
Postma, O., *Samle Fersen*, Baarn/Leeuwarden, 1978.
Redfield, R., *The little community. Peasant society and culture*, Chicago, 1956.
De ruimtelijke ontwikkeling van het Friese platteland, Provinciale Planologische Dienst in Friesland, Leeuwarden, 1966.
Saal, C.D., 'Dorp en route; waartoe en waarheen?', in: *De Gids*, jrg. 1972, pp. 279-286, geciteerd bij: Brunt, 1996.
Schama, S., *Landscape and Memory*, New York, 1995.
Schuyt, C.J.M., *Tegendraadse werkingen*, Amsterdam, 1995.
Segalen, M., *Love and Power in the Peasant Family*, Chicago, 1983.
Shanin, Th., red., *Peasants and peasant societies*, Harmondsworth, 1971.
Sillevis, H.A., *De boer en zijn wereld*, Assen, 1959.

Slicher van Bath, B., *De agrarische geschiedenis van Europa, 500-1850*, Utrecht, 1960/1987.
Terpstra, P., *Honderd jaar Friese landbouw*, Leeuwarden, 1977.
Thomas, W.I. en Florian Znaniecki, *The Polish Peasant in Europe and America*, Dover Publications, 1958.
Tolstoj, Leo Nikolaj, *Anna Karenina*, Vert. Wils Huisman, Amsterdam, 1965.
Verrips, K., 'Woont daar nog iemand? De plattelandsbevolking in 2015', in: *Spil*, tijdschrift, pp. 81-82 en 83-84, Wageningen, 1989.
Volkers, C.R., 'Perspektieven voor landelijke gebieden', in: P.P.P.Huigen en M.C.H.M. van der Velden, red., *De achterkant van verstedelijkt Nederland*, Nederlandse Geografische Studies, Utrecht, 1989.
Vries, J. de, 'De Boer', in: H.M.Beliën, e.a., *Gestalten van de Gouden Eeuw*, Amsterdam, 1995.
Westerloo, G. van, *Voetreiziger. Verslag van een tocht door Nederland*, Amsterdam, 1993.
Wichers, A.J., *De oude plattelandsbeschaving*, Wageningen, 1965.
Wie het kleine niet eert..., Studiecommissie Kleine Kernen van de Vereniging van Nederlandse Gemeenten, Den Haag, 1979.
Wielen, K. v.d., *Lusten en lasten van het wonen in een landelijk gebied. Verslag van een sociaal-geografisch onderzoeksprojekt in Zuidwest-Friesland*, Utrecht, 1985.
World Resources 1996-'97: The Urban Environment, United Nations, New York, 1996.
Woud, A. van der, *Het lege land. De ruimtelijke orde van Nederland 1798-1848*, Amsterdam, 1987.
Zwier, G.J., *J.J. Slauerhoff. Alleen voor Friesland heb ik nog een zwak*, Leeuwarden, 1992.

De meeste cijfers zijn, indien niet anders vermeld, ontleend aan rapporten van het Landbouweconomisch Instituut, het IKC en aan het blad *De Boerderij*, met name van 13 juni 1995 (over de kosten van grond en melkquota in vergelijking met de rest van Europa), 27 maart 1995 (over de omvang van de rundveehouderij en de intensieve veehouderij), 22 maart 1994 (over de toekomstverwachtingen van boeren), en van 16 november 1993 (over de prognoses voor de Nederlandse melkveehouderij).